◎清代中州名家叢書

彭而述集

下

〔清〕彭而述 著
王宏林 點校

中州古籍出版社
·鄭州·

文集卷十三

傳上

陳御史傳

公諱純德，字滄園，永之零陵人，庚辰進士。是年進士三百人，愍〔一〕皇帝臨軒策士，欽授庶常及臺省若干人。公遂以御史出身，巡按山西，感帝殊知，無時不以報國爲心。山右近西北邊，公至，飭備浚城隍不遺餘力。時流寇躪河南諸省郡，勢日狓猖，且策馬問渡澤潞、龍門等處，公與巡撫蔡公懋德鞅鞈介馬馳河干，沙灘數弓，爲遍立斥堠。率健兒執銅鐎相警寤，至冒風雪督人斧冰。迤邐千里，水腹難堅，賊緣是却立河上，竟以不得渡。亡何御史職一年，輒得報代，公遂以壬午秋，瓜期入長安。天子嘉公按部多卲績，命公以原官督畿内學政。閱明年甲申三月，賊李自成破都城，公乃自盡燕京邸舍，時崇禎十七年三月二十日也。時在京大小諸臣以殉難著者，江右李邦華、越東倪元璐、吴會馬世奇、燕趙金鉉孟兆祥父子與河南劉理順，凡二十餘人，不盡載。

楚以死事聞，則公焉最著。公於死之日，付家僮永興等，太公及若母年且八十餘，書中語，止言『食君禄，兒分當死』云云，毫不及後事。公有弟一、子一、子婿二人。書末，但囑以行善做好人便訖，其訂六親者統是。噫！今讀其書，抑何神氣安閑，殊不似遄歸泉下者，豈所謂從容就義者非歟！

予爲公同年友，筮仕陽曲，岩邑而衝。予性不耐事，中狹，每有所難堪，謁公檐。公教以作吏視已然事。予率循，獲以罔郵。予時年猶少，氣有餘，簿書餘，間有所著，或傳記、詩歌之類，公聞而戒我，以文人不利於吏，子未之悉耶？自此以後，則焚君苗之硯，瘞不律而成冢矣。

公在山西，念晋陽逼處雲中、上谷間，邊防匪懈，於天門、凌井等關，作爲堡堞以容民，且除戒不虞，今《三堡記》載《太原志》中，是予所作者。

公既没之五年，予以分藩游公里，公子才偉，執遺墨向予而泣曰：『先君以國難死，遺骸燕山，水陸萬里，才偉貧無以歸葬。然大節在人，今新朝定鼎，方留〔二〕心風紀。凡先代死節之臣，無不闡厥幽光，付之青史。先大夫其不堪没滅以終也，公或者先爲傳以傳焉。』予曰：『是吾志也，抑予獨有愧焉。』柳子厚没於柳州，觀察使河東裴行立爲之還葬於萬年先人墓側。韓昌黎作傳，極意推之，以爲柳子厚所以得歸葬，行立之力也。長沙陳平子與山陽范巨卿同游太學，未及相見，病將亡，謂其妻曰：『吾聞山陽范巨卿，烈士也。』乃裂素爲書，以遺巨卿。營護平子妻兒，身自送葬於臨湘。事見於前史。公之死，所謂重於泰山，不但如昔賢。予與公同年，稱友善，其視行立巨卿輩，當何如耶？

抑吾因論次公，尤不能忘情蔡公。蔡鎮撫山西，與公同時，且剔厲經營於其土者，皆同志。蔡以是年二月八日，死晋陽難，去公忌辰止三十四日耳。《易》曰：『聲應氣求。』詎不謂然耶？蔡，昆山人，己未進士。异世張、許，千載同符〔三〕，唯公與蔡昆山之謂矣。乃作《迎神》《送神》二歌，於君傳後，將勒諸繫牲之石，勿替引之。

零陵异人兮氣如虹，蓬門桑户兮廿年中。誕膺明詔〔四〕兮謁丹楓，遵鄂渚兮乘回風〔五〕。天子召對兮大明宫，豸角嶷嶷兮在河東。麟鳳翔舉兮澶淵天，雄馬南郡兮蜀文翁。右《迎神》

秦氛入燕兮天帝醉，香山峨峨兮空贔屭。公領風教兮無所愧〔六〕，隨鼎湖歸兮魂不寐〔七〕。唯永桂之叢叢兮荔丹蕉黄，抑朝陽之巀嶪兮餓鴟翺翔。同年友兮莅是邦，攬泪抆涕兮貢椒漿。公左右兮帝旁，駕虬龍兮返故鄉。右《送神》

【校記】

〔一〕慼，《文集》二十四卷本作『先』。

〔二〕方留，《文集》二十四卷本其前有『聖人』二字。

〔三〕『千載』句，《文集》二十四卷本作『式穀似之』。

〔四〕詔，《文集》二十四卷本作『經』。
〔五〕『遵鄂』句，《文集》二十四卷本作『乃鄂渚兮薦鹿鳴』。
〔六〕愧，《文集》二十四卷本作『疑』。
〔七〕『隨鼎』句，《文集》二十四卷本作『笑歸泉下兮良不寐』。

黄靖南傳

公諱德功，字虎山，關東開原人。以部卒起家，會東方有事，奮起爲將。面紫，骨角矶硉，身長八尺，肩背窿穹，貌若神。崇禎癸酉，流寇李自成、張獻忠等渡河以南，屠掠郡邑，勢鴟張。公率羽林健兒，奉命援剿。陛辭日，帝親勞以金甌，劇飲三爵，遂以滅賊自誓。駐扎光、固、唐、鄧間，賊聞風遠遁，所戰克捷，大有功。控弦必命中然後發，發若聯珠，應接不暇，罔不洞革穿胸者，賊中號曰黄闖子云。未幾，以斬馘功多，濠泗陵寢，得借以無虞。進秩大將軍，尋晋靖南伯，食邑儀真。

甲申三月，李自成陷北京，公聞之，灑血誓衆，將北發與之同命。會南京大司馬史可法，擁戴福王爲社稷計，是爲弘光，公與焉。時可法祖前代遺意，倉卒中立爲藩鎮四：寧南左良玉駐武昌，廣昌劉良佐駐陳睢，興平高傑駐瓜洲，其後又有東平劉澤清駐淮上。公如前，以衛京師。然斯時李寇固在秦關未殄也。

閲明年乙酉，大〔一〕兵南下。豫王直擣金陵，英王自關中驅闖賊由漢沔來。良玉水師萬艘，蔽江東奔，名曰救太子，至安慶，焚九江。江東都會洶洶，不知所出。公乃渡江而南，屯兵蕪湖，以障良玉。良玉兵，當鋒無不縮手倒戈，落長江死者無算，一步不敢過采石。留都〔二〕人心稍定，而豫王大師已乘風便帆，一夜抵秦淮河上矣。權相馬士英棄弘光私逃臨安，帝微服出走，至公所，未及整槊，追兵適至。公曰：『豈非天哉！門庭之寇，既薄於西，而北來之衆，亦復壓境。一人蒙塵，有死無二。』乃舍舟上馬力戰。會劉良佐已在北軍，謂公曰：『勿動，吾有説。』鏃已中公喉。公素與良佐親密，不意遂爲所賣，知事不濟，乃拔刀自剄而死。

時公有二子在舟，公先是騎馬沿岸訊家人所在，將手殲之，以絶後慮。而二子早已北渡，艤舟蟂磯下，是天意也。

南渡來，文臣死難者，維揚史可法，武臣惟公。以祖宗三百年養士之恩，而食報止此。説者謂成祖〔三〕，以燕王靖難，甘心建文，牢牲國良，刲若羊豕，齒人於劍以其族，視白馬之禍更烈。彼方鐵諸人，何罪至此極哉！天人怨恫，真精喪亡，固應寥寥也。若非甲申之變死先帝難者，有倪元璐、李邦華、劉理順、陳純德諸君子二十餘人，則後之觀者不知如何短氣。此廬陵歐陽作《五代史》，於全節之臣，取三死事者十有五。而雜傳之中，乃取虢州司户參軍王凝李氏之妻，爲之三嘆，其意亦良悲矣。

【校記】

〔一〕大，《文集》二十四卷本作『清』。

〔二〕留都，《文集》二十四卷本作『京中』。

〔三〕成祖，《文集》二十四卷本其下有『文皇帝』三字。

左將軍傳

將軍名良玉，字昆山，係遼東人。赭面豐軀，聲如鐘。幼時不知爲何人掠賣臨清市上，身衣了鳥。居人有左姓者，與一老媪居市上，以洴澼爲業，無子，謂媪曰：『此兒封侯相也，曷子之。』遂與媪鬻之子畜焉。左翁往來關東，走寧遠、鐵嶺間，販烏綾帕爲業，歲以爲常。時關東爲重地，督撫大將軍建牙者，星羅各郡縣。翁往來部下，與其健兒善，心艷之，因以子登伍籍，爲某帥牙兵。

良玉時年十六矣，多力善騎射，每戰得生口甚多。會寧、錦之役，以功次爲偏裨，軍中人亦稍稍識之者。亡何，中原流寇起，將軍領部下三千人大戰河北，多所斬獲，得晋都督。皇帝詔曰：『左某其以總兵專辦河南寇事。』癸酉，冰堅，賊渡河，三日夜不絶。將軍尾之，破賊郟鄏間，聲名大震，於是河以南人無不知有左將軍者。

會河南饑，流民從之者日衆。賊衆三十六營，有過天星、闖闘天、混十萬、革里眼諸營，渠帥屢爲將軍所逼，多受降將軍戲下。惟西營八大王張獻忠最狡，與將軍戰，將軍刅其鼻，僅得不死。不得已，間使出謀招安，時獻忠按兵穀城西，闗將軍駐襄陽，欲往蹙之，會爲總理熊文燦所阻不果。賊未幾逸去，尋追逐南鄭瑪瑙山下，獻忠大敗，我兵係其妻孥，獻忠隻身跳。是時楊嗣昌以宰相視師，加練餉三百餘萬，民不聊生，又齕於公。公稍怏怏，獻忠由是不可制。後闖將李自成勢復熾，破河南府，尋圍汴。將軍自襄陽救之，賊鑿壍百餘里，外三匝，將軍敗績。一日夜走襄陽東下。自此敗後，群帥畏闖如虎，闖亦自恃氣力非將軍所能敵，圍汴不去。先是天子念曰：『良玉本戰將，計賊中忌憚無如左某者，晋爵寧南侯，藩武昌。』時同封者四人，爲黄得功、劉澤清、劉良佐。後得功死難，餘俱降，大抵皆從將軍起也。

將軍居鎮之日，號令最嚴，轅門外日梟犯法者，數十人不止。沔陽、沙湖間，狼藉數百里，殺人流血如故。將軍坐是，法亦稍稍不行。當是時，朝廷一意姑息將軍，受降將又多，部札至輒車駝捆載而來，每開營張讌，筵數百。奉朝命總兵副將一百三十餘人，參游弗計也。每三日五日一宴，以爲常。末年病痔不視事，生殺黜陟乃關白，餘皆聽其子夢庚。良玉既侯，平賊將軍印夢庚掌之。夢庚臃腫無他，間有靈寶之嗜，多積書畫。

甲申三月燕京之變，訃至，良玉雖不救，然而大臨三日，率將佐哭之，極哀。會福邸紀元，首相馬士英賄政，一時將相守令皆出門下。良玉惡之。又此時阮大鋮謀翻逆案，將復刻要典，將軍上書力詆其非。會一日飲，客黄鶴樓上，有男子泥足岑牟，告密而至。良玉屏左右，引樓上，去梯。此人於幘中髻間取出寸紙血書，其上云：『孤萬死南來，依托將軍，今爲權相所執，命且旦夕，若將軍此時不救，何以見先帝於地下？』下書『定王書』云云。良玉看畢，隨時昏絶於地，左右掖之，半晌乃甦。良玉亦不言，當夜隨傳兵馬下南京，檄文一出，三軍乃知爲救太子誅士英也。當是時，闖賊自西安爲英王所敗，奔關東，來即尾良玉兵後。又靖南侯黄得功守瓜州，士英調移蕪湖障左，於是豫王一師自揚州飛渡建業，大兵東西至，而左、黄兩家猶中拒安慶磯間。會良玉適於是夜病劇，嘔血死，其子夢庚降，人皆以是惡良玉，救太子非實，而畏賊乃真云。

外史曰：『天也，天欲成大清一統之業，故一舉而并兩家之將，得功之死烈矣，使良玉而在能降耶？大清兵不血刃而坐收鷸蚌之利，皆士英有以致之。由是言之，良玉之罪固有所分矣。』

予爲諸生時，以他事入宛，初不知爲何家賊攻圍幾下，忽見有乘驄馬面如血噀者一偉將軍，引可三百人飛矢運矛馳驟如風，賊以喙奔去。人從城上觀之，皆以爲神，既而審爲將軍。聞將軍是日從魯山來追賊，夜行三百餘里，至郡北之大石橋，見賊馬遺矢，手揣其温燥，良久謂軍士曰：『冀尚煥，賊距此不過三十里，急擊勿失。』拍馬而前，黎明已抵賊壘，存宛矣。說者謂將軍明之罪人也，其大事在兩下江東，一竄朱仙耳。吾著《左帥論》詳矣。論功罪者，當酌其平。良玉受降太多，降將負己，己負國家，罪自難掩，要其始，豈非良將哉！甚矣，招安之說不可施於垂亡之世也。

井丁二君合傳

井君名溶，字寒泉，鄧西陬柏林寺人。幼業儒，困於有司，遂棄去，爲里胥長。勤公租，耻乾没，德義動遠近。家素温，周恤任俠，不事封殖。交游多賢達，風概修整，雖韋帶如士君子之容人，有不平事，怒形於色。嫻辭令，折衷於理，不爲滕説。里有士，高材跅弛，齟齬市兒，爲人控牒。府主牙兵如鷹鸇，肆攫拏，且臠而食之。鄰黨鳥獸散，遁迹數十里，咋舌且不測。士子一人正困，公聞之，徒步蹣跚而來，青衣夙知公名，拱手立。公毅然曰：『某生，公輔器也。即有事，當白於庭，不得亡狀。』國憲凛凛三尺具在，群猊縮頸汗流去。其後此生致身甲科，多著述，爲名臣。知人之哲，人以方鹿門、平輿諸君子焉。

丁君亦鄧人，居鄧西郭，名如浣，字穎水。性剛多力，善騎射。痘面刻畫，修髯如戟，身長七尺許。少慕荆卿、劇孟之爲人，饒於財，爲博徒，蕩且盡，尋又取償紈袴子弟。屢致千金，人有急輒散之去，不問質劑。然最負藻鑒，賓禮英傑文章之士，視撲滿輩則隸而叱之，若輩亦望風竄，不敢陟公廡下。時有公友謂之曰：『君疾惡太嚴，恐不宜亂世。』公正色曰：『是何言？君不見黨錮諸賢至今在也。胡廣中庸雖三公，吾恥之，況吾一諸生，居草野，敢没生平哉！』公生同孟嘗，其母死，吊客數千人。偶里中學究爲誄，辭微涉譏刺，公手劍數其門，其人長跪負荆，誚讓乃釋，然亦終身銜之，不與交。

崇禎末年，群盗横蹂中原無虚日，公棄子衿，握鞞團料鄉勇爲固圉計，又不屑以武人進身，曰：『武如絳、灌，人且羞與爲伍，吾不爲耳。古來亂世兵戈蜂起，城不可恃，則有堡寨可以禦侮，以佐中興。如晋室南渡，祖逖北伐，必藉梁鄭塢主以爲練兵積穀進取之本。宋宣和之變，武穆諸人唾手燕雲，亦資兩河豪傑太行忠義之士。今汴雒既陷，秦楚不守，賊氛日熾，王師裹足，此壯士揮戈之日，志士畢命之秋也。』乃即湼水之陽，距鄧六十里築一堡，署曰明家寨。近寨有明先世者，實始基之。公遂經營於此，誓守勿失，曰：『賊來，吾與之俱盡而已。』爲起鐵冶治戰具，召募死士，因水利屯田百餘頃，賊來，公上馬督陳如將軍，令輒與之角，賊多敗去，我兵逐北斬馘，公亦匹馬間有所禽獲，率以爲常。公陽陽曰：『賊易與耳。』歲在庚辛壬癸，大河以南，秦蜀江楚諸郡，郡無不破之城，城無不破之寨，獨此明寨一塊土，恃公爲長城，賊竟甌脱視之，不奉僞朔，繞百里耳。

會甲申國變，乙酉，大兵驅賊，渠南跳長安，巢穴一空，群賊瀰浸，塞山谷東西，唐、泌、析、酈間，縱横無非賊者，圍寨重匝。公領兵出寨，大戰凡二十餘晝夜，衆寡不敵，遂遇害。公之同事守備，回紇人海寬，舞槊相救，殺數十人，力不支，亦死。賊以麻油鑄其軀爲燭，以泄其憤。公死前一日，手削一桑版，墨書其上曰：『明家寨丁如浣死所。』人乃悟命寨之意云。

王茂才之章傳

茂才，予舅氏行也。予少孤，多病，公解醫，每至予家爲診視，投以藥餌，隨效。予年可十歲，某家讌會，於雜賓廣坐中，議論風發，公刮目良久，曰：『此必成名，但須力學耳。』自此每〔一〕謁公，必以德業相匡飭。公時教授生徒里中，或有時過公塾〔二〕，則拈題課制義與諸子角勝負，予方傲睨一世，計絳帳下無一可當意者，群輩怒欲起而搧之，賴公免。

公無子，媵妾甚多。正妻張能畜之，究亦俱無所出。平居藴藉和藹，不與人競長短。人或狎侮，公亦無所芥蒂。早歲鋭志舉業，乙卯戰北，遂决意治生産，竟以財雄於鄉里。家既素封，復多行善事，無遠近皆呼爲長者。會乙酉春，巨寇南奔，自武關而東，鐵騎數百里，公與妻張避亂禹山寨。寨陷，與妻囚繫一處。公義不受辱，争先爲死，賊欲令之跽，罵曰：『我天朝良士，豈能跽爾賊子？勁旅百萬且至，爾輩行當粉虀，尚能污人耶？死則死耳，此膝難屈。』賊恨甚，無可奈何。

夫妻俱受戮。其後寨民賊中脱者，目睹其事，鄉人至今言之。

語云：『平居無直言敢諫之士，則臨難無仗節死義之臣。』非通論哉！甲申國變，狀元劉理順、御史陳純德皆恂雅無他者也，竟以死。而平居號爲蹇諤丰采者，不屬焉。然則王君之死，世豈有測之者哉！獨計士君子不幸而生亂世，遇凶人如此，而名湮没者，又安可勝道哉！

【校記】

〔一〕每，《文集》二十四卷本其下有『晋』字。

〔二〕塾，《文集》二十四卷本作『第』。

李三翁傳

三翁者，鄧人，名茂英，字俊宇。少習舉子業，遂棄去，力耕，連辟公府，不就。喜誦涑水《通鑒》及陳壽《三國志》《南華》諸書，鄉人號爲祭酒。性任俠，負氣節，里中有回冗紕謬事，不敢令公知。公聞則爲寬譬理諭之，人輒自愧，故人人呼爲三翁云。

予四歲失怙，公與吾父爲刎頸交。公見予兒嬉，恐墮先業，謂予節母王孺人曰：『是子可就塾矣。』時公之子榮受業於鄺明經魏師虞先生，予往同學，朝饔夕哺，繼室朱母親炊爨，無倦容，四年如一日。時予甫成童，公見帖括藝而善之，曰：『此淩雲器也。』鄉人有誹笑者，公曰：『鯫生者，何足較哉！』日學相勉期，勿詭於道，無騫於義。會有時沉飲於家，或跨蹇中表處，有里社之會，公爲期期戒之，且嘆息曰：『老夫耄矣，勿耽於荒，庶早見成立，勿滋他人詬厲。』如是者屢，予亦尋匡飭罔即慆淫。

予年十七，以童子試入郡，及歸，而公不起矣。朱母亦遂相繼歿，有孫黑。禹峯曰：『公獎借人倫，藴義風發，殆東漢郭介休、許平輿諸君之間矣。予今年五十矣，公玉我爲兒時，我不能庇公孫，將公之所謂識予者何在也？』里婦有井氏者，新寡，代爲黑娶之，使其生男，天報善人矣。

田貴妃別傳

天啓晏駕，崇禎帝自信邸承統，聰察英斷。懲貂璫蝗國，嗣位之明日，鋤魏忠賢諸大奸，賓禮公孤，臺省吐氣，海宇有更生之望。時邊圉多故，大內旰食，流寇李自成等以驛卒窮餓起延安，揭竿秦隴，烏合數萬，有司處置失宜，漸成封豕。帝每戚然，召公卿會議征剿，夜分不寐。回宫中，輒旁皇繞床走，皇后以下不敢發一言。

先是在信邸時，有金吾將田康宇者，廣陵人，弱息選入宫，美而艷，嫻書史，寵冠掖庭。見帝忽忽不樂，伏蒲進曰：『陛下聖明，國步多艱，將相無人，致煩睿慮。側讀言官疏章，有言征南將左良玉，梟獍反覆，此必跋扈不可用。今陛下方倚爲長城，撲滅群醜，豈社稷之幸乎？』言已，涕泗闌干，哽咽失聲。帝爲動容。未幾，中官復用事，良玉賄左右，譽言日至，帝詔太常議良玉封爵，世守武昌寧南侯，同封者三人，爲某某。妃又以爲言，不省，妃曰：『已矣，滿朝可謂無人。帝亦終不能用吾言。夜觀乾象，國運不久，吾將委骨泉壤，與龍蜕同穴足矣。』

亡何，良玉受爵，驕奢淫佚，掠三楚尤酷倍於賊。李自成屠名城，滅宗藩，所在見告，良玉坐鄂渚，儀衛鸞旗，擬於王者，不以爲意。既而汴梁又陷，良玉望風先奔，一晝夜自朱仙鎮走襄陽，蜎縮不敢出〔一〕。會邊報至，帝方食，失箸，謂妃曰：『不聽汝言，致有今日。冒昧用賊臣，不吝封侯之賞，豈意狼子野心，負朕如此，奈何？』妃曰：『晚矣，無可言者。』

乃於是夜人定後，以阿錫自縊於娵訾宫。鈿合中遺表有云『逆臣良玉，終必背主。狂賊李自成，終必亡國。宦官用事，尸位盈庭，誰肯忠謀陛下者？然古來禍患之作，以開聖人。劉、石犯洛，而司馬肇基於江東；禄山入秦，而唐宗巡幸於白帝。建業爲六代之舊都，陪京乃祖宗所繇置，願皇上獨排群議，早議南遷。或令太子監國，以繫中外之望。藉長江爲險阻，與神京相首尾，蕩賊有期，恢復未遠。萬一都城有變，犄角可援，是亦宗周嫠婦之愚悃也。長辭九嬪，永錮三泉。葬妾燕〔二〕山之麓，願化長陵之土』云云。次晨，宫姬報妃死，帝爲大哭失聲，詔將作大匠，櫬以黄腸，含大秦珠，襲錦襜褕綉帢襳袿鞶鑒，飲以水銀，如禮〔三〕。

宫姬長跽進鈿合，以爲妃子未裁前一日，漏三下，吮毫書小赫，蹏逐婢輩出，密繕，不知何事，封志此中，告婢曰：『我有不測，若持獻皇上親啓，勿令人知。』實不知妃子乃於是夜自裁於壁帶黄金缸，罪萬死。帝讀之感痛，依其言，葬於昌平之鹿馬山。命工部左侍郎陳必謙營建，未畢。〔四〕

次年甲申，都城失守，帝后殉社稷。〔五〕士民置輼輬車東華門。會大〔六〕兵至，爲先帝發喪，以天壽山遠，就妃墓啓壙，省祭官。趙一林實董其役，移妃棺於右，帝居中，周后處左，遂合窆云。〔七〕

予丙戌游燕，過涿鹿，逆旅遇老尼，言此事甚悉。言已，長嘆數四。主人曰：『此先皇宫人也，國破耻事人，爲女僧云。』嗟乎！當熊辭輦，古今美談。妃以色授，尤以忠死，烈丈夫不及也。國史後宫彤管千載，帝生前不能用其言，死也魂魄相依，固應追悔地下耳。

【校記】

〔一〕『蝟縮』句，《文集》二十四卷本作『旋引蒙衝南下，燒潯陽、安慶上下江千里』。

〔二〕燕，《文集》二十四卷本作『香』。

〔三〕如禮，《文集》二十四卷本作『皆如后禮』。

〔四〕『葬於』三句，《文集》二十四卷本作『葬於西門外四十里香山下』。

〔五〕『次年』三句，《文集》二十四卷本作『閲次年甲申三月二十八日，賊李自成陷都，帝自殺』。

〔六〕大，《文集》二十四卷本作『清』。

〔七〕『就妃』以下七句，《文集》二十四卷本作『問左右，傍帝有嬪嬙墓否？禮臣舉田妃以對，遂啓窆合葬焉』。

吴中丞張夫人傳

中丞名阿衡，南陽裕州人。生負奇氣，倜儻磊落，喜談兵，性奢侈。諸生時不治生産，摴蒱一擲百萬。第後多内嬖，敵體黄夫人，奉公命唯謹。粉白黛緑，趙女吴娃羅列左右，媵輩事之如帝，畏之如虎。大約鉛情飾貌，容悦一時，纔離妝鏡，則梨花雨後耳。最晚得張氏，維揚人，婉嫕慧悟，伎藝絶倫，能窺書傳大義，然性復醇謹不佻。公憐愛之。當公仗節出關，羅襦珠琲盈百，兩同干旄東征，張獨請公命，願與髮妻黄氏留邸。儕輩嗤之曰：『是嫗痴甚，女以色事人，不乘芳華鬥艶，窮栖旅舍胡爲？』張曰：『不然，群姊妹皆從公行，主母獨留，妾願侍朝夕左右。且郎君八歲，堪就塾，闕門軍書旁午，此處授經爲便云。』公首肯，留張及妻子輦下，登車去。張謂黄曰：『主人怛中剛，决封疆事重，當有蹠盭。曩者不去，存孤計耳。』兩郎君皆非張出，本生母早死，張恩勤不啻所生，黄多病，張爲視藥，無倦容。

歲在戊寅，薊遼震動，羽書一日三四至，司馬門閫，密雲三匝。張謂黄曰：『主人休矣，郎輩幸在，此勿爲他人魚肉也。』俄而詗事者馳報城陷，中丞死矣。舉家失措，不知所出。月餘事定，張命健足走探消息，得真耗，乃伏闕上書，願親撿骸骨歸葬，并爲吴公請恤典思蔭，如伺載别傳。張髽髻麻衣哭，奔喪於盧龍。曩之羅襦珠琲且烟霧散，得老兵常在公左右者，藁葬公於城隍祠左廊下，啓視之，面色如生，但膝骬骨刮去，齒擊碎，摇落强半，舌不存矣。張痛哭仆地，絶而復蘇者再，已而嘆曰：『天乎！君得死所矣。』斂含如禮，載京城西郊古寺旁。會朝廷詔工部爲公治葬，時中州流氛甚熾，所在郡邑陷没，宛葉大河以南，路絶行人，張乃堋公於招提之左壙。未幾，李自成陷京，居人迸散，張爲黄夫人及二郎君具資糒，潛遣歸里。張剪髮爲尼，劵面垢衫，藍縷百結，自毁爲業洴澼洸，碓舂自給，大氏不離墓側外，無一人知者。自是公妻子絶不通音問八年矣。

大清定鼎，公所親孟津王尚書鐸與公稱刎頸交，張諗知王公在都，張扣公扉具言此事，王公悼惜良久，與張約曰：『頃奉秦蜀祭差，旋時當過南陽，挾君家兒至，吾賵之，是不難。』已而王公自關中取道宛鄧，見公長郎責之曰：『若翁遺骨在燕，若庶母守之歷有年，爾不念，何以爲子？禽犢耳。』乃與百金，鬻短轅，公復寄手書於次公學士無咎，爲勾當此事，抵京。張念曰：『公之死事，在今日不便明言，但得殘蜕歸故鄉，葬祖宗墳墓，足矣。』時值春初，月色朦朧，陰雨霏微，鼓漏甫下，群動皆息。領老僕二人負畚鍤，開玄扃，劚楄柎，納骨絹囊中。羡旁有瓷合一枚，貯金珠若干，可值五百金，傭一小蹇負之，行至真定，夜張夢吴公如生平，告曰：『吾今日乃得與王尚書會矣，幸取道孟津，盤桓數日。』張如言，行至孟津，知王尚書已薨是年壬辰二月某日，則吴公報夢之晨也。張乃崎嶇弘農、成皋及臨汝一帶，抵里，葬公方城山麓，易以銀鏤翰檜有加，襄事畢，遂廬一室窀穸側，永尼矣。

噫！一女子耳。使同群婢之見，戀榮辭悴魚軒之官，金城不守，玉顔委地，藐諸灰滅，子文無後矣。又使旅食京華，倉卒失計，則婉轉娥眉，何處不可偷生。而乃陵谷變遷，誓死靡移，艱貞蒙難，托身浣婦，用使趙孤長成，馬革還葬，張之所以報吴公者，誠厚矣。然則國家不幸，當板蕩之秋，厮養卒瑕吕飴甥，豈必俱出男子哉！

祖與祖妣合傳

祖諱進賢，字南溪。自始祖資孔公生二世祖沂清，清生三世祖倫儒，南溪公爲倫祖之次子。先世自江右來，以農起家。至公幼穎悟，乃始尊受一經，又厄於有司，輒棄去。復以明農爲務，家因以豐。每歲得穀或數千斛，會年荒，盡出之，以食鄉里之饑者。猶自爲起粥場一區，親嘗其餂，務令沾實惠。如此行數次，民之仰口待哺者，不下百千人。閑出鏹帛周人緩急，有不能償者，憐其乏即焚其券，蓋不待孟嘗之客馮驩矣。家東有茱萸河，發源於禹山之西北隅。河不甚大，平時褰裳利涉。若秋夏山水暴漲，則霹靂亂鬥，蛟龍出没，四方行旅望之有若天塹。祖惻然憫之，自爲蠲積金數百，鬻工采石於西山之麓，董其家之亞旅徒御，大者牛車，小者負擔，繦屬不絶。閲一年，而橋成。蜿蜒若虹，任大雨時行馮夷鼓浪然。而水殺其怒流，斯在下矣。年四十尚無子，祖母井氏念曰：『人生以宗嗣爲大，婦人不妒是爲賢耳。』爲兩娶，祖母李氏、張氏。李生伯父橋，一女適井氏。張生我父，諱彬，一女適李氏。

祖性通俠好客，郡中孝秀縉紳皆樂與之爲友。吾父及伯父又不幸而早世，遺煢煢諸孫，皆尚乳臭，各爲延師授句讀，每日自塾中歸，祖必命予輩以手指畫掌中作字以爲嬉。鄉黨有争訟，輒曰：『勿使彭公聞之。』旋自息。婚嫁有不給者，輒曰：『有彭公在。』未幾，而遺者在門矣。祖母尤勤儉，克襄外事，一犁而外無他財，終其身亦無餘財也。享年八十有四，終於正寢。今予荷天之祐，得衍匕鬯。燕子貽孫，誰之賜歟！能無念我祖哉！雖然，尤不能忘我祖母井矣。

舅氏王公述塘先生傳

公諱某，字述塘，鄧西九重堰人。祖籍盧氏，先大父某爲蜀佃江主簿，有异政，蜀人至今思之。公行三，兩兄皆諸生，攻舉子不就，以文無害，受公府辟，赴銓曹官密雲。與民休息，不喜深文飭篋簏，日與諸耆舊名士晏樂，及歸，行李蕭然，囊無一錢〔一〕。再移渾源州，一如在密雲時。值歲荒，收遺兒溝中，賃乳之，全活甚衆。其平生交某中折有孤子，方襁褓，勢家欲奪其母嫁之，公爲卵翼不遺餘力。後得長成，延宗祧，嫗稱完節，鄉里無遠近，相呼爲佛。在官亦然。

公坦懷無城府，性嗜麯蘖，家素温瓶罍對環左右，室人李慈惠佐之，公醉後小譙呵，夫人褎不爲意。好施樂善，内德厥茂，督童婢耕織罔懈。里爲武當香火，及鄖撫駐節孔道，往來驛使達官過其第，公每投刺與之交歡，留連飲劇而去。尤恭視賢士大，夫識者比之陳遵鄭莊焉。里社宴會，跨一款段與周旋，不醉無歸。會崇禎末，避亂楚鄖，後卒於家，享年八十有一云，歲在丁丑春。

公有四丈夫子，長之屏，次之翰，諸生。屏慷慨重然諾，能緩急人，不畏强禦，聞人不平輒義形於色。或代直其事當路，人以此多之，有古任俠風。之翰以下别見。有女四，最後適予。性肅謹，事祖若母以孝著，皆公教也。有孫，福嗣藩出，養於屏。予少孤，節母公姊爲里豪所魚肉，賴公力得無恙。予性負不羈，好游獵，公時以古訓相勉勵，後遂得以一經起家。順治十七年，予從湖南歸，舟次洞庭，爲作此傳，距公殁丁丑二十一年矣。

【校記】

〔一〕錢，《文集》十六卷本作『文』。

王游擊及妻李氏殉難傳

游擊名之藩，以騎射爲將官，莅鄖幕。負性使酒，豪於財，廣交游，急人患難。然性癖馬，每歲市馬荆湖，時水草莝豆，董其善走者置上。閑錦韉金勒，嚙膝騕褭，奔走仗下。市駿青齊，鳴鞭九陌，風生火出以爲樂。

崇禎末年，流寇竊發，飆起西陲。先是屠掠汾晋澤潞諸郡，癸酉冬，乘冰渡河，河南之苦賊自是年始也。游擊時謝事家居，賊突如其來，里人皆避匿西山中。公笑曰：『鼠子安足慮！』爲率家僮數十人持戈與賊相角，勢窮見執，賊知爲宿將，欲降之，駡而死。時妻李氏育其孤福。

又十年，渠魁李自成日大陷襄洛，尋據西安稱制。孫督師潼關敗績，益狓猖，遂陷京都。爲大兵所追，自商於南逸，捲土襄鄧，李匿石洞中得免。賊兵相繼，人無粒米，皆采梠度生。時李子福亦爲軍所掠，未卜存亡。氏於馬櫪間掃遺菽和苦菜吞之，忍死以待兒歸。里中猾胥某〔一〕，慕其姿，欲奪之，族戚皆以爲言。李謝曰：『吾夫叨一命以仗義死賊，忠臣烈女之訓聞之熟矣。兒不歸，命也。兒歸，煩若等報吾死所，足矣。』指故居西園井誓曰：『此未亡人死所也。』人知其不可奪，緩之。次晨有先汲者，下視井中，則赫然李氏尸也〔二〕。乃群詈勸嫁者，欲直之牧，爲李雪冤，不果。死之本年，其子福自岳州歸。

上，救之無及矣』。

【校記】

〔一〕胥某，《文集》十六卷本其下有『猶以多藏相耀』六字。

〔二〕『則赫』句，《文集》十六卷本作『則有一人浮水上，呼群人掖視之，則李也。其族戚於是痛哭井

孫令妻妾雙烈傳

古人云：『天地正氣，雜賦流形。』信矣。每見兵戈之際，義烈舍生，女笄猶多，於以拯薄俗，裨益政教，是之取爾。

順治九年，桂林之變，坐某將軍棄邵陵，賊遂突入嚴關，定南王孔先是發兵四處，獨率羸卒千餘鏖戰四晝夜，知事不濟，自焚死，時慶遠理官孫斌妻妾與焉。按妻朱氏，前楚藩碧山王孫女。令，安肅人，隨父任産潯陽，於先朝之末年二十已，奮身爲裨將。朱自于歸，奉箕箒唯謹，逮下有恩義。順治四年，定南開湖湘，令知草創難恃，捲甲來歸，王器之。兩署岩疆，一令寧遠，一刺靖州，皆有卓聲。後念慶遠居西粤柳賓衝，肉薄牂牁，大猾方竊據出没，猺獞反側，最爲綰轂，爰命令以理官往。時令欲挾朱偕行，朱曰：『妾聞軍旅之間克全者，其唯仁恕，行矣勉之。且丈夫一

行作吏，不復顧妻子，妾能自織紝操作，毋煩君慮，倘事不測，妾自爲計，君任虎穴，亦宜自爲計矣。』於是與令灑泪而別。

會是年七月桂城被圍，朱語妾魯氏曰：『吾曩不與若從主人之官者，恐以吾等爲慮，累王事爾，今吾報命之秋也。念男女甫乳臭，汝且埋身草間，延趙氏孤，勿死也。』語畢，取尺帛自縊。魯氏曰：『主母以我不能死乎？故爲甘言，且遺孤難保，此身難辱，决矣。』遂相對縊。維時尚有兩婢，一馮氏，一雙喜，乃抱幼主及弱息而哭曰：『事急矣，兩主母相繼死，吾輩何用生？』於是絶脰一梁，同時亦死。城遂陷。令男桂生半周，女慶三歲，一時化爲异物，而令之一門妻妾子女僕婢盡矣。

冤哉，令乎！使朱初念不以累夫爲慮，同車宦游，紅顔黄口無恙也，何至自苦苦令且苦妾并苦婢，蓋兼忍苦其所生之襁褓兒哉！斯古所稱『天地正氣，雜賦流形』不誣矣〔一〕。又吾聞之孝感戴生云：『維時定南戲下曹總兵家，聞其母若妻妾子女骨肉自盡者十餘人。』總兵名德先，宜與令事并傳，异時輶軒采入嶺南志乘可也。

【校記】

〔一〕誣矣，《文集》十六卷本其下有『昔歐公作《五代史》，取虢州司户大梁斷臂一事，津津道之，其意蓋傷心於五季之風靡也。吾讀《元史》，見長沙李芾與夫池陽趙昂發之事，輒廢書而嘆焉。由是觀之，易地皆然矣』六十七字。

胞兄萬里傳

節母王生余兄及余二子。余生三歲而孤，蒙蒙襁褓，聞兄五歲父歿而哭之痛，幾欲以身就棺中，純孝天生也。余甫齔，就塾師，與兄同學。兄名萬里，余名萬程，父命也。後余游庠，始改今名。余父既早逝，母煢煢作未亡人，賣釵釧易書册，爲二子訓句讀。每燈火，機杼軋軋，二子佔畢其間，則母心樂。兄十二歲見里社舞鬼師，意忽有所感，成心疾，自此發言輒譫譌。母憐之，延醫診視，以爲九竅之變症，藥餌終年，得之十四五焉。尋亦不復治，遂不竟學。余專其業，時遭祖父母喪，拮据襄事析居。

兄性嗜獵，春夏鶉來，臂鷂往捕之，時其饑飽。又時牽犬逐兔西山下，以爲嬉。生一子，適爲祖作佛事，因名僧。譎慧异常，不十歲，善作偶語，客有試者，應聲而出，若夙搆然。余時弱冠，稱弟子員，每自喜曰：『是兒駒也，善畜之。』

余家鄧西鄙，距城兩舍。偶一日，余以小試入州城，族兄仕龍自鄉來，拉血相視，大呼曰：『僧死矣。』余正對客酌，乃棄杯罣哭眩於地，斗晌始甦，訊其死之故，曰：『雉經也。』噫！此子年甫十四，何以至此？有迫之者耶？後乃知其以他事拂阿母，爲母所棰楚至是。余曰：『天乎？以吾兄之盛德而折其嗣乎？』兄自是亦絶不生男，生女亦不育。

崇禎中，流寇血中原，余先避鄉中臺上，賊咆哮攻之，不克而去。兄素驍，果手槍逐之，爲賊所中，傷三處，頭面糢糊，猶奮身力貫兩賊馬下。丙子，城破，余流寓襄陽，兄與同爨。時節母念土，與兄先歸，掃祖宗墓地，爲我構室，余猶未至，而母遣蒼頭適至，以爲兄以某月日得病死矣。余魂魄皆失，歲在崇禎丁丑，享年三十有四。余歸而哭其棺，母因兄亡，幾死者屢，痛定，乃從轊車厝諸先人之壟東偏葬焉，與僧同兆。

而述曰：『余何忍傳吾兄哉！猶記余作諸生時，泥飲弗檢，清明禹山賽神，余夜歸迷失道間，時麥田浥露，花香草肥，余躓道左人無顧之者。耳邊微聞兄呼，半醒郎當掖而歸，此時若無兄，吾不知人世間更有而述不也。』吾忍不傳吾兄哉！嗚呼！吾兄下世二十五年，吾母不禄亦二十年，而述冉冉老矣，雖子女滿前，而生我之人與同我生之人，永隔終天，化爲异物。三復『明發』之篇，爲之哽咽，不成寐。[一]傳作於古田行間。謳譳音逗耨，不能言也。見昌黎《南山詩》。

【校記】

〔一〕『爲之』兩句，《文集》十六卷本作『余滋愧矣，滋感矣』。

文集卷十四

傳下

吴義士傳

吴義士者，吴之秋浦人也，自稱爲延陵後。世居池之横山，峰巒奇秀，中有流泉，古木晻藹瀺灂。公生而岸傲，負不羈才，於書無所不讀，一見輒能上口。年弱冠，蜚聲藝苑，品題天下士，天下士無不知吴中有次尾先生者。次尾者，公之别字也。

公既具軼群姿，坐謂青紫可唾手得。游學姑蘇、雲間，與一時名流張溥、楊廷樞、陳子龍等善。賈人聞其名，以千金贄公，爲遴制義。公慧識敏手，别有裁鑒，一時有人倫之目。海内傳誦所録文，一如公所自著。名宿新貴，得一字以爲九錫，而尤留心朝政。每閲邸報，凡大興革利弊茶馬邊防儲胥拜除諸大政，無不犀利。間與當道談及某事宜舉，曰：『此社稷福。』某事紕繆不宜舉，則義形於色。特議雲涌雷發，與當道齗齗，斷其不可。當道以其名重，用其言上封事，釐定報可者，稍稍有間矣。

崇禎癸酉，流寇渡河南，公戚然憂之，著有平寇諸策論，皆石畫可奉爲元龜。識者以爲身不用於時，而徒以空言冀悟人主，博當世之采擇，此其責不在君則在相矣。亡何，著作弘多，名益震。帖括藝獨宗震川、思泉諸家，冀其必傳，不屑鉛華媚人，既已戛戛不入俗目。而公氣又睥睨一世，凡世所號爲巨公碩匠罔不兒畜之。以故棘闈中衡文諸貴人嘗受其齮齕者，庸以吴生售爲戒，以報郄公，竟坐是不得一第。曾已壓南闈卷，輒乙之，最後乃以明經與公車。

會甲申國變，扁舟如金陵，殷然以中興爲任，上書當事，言江北三鎮靖南黄得功之忠貞，廣昌東平二劉之反覆不可保，武昌上游左良玉之萬難恃，而其大要，則以史可法宜在中書，不宜駐維揚爲首議。以兹犯權相馬士英忌，恚甚，欲殺之。公潛脱白門，未幾，以良玉兵下得解。公慨然曰：『天下事去矣。』聞大兵抵池，乃約鄉人果烈有心膽者，刑牲盟曰：『明養士三百年，君臣之義是在今日，諸君亦何言？』維時公設高皇帝位，率同事痛哭之，聞風響應輒得四五萬人，鼓噪呼萬歲，且前進曰：『惟君命。』公指揮，分爲四師。是時江南諸郡邑皆已置吏，公以一師出東流，一師出建德，一師間道入金陵，一師自帥攻池。旌旗壁壘数百里間，山鳴谷應。旬日内，所失州縣新署俱駾喙亡命，或有擒者，勢且捲長江，吞吴會。又徽詞臣金聲與公相爲犄角，聲靈震疊，尋有長驅江淮〔二〕之志矣。

會大〔三〕兵中降帥某勒兵從新安詭道入，出公後。公腹背受敵，公所領現在兵不及二千，圍〔三〕兵乃數萬。公拔營大樓山上，與大〔四〕兵鏖戰，自辰至酉，所殺過當。衆寡不敵，兵潰，公猶手揮長刀格殺數人，力不支。得公者欲强之跪，公笑曰：『此膝不屈於人久矣。』兵官〔五〕中有識公者，公問曰：『欲生得我乎？抑利吾頭耳。』識公者不答。公會其意，乃向帥借一騎曰：『看一爽塏地取吾頭授。』若行至梁昭明太子臺畔，下馬曰：『此吾死所也。』口占一絶云：『蟒衣玉帶徒張皇，四鎮紛紛各散亡。采石將軍差不愧，英雄好去伴維揚。』謂黄得功與史可法也。乃從容謂所識者曰：『吾有女，年十一，已許聘劉伯宗家兒，汝能爲我察歸之，且結草矣。』伯宗者，池州名士也。再拜畢，引頸受刑，神色自若。將兵者〔六〕用竿懸池之南門外，天氣方暑，异香射遠近，烈風颯颯，鬚髯磔張，飄摇有聲，如欲生。人〔七〕以爲神，不敢逼視云。

公名應箕，著有《大樓山房史辯》數百卷，行於世。禹峯外史曰：『當元之下江南也，池有趙昂發者，以判官死官池，非池人也。又有二士以投水死，池人也，止於潔身而已。公之死乃以倡義，若事之不成，則天也，視三公爲烈矣。年餘而陳子龍亦死，與公同所謂聲應氣求者，非耶名流，亦何負人國家哉！』

【校記】

〔一〕江淮，《文集》二十四卷本作『河洛』。

〔二〕大，《文集》二十四卷本作『清』。
〔三〕圍，《文集》二十四卷本作『北』。
〔四〕大，《文集》二十四卷本作『清』。
〔五〕兵官，《文集》二十四卷本作『北師』。
〔六〕將兵者，《文集》二十四卷本作『敵人』。
〔七〕人，《文集》二十四卷本作『敵』。

丁二宇先生傳

公諱鉽，字二宇，鄧州人。隆準豐下，聲如鐘。弱冠游庠，小試輒得隽。督學使者入中州，無不國士丁生者。與鄉舉，十三中副車者，一竟艱於一遇，以貢士終老且死。

余少孤，以父執得師事之。先生壯歲好乘駿馬，黄金寶玉爲飾，僕童數十人，有時或肩輿赴里社，輪蹄赫奕，義從皆綺羅，自喜知必公在焉。豪於酒，每賓朋雜沓，雄觥痛飲數斗，不計晨夕。鮮醉，或醉歸，夜半即起，起即讀書。每科時藝至，遍坊刻置案頭，濃墨點次，輒能上口。性既通慧，坐是亦少竟於學。臨文，無意爲之便高等。試棘闈，文不加點，未燭即出，曰：『恐誤飲，且性不耐也。』出則尋王孫或貴公子爛熳花伎間，自以爲必入彀，沿以爲常。初業《易》，繼改《禮經》。

束帛楚之黄岡，謁名士曹之棟，爲朝夕講論，然亦浮慕用相羈縻而已。喜看邸報，留心國家大務，時流寇猖中原，先生每扼腕曰：『天下事不忍言矣。』鼎革後，易名志，字金山，猶赴鄉闈者二，以解首自期，放榜如故。生子如匯，陝州廣文先公死，孫亦無存者。

公素封，多負郭之田，人有緩急，以多金濟之。無德色，無吝容。好客，有四君之風，每車馬雲屯抵掌華屋之下，則公軒然喜具慧眼，能識文字於毫髮之微。貴賤壽夭，一以文決之，百不失一。余初未執經於公之門，忽於某處見余作，驚批其尾曰：『地負海涵，此當代偉人也。』自此遂逢人説項，津津不置云。其他較量天下士，不差累黍，中州推爲人倫之鑒，比之司馬德操、許子將云。

公既以屢刖不售，遂放浪於麴蘗，涉獵古文辭，啓札傳記，率筆而成，不雕飾，亦無所本。常語人曰：『文貴成一家言耳。昌黎有言曰：「作之也易，則其行之也不遠。」吾作之寧易，行與不行弗計也。』以故人有求輒作，作亦不存，其稿今亦散失無傳者。晚年娶一妾，生一女，慧，適某，然止此矣。中郎有女，伯道無兒，天道可知耶？

余自戊子撫黔放歸，里居十年，無日不與先生周旋。順治十三年丙申，經略洪太傅治兵長沙，余奉命走軍前，記南來之日，先生執余手曰：『身老矣，禹峯此行未審何時歸來，幸爲我先作一墓志，余生而讀，讀而喜，喜而瞑目於地下可也。』余爲作文付之，計今七年。余自滇藩量移桂林，家童自鄧來者，余問先生起居，答曰：『先生於去年某月殁矣，年八十有四。』嗚呼！言猶在耳，先生真以餞余南來之歲便爲永訣，爲之廢箸者累日。每欲爲先生作傳，會有簿書未暇，兹以剿寇入山，繫馬永寧，夜夢先生若責諸者，因起而挑燈抆泪爲此。他日歸而鎸石，竪之先生墓道。嗟乎！而述何人敢忘先生哉！

張豪士傳

豪士，宛之西鄂人，父爲國老，重文人。豪士生不數歲，翁爲延塾師，授戴經。豪士一見輒能成誦，師大奇之。豪士偉幹方頤，性爽武，不可一世。

弱冠游鄉校，主司試題爲《子庶民》，豪士入題，有云『如傷之心法斯在，寧爾之告誡猶存』云云，主者取以冠多士，聲震膠庠。

甲子鄉闈，爲主司極賞，以後場犯時諱，竟乙去。坐是遂放浪酒人詩社間，聞人不平事，則竪毛髮操拳往搤之，里中惡少聞豪士來乃辟易。尤好奬拔後學，負人倫鑒。時天啓中，大璫魏忠賢用事，鄧有小黄門出其幕下，額表有『密勿近臣』四字，豪士一日醉過其第，時昏夜半星，躍身榱題上，手摘而碎之。嗟乎！爾時恭顯之禍已成，在朝正人君子日在啐虎春冰中，以不保腹背是懼。豪士以一諸生捋猛獸之鬚，亦危矣。亡何，黄門聞豪士名，竟置之。

豪士既已不用於世，家無儋石，或一擲百萬，室人交謫，不顧也。豪士爲文，風雨飄忽，匪夷所思，方且唾手承明之廬，竟落落不遇，屢躓棘闈。以庚午年復厄於有司，嘔血死，年四十有奇，世竟無有知豪士者。

禹峯曰：『我觀古來不羈之士，以其行能表見於世，或儒林，或文苑，得以其身登列傳，豈必薦紳貴人哉！豪士瑰穎拓落，生長僻里，無聞人爲之標舉，乃湮没寒皋蔓草間，與碌碌者埒，是可痛矣。』豪士名鴻翔，字翎修，有子三人，流徙亂軍，不知所終。

歐陽南芳先生傳

先生諱春，自云白河縣人。不知以何事出里門，遨游武當，與黄冠盤桓，度不足以爲生，乃授諸子於鄧西禹山陳氏。陳俱刀筆起家爲掾吏，不足以知公。余先受學蒙師張公好智，余將作制藝，先生以淺習舉子業辭而去。會余舅王之章善歐陽先生，余祖喜甚，乃折柬延入塾席。余及胞兄萬里俱受業焉，井里子弟從游者亦衆。

先生勤渠，每早焚香念經一卷，尋常求一笑不得。楚夏二物，督責帳下甚嚴。余小心畏懼，晝夜黽勉，獨不取先生嗔。先生爛熟四子書及《尚書》，注釋小字連圈外者皆誦滾滾。手抄名人會墨一卷，每諷誦之不置，亦不見其常作文也。娶妻井，生一子，日弄兒懷中。後余漸長，家析居而貧，不能留先生，先生旋去。游繩氏，繼李官營，余跨蹇騾，時求謁問字。余爲諸生，家稍殖，又請先生訓吾子始起、始騫。先生教余子如教余。丙子，余登賢書，先生館鄧城其家，余從某處酒來，下馬揖先生道旁。會丁丑，城不戒於寇，先生莫知所終，或曰遇難云。

先生泥飲，醉後好爲大言，爲駔儈所不滿，每折辱之。先生醒後絶不省録，他日遇是人，禮之如故。又善作小詞，能謳歌，喜飲蘆筒酒。此酒秦俗析酈人能爲之，染於鄧，不忘鄉土，先生故有是好云。初不知先生何許人，竟先生自爲名號。亦初不辨先生爲何許人。余家近謝羅山，山有玄帝香火，先生一日約余同謁帝，至浄樂宫，將出里居姓氏附青詞，視余良久，不言。問余曰：『此神可誑否？』余曰：『不可。』先生乃盥手書紙曰：『楊名遠。』余再三詰之，略舉似亦究竟無所言也。然則先生之不爲歐陽某信矣，恐白河之説是亦張禄之類也。余存之知有先生而已。歐耶？楊耶？奚問焉。

陳茂才傳

茂才名常，字時夏，鄧西陬半札店人。儀觀瑰瑋，具兼人力，性風發伉直。上世某從洪武軍，起濠泗。耆定後，法唐府兵遺制，散諸羽林充衛所，視郡縣大小爲屯戍，世其業兵農，合一武之善經也。公之祖千夫長，得以隨鈐轄編尺籍於鄧，數傳始爲諸生。公得以家學游庠，時年已三十矣。前屢困學使者，不售，人或勸之徙業。公曰：『是有命，第忍之。』公車復屢卻，乃退而攻猗頓術。

先是衡門桑樞，裋褐蔽體，藜藿粗給，銅臭子輒揶揄之，公慨然曰：『士不能治生致温肥，而驕語仁義，誠足羞也。』遂一力明農，茅蒲襏襫，與傭人之最下者同甘苦。復多心計，準天道盈歉，持籌以權奇贏能，令錙銖無遺算。又爲市馬駒荆沔間，伺水草勤剪拂，不半歲，下乘化爲騕褭。鄧爲武當鄉〔一〕火路，貴人經其地，倍息貸之，數年間，遂以殷富，與前揶揄者比隆矣。笑曰：『世所以賴有財者，以其能散耳。』於是閭里婚嫁喪祭有不辦者，取給之，一時遂有郭元振之目。然負氣不能善下，里兒反唇相刺，李陽老拳必不能免。輕薄少年賽社之會，避席曲跽，奉如嚴師，曰：『公，正人也。』究亦勿敢犯。人在患難急遽中求救，公殫心力圖之，不啻己事，形格勢禁，則自爲解，緣是借公爲緩急者屢矣。

乙酉，闖賊南奔，公爲所得。見公體豐碩，意必多財，煆煉備極。公駡不絶口，正欲操刃，會賊以大兵追至，各星散。得不死，腹背間炮烙幾無完膚。每對人曰：『若非大〔二〕兵至，則宛鄧一帶人無遺種，蚩蚩者爲數莖髮惜，較軀命何如？』爲此説者，非附會也。誠權於輕重之言耳。觀此則闖賊之流毒天下飲恨入骨髓從可知矣。六十餘，精爽不衰，側室生一子，可七八歲。以順治十三年八月終於里，享年七十二，先妻子吕英諸生嗣。

【校記】

〔一〕鄉，《文集》二十四卷本作『香』。

〔二〕大，《文集》二十四卷本作『清』。

張孝廉傳

孝廉諱洪範，字箕疇，世居鄧西之茱萸河。其父舉之公，務本業，不出里閈，鄉人稱爲長者。孝廉十餘載寓婦翁李氏家，從光化廩生魏師虞先生游。予少孝廉一歲，與同學儕輩可二十人。孝廉穎悟，在予右，予亦降心兄事之。孝廉先予青其衿，里居距纔半舍，周旋塾師既久，社鼓〔一〕伏臘，無時不拍肩相勸勞。離旬日輒思，思則跨長耳相追尋，或徒步往。書中有疑難必辨晰，當可而止。抵其扉，脱粟布，被風雨，夕晨無虚歲，歲無虚月。自入大學之年及弱冠後，視以爲常。予母節孝王孺人見吾兩人能切磋相與有成也，亦稱爲真兄弟，爲具酒作食無倦。丙子鄉薦，鄧〔二〕三人，予與孝廉及王君之鉉，且俱出安陽聳成我師門，大粱傳以爲异，曰一門三鄧州云。

孝廉三上公車不第，肆力群籍，尤留心於《五行志》《本草》諸書，談之亹亹煩輔間，人争服其博雅〔三〕。癸未，避亂吴楚，居停蕪湖一載。閲乙酉，大兵〔四〕定金陵，遂與予買舟歸里。至漢口，予乃官楚，孝廉抵鄧隱居。丙戌秋，予自楚歸，孝廉時即稱病，神形略憔悴，無復向者駿發。丁亥，猶力疾赴禮闈〔五〕。予以補官在京，覯其文甚奇。又不第，南歸。迨予自燕都回，孝廉病大漸，然猶意疾在孝廉。孝廉能醫藥，或未必即關死生大事也。今春繫馬永州，未幾，有夜郎役起，兒自鄧來，乃知孝廉以正月十四日死，蓋順治戊子五年也。

嗟乎！天奪我孝廉，抑何恝哉！予在家日多，宦游日少，孝廉不死於往時而死於今年，平生知己如予者，不得撫匶〔六〕，一爲痛哭，或經營其後事。天奪我孝廉，抑何恝哉！記予官陽曲，孝廉猶來拜我母，官署元夜燈火璀璨，孝廉大醉，事在癸未春。我母以是秋殂於晋，孝廉自燕京寄吊章，與李兵垣俱。今兵垣既遠托交廣，匿姓名，不知存没。王君之鉉死，而孝廉又即真死。數年來，親朋零落殆盡，内心孔悲。猶記予與孝廉自吴返楚，解纜潯陽，中流風大作，予舟幾覆，孝廉折其桅，倒行舟背上三十里。予泊江岸，昏黑酹酒長號，以爲孝廉死。昧爽孝廉舟來，得不死，死生真不可知哉！

孝廉無子，前李氏妻生一女，爲予次兒始騫婦。今生二子，曰昌，曰湘，吾孫即若孫也。孝廉不爲無後，孝廉爲人，沉審篤摯，有君子風。寡言笑，所交游絶少，坐是固用遠於尤悔。予受孝廉益最多，今欲再求此人不可得已。聞病革前二日，對予起兒出涕曰：『我死，以不得見爾父爲恨。』是予所云孝廉不死於往時而死於今年者也，則孝廉之於予果何如也！

秋風客邸，瀟湘水寒，孤燈夜坐，思及孝廉不成寐，爲起而作《孝廉傳》如左。爰命次兒始騫礲石以勒其冢上，或百世後此石不爲仇與勢所踣，知有孝廉，孝廉未死。

【校記】

〔一〕社鼓，《文集》二十四卷本其前有『親戚』二字。

〔二〕鄧，《文集》二十四卷本其下有『與』字。

〔三〕『人争』句，《文集》二十四卷本作『人亦目其博雅』。

〔四〕兵，《文集》二十四卷本作『清』。

〔五〕『猶力』句，《文集》二十四卷本作『猶疾力會試』。

〔六〕撫匵，《文集》二十四卷本作『臨終』。

王孝廉傳

孝廉諱之鉉，字青鎖，其先爲晋之聞喜人。父善廢著，牽牛車服賈於鄧，因家焉。卜居鄧之西陬曲河鋪。孝廉爲諸生時，有閎聲，中里人忌，齮齕久之，坐异籍不得入豫闈。年且三十餘，丙子乃與鄉薦。先是癸酉予爲張督學首拔士，實先容之。爲文幽遒有致，不骩骳於俗。初生子閣，殤於蕪。

公屢上公車不第，避亂吴中。順治乙酉冬杪，客鄂渚，當事才公欲署爲令，不果。逼於婦胡〔一〕，買舟北歸。胡常以奇妒〔二〕，甈公兩姬，公大畏憚之。抵德安，會守兵叛，公乃死亂軍中，無可考。公滑稽，善紀怪事條悉原委，傾人聽。居恒，每垂首若有所思，似深中者，乃實恂雅無他腸。次子仲寅，世厥業。

禹峯曰：『予得不念孝廉哉！然孝廉之得與鄉闈，此誼在孝廉未嘗一日忘之也。』予與孝廉少同學，又同出秦師鞏公之門，每攻予失，予以兄事之。時予以官楚而不能館公，乃致公以婦人之言而死也。予負孝廉哉！

【校記】

〔一〕胡，《文集》二十四卷本其下有『氏』字。

〔二〕『胡常』句，《文集》二十四卷本作『胡者，長舌人也』。

徐將軍傳

將軍名勇，字英吾，河東太原静樂人。本姓高，長於許，因訛爲徐。少孤，生而燕頷虎頭，异群兒。時寧武總兵許某，榆林人，五十無子，聞公奇异，養爲子。母某氏與其同母女弟〔一〕，俱隨之往廪官署中。稍長，習騎射，許公器重，不啻已出。會許公罷官歸里，將軍年可十餘，偕歸姑臧，時里黨皆以爲許公子也。會許公他姬生子，視公稍有間。亡何，許公又死，公與其從兄有睚眦嫌，遂慨然曰：『大丈夫自取封侯耳。』時萬曆末年，彗星竟天，海宇〔二〕方有事，將軍遂别母與其女弟，仗劍游關東，時年十六矣。聞劉、杜兩將軍之事，竊心慕之，曰：『男兒束髮從王，遇明主，位上柱國，此其事優爲之。』行伍中聞公言，听然而笑曰：『若不棰老馬厩下足矣，望富貴談鄂節徒夸耳。』亡何，公年二十，以斬馘功晋百夫長。次晋，游擊將軍烈宗末叛卒起西凉，寇河西汾晋，繼躪河北，尋渡而南，墮名城，衄王師，所在見告，秦、楚、江、豫間騷然矣。樞臣徵關外畿内兵入剿，公與焉。

先是鄖撫袁繼咸見公貌，奇之，特疏題公鎮鄖。公與巨寇八大王、過天星、一斗粟、革〔三〕里眼等諸渠帥大小百十餘戰，鄖斗大萬山中，四面援絶，相齕六七年獨得無恙，公力也。甲申變作，弘光紀元，公以屢功進都督，賜蟒玉。公見南渡草創，權相馬士英官以賄成，又武昌左良玉紀律久隳，流毒江漢，關東諸侯無一人以討賊爲念者。公自揣孤旅滅寇無力，屢用太息，會天啓皇清掃清畿甸，長驅關陜，自秦捲楚而下，良玉東逃，國賊李自成爲英王兵斬於匡山之麓。公先是領鄖兵防承天，至是乃統所鈐將士降英王。王喜曰：『此鬍子將軍也。聞守鄖城七年不下者，即若也，何降也？』將軍曰：『除賊，大義也。復讎，大恩也，勇等焉往！』於是王承制乃拜爲大將軍，開府黄州，開四十八砦。

丁亥移潭州。賊帥一隻虎攻潭，率賊十餘萬，相持十六日夜，矢石如雨，陴上人眼生瘡。公開突門大戰，賊以失利去，自此洞庭以南滇黔百粤間人人胸中有一徐將軍矣。朝廷嘉乃功，又以辰州爲滇黔鎖鑰，移鎮辰常。時賊中有逸出者，云賊是日方高會群黨於銅鼓山上，詗知公旌節届辰，詫曰：『我輩無東門矣。』飭部下健兒曰：『此人有威名，在先守鄖，其後守黄、守長〔四〕。長於用兵，苦鏖戰，誠勁敵也，吾輩志之。』用是鍊象兵，煆火器，凡屬鏤鏦鍎扶揄純鉤，三屬之甲，縵胡之纓，以及藥弩毒矢，百倍於前。每入犯，戰輒不利，爲將軍斬將搴旗者，一年之中以數捷計。於是將軍大喜曰：『此鼠子不足憂也，今須截其頭置昆明耳。』

順治九年七月中，賊復大至，將軍披甲提刀，斬名渠數十人，及生擒者〔五〕，舟解武昌。總督羅公上其事，朝廷賜飛龍曲柄，蓋及所御偏裻犀毗留犂刀若干，公念益感激，不有其身。賊憾甚，爲舉傾國之兵以來〔六〕，於是年十一月二十二又至，圍城三匝，城上礮石矢鏃如雷砰電赴殷輷，天地爲昏，山谷震動，賊正欲奔亡無路，適公裨將張鵬戰西門外，中創落馬，舉軍喪氣。公親上馬大戰，手格殺數十百人，城東門忽爲象坐開，玀兵争進，公舉兩刃長鈹，直劓象鼻。象受傷痛怒，噴血如瀑，蹩躠狂吼，陣馬驚走，公遂爲亂兵刀剸左脅貫中，墜馬而死。

公有子四人，妻妾若干，皆自焚。辰陷，其女弟李氏出萬死中，陳情年餘，經略相公洪偉之，爲請卹典。天子聞而嘆焉。奉明詔，贈光禄大夫，祭祀立祠有差，蔭其從子自貴一品官。十三年丙申，辰開，自貴歸其骨，葬漢陽山麓傍母冢旁。

彭而述曰：『潭州之役，事在戊子冬。予領黔兵守西門，與公同事。爾時賊衆城危，公已有死之心。閲四年乃踐斯言於辰，有志者事竟成也。是年粤西陷，定南王孔有德闔門自殺。粤事在七月，辰事在十一月，一异姓王，一將軍，俱忠於所事烈已此。其人先朝能竟其用，豈不易地皆然哉！』予既詮次其事，仿《九歌・國殤》，復系之以歌曰：『維今皇之御字兮歲在辰，維將軍之節鎮兮州亦曰辰。象鼻捲山兮城以崩，將軍劇戰殊死兮帝胡不仁。大别之山兮峨峨，江漢下走兮蛟龍盤渦。將軍魂兮安歸，殘骸兮惟母是依。恤典優渥兮聖人曰念哉，爲厲鬼以殺賊兮辰州又開。』〔七〕

【校記】

〔一〕女弟，《文集》二十四卷本其下有『令歸李』三字。

〔二〕海宇，《文集》二十四卷本作『東方』。

〔三〕革，《文集》二十四卷本作『融』。

〔四〕長，當作『辰』。

〔五〕『及生』句，《文集》二十四卷本作『及生擒僞國公、侯、伯等十餘人』。

〔六〕以來，《文集》二十四卷本作『以甘心於我』。

〔七〕『其人』句以下至文末，《文集》二十四卷本作『王，關東人。先以明參將爲當道所激起，事登萊，遂有僕固懷恩之舉，乃天心去明。皇清肇興，拓楚闢粤，屢遜碩膚，爵列五等，殉難一劍，此其人先朝能竟其用，豈不易地皆然哉？』

張將軍傳

將軍名自强，秦人。少墮緑林，爲群盜，喜殺嗜酒，鷹眼狼顧，蜂腰猿臂，遇陣先登，人呼爲一根葱。年可三十，念賊名難以久居，解甲歸左良玉。良玉時方爲名將，節未變，會改革，游楚，總督羅檄爲永州道守備。予以順治丁亥分藩永，是爲長官。戊子，奉定南王疏，請撫黔，張偕行，扈從多力，氣貌類凶狠，實乃純謹無他。以是年四月十三日抵靖州，是日，坐馬不病暴死。甫發，黔陽左纛折，識者皆云不祥。予不之信，遂於是入靖。叛帥陳友龍扎二十里外，予先是持牒講招徠，彼亦陽應，因不疑。抵公署，則聞有偶語，若有云友龍反者三。大雨如傾盆，邏者陟陴，見賊營火光熒熒，走報予。予方熟睡，帳中披衣起，將軍亦至，床頭鴟夷酒盈腹，予目將軍：『飲乎？』應聲，兩手據地，一飲而盡。閽人報曰：『事急矣。』靖斗絶蜂，蕞攢三匝，唯西郭有高廠地，可作戰場。予遂披甲上馬，將軍隨馬尾，幕賓陶生挽予裾止之曰：『矢石無親，一爲所中，虀粉矣。我但堅壘不出，彼且鳥散。且帥居中軍，以城爲蔽，勿出便。』予笑曰：『生何怯也，人苟生之爲見，若者必死。』因大開西門接戰，見陣馬雲屯，鉅鐵施鑽剽遫如熛風，軿車霆發，烟颷氤氳，彌漫山谷。諸將相視錯愕，選蠕莫敢當先。張瞋目奮刀，喑嗚霹靂，挺身直陷其陣，人馬皆辟易，落溪澗中。賊渠方寢兕持虎鮫韅屬龍，揚威高山頂上。將軍控黄額蒲捎，揮刃直取其元於萬軍之中，得牒者曰：『此友龍頭也。』賊陣既亂，我軍乘之，斬馘一千七百餘級，得馬騾器仗稱是。是役也，微將軍，予不得生還矣。

當是時，湖南直指某黷於貨，忌予功，上章求多於予。予解官歸，將軍落青門。數年後，復從西粤線伯立功桂、郴間，坐使酒不爲當道所喜，究亦不帥。亡何，將軍遂製蠻靴舞袖，日陳紅友濡首轟飲，不復以膴仕爲念。將軍竟死。

噫！古今善戰不封侯豈直李廣一人哉！禹峯曰：『予時麾下裨將賀進才者，初亦黑山種落，與張將軍分隊出。將軍戰北，賀戰南，箭不虚發，洞賊可十餘人，爲礮所傷，斷其左右骭。賀猶忍死歸營，以門扉舁之隨予行，閲數日乃死，是亦將軍之亞矣。』

頑龍先生傳

人之本傳，未有作之於生前者。此法始於司馬遷，或其易世後爲之。以究人之生平，而要其終，在當世則以爲諛，然後世亦有自傳者，或當世而人代之傳者，是不一術。頑龍先生之有傳，自禹峯始。禹峯爲人生前作傳，亦自先生始，此頑龍先生傳所由來也。

按先生諱丹，字頑龍，淮安人。少而孤，太夫人陳氏食貧，佐績爲延塾師，誨以詩書之業。公少而跅弛不羈，性僻，諸惡少爲摴蒱之會，恣情放浪於裘馬杯杓之間，無虚日。母氏撈之，創甫愈，輒縱游如故。然性通慧，凡六博書算以及陰陽方伎醫藥傳奇之書，見輒成誦。每歡然有得，絲竹在御，作爲要眇之音，輒傾其座人。人或以狂生目之，公亦以狂自居，不復辯。會先代末年，流寇起中原，先生遂廢舉業，專心劍術兵法行陣，卒致身上將軍。部曲三千人，授虎符江淮間，以禦壽陽、梁、宋之弗靖者。

甲申國變，南渡草創，馬士英奇其材，而不獲竟其用。金陵没後，公知大事無望，乃捲甲星赴輸誠於燕。時世祖皇帝尚在，負扆多。公來，爲賜璽書勞之，又錫以貂裘鞍馬劍佩諸物，他雜物稱是，册爲金吾，世蔭勒山河。

公居常鬱鬱不樂，又厭薄一時絳、灌，若不知身之曾著兜鍪者。一旦天子下詔，開科求异材於宿衛之間，公謂子愚曰：『吾輩逢清時，致身華膴，亦足矣。顧念自成童染翰潑墨，取科名以有聞於當世，今尚可爲也。』於是取舊編揣摩之，是年三歷棘闈，遂以明經取高第，成進士。後因齕於本籍被累，公庭辯良久，出守鄧。時中州連年河患，行河使者督工甚急，他郡或僨不可言，獨鄧民稍得更番休息。又河東行鹽，民間用引，冗費稠叠，公上書陳厥利害，小民得蘇。未幾，擢守潯州。潯在粤之徼，槃瓠遺種爲猺獞所居，民漁獵爲生，公以漢法雜治之，潯至今尸祝焉。遷太原副使，又遷黔陽參政，與予朝夕相晤語。康熙三年，以湖廣觀察去。同官酌酒祖餞，送南門外，黔民携老扶幼，送者億萬人，有泣下者。此公之大略也。

公性卞急，然無他腸。與人交無城府，能以財賙濟人，朋友有緩急，輒與之。又豪爽喜賓客，布衣時，傾四方賢者爲榆社，壺漿之費後亦稍稍乏絶。及本朝，游京洛，宦豫、楚、晋、粤之鄉，有老友來訊者，爲之解推，更無留餘。歲得俸錢若干，命族子掌之。宗黨有喪婚不及者，取諸此。公自弱冠時，先娶田氏，早逝，即誓不再妻。本朝陛見，蒙上賜婚某人，公一見即以女畜之，爲詳其里氏，尋其主還之。仍酬之以金，此女泣不肯行，令再三遣歸。後此女嫁士人，其父母爲書公姓字俎豆之。

公今年五十有三，與吾交二十餘年，所知公盡公書，其行事如此。會別黔之日，公去楚，予復去滇。公則卮酒奉予曰：『聞古人作傳必於身後，此世俗之論也。念今能文章號知我無如子者，倘自此別後，浪游天下，且我輩髦矣，再握手何時？幸爲我傳之。使予呼濁酒自醉，快讀君傳，即與吾晤。且萬一君或先我而往，又我或先君而往，皆不可知。若使此傳不作，則後世讀禹峯書者，當以陳子不得君一言爲恨，勿亦垂白肺腑之交而不以一言爲贈，世人之謂禹峯何如也！』則傳之作又曷能已也。若夫自此以往，不死之身與未竟之業或仍出禹峯之手，或竟付於不知所爲何人，是在後傳補之而已。

俠女傳〔一〕

俠女姓姚，字璫耳，陝西某衛人。早慧，從女史游，頗知書，許字里中兒，將笄矣。會崇禎末，巨寇起西鄙甘凉一帶，輟耕而起，羯狨之徒刑牲歃血，屠人城，殺二千石以下。渠魁米脂人，聞姚美，將攫之。軍中相傳，且將虛内主以待云。時衛城纂嚴，人情洶洶，不知所爲。城守錯愕，乃趣走女家，告其父若母曰：『一女子，與一城孰重？』衛人士亦以此爲言，多其金帛，願以璫耳易一城。父母且首肯，無异說。乃從容謂女曰：『賊烽逼，父母憐愛汝，爾不幸以治聞，城旦夕不守，玉石俱焚，奈何？』女曰：『諸君誤矣，父母亦誤，女子一身既已許人，今某氏方商游未歸，豈有中違之理？况爲賊所脅。今聖明在上，大司馬方勒六軍，撲滅鼠輩，在旦夕間。國法具在，一旦此事上聞，族矣。辱身辱國，不祥莫甚焉。即使出一女子有益於衛，亦合城之羞也。云胡不思？』父母與城守知其意堅不能强，乃一意爲守禦計。

賊至城下，堅攻十六晝夜，必欲得璫耳後已。城中炮石如雨下，城愈益圍急，於是城守及衛人，與其父母泣懇，又向女爲言。女曰：『汝輩勿惶，吾知所以處之矣。』於是乃靚妝袨服出，就舍，衛人喜曰：『此一物足以釋西伯矣。』城守尤喜過望，向璫耳父母叩首。父母泣，衛人泣，城守亦泣。璫耳微笑曰：『諸君痴甚，是爲近於婦人。且女子有行，但求有造闔城耳。愧身非男子，不能彎弓擐甲，揕敵人之胸，用雪通國讎忿耳。』欷歔泣下，無益也。』乃登肩輿，下帷，出衛城南門。預令守卒報曰：『璫耳來矣，璫耳來矣。』先是城守於賊狠攻之時，密爲約以璫耳致之，故攻稍緩，否則虀粉之久矣。賊聞璫耳至，喜甚，開壁自出營迎璫耳。賊衆約數萬人，聽賊渠令，皆解甲稽顙，蒲伏車前，迎主母恐後。將與賊渠接，璫耳乃披血滿面，昏倒墜車下，氣已絶。賊大驚曰：『若何以死人見紿，不屠城不止。』璫耳甦醒，徐曰：『我乃璫耳也，吾衛守父母以合城之故，取償於我，我不忍見爾賊，欲自裁。又恐以他人致疑，貽累吾衛。今雙目已用匕首剔去，死生惟命，所携匕首現在，但無與城守父母事耳。』賊曰：『异哉！以一女子而能舍其身以全一城，吾閲人多矣，未有如此女子者。』於是捲甲而去，置瑠耳不問，衛城以全。

禹峯曰：『俠哉！虢州司户之妻李氏，止斷臂於逆旅主人耳，而歐陽永叔猶津津言之。彼其人謂潔身可矣，與國人無預也。俠女能矐其目，用不失身於匪類，以全一衛生靈。使鬚眉者而盡若此也，不肯失身靦顔以污其名，雖百自成何自而有甲申三月之事？然則彼之自矐其目，其亦不忍見鬚眉者之甘心從賊而不耻也夫。』

【校記】

〔一〕本文《文集》二十四卷本作《玉環傳》，原文如下：

玉環，女俠也。小字瑠耳，延安郡人。早慧，從女史游，頗知書，字里中某姓，將笄矣。會先皇帝崇禎末，巨寇起西鄙，甘凉一帶，輟耕而起，羯羠之徒刑牲歃血，屠人城，殺二千石以下。渠魁李自成，米脂人，盜姓字，自稱闖王。聞姚美，將攫之。軍中相傳，且將署僞后云。時郡城纂嚴，郡人洶洶，不知所爲。郡守錯愕，乃趣走玉環家，告其父若母曰：『一女子與一城孰重？』郡人士亦以此爲言，多其金幣，願以玉環易一城。父母且首肯，無异説。乃從容謂玉環曰：『賊烽逼，父母憐愛汝，爾不幸以治聞，郡城旦夕不守，玉石俱焚，奈何？』玉環曰：『諸君誤矣，父母亦誤，女子一身既已許人，今某氏方商游未歸，豈有中違之理？況爲賊所脅。今聖明在上，大司馬方勒六軍，撲滅鼠輩，在旦夕間。國法具在，一旦此事上聞，族矣，辱身辱國，不祥莫甚焉。即使出一女子，有益於郡，亦合城之羞也。云胡不思？』父母與城守知其意堅不能强，乃一意爲守禦計。

賊至城下，堅攻十六晝夜，必欲得璫耳而後已。城中炮石如雨下，城愈益圍急，於是郡守郡人，與其父母泣懇，又向玉環爲言。玉環曰：『汝輩勿惶，吾知所以處之矣。』玉環父雄於財，卓王孫之流。於是乃呼小鬟，取薔薇露，解羅襦，浴金盆中畢，乃靚妝袨服，略施粉黛，掠玉搔，掃遠山眉，著露縠之衣，石榴之裙，异香明珠，環珮珊珊。望之者，如在洛浦，如陳思王所見。不然或昭陽殿裏，趙家姊妹，復出人間矣。於是合郡人喜曰：『此一物足以釋西伯矣。』太守尤喜過望，向玉環父母叩首。父母泣，郡人泣，太守亦泣。璫耳微笑曰：『諸君痴甚，是爲近於婦人。且女子有行，但求有造郡城耳。愧身非男子，使絶域，斬名王頭，生縛左賢，挾馬上歸耳。欷歔泣下，無益也。』乃登肩輿，下帷，出延安南門，先令太守報曰：『玉環來矣，玉環來矣。』先是太守於賊狠攻之時，密爲約以玉環致之，故攻稍緩，否則虀粉之久矣。賊聞玉環至，喜甚，開壁自出營迎玉環。賊衆約數萬人，聽自成令，皆解甲稽顙，蒲伏車前，迎主母恐後。將與自成接，玉環乃披血滿面，昏倒墜車下，氣已絶。賊大驚，曰：『若何以死人見給，不屠城不止。』玉環甦醒，徐曰：『我乃玉環也，吾太守父母，以合郡之故，取償於我，我不忍見爾賊，欲自裁。又恐以他人致疑，貽累吾郡。今雙目已用匕首剔去，死生惟命，所携匕首現在，但無與郡城事耳。』賊曰：『异哉！以一女子而能舍其身以全一城，又能不竟舍其身，毁其身，不肯辱其身，而曲折以行其全城之意，心亦良苦。吾閲人多矣，未有如此女子者。』於是捲甲而去，置玉環不問，延安以全。

玉環及既而念曰，功成名遂，舍其身而身全，爲女子事亦足矣。於是乃手攜一琵琶，習樂府詞，凡數百部，游關以東梁宋間，寓宛鄧尤久。年可五十許，豐艷如二八。所延攬皆巨公，與天下名士。歌喉嘹嚦，善爲激楚音。横笛尤長，非梅落五月，則胡騎遁中宵矣。孝昌秀才夏人淑，相與善，自以爲相如之得文君。人淑好色不減宋玉，每談及古來風流絶倫者，如浣紗、碧玉以及緑珠、毛惜惜之流，輒不喜，曰：『無他，但多目耳。』

禹峯曰：『俠哉！虢州之妻李氏，止斷臂於逆旅主人耳，而歐陽永叔猶津津言之。彼其人，謂潔身可矣，與國人無預也。玉環能矐其目，用不失身於匪類，以全一郡生靈，而又能留共有用之身，以與海内之名士，自娱其餘年。然則雖百自成不换一人淑，玉環又何見而云然哉！』

道人李皓白傳

道人名常庚，青州人。生而好道，於書無所不讀。年二十餘，以公事走長安，見宫闕車馬之盛，游公卿間，名籍甚。已而嘆曰：『京洛緇塵，化盡勞人。富貴幾何，朝華易悴。』從此遂生物外想，慕終南五岳之勝，以天啓甲子中出游，遇异人，潛心五千言之學。亡何，策杖入武當，至均陽滄浪亭，遇道者，龐眉丹顴，年可六七十許，號爲四維長者。羽流年半百者，爲言長者居山多年，予爲兒時所見貌已如此。人或測之，以爲羅念庵云。繼游吴越，旅巢廬間尤久。後乃結茅隆中，與諸葛廬衡相望，朱邸王孫師事之。

丙子春，寇攻宛，道人陷賊中，已而得脱。辛巳，李自成屠宛。渠魁聞道人名，羅拜庵下。道人曰『樂殺人者，恒有陰禍』云云，所全活甚衆，宛人由是感激。既而念中原戰場不可居，乃游江漢，居黄鵠磯下。賊勢狓猖，武昌復不守。時賊帥張獻忠殺人尤酷，道人被褐而謁軍門，勸以勿妄殺如前。在南陽時所全活復如之，由是道人名轟楚豫間矣。時楚中丞何公及寧南侯左良玉争羅道士幕下，何填撫楚後，以國變領督師，功最著，見本傳。左時招降頗衆，尾大不掉。道士時爲開導良玉，撫膺痛哭，後雖棄武昌，嘔血而死。人以爲道士所感動，然事不可爲矣。

乙酉弘光紀元，權相馬士英當國，道士觀象魏，以爲金陵王氣盡矣。扁舟過洞庭，從前楚中丞何公。時借箸帳中湖南一塊土奉北朔獨後，湘潭之役，何公死之，道士見諸渠中無可與言者，遂隱衡山不出。丁亥，盧、黄兩鎮不相能，各樹幟對壘，蜂擁數十萬，衆村落城邑數百里，人汹汹不保其生。道士出死力解兩家之争，否則陳餘、張耳喋血無已時矣。湖南呼爲李道翁相依爲命云。

道人卜居衡麓之朱陵洞口九仙臺，建飛觀數間，植北方桃杏梨柰諸果物，簇簇成林。將帥所贈貽，買山田若干畝。日覽諸子書，隨筆各有論著，議論風生，晤仕路人輒勸以救民爲主，然則道士非道士也。

破門傳

破門者，吴僧。初祝髮金陵之東山，過錢塘，謁天童禪師海上。乃北走雲中，踏五臺，覽恒、霍、太行、孟門之勝，太華、嵩岳之高寒。既乃栖衡山南之下火場。場有石，大如小山，竹偉，與松争長，水流其下，雜蕁茁其左右。朝夕飯一盂，冬夏一衲，不念佛，不禮經懺，收拾放心，冥神鎖氣，落落一龕，視身如浮鷗，如野馬，如花間蛺蝶，如水上蜻蜓，如空中之游絲。坐卧草榻，柴扉雲封，僧往來上火場者，至不知其中有人。愛懷素書法，得閲其數紙，殆居然懷素也。先是愛其人，思其人之里居，走星沙，搜其遺墨殘瀋，故老無復在者。

有弟子二，一名寂崇，一名如定。定亦粗知詩文，自居衡山來與羅克生秀才善。克生亦能書，昔虞伯施稱五絶，其一書翰。初蓋得力於沙門智永，縱觀羲之臨池藝，遂屹然東觀石渠間，名以成。我以知羅子自此，蓋未有已也。

石浪居在飛來船下，仰視天半，銀海雪掀，風檣斜出，如飛鳶跕跕欲墜。我謂破門曰：『爾看此物，會須有墮時，如破門頭顱何？』破門曰：『嘻嘻。』予亦一笑而别。時爲順治庚寅七月，予陟岳還，造其廬，爲之書。

淫盧傳〔一〕

盧生而多力，鋸齒豺聲，鷙鳥膺，烏喙，毛如漆，[豕生][豕生]然，肥大如兩歲驢。不知何時眇一目，家人呼爲瞎狗云。凡同類之牝者，及交期，罔不遍淫之。他犬皆帖耳摇尾遁去，獨牢而食奴視群獫。不善走，不能逐兔。獨有一長，敢於噬豪猪。每兒輩挾弓矢，跋馬出獵，盧即往隨之，掠馬前後行。豪猪起，昂首竪毛，大如牦牛，或望馬竟撲而來，或望密林奔。於是馬上人則發一矢，矢中，盧伺其中，輒先登。百步内外，則能吃其要害。猪雄於力，怒而反噬之，盧善避。猪既中傷，行遲，然後群犬争乘之，矢如雨集，猪遂不免。以爲常。蓋猪之死於此盧之見者，十常八九矣。

會一日，此物自城來村中。時一白犬與一黄耳交。盧搤白之吭，撫其背，盡力苦嚙之，白幾死。白遂不起，黄耳乃獨爲盧所有。縱淫且不顧人，具大如瓠，縮轂其中，不即開。白乘隙往報前郤，盧雄狠特甚，下體帶黄耳，騰踔而上，制白有餘力。白仍狺狺抱痛去，僅以身免。小兒輩或目之狗雄，予曰不然。强良者不得其死，好勝者必遇其敵，豈止爲人言之歟？

不兩日，有豪猪起東澤中，獵者呼之去。盧驕甚，顧群輩無與頡頏者，不勝德色。猪突起，盧遂蹻蹻然逐去。甫接，其腎囊與其具已爲猪所噉而吞之，齮齕都盡矣。异矣！其四支爪尾間固無恙。死而蘇，獵者載之歸。歸而見前黄耳，奄奄纔有氣，瞪一目視黄耳，意若有傷者，略似張蒼百日歲後。所經妻妾百餘人，常孕者不幸，非不幸，蓋亦殆已。前白乃竦軀帶創，目挑心招，與黄耳者稱友善。盧既被宫刑，不復辨此事矣。噫，豈惟盧哉。

【校記】

〔一〕本篇據《文集》二十四卷本補。

文集卷十五

紀略

流寇紀略

流寇起秦西陲，隨亂汾晋，勢未烈。自癸酉始入河南，初不過掠村邑，不近城郭。諸家頭目甚多，有所爲一斗粟、過天星、托天王、混十萬、闖將、八大王，紛紛不能悉記，而闖將、八大王最大。時總兵左良玉有戰名，朝廷望之甚厚，賊亦憚之。八大王既破泌、鄧，講招安於穀坡，良玉屯襄陽，兩家請和。未幾，八大王揚去，督師楊嗣昌瑪瑙山一捷，八大王僅以身免。左良玉違節制，縱賊逸去，繼乃破武昌、江右諸郡縣，自夔入蜀。

八大王者，張獻忠也。賊中之梟而黠無如獻忠，每屠城滅邑，有劓鼻、刵耳、斧手諸刑，真蛟蜃也。闖將自破河南，王紹禹内應，兵力始强。圍汴半載，良玉奔衄於朱仙鎮，墮宛、葉，摧鄢、郢，良玉東逃，自成以襄陽爲行都。督師孫傳庭練兵於秦，與賊戰於偃師、長葛，互相勝負，後因霖雨，復戰於殽函，督師戰没，賊遂直擣潼關。凡甘、凉、姑臧一帶，精兵良馬之處，望風而靡。然後長驅渡河，入紫荆，度居庸，而神京陷，天王崩矣。

闖將者，李自成也。攻汴爲總兵陳永福射其一目，以牛金星爲丞相，破燕之日，縉紳無大小，皆極刑拷掠，得金銀皆輦入西安，幸天厭其惡，關門一戰，自成破膽，星夜弃秦，我兵尾之，斬於九江。大清定鼎於燕，燕之陷在甲申三月，賊之死在乙酉四月，外史曰：『古以盜賊亡人國，未有如明之甚者也。』

先是崇禎帝念流寇狓猖，將軍不用命，爲封四伯爵以寵之。左良玉爲寧南伯，世守武昌，尤係天下望。自朱仙敗後，畏自成如虎，部下降將梳爬人尤酷。甲申國變，使能誓衆擣關，犁其巢穴，自成斷不能得志於燕。乃天意去明，生自成復生良玉，養成自成氣力者，良玉也。唐通、劉澤清等不足數已，大兵追賊，死九江。良玉先棄武昌，亦病死於九江。觀二人同死之地與同死之時，國家將亡，豈偶然哉！

賊居鄧紀事

鄧居秦楚之衝，自癸酉流寇渡河，鄧被苦獨劇。先猶劫掠村庄，村庄既盡，乃專攻樓寨。予家世禹山東南八里，茱萸河之西隈，祖搆樓臺四座，高七八丈不等，人呼爲樓子彭家。承平日久，以防草竊，族姓世業農桑，安土重遷，不知商賈有老死未入郡城者。每賊經過，夜以火光爲候，如東來則隨棗之間先有火光，西來析酈間亦如之。春末夏初則入嵖岈、房竹深處，秋冬之交即礦騎彎弧獵平原，歲以爲常。官兵左良玉最强，爲賊所憚，欲倚賊以爲重。後乃憚賊，或相持在四五十里，兩不相犯，即犯亦不窮追，謂之打活仗。

鄧於宛陷最先，在崇禎丁丑二月八日，知州掖縣人孫澤盛死之，渠魁張獻忠從泌陽來，兼程而進，土賊張顯吾爲先導。夜破南關，火起，官兵出城接戰。破關數日復破子城，鄧人死者十之八九。予時以計偕未歸。

辛巳冬，李自成又陷，予時令陽曲云。先是丙子二月十四，賊首革〔一〕里眼屠鄧，西鄉予族姓約略現在者爲予父行及兄弟行不下三四十人，或作灰燼樓上，或剸賊刃。時又大疫，膏斧之餘重以凶札，相繼化爲异物。一女十四歲適李氏，以義抗節死於兵，所謂三四十人者，歸烏有矣。予以先一日奉節母王負携妻子入城，得不死。噫！敢謂天幸哉！抑若敖之鬼不餒，祖宗實佑之。

鄉之屠，吾在鄧。鄧之初陷，吾以公車入燕。再陷，吾以筮仕在晋。追記於此，以示後世。人生不幸亂世而逢鼎革之交，得存一綫於兵燹之餘者，何難也！所得而記憶者，曰世卿，曰梓則，予父行也。曰九成，曰九思，曰九蔭，曰九經，曰九五，曰岐山，曰小樓，曰維翰，曰維龍，曰維程，胞兄曰萬里，則予兄弟行也。曰一魁，曰月兒，則予侄輩行。其他不能悉記之，今僅存者予一門，而外則玉魁一侄耳。

予始祖自江右徙鄧，及予身五世矣。當其盛時，宗子繁衍，里社醵飲高會，出門人有馬，倉粟能紅，稱鄧素封焉。乃先皇末造，一旦兵起，將不用命，宗社爲墟，曆數有歸矣。區區編氓，則又何足道哉！

【校記】

〔一〕革，《文集》二十四卷本作『隔』。

先節母暨長女殉難紀略〔一〕

母爲外祖耆賓王公女，聘吾父處士爲正室。年二十四，吾父下世，時述方四歲，王父母年俱七十餘。母上事二人，下撫遺孤，兼以門衰祚薄，艱苦畢至。述崇禎庚辰成進士，乃上書表彰其事，會聖旨報可，下河南撫按，旌表簿書在汴者，城陷俱没於水。至南渡紀元，是爲崇禎乙酉年。述再疏其事，上請得荷綸音云。

烈女年十四適里諸生李桂。丙子春，寇躪鄧郊，予携家入鄧，女曰：身既歸李氏，不可〔二〕隨父行，乃奉厥姑井氏避亂家之高樓上。賊攻樓陷，人多苟全者，女大駡賊，碎身而死。時有通庠公舉述爲連牘母疏中，遂得與祖母王氏事并上聞。孟津大學士王鐸各爲之傳，王言及禮部各文移載後。

【校記】

〔一〕篇題《文集》二十四卷本作『貞母王氏烈女彭氏紀略』。

〔二〕可，《文集》二十四卷本作『願』。

王孺人紀略

孺人世居鄧西九重堰，距城六十里。其曾祖以刀筆起家，爲塾江主簿。父懋恕公，鄉貢爲密雲令，坦懷古貌，人稱長者。母李氏，惠而好佛，舉四丈夫子。長之屏，次之翰，子衿。孺人姊妹四人，其三皆適士人，俱罹於亂。予三歲孤，孺人父即予母王夫人之兄也。念予孤，恐爲人所魚肉，遂許聘於予。歸時予年方十一，孺人長予二歲，年十三矣。雖齠齡，言笑不苟，孝養我王父及王母李、張二妣有加。王父八十四寢病時，方隆冬盛雪，孺人奉湯粥唯謹，手皸瘃，十四日無倦容。王父鑒其勤，謂曰：『婦良賢，當相夫有成，振家聲必若也。』居亡何，祖及二祖妣前後告殞，又值年荒無餘財，孺人力佐吾母殮葬，易釵釧爲棺椁，皆痛哭成禮。

予時方從鄉塾授《毛詩》，童心未脱，孺人每攻之。日夜與吾母檠一紡塼，一風雨寒暑佐予讀。母於清明元夕或我父誕日忌晨，撫棺長號，孺人亦哭。始予既爲孤子，民間猰貐之徒及悍奴强梁不奉率，又加以族媪惡詈，悍族多人因之屢肆横逆，孺人益自下，且勸予自下。有凶隸將甘心於予，孺人持短兵床第間防衛，且令予居卧内，以爲萬一有變，予猶得跳耳。予嫚游耽麯蘖，頟頟靡晝夜，孺人侍醉不少離，俟其醒，徐徐以老母爲言，予因是飲亦日少。

弱冠始游鄉校，友人過從者必竭蹶修潔餚核，不敢以窶故爲予薄長者。予庚午大病，死七日，胸間微有氣，孺人泣血誓天，願以身代，得不死。丙子寇變，予與孺人奉吾母居鄧，鄉居樓爲賊攻陷，長女甫適李氏，駡賊死難，孟津王尚書鐸别有傳。是年族子死於疫者十七八。孺人歸，掃灰燼，餘粟分賙之，活族子。園林前後，鬼哭之聲與螢火相亂，予又病瀕于死，母亦大病。時新穀未登，孺人往擷先熟者舂，撮米啖吾母，自摭田稆而食。母尋愈，予亦愈。

是年秋薦，予中河南鄉試。丁丑二月城陷，孺人於萬死中奉母携子得無恙。時予上公車，長安未歸。歸來聚於宛，復僑於襄。又數年庚辰，予成進士，歸里葬吾父。老母哭不勝哀，幾死，時賓客會葬者驛絡數千人。孺人經營中饋，周章駿奔，嘔血，髮盡脱。辛巳秋，予入京謁選，筮仕陽曲，單車之官，會是年冬，鄧城再陷。孺人數日前已同老母與諸兒避兵城南之索寨。予以壬午春迎母至太原，孺人與之俱。時母年五十餘，經變後貌悴而神傷，有崦嵫之慮矣。孺人一力繕湯藥，不離床褥。予奔走塵土間，無暇晷間，以政事得失相商，孺人務以寬和勉予。而又節儉自持，不輕糜一官物，會諸生有犯法者，已經督學褫巾，猶贊予力爲申白，還厥初服。時先帝方督有司以修練儲備四事，孺人告我曰：『我婦人無知，不曉外事，但勿務以官速化瘴民力耳。』母病，彌留囑後事，不及予，向孺人言曰：『婦必歸我合葬汝舅之壟爾。夫酒人恐忘遺婦志之，勿令長逝者魂魄羈太行不歸也。』事在癸未之九月，時李賊方自潼關渡河，濮州騷亂，鄉路阻，乃瘞母柩平陽，與予冒險出羊腸，歷青山厓，夜昏黑，從虎穴中過，入東南，走齊、魯、吴、越，夜泊鎮江，亂流而濟，與潞國刑人門，幾死江中。多孺人小舟匿予，潛達閶門，居蕪湖秋浦者一年。山中多虎，又有土寇，孺人率僕婢握干矛，篝火夜坐，予方酣睡，齁齁若雷矣。

丙戌，予爲楚學使者。予念草昧甫闢，按三楚士寧寬毋刻，孺人亦象吾指，勇予行。每徬徨中夜，往復以母治命爲言。予丁亥六月乃得從平陽扶母喪歸里，孺人哭曰：『媳今日有以報母命矣。』乃啓吾父墓旁合防焉。親黨祖送者莫不泣下。是年秋，隨予過洞庭，官永州。戊子二月，予奉定南王孔題黔撫，會孺人携諸子先歸，客居長沙。群盜圍予靖州，予血戰而出，士馬大衄。有自烽火中來者，孺人泣雙瞳幾枯，此時既憂予在靖，又欲携諸子歸里，賊鋒如麻，江湖梗不可行，生不可，死尤不可，蓋誠進退維谷矣。稍定，乃得扁舟北發，所生五男子女二，課諸子無怒嫗態。予常笑曰：『世人嚴父而慈母，我家嚴母而慈父矣。』

禹峯曰：『上諸瑣事，婦人之常也，待爲夫者彰之哉！然予少孤，性又通脱，兼多酒失，爲吾母王夫人所筈者屢矣。孺人每引以爲戒，漸至於不隕所更。不可没者，幾經饑疫兵戈亂離之中。

生有以養吾母，死有以葬吾母，多孺人力也。今吾母冢上森森柏皆孺人手植也。吾今年四十有七，孺人亦四十有九，回視十一十三時，日月幾何，俱已衰且白矣。里居暇日，上念國恩未報，跌蹉以老。中念父母蚤逝，有愧古人一日之養。孺人雖勞苦幾四十年，俾予有成，然予之不成如故也。噫！予又何忍不彰之哉！』

仕楚紀略

甲申〔一〕，北都搆變。予時丁先慈艱，在晉陽，故里爲賊所屢破殘毀，無居人，因之避亂姑蘇、武林間。〔二〕是年夏，金陵擁戴福王〔三〕，粗具文物，朝士鱗集。孟津王尚書鐸推轂予於蘇撫祁豸佳前，欲官之，予以讀〔四〕禮謝去。秋間抵秦淮河，居兩月，遂僑蕪湖。時兵科給事中李永茂，鄧人，與予有兒女好，亦以原官起，并帑於蕪〔五〕，爲予比鄰。冬月，故兵部尚書張縉彦視師河南，疏予爲本省方面。予投銓部呈，復辭去。

越明年乙酉春，永茂升南贛巡撫，約予同往。行至池州，予因先慈寄葬平陽，永訣之言曰：『兒須以我骸歸葬汝父側。』言猶在耳，惻惻予心，倘自此渡彭蠡，入虔州，山河迢遞，歸來無期。我母窀穸〔六〕何時，飲恨終天奈何？乃決意住池。時大〔七〕兵消息猶在，大河以北，淮揚三鎮無恙。武昌左良玉兵號百萬，有漱〔八〕世守，駐大江上游，歸鄧之路，勢必由潯達鄂，由鄂達襄，道里甚便。居未幾，左營兵變，捲江而下，以清君側誅馬士英爲名。其實聞潼關不守，而闖賊之兵突如其來也。方三月下旬，池州江上，人心洶洶，不知所出。予年友胡士瑾及同社吴應箕、劉伯宗諸君約予入山。池之南百餘里皆山，碧波一泓繞其麓，縈洄蜿蜒，沙石都可見。過七里鎮而東南，奇峰隱天，青黛點點落霞外，土人謂之横山。予與鄧兩孝廉王之鉉、張弘範遂托焉。

是年秋，聞郡城薙髮，令甚嚴，總督佟駐節武昌，榜文禁止之，不知其詐也。予乃潛舟中，逆流而上，以爲但得歸故鄉，取母靈而歸，雖薙髮猶甘之矣。以九月抵武昌，賊一隻虎尚跳梁，荆州、襄陽水程未通，雜漢口賈人中，避居二别山上。十月間，乃爲故人姚應衡洩姓名於佟，物色之亟乃出，謂佟公曰：『某筮仕晋陽，母骨瘞平陽，遭時多故，踉蹌南北。賴聖人舉義旗，爲中原雪耻除凶，救民水火之中。雖陷，胸決脰以報生成古人不辭顧。某所以艱難百折至此者，爲母氏合防計也。若遽與人家國，痗厥初心矣。』往返曉譬百端，繼以聲泣，終弗聽。期以葬母後〔九〕，予情稍盡，即來楚受事未晚。而公請視楚學之疏已上矣，事在乙酉十月十六日也。

予由鄂達襄之路既已，荆棘豺虎不可行，又迫於佟公之命，即披髮入山，將置母靈何地？〔一〇〕不獲已，擗踊舟中，呼母而哭，欲沉江者屢，家人救之，不果死。乃受校衡之任〔一一〕，命下，報可。選人，以予未通説，終不果覆。

越明年丙戌，湖南按院宋一貞繕捕科疏禮部，移札催試，予乃校武、漢、德、承、襄、鄖六郡士，是以有鄉闈之役。大清立國三年比今秋，士乃登賢能書，予實開先之矣。予未及送場，乃奉赴部酌議之旨，遂得歸故里。噫！自予以辛巳入都迄今蓋六年矣，念率土之義，既無所逃於天地之間，而先慈一抔土，遠寄千山，未就馬鬣，何能無憾？

以冬月北行，計予南旋時取道山右，搬取先靈。於四年丁亥，補上湖南分守道，遂從井陘平定州，次第抵平陽，作文告先靈墓，負柩南歸。由蒲坂渡河，歷潼關、殽函、弘農，達汝、襄、宛、葉而歸。暫厝先君壟之右，以七月襄陽登舟，八月抵鄂，十月過洞庭，十二月初一日莅永受事。時恭順王孔大兵恢粵，懷順王耿駐永，竈增數十萬，士馬糧糗供給諸物，力費不貲，拮据經營，兼日夜力用以勿匱，恭順王見予竭蹶王事，不懈於位，念黔之銅仁黎平新歸，撫綏不宜無人，乃不以予不才，承乏填撫其地，隨以副將賀進才兵二千〔一二〕名。

予以五年戊子二月二十五日啓行，自祁入寶武而綏而靖。適沅撫線縉移檄請予過沅商確時務，予又由會同黔陽抵沅。甫信宿，接恭王令，命且勿往銅仁，叛將陳友龍作梗，黎平未靖，終屬掣肘。予乃以前四月十四復至靖，將往黎平到任，乃友龍輒於十五日圍靖。先是友龍久蓄异志，予初來靖時，具啓王前，暫留令彼復任，彼心稍安。奈鷹眼未化，終不可羈縻，遂合苗猺諸山峒赤脚椎髻之徒蜂擁靖州城下。火炮如雹，戟列如霜，予甲胄跨馬，左弓矢右短刀，督副將閻芳譽出城血戰。蹂其賊壘，我三軍氣大壯，賊以却。不意守將楊文義作内應，城以陷，標下副將賀進才冒矢石死，念殘兵單弱，復請兵長沙，恢黎入貴，爲桑榆之舉。王又發副將熊嘉夢兵二〔一三〕千員名，而沅撫遂於後四月初六東下。張黑神之賊壓沅黔一帶，與黎、靖之友龍合爲一家矣。

夫沅州者，貴州之門户也，沅州不守則貴州無由飛渡矣。爾時隨奉王令，暫住寶慶，隨大兵同進之諭，遂統所部副將分防武崗。及恢復新化、新寧，俱有塘報在案。斯時也，西則陳友龍之賊，南則郝摇旗、盧鼎諸賊，北則王馬與一隻虎之賊，俱已狓猖虎噬，紛如蝟毛。土賊乘隙裹巾揭竿，到處見告，止有黔兵一旅，孤注邵陵，左支右吾，且戰且守，〔一四〕撑持夏秋間。會固山佟標下總鎮張國柱至，乃准沅撫咨，盡以所部兵將付張征剿。予止隨家丁數十人，候命長沙，一隻虎與王、賀各家賊輻輳攻犯長沙，予與鎮道府登陴守禦兼六晝夜，賊箭如雨，銃子落城中如鷄鴨卵，中人物皆斃。予亦貫甲創敵〔一五〕，瀕死者數矣，總鎮入告之疏可按也。事在五年十一月初十至十六日，永州之陷乃在是月初一。

予既膺王命入黔，只得候命境上，隨大兵進發，勿論不能分身以辦永，且既已交印於吕金聲，離永之日即貴州之身矣。朝廷印務豈可私相授受，又奪之金聲之手，進退維我哉！南按院吴達乃執不救永之説，欲加之罪，噫！此固不待辯而自明矣。奉聖旨確察議奏此，『確察』二字，所謂天子明見萬里之外也。部覆獨以入貴稽遲，奉旨革職，斯處也，實拜皇恩與銓部之明且公矣。使銓部知沅州已失，貴州無路之由，并知恭順王有隨大兵同進之諭，恐此尚非銓部意也。雖然，貴州之處既奉王題，又因黎平失陷一事奉旨戴罪任事，漱令安撫地方之旨，吾甘之，吾任受也。永州之訾議，乃求多離任之人於一年之後，以情理揆之，大相徑庭，吾終不敢任受矣。於六年己丑之二月，移文〔一六〕三院，并兵馬錢糧各有册，由武昌歸里，内鄉許君宸同年親誼也。適以宣赦使楚，聯舫入襄，四月七日抵鄧。

【校記】

〔一〕甲申，《文集》二十四卷本其前有『崇禎先皇帝之』六字。

〔二〕『在晉陽』四句，《文集》二十四卷本作『避亂姑蘇、武林間』。

〔三〕福王，《文集》二十四卷本作『弘光』。

〔四〕以讀，《文集》二十四卷本其下有『先慈』二字。

〔五〕『并帑』句，《文集》二十四卷本作『眷屬居蕪』。

〔六〕窀穸，《文集》二十四卷本作『埋玉』。

〔七〕大，《文集》二十四卷本作『清』。

〔八〕漱，《文集》二十四卷本作『旨』。

〔九〕『遭時』以下至『期以葬母後』句，《文集》二十四卷本作『竢合防後』。

〔一〇〕『而公』句以下至『將置母靈何地』句，《文集》二十四卷本作『如此者往返數十，竟充耳置之』。
〔一一〕『乃受』句，《文集》二十四卷本作『乃受湖廣學道事，公於本用拜疏，事在乙酉十月十六日也』。
〔一二〕千，《文集》二十四卷本作『百』。
〔一三〕二，《文集》二十四卷本無。
〔一四〕『左支』二句，《文集》二十四卷本無。
〔一五〕貫甲創敵，《文集》二十四卷本無。
〔一六〕移文，《文集》二十四卷本作『申詳』。

孫渠歸順紀略〔一〕

可望，延安人。初爲張獻忠梟將，復有口人名爲一堵墻，言其果鋭可當一面。明末，獻忠與李自成等，以叛卒起西陲，流血中原。獻忠盜城猶多，輒鑿人眼鼻，斧人手，慘無極地，有秦苻生、南漢劉龔之風，聞可望常諫止之。

甲申，自成陷燕京，獻忠遂從湖南常武一帶，提師入夔門，意以子陽、李特諸人自許。聞大清兵且至，因屠兩川空之，不欲留孑遺，恐爲大〔二〕兵所有，計亦愚而窮矣。會肅王擴成都，獻忠死亂軍。可望兼其衆，由黔入滇，據其地。

今上七年庚寅，予客桂林日，得之安籠降人云〔三〕，可望求秦王不報，遂自爲之。是時北軍中，乃知有所爲孫可望也者。已而祖魏武迎許之計，接永曆於滇，又置之安隆所，改隆爲籠，取籠縶不復隆也。盡易其左右，而以賊黨伴之。嚴兵枳棘，不令出入往來。文移云：『皇后二口，世子幾名，支口糧若干。』〔四〕以劉文秀攻四川之保寧，爲我兵〔五〕大敗之。以李定國、馬進忠襲粤西，定南爲其所乘，隨陷衡、永、寶慶地，敬謹王於衡北之草橋戰死。凡此皆可望運籌湖湘滇黔十四年以來，以與我争此土者也。

天子曰：『元憝未滅，蕩平何期〔六〕？』爰以經略五省太傅洪，治兵長沙，得以便宜承制，置將吏，於是以四鎮駐常，兩鎮駐寶，一鎮駐永，一鎮駐祁，線伯駐粤西，數千里内，四年之間棋置星布皆重鎮。轉漕吴、越，歲費百萬緡，賊畫地相戒，勿深入，日與其黨練精甲象兵，聯絡諸司峒、諸酋長，及土蕃交趾猓玀諸國，以圖一當，究亦不敢出。會定國郤永曆入滇，與可望隙，大戰於鐵鎖橋。可望崩潰，由銅仁司南蚰蜒路，歸我於寶慶，携其妻妾三、世子二、殘卒四百餘人，經略洪公因自潭抵中湘受降，仍待以王禮。可望自稱孤，命記室作降表，望燕進發，是時順治十四年十一月十五日也。

野史曰：『明之喪亡，獻忠猖獗首事，李自成成之。及自成寇燕殺帝，焚九廟，獻忠遂乘間入蜀，意以兩雄不并立，奄取一隅，聊以自娱。可望繼獻忠，中國聲教不通，人或傳明系未絶，可望接永曆爲帝，以臣自處耳。及可望出，乃知可望自爲而不關永曆也。陳勝、吴廣所立侯王將相竟亡秦，獻忠之與可望亦如之。可望之爲明罪人，又豈在獻忠、自成下哉！

【校記】

〔一〕篇題《文集》二十四卷本作『孫王歸順紀略』。

〔二〕大，《文集》二十四卷本作『清』。

〔三〕『得之』句，《文集》二十四卷本作『得讀永曆邸報中云』。

〔四〕『又置』以下至『支口』句，《文集》二十四卷本作『號令出師皆可望，永曆則東周君也。可望黄屋左纛，以小朝廷自命，分兵四出，與清爲仇』。

〔五〕我兵，《文集》二十四卷本作『吴王』。

〔六〕何期，《文集》二十四卷本其下有『謀及在廷諸臣，僉曰惟丞相洪，洪亦曰非老臣不可』二十字。

徐將軍遺事紀

辰將軍徐勇初養於許，後訛爲徐。鎮長沙日，許公兒來晤將軍，待以郎君之禮甚隆，仍薦舉爲攸縣令，對親友則追叙其己事。衛青人奴平陽公主一事，在將軍豈宜出哉！

又予丙申游衡陽，遇一曹姓道士，多髯，爲予言：『壬辰，辰州未陷，黔將馬進忠勒兵朱陵，有昔降將鄭廉之友持牒泣訴於進忠，以爲廉昔與將軍及進忠等同盟，後廉以與何督師通書，徐將軍執送當事，刑於市，廉妾楊艷遂爲將軍所有，今生子若干年矣。』訴畢泣，泣復訴。進忠正在宴賓，乃瞋目嚙齒戛戛有聲，因口碎所持杯於案上，罵曰：『誓殺此人，以雪吾恨。』即日傳令介馬啓行，壬辰十一月二十二日，辰州陷，將軍殉難，楊不知所終。

禹峯曰：『可畏哉！以一女子故，而城以陷，而將軍以死，好色之不利於人如此哉！使辰不陷，而將軍不死，其功業所至寧僅以死傳乎？則將軍之以死傳，楊爲之也。將軍之僅以死傳，亦楊爲之也。張睢陽食人殆盡，不害其爲死節。將軍之禍因楊氏，亦不害其爲死節也。雖然，一眚之微，終掩大德，君子可不務慎歟！』

邵兵紀事

征南將軍無姓，呼邵者誤。然人以其無姓，或曰以其居官者以譯語邵之。邵有弟方貴重，位上卿，舉朝側目，邵爲乳兄席，寵受今職。

順治十四年十一月，孫渠來歸，朝廷大舉進滇黔，分兵四路，吴平西由蜀保寧責取遵義，經略洪由楚長沙責取辰沅，邵則由西粤責取柳賓，各路期會貴州。後又有二王尾常武，專取雲南，此四路進兵大概也。

邵姓〔一〕下急陰賊，不喜見士大夫，而又内有奥主，得一意行恣睢。由通津達淮楊，船一百，用縴夫、水手凡四五千，兼晝夜醉飽。用民，督撫以下，隸之人把其骭，或捫其足跗，啗以兒豭肥牛腱爪，頤淋漓粲然喜，喉中磔磔作聲，反是竟日怒不釋。或人不幸見之，若有父兄深毒刺骨者，反脣掀鼻，不知是何語，輒狺狺半晌不休。

予初率縴夫三千迎之衡山界馬公堰，既而以争旗下房恚中丞，地方官各各重足，駐衡凡十三日，雜夫約六千餘人，莝豆若干，雞豚鹽米若干，庵間蘭錡若干。衡地裹猺苗，地多墝埆，頻年水旱兵戎，比屋流離，幸經略轉餉，繦屬不至缺乏，獨是非分之求，選杌桿、造浮梁、徵求諸色、匠作、梅勒至廝養，鮮有饜其壑者。一不遂則詈辱隨之，將軍從而生怒未易了。予旅草橋僧窟中，手批耳聽口答無暇，晷出入戴星，究亦不至廢事，方悟劉東莞不是俊物。然而將軍終不之喜。予生平不耐事，且未經苦難事，竊以爲此五十三年墮地以來所僅見者。三月五日，將軍行，予舟尾河洲，然後歸。前此監司無面相交代將軍者有之，自此人始恐後，此因以爲例，不審節旄中更有若將軍幾人也。噫！衡苦我乎，衡之苦不可言矣。

【校記】

〔一〕姓，當作『性』。

説

白蓮説

『道學』二字，創自宋儒。論者以爲南渡積弱，實道學先生誤之。嘗觀宋史，竊以爲道學之效，原不在一時。觀後來閩海上，君臣同命，節義之報，釀爲風俗。自古來國家養士食士之報，未有如宋者，始悟道學之得力有在耳。孔孟之業在當時何嘗見用，然萬世遵行之，得之則生，弗得則死。以萬世而較，一時孰顯孰晦哉？前代陽明、梁谿、河津諸君子，踵而行之，以絶學爲己任，得時而駕，黼黻明堂，弘濟蒼生，皆是物也。又豈必濂、閩、伊、洛之不异世同符哉！

郴孝廉兄弟生東南之絶徼，爲楚朱陵荒陬，介萬山谽谺中，究心窮理，根極性命，一主孝弟，一主仁。孜孜矻矻，念兹在兹，接儒先之心傳，蕩一世之群蒙，於是衡以南運會鼎革，干戈不擾。過山下者，如經袁閎之里，如至田疇之鄉。渠雄相戒，勿近講堂。鄉人沐二子之化，緣是亦得稍遠於灾眚兵刼，則皆二子之道學爲之也。

難者曰：『道一而已，仁與孝弟，曷名曰「六經」談道之祖，《易》又「六經」祖？』《易》始乾元，元爲善長，仁從此出，孝弟從此出。合世間人盡爲仁，人盡爲孝子悌弟，則百家之書可焚。而『六經』之理常著天地間，藏之則爲空談，用之則爲實事，經濟文章無一不胚胎於理學者也。則仁與孝弟，理學之大者也。世人以爲道學耳，非道學之誤人，乃誤認道學者誤人耳。

會歲在戊戌，予以使者乘傳入郴，一觀二子居，所謂白蓮池者，茶觴半晌而去。既入郡，明日以書來，作爲是說答之，勉哉二子勿爲白蓮詬厲可矣。游白蓮別有記。

海圖説

禹峯曰：『「六經」輿圖，四海爲極，其實惟東海、南海爲際，其西北皆不必至海。』《五代史》曰：『隋唐之地，東西九千五百一十里，南北一萬六千九百一十八里。』青、瀚二海在西北者，可以不論，以讓荒落，此天地之大，聖人之仁也。

東南澤國，海之近南者曰漲，近東者曰渤，是爲我用不得其道，更爲我患。外國之在海上者曰浡泥，曰三佛齊，以及暹羅、琉球、日本、毛人、真臘、新羅、朝鮮之數國。其珊瑚、瑇瑁、丹砂、珍錯諸怪物入貢，天家朝廟宮府之用厥，蚌蛤、蠕蠕、魚螺、昆蟲以養，卉服海王，顧勢有所終不能也。

往者嘉、隆之際，中國隱受倭害，胡梅林〔一〕功最著，大約起東粵、浙、閩，延袤迤北亘吴、齊萬里，港者、灣者、澳者、島者、烽者、堠者，海舶得志千百，我軍自督帥至都虞侯、千夫長，防亦千百。近小腆作蠆，致羽林上將軍連年露師海上，迄未奏功。海多洲嶼，飇風一日踔數千里，其勢既不爲田横，又竄附於公度，亦蠹矣。

讀德輝此圖，視塞下方略撮米成山谷何以异？是异日立功樂浪、玄菟之間者，定知非他人矣。得是説存之，仿元制，海運自福州至直沽，凌風舸飛渡，可以省會通河工之半，并可以濟會通河之窮。

然歟，否歟！抑嘗論之，昆侖在天地之中，日月相爲隱蔽。《禹貢》九州，則東南一部耳。其西北一切城郭人民，應如中州。西北二海又在其極處，不得而見也。今即以青、瀚爲中國西北二海，仍從昆侖東南者言之耳。辯如司馬遷尚不信人間有昆侖，宜乎其不傳矣。

【校記】

〔一〕梅林，《文集》十六卷本作『總督』。

獞說

予兵巡桂林，因莫寇蠢兹，視師行間，居永寧山中二旬有奇。彌望皆山，下無隙地。又山險惡，不近情理。城門五里即無漢人，禍發於扶豹一人，支黨數百〔二〕人，王師幾三千人，大創者四，賊猶稽誅則伏。而念曰：『不有此山，豹何能爲計？』

永寧之山，寬則六七百里，綿亘不絶。高者星漢，下者泉壤，層層相結，如屬肺腑。傍山蟻附，而行人不能并肩，止有蛇路微茫，一脚錯則化於絶壑矣。造物者未審何意，生此頑，然無情之物於嶺外荒服之地，止令异類横生，椎髻跣足之徒爲窟宅，喜人怒獸，噉人肉而長子孫，斷不令宰物者。遣上將軍率雄師十萬，直擣長驅，如草薙獸獮，一爲得志，造物亦太不仁矣。既而思之曰：『聖人之窮也，在昔周公念猛獸毒蠱害人，尚能以靈鼓毆之，以攻説禬之。他如以莽草薰蠹物，以牡蘜制鼃黽，焚石貫齒，以除水蟲，除惡務盡，庶物且然，而獨無法以處此類，謂聖人何？』其見於司隸之掌者，不過曰：『蠻隸養馬，閩隸養鳥，可見禽獸畜之，不比之於人也。』

往游滇、黔，所稱生苗九種及僰爨諸家，亦猶是也。其山川之險亦如之，宜其爲中國所棄，而各以其類還之。故曰：『聖人之窮也。』顧此輩性既殊，其情欲嗜好亦异。兩足生來不見寸縷，而登廉利劍戟之石如踏平地。掘芭蕉根食之，可以數日不饑。報祖父仇及生平睚眦之恨，以死爲期。機毒矢利弩短兵藏肘腋間，伺其間而甘之。不遺種，草澤以爲居，峒穴以爲寢眠，螻蟈蝦蟆爲飲食宴會，故其類皆從犬，曰猺，曰獞，曰狑，曰狼，曰貊，大同而小异，總之獸質而人皮，宜聖人之所不治也。然兩階干羽，馴格七旬。彼苗未格時，不且今猺獞之不若哉！地以漸而闢，化以漸而被。拭目六合同風，俾跂行喙息，皆喁喁沾王化，且旦暮俟之矣。〔二〕

【校記】

〔一〕百，《文集》十六卷本其下有『十』字。

〔二〕『然兩階』句以下至文末，《文集》十六卷本作『今莫扶豹，獞種也。即使得而誅之，與狗彘何异？抑不武矣』。

左氏先見説

古人一動一静皆可以占禍福，决生死，何其斷也？《傳》曰：『知人不可學。』又曰：『威儀定命。』由是言之，人何難知，威儀定之矣。吾讀《左氏》得數人焉。大都福善禍淫，天道也。惡盈喜謙，人情也。人受天地之中以生，無失其中，則恒久之道矣。

其以伐國而知其亡者，楚屈瑕伐羅，舉趾高，心不因〔一〕。楚武王伐隨，心蕩。夫人鄧曼皆决其必死。

其以獻俘而知凶者，晉使趙，同獻狄俘於周，不敬，劉康公知其必有大咎。又使郤至獻楚捷於周，稱其伐單，襄公知温季之亡。

其乞師而知亡者，晉侯使郤錡來乞師，不敬，而孟獻子知其將亡。其見於天王之使者，天王使内史過賜晉侯命，受玉，惰，過告王曰：『晉侯其無後乎？』天王使劉定公勞趙孟於潁，館於雒汭，劉子謂趙孟大庇民，對曰：『老夫罪戾是懼焉，能恤遠。』定公謂其不復年。

其見於國君者，襄仲如齊，因齊君語偷，而知其必死。成公如晉，晉侯見公不敬，季文子知其不免。鄭伯如晉，拜成授玉於東楹之東，視流而行速，不安其位，士貞伯知其必死。會於商任，錮欒氏齊、衛二侯不敬，叔向知其不免。蔡侯自晉歸鄭，鄭享之，蔡侯不敬，子産謂其爲君也淫而不父，恒有子禍。滕成公會葬，惰而多涕，子服惠伯獨謂其兆於死所。楚靈王會諸侯於申，示諸侯侈，子産曰：『汰而愎諫，不過十年。』魯昭公葬，齊歸不戚，叔向謂其殆必失國。宋公享昭子，語相泣，樂祈佐曰：『哀樂而樂哀，皆喪心也，何以能久？』邾隱公來朝，執玉高，其容仰；公受玉卑，其容俯。子貢曰：『以禮觀之，二君皆有死亡乎？』

其見於卿大夫者，晉陽處父聘於衛，寧嬴從之，及温而還。其妻問之，對曰：『以剛而知其必没。』楚[二]越椒來聘，執幣傲，叔仲惠伯知其滅宗。鄭公子曼滿[三]與王子伯廖語，欲爲卿伯，廖以爲無德而貪，其在《周易》之豐，弗過之矣。成肅公受賑於社，不敬，劉康公知其不反。郤犨享於衛侯，寗殖相見其傲，而以爲取禍之道。晋程鄭問降階，然明以爲不知下人，將死。齊高子容專，宋司徒侈，司馬侯言於知伯曰：『二子皆將不免。』周靈王之弟儋季卒，其子括將見王而嘆，單公子愆期曰：『視躁而足高，心在他矣。』趙孟孝伯語各偷，而穆叔知其必死。

有以兩國之情相輸者，晏子聘晋，而以齊將爲陳氏告叔向，叔向亦以公室之卑告子産。此其先知，更在國運，而一身之休咎其小者矣。

以上諸君子，其灼知無遁，應若龜筮，俱可謂之异人，仍不若吴公子季札爲第一云。在他或指一事一人而言，而札則歷聘上國齊、魯、鄭、晋，觀周以下列國之樂知政。知人不可以一家之學名之，嗚呼大哉！

【校記】

〔一〕因，據《左傳》當作『固』。

〔二〕楚，《文集》十六卷本其下有『子』字。

〔三〕滿，《文集》十六卷本作『瞞』。

左氏訟説〔一〕

《周禮》秋官之職，司寇察獄訟之辭，斷獄蔽訟致邦令皆由之。東遷而後，士失其職。晋爲盟主，列國有訟，輒往平之，他國不得預焉。以争田而訟者三：一鄭伯伐許，取鉏任、泠敦之田，訟于楚。子反不能决，鄭伯乃使公子偃請成於晋，鄭伯與趙同盟于垂棘。一晋郤至與周争鄇田，王命劉康公、單襄公訟諸晋，以爲温王官之邑也，晋侯使郤至勿敢争。一晋邢侯與雍子争鄐田，雍子納其女子叔魚，蔽罪于邢侯，邢侯殺叔魚、雍子於朝。叔向曰：『三人同罪。』乃施邢侯而尸雍子、叔魚於市。其以争政而訟之者一，王叔陳生與伯輿争政，晋侯使士匄平王室，直伯輿。四者皆于晋取平焉。其他衛侯與元咺争訟，晋寘衛侯于深室，非甯俞薄鴆，幾死醫手。魯邾訟於晋，將以叔孫與邾，士彌牟争之于韓宣子，乃免。晋雖盟主，亦稍偏矣。至如魏獻子受梗陽人女樂之賂，聞饋而辭，視鬻獄蓋無幾矣。夫獻之繼韓宣子爲政，晋之賢大夫也，而所爲猶不免丁失。晋之諸訟，可知矣。

【校記】

〔一〕本篇據《文集》十六卷本補。

左氏卜辭説〔一〕

《周禮》大卜掌三兆之法，三易之法，與三夢之法，以觀國家之吉凶，以詔救政。凡國大貞卜，立君卜，大封大祭祀卜，無不卜也。今讀《左氏》一書，竊怪《周禮》猶有存者。

卜戰而得吉者。晉楚戰鄢陵，晉公筮之，其卦遇《復》，後射元王中目。鄭皇耳侵衛，孫文子卜追之，繇曰兆如山陵，有夫出征，而喪其雄。定姜曰：『征者喪雄，禦寇之利。』孫蒯追之，獲鄭皇耳於犬丘。晉伐虢，圍上陽，問卜偃曰：『何時克之？』對曰：『丙之晨，龍尾伏辰，九月、十月之交乎。』冬丙子朔，晉滅虢。

卜立君而得吉者。衛婤姶生子，名之曰元，孟縶之弟也。縶不良於行，孔成子卜之，曰：『元當享衛國，主其社稷。』後果立靈公名元。

卜妻而得吉者：陳大夫懿氏卜妻敬仲，其妻占之曰吉。有嬀之後，將育於姜，陳衰，此其昌乎。若在异國，必姜姓也。後乃繼齊。

卜妻而得不利者。齊崔武子卜娶棠公之妻，遇《困》之《大過》。其繇曰：『困于石，據於蒺藜，入于其言，不見其妻，凶。』後崔氏一門皆殲。晉獻公筮嫁伯姬於秦，遇《歸妹》之《睽》，史蘇占之，不吉。後晉惠公入秦，乃悟史蘇之言。又惠公在梁，梁嬴孕，招父卜之曰：『男爲人臣，女爲人妾。』後子圉西質，妻爲宦女焉。

有以卜生而應者。成季之生，魯桓公使楚丘卜之：『其名曰友，在公之右。季氏亡，則魯不昌。』及生而有文在手曰友。穆子之生，莊叔以《周易》筮之，遇《明夷》之《謙》，以示卜楚丘，曰：『是將行，而歸爲子祀。以讒人入，其名曰牛。』卒以餒死。

有以卜仕而應者。畢萬筮仕於晋，遇《屯》之《比》，辛廖占之，以爲公侯之卦。晋滅三國，以魏賜畢萬。

有卜亡國而驗者。衛卜胥彌赦爲衛侯占夢，其繇曰：『大國滅，將亡。』後晋人入其郭，出莊公。

數事者，或數世，或數十年，無不應若影響者。然此皆自爲卜之，而自爲應之，無怪也。最异者秦伯卜勤王於卜偃。遇黄帝戰於阪泉之兆，又遇《大有》之《睽》，乃晋文辭秦師而下，次於陽樊，朝王於王城，遂成霸業。所占在秦，而所應在晋，則理之不可曉者也。抑秦伯問卜而疑，晋文聞卜而斷，故所應在此不在彼乎？

【校記】

〔一〕本篇據《文集》十六卷本補。

左氏灾异説〔一〕

《周禮》馮相氏掌歲月辰日二十八星之位，保章氏掌天星星土及五雲十二風之變，以詔救政，訪序事。春秋之世，擅天官家，約有數人。首推魯之梓慎，鄭之裨竈，而晉之士文伯與史趙次之。周内史叔服及萇弘亦其流亞矣。然梓慎、裨竈其説亦有同异焉。『春無冰』一也，在梓慎以爲宋、鄭其饑，歲在星紀。而淫於玄枵，宋、鄭之星也。裨竈以爲歲在棄其次，以害鳥帑。周、楚惡之，周主楚子皆將死。在星孛於天，西及漢，其徵爲火。宋、衛、陳、鄭皆火房也，四國當之。梓慎與裨竈其説同。他如過伯有之門，歲在降婁，竈指之曰：『猶可以終歲。』及其亡也，歲在娵訾之口。夏四月，陳灾，曰：『五年，陳將復封。』五十二年而遂亡。春王正月有星出於婺女，竈以爲告邑姜也。歲在顓頊之虚，晋君將死。竈之占尤多于慎矣。至於士文伯因晋侯日食之問，對曰：『魯、衛惡之，言乎衛大魯小，去衛地入魯也。以衛豕韋，魯降婁也。』

楚滅陳，晋侯問於史趙曰：『陳其遂亡乎？』對曰：『陳顓頊之族也，歲在鶉火，是以卒滅。在析木之津，猶得復由。』舜之明德，胡公不淫，繼守將在齊，有星孛於北斗，周内史叔服曰：『不出七年，宋、齊、晋之君，皆將死亡。』萇弘之對景王也，歲在豕韋，蔡凶；歲在大梁，楚凶。其言皆驗之。數子者，皆能以天道窺人事者也。合之《周禮》馮相、保章之法，猶未亡歟。

其言人事而不言天道者，宋大水，魯莊公吊焉，其言曰：『孤實不敬，天降之灾。』其説出於公子御説。臧文仲以爲有恤民之心，是宜爲君。衛大旱，卜有事于山川，寗莊子勸以伐邢，師興而雨。魯大旱，欲焚巫尪，臧文仲止之，饑而不害。宋灾，樂喜爲司城，以爲政，使伯氏司里，火所，未至，陳畚挶，具綆缶，撤大屋，塗小屋，是爲實政云。

【校記】

〔一〕本篇據《文集》十六卷本補。

左氏饑説〔一〕

《左氏》書饑，不一而足。在鄰國，則曰乞糴；在本國，則曰出粟，禮也。京師告饑，爲之請糴於宋、衛、齊、鄭。魯冬饑，告糴於齊。御灾捍患，何國蔑有？睦鄰救荒，道於是乎在焉。同一乞糴也，秦兩與晋粟，晋不一與秦粟。夫是以泛舟之後，不得不繼以韓原。韓原之後，不得不繼以河外五城。誠惠公自作之孽也。君子是以長秦而短晋矣。凡此皆請糴也。

鄭饑，子皮爲卿，國人粟，户一鍾。宋饑，司城子罕貸而不輸，叔向聞之曰：『鄭罕宋樂其後亡者也，二者其皆國得乎？』又宋饑，公子鮑竭其粟而貸之，年七十以上，時加珍异，無日不數於六卿之門。凡此，皆出粟也。

至有國大饑，而不聞乞糴，亦不聞出粟，且以滅庸聞，僅獨見之楚焉。當其時，戎及麇人百濮與庸人皆亂，申息之北門不啓，楚人謀徙於阪高，勢亦危矣。得蔿賈一言，遂滅庸焉。斯亦懲創之極，而因國以就食也。此救荒之變也。毋亦唯楚强大，鄰國不能親睦，既無乞糴之地，又非出粟之所能繼，故不得不出於此耳。

按《周禮》荒政十有二，一曰散利，即今出粟之説。爾時九州一統，不聞乞糴；一曰除盜賊，楚滅庸得斯義矣。其見於大宗伯之職，曰以荒禮，哀凶札。注曰，饋財輸粟也。乞糴之説，蓋本諸此。

【校記】

〔一〕本篇據《文集》十六卷本補。

文集卷十六

論

《春秋》十二公

隱公

隱公固讓國之君哉！始終不失其正者也。春秋不書即位，存其實也，亦原其心也〔一〕。惠公元配既薨，隱、桓皆非嫡子，而隱爲長，隱之當立，豈顧問哉！乃隱公體父之志，必以桓公之母爲夫人，而居己母於下，死而書，卒止以君氏稱之而已。僅居攝以待桓立，菟裘終老，心亦良苦，蓋無日不從惠公起見者也，至惠公改葬而已。不敢臨考仲子之宫，而舞六羽，一以示不敢爲君之義，一以見敬仲子，所以敬惠公之義，曲而盡矣。他如會戎以修先君之好，勿事疆域，請糴以拯京師之饑，無忘天子。桓公雖幼，能立其國，皆隱公居攝之力也。

當其時，如宋穆公不立子而立弟，鄭莊公克叔段而隧母，州吁弑君而奪國。或與隱公類者，或與隱公反者，雖事屬同時，而《春秋》紀之於前，《左氏》發明於後，不厭詳説而推論之，即聖人作經之意，重辭讓誅亂賊也。然終以此得弒，不謂之反常乎？曰：『所以甚桓公也。』以隱公所爲如此，而猶不免於桓公之弒，亦見富貴膻物爲後世居攝者之戒也。周公居攝猶不免於流言，隱公得此宜矣。要其讓德，不可誣也。故聖人作《春秋》托始於此。

【校記】

〔一〕心也，《文集》十六卷本其下有『爲繼室所出』五字。

桓公

桓公弒兄自立，亂賊也。春秋諸國忘乎其爲亂賊，而相率而朝於桓，獎亂者得志矣。故於滕侯，則降而書『子』；於杞侯，《公》《穀》辯其爲紀侯諮齊難，志不在朝桓，故得免於貶；於穀伯、鄧侯并書其名，比諸失地滅同姓之列，惡諸侯皆所以惡桓公也。至於旅見之非禮，滕、薛朝隱已譏之矣。考《周禮》，行人諸侯邦交雖有殷聘世朝之文，然周天子在而歲事闕如，乃儼然旅見於諸侯之廷可乎？魯爲望國，著之所以甚無王也。

以祊易許，其罪尤著。鄭有祊，爲朝宿邑，在泰山下。魯有許田，爲湯沐邑，在許。二者皆從王也。周天子雖不巡狩，而鄭朝宿之邑不可廢〔一〕。諸侯即不朝覲，而魯湯沐之邑不可廢。廢者，所以示無周也。皆自桓公發之，罪有在矣。

至如獎亂立華，賄納郜鼎，不受哀伯之諫。繻葛之戰，王敗於鄭，諸國從之，而魯獨不與，尚謂有人心乎？所以大水日食迭書，御廩告灾，斯有文姜之禍，爲亂賊之報也。即位有書何歟！曰：『自書之也。』惟書即位，而弑兄之罪與不請命之罪愈昭矣。《春秋》一書，編年之祖，至桓公而書曰『即位』，奪辭也，聖人宗國之文也。

【校記】

〔一〕廢，《文集》十六卷本其下有『又周衰』三字。

莊公

元年，不書即位，以夫人遜齊故也。君〔二〕子曰：『不仁哉！莊公乎？忘父之讎，而長母之惡，安在其爲人君哉〔二〕！』至於丹楹刻桷，盛飾桓宫以迎夫人哀姜，使夫人宗婦同贄來覿於父子，夫婦之間失倫多矣。長勺之役用曹劌而敗齊，乘丘之役用公子偃而敗宋，追戎濟西，至自伐戎，大書者二。按謚法，勝敵克亂曰『莊』，治國之道猶不愧夫，而風紀蕩然矣。然則書葬我小君非乎？曰：『此魯史舊文，而聖人因之也。』以爲既不能閑母於生前，自當盡子道於身後，禮也。且莊爲國君，文姜自爲國母，仍以我小君葬之，所以愧文姜於地下。若曰其得稱爲我小君者，非以桓公之故哉！前此任其如齊任其如莒，莊公置之不問，若路人矣。孰知天下後世猶得以小君之葬指之爲莊公之母也。責莊公也，夫責天下之爲子也。夫《左氏》無傳，亦缺典矣。

【校記】

〔一〕君，《文集》十六卷本作『彭』。

〔二〕君哉，《文集》十六卷本其下有『父殺於襄，因誰乎？因母也。父不能制之子生前，致有生之禍，則殺父桓公者，齊襄也，母也。仇不以報，以致母行不檢。自即位以後，如齊不如絶書，迨齊襄已死，書如莒者猶二。婦人帷薄之醜，世未有如姜夫人者。綱常倫理掃地，亦未有如莊公者也』九十四字。

閔公

閔公，莊公子也。莊公既死，子般即位，爲慶父所殺，殺莊公一子矣。閔爲季友所立，年八歲，慶父復殺之，於是殺莊公二子矣。哀姜、孫邾與慶父通與謀焉故也。閔公乃哀姜娣叔姜所出，哀姜爲莊夫人，暱於所私而并圖其子，亦毒矣哉！然莫非莊公有以誨之也。莊之處母文姜也，任其如齊、如莒，置父死於不論。其迎哀姜也，公自如齊納幣，如齊親逆，至丹楹刻桷祟餙死父之宫以誇示生妻。大夫幣見，且使宗婦同贄以尊優内主，〔一〕百計以悦之，止得一殺子之報，齊女亦不利於人哉！衛之夷姜、宣姜，晋之武姜，可鑒矣。國家淫亂之禍未有不至賊殺者，慶父得肆其惡者，哀姜成之。哀姜之與慶父亂而不忌者，莊公成之也。其積漸非一日矣。僖公既立，慶父自縊，哀姜爲齊所殺，痛快人心哉！經書夫人氏之喪至，自齊不言，姜絶之也。從僖公之請也。僖爲閔兄，姜可以不母，而僖不可以不子〔二〕，故葬我小君哀姜一如文姜。

【校記】

〔一〕『公自』句以下至『且使宗』句，《文集》十六卷本作『以死父之宫爲生妻之館』。

〔二〕不子，《文集》十六卷本其下有『兼之齊桓始霸，亦所以結好於齊也』十四字。

僖公

八年秋，七月，禘於大廟，吉禘也，閔公二年始之矣，皆非禮也。魯之有禘，或曰成王賜之，或曰惠公請之，皆春秋所不與，用致夫人，尤失之失也。夫人者何？風氏也。慶父之難，魯曠年無君，成風識季友也。忠屬之僖公，援齊、桓以立國，公子申儼然君矣。顧其母，則猶然莊公之妾媵也。忘其爲生母之微而致之乎死父，緣己之私心以亂先君之雔匹，又干大禮以取戾安定，胡氏所謂『徒欲崇貴其所生而不虞賤其父』者也。案成風薨於文公之四年，《春秋》備書葬卒王朝。使榮叔歸，含且賵，則王不稱天，以譏之僭嫡悖禮，惡之甚矣。唯是僖公享國日久，敬天勤民，克守宗祀，《閟宫》之什，升諸三頌。考齊桓伯事，陘亭、召陵、首止、葵丘兵車盟會，無不戮力左右，誠賢君也。禽父而下，僖稱中與哉！又未可因越禮一節而少之矣。

文公

躋僖公，文公之逆祀也。僖爲閔公庶兄，曾爲之臣，今躋其上，謂典禮何，故曰逆也。新鬼大而故鬼小，此夏父弗忌之，佞説非，所以崇乃父也。至於伉儷似續人倫之首，文公於出姜，使之不允於魯，卿聘之而卑迎之，襄仲之難，皆自此釀。殺嫡立庶，姜氏大歸，豈伊朝夕哉！嗚呼，文公於父子夫婦之道蓋兩失焉者也。考文公在位十有八年，戲渝玩愒外，盟會不與，世室屋壞不修，書閏月不告，月書四不視朔，以敬時授日曆爲可廢矣。自十有二月不雨至於秋七月，自正月不雨至於秋七月，以天變爲不足畏，人事爲不足修矣。苟於其位，幾如視蔭，朝不保暮者，尚何以國乎？君子是以知魯之削始於文公。〔一〕

【校記】

〔一〕『此夏父』以下至文末，《文集》十六卷本作『泉臺蛇數，有以取之爾。説者謂事起於閔、僖，文公踵而行之。未在閔、僖，其序猶正，已屬僭禮，况乎兄弟、君臣之際，堪倒置乎。出姜，文公原配，卿聘之而卑迎之，襄仲之難，皆自此釀之。殺嫡之庶，姜氏大歸，豈伊朝夕哉！嗚呼，文公於父子夫婦之道，蓋兩失焉者也。紀綱錯謬，國家之敗亡因之，可不慎哉！』

宣公

宣公，敬嬴所生，文公庶子也。襄仲私事其母，殺惡及視而立之。哀姜大歸於齊，感動路人。夫以國君之故而殺嫡立庶，禍起中冓，辱及社稷，神其吐之矣，宜其郊牛口傷且死也。至如會平州，賂濟西，比年朝齊，更遣叔姬下嫁高固，以諸侯而彝於大夫，僭甚矣。且税畝初行而十一之法壞，井田之制蕩然矣。内竭脂膏以奉强齊，而國之魁柄陰以授人。至於凋瘵屢見，灾患頻仍，未有若宣公之甚者也。其始也，因東門氏篡嫡以立國，迨其末年，又欲從子家之謀因晋以去三桓而弗克。至東門氏逐，而三桓益横不可制，以貽子孫憂。《宋史》謂靖康之禍始於宣和棄地，予則謂乾侯之禍始於宣公棄政也。〔一〕

【校記】

〔一〕『至如會平州』以下至文末，《文集》十六卷本作『至如叔姬不嫁，高固以諸侯而夷於大夫，僭甚矣。且稅畝行而十一之法壞，井田之制蕩然矣。甚矣！襄仲之不仁也。後世呂不韋、黄歇輩皆師仲者也，皆不免於誅，仲爲漏網矣』。

成公

成公，終其身事晋者也。如晋至自晋，史不絶書，殆非晋無以立國矣。丘甲之作懲齊難，然民不堪矣。借晋師伐齊，夫是以有華不注之役。然汶陽之田實惟魯舊，一與一奪，辱孰甚焉。武宫之立，功屬他人，其何以示後世乎？况以國君之重不能防閑其母，以有叔孫僑如之事，固終身不能雪其耻者也。鄢陵之役，搆讒於晋，而不令公見。又陰告郤犨以甘心於季孟，宜其鼷鼠食角，新宫灾，何政令之爲也，抑成之元年。《春秋》書無冰常燠也，怠緩縱弛之象見矣。成公誠明於天道人事，陰極修政，陽極修刑，國有禮矣，誰敢侮之？乃務決去其閑，俾僑如得行其惡？終身事晋而不獲庇，宜矣，是故君子當以禮自强。〔一〕

【校記】

〔一一〕『抑成之元年』以下至文末，《文集》十六卷本作『迨至僑如奔齊，復通聲孟子。齊靈公之母，宋女也，復位在高國之問。以一人而污兩國君之母，亦尤物矣。又按齊慶克亦通於聲孟子，竟使靈公刖鮑牽而逐高無咎，又是一僑如也』。

襄公

魯三家作三軍，中分魯國，魯之積弱在此矣。溴梁之盟，執莒、邾二子圍齊之舉，諸侯同心，雖資晋力，然亦公之用也。惟是奔命晋、楚無虚歲矣，爲楚親襚旋卒楚宫，既不朝正於廟，又不終於先君之路寢，曷能無遺譏焉？又其時，兩失閏，天行愆矣。宜其日食迭書，大饑、大水無冰兼書，皆私臣强而公室弱之應也。

昭公

昭公之終身不能復國，而以乾侯薨晋，失霸矣。當其時，晋爲盟主，齊與魯無歲不相侵伐，魯所恃以立國者唯晋耳。當其逐季氏不成，始奔齊也。次於陽州，齊唁公於野井，未嘗一言及於復魯，此不可謂非齊利，魯之有今日也。齊既利，魯有今日，則舍晉何適？復魯之機，在此一舉。夫國君失守，不保社稷，即當身入晉國，灑血乞師請命，盟主合諸侯以興問罪之師，雖百意如誅之不難。而顧栖遲乾侯，若無意於復國者。然而晉亦遂因循置之以乾侯，爲公館舍，而公遂以乾侯自爲菟裘，喪霸主積世之威，而教貳賞奸，率人臣以叛其上，晉不復東征矣。宜其參盟互書而霸，不能取信於天下也。然則昭公人君，季氏人臣，君爲臣逐，舉國若罔聞知，且爲左袒。何哉？曰：『此自舍中軍。』時公室之卑，不自此日始矣。舍之云者，四分公室，季氏擇二，叔孟各一，皆盡征之而貢於公，則所爲公者寄名焉耳，所謂政在焉故也。政在焉而安得不逐哉！漢唐之去中官亦猶是也，是所謂瘻也。

定公論

昭公兄也，不以禮正終〔一〕，得孔子爲司寇，然後溝而合諸墓。定公之立，蓋亦有恫於兄弟之際乎？顧季氏擅政日久，臣叛君，故有乾侯之事。乃陽虎尤而效之，日久家臣復叛主，故有寶玉大弓之竊。《春秋》書之曰：『盜明乎？其不足數也，不比之於人也，故曰盜也。』定公之政有二善焉，曰墮三都，曰歸三田，皆前此未有之事也，皆孔子爲司寇及相夾谷之力也。而卒不克竟其用論者，謂文衣康樂，齊實巧於用間。予以爲未知其深者也。夫物之有蠹，乘其朽敗。定公之立也，獲邀兄終弟及，固已陰德季氏矣。而强公弱私，實犯執政之所忌。墮都出甲，特憤於南蒯之已事，又屈於正論，姑且行之，而徐且悔之。當時君臣間必有讒疑阻間者，而齊人會逢其適也。然則孔子之不終於位，臣子意也，亦定公意也。夫向者乾侯之事，固未嘗一日合於其心者也。〔二〕

【校記】

〔一〕『不以』句，《文集》十六卷本作『乾侯之難』。

〔二〕『曰歸三田』以下至文末，《文集》十六卷本作『曰歸鄆、讙、龜陰之田，皆前此未有之事也。皆孔子爲司寇及相夾谷之力也。誰謂知禮無勇哉』。

哀公論

魯之伐邾，康子爲之也。因伐邾而致吴人有武城之役，以城下之盟而還，魯其殆矣。齊以郻故伐我及清，致有稷曲之戰，非冉求不爲功。甚矣，季氏之不利於魯，而且以危魯也。黄池之盟，异晋争先，吴所以得僭上國之盟，皆魯有以致之也。田賦之作，家出一人，法密於丘甲，連年用兵，虐用其民，其不亡者，幸也。魯書止獲麟，而昊天一誄爲千古斯文痛，知言哉！哀公乎？於此見生之不能用仲尼者，則非哀公之故也。甚矣，魯之危亂於季氏而不知也，雖有聖人亦無如之何矣！

五霸

秦穆公

秦穆之霸也，宜哉！史稱三置晋君，謂惠、懷、文也〔一〕。惠公之歸，爲秦所擒，以穆姬之言而歸。子圉質秦，逃而歸，得懷，嬴之力多焉。二者皆秦施〔二〕也。至於重耳之歸，更借其力以成霸業。置者，安頓之辭。三君者，不有秦，何由至晋？乃惠公烝賈后，背穆姬之言，毁五城之盟，而忘泛舟之報。文公纔死，子襄公立，即有殽之役。晋之報施於秦，竟何如哉！三帥甫歸，師不旋踵，彭衙之戰抑又甚焉。至不獲已，而究用孟明以有濟河焚舟之舉，晋人不出，至是而始，書之曰：『遂霸西戎。』其爲霸也久矣。惟有三良一事爲大德眚耳。

甚矣，克終之難哉！乃楊升庵作《二霸論》，獨進桓文，退秦、宋、楚，以爲秦霸之，謬也。楚寇宋，鹵〔三〕也。且曰：『秦之置君，是幸之也，非安之也，何以不先置重耳而先置惠懷？以釀晋之亂者，秦也。』

嗚呼！人之賢愚，即父兄不能得之於子弟，況晋諸公子俱亡，得一人焉即晋社稷有賴，安能逆計〔四〕曰：『如穆公先惠、懷而死，則有人誰置？或重耳先穆公而死，則欲置誰人？』噫！此言抑何捍格而不通也。人之壽夭，天定之矣。即穆公不能自必而能，爲惠、懷、重耳必乎？惟其置一君不得，又置一君。又置一君不得，則又置一君，至於再至於三而乃得重耳。然後晋有君，晋有社稷，秦之有造於晋。晋獻公以上得再延血食勿絶者，皆穆公力也。大學平天下之書，而以《秦誓》繼之，思相度能用人，已知繼周而王者，當在秦矣。《黄鳥》之詩惜之也，非刺也。猶曰：『以秦穆之賢，而猶如此也。』况其下乎？繆、穆古通，不必深辨。

【校記】

〔一〕『謂惠』句，《文集》十六卷本作『蓋謂惠、懷、晋文也』。

〔二〕施，《文集》十六卷本作『恩』。

〔三〕鹵，《文集》十六卷本作『虜』。

〔四〕逆計，《文集》十六卷本其下有『其惠、懷之成而先置之也。且既曰幸之，即重耳亦幸之。又』二十二字。

齊桓公

春秋無王久矣。桓公起，而天下始知有周。綿延數百年，空名猶繫者，桓力也。按桓公稱霸，起魯莊公九年，其卒在僖公十七年。衣裳會九，兵車會四，蓋無日不以王室爲念，而恤鄰，而攘外，總此尊王一念，畢世未改，誠賢矣哉！

當其時，王風絶筆於莊王，天王解紐，止有列國耳。繻葛之戰，射中王肩；子帶之亂，天子蒙塵，冠履倒置，不必在東西周之日矣。自桓出，而王室日隆，諸侯日親，戎翟雖犯順而隨摧，王室雖屢亂而克定，桓與周相始終者也。桓公既爲霸首，繼桓起者又以桓之心爲心，東周一綫不即隕滅，即何得不重念桓公哉！

今按其勤王之大者，平宋亂，而歸功天子，夫是以有單伯會鄄之役。因太子未定，夫是以有首止之役。王室多難，襄王初立，則有洮之盟。戎難方殷，子帶召寇，則有戍周之舉。至如北杏以平宋亂，夷儀遷邢，楚丘封衛，伐狄，伐戎，伐北戎，史不絶書，恤鄰攘外，又復如此。齊桓者，誠東周功臣而華夏賴之者矣。所不足者，内嬖[一]既多，五公子争亂，未免遺憾，要之不足爲盛德累也。此聖人所以亟與之仁管仲，正桓公，皆作《春秋》意也。

【校記】

〔一〕内嬖，《文集》十六卷本其前有『好』字。

宋襄公

宋襄公何以稱霸哉？霸其定齊一事也。齊桓公未卒，與管仲屬孝公于宋襄。桓公殁，而易牙作亂，無虧得立，齊有君矣。是時孝公奔宋，襄公無忘前言，用報齊桓，合諸侯伐之。夫是以有曹南之盟，然後孝公得立，無虧見殺，齊國再定。彼世有托孤元老，奪於時勢不能踐言，於後來者視宋襄爲何如哉！泓之役，敗於楚，傷股而卒。其不擊楚師數語，要皆仁君之言也。齊桓公所以首霸者，勤王而外，莫過於定邢、衛，恤鄰救難，君子大之。宋襄近是，抑唯桓公宜得宋襄之報云。問：『宋公使邾文公用鄫子於次睢之社，何如？』曰：『已甚矣。鄫子不與曹南之盟，宋公憤之，邾人懼而執之。如用牲畜，然失霸者之義已亡也。』忽焉以是哉！

晋文公

晋文出亡，返國成霸業，亦得婦人之助焉。居狄十二年，得季隗，乃如齊。居齊，公子安之，得姜女，殺蠶妾送之行，乃去齊。曹共公不禮，而鑒别於僖負羈之妻。以上三婦人，晋文三知己也。至於懷嬴一怒降服而囚，一激之力也。鄭叔詹曰：『有三士足以上人而從之。』謂狐偃、趙衰、賈佗也。豈知其更有四女哉！其霸也，大功有三：曰勤王也。取大叔於温，殺之於隰城，再定襄王之位，功莫尚焉，一也。伐曹救宋敗楚於城濮，二也。伐原示信，三也。有此三功稱爲霸者，不虚矣。説者以爲城濮何以報楚，曰：『前此有言矣。』退君三舍，所以報也。文公之於子玉退讓再三矣，剛而無禮，自取其敗，於晋何尤？説者又以召王爲晋文，惜曰：『非召也。』王聞晋戰勝，勞軍於〔一〕土，晋文爲之作王宫，率諸侯朝王，安得爲召哉！書曰：『天王狩於河陽，非罪之，乃予之也。』世儒徒以譎而不正，一語爲口實，指此類以爲譎證，孰辨其非哉！夫亡人巡行天下十九年，所到之國皆昏娶晏樂，疑於忘其奔播，迨一歸國輒奮發爲天下雄，此非譎之一驗歟！止以《春秋》斷之，故在此不在彼。

【校記】

〔一〕於，《文集》十六卷本其下有『踐』字。

楚莊王

晋文之霸也，戰楚於城濮，楚敗績，以救宋也。楚莊之霸也，戰晋於邲，晋敗績，以救鄭也。二霸者，皆非自爲也。然晋文之霸，首在勤王。楚莊之霸，在平陳與釋鄭二事，楚鋒至此直入中原矣。觀其勝晋後而歉歉焉，不以京觀自侈，殺人之中猶有禮焉。宜其殿數公而稱霸哉！説者謂：『問鼎無罪乎？』曰：『無罪也。』鼎爲夏商來傳器，蠻貊君長一旦游上圓聞寶器，訊其輕重大小，人恒情也。況此時以伐陸渾之戎至乎，安知此問不爲陸渾防也。晉文請隧，迹其意不過求葬以王者之禮，而腐儒至欲與問鼎同誅。夫使二君果有窺周之心，隧何必請，鼎又何必問哉！是何量二霸之淺也。城濮之役在僖公二十八年，邲之役在宣公十二年。晉楚迭興，相距三十五年，亦盛衰之理也。

左氏婦人論〔一〕

《左氏》一書，言婦人者强半，大抵春秋之所有者無幾，乃傳傍經而作，與『六經』相表裏。陰陽者天地之經，夫婦者人道之大。陰陽得其位，而萬化以生。夫婦得其正，而萬事以成。故不厭詳細隱微，撮之篇章，與男事争衡，則庶幾乎治平之本矣。

紀季姜歸於京師，凡諸侯之女行，惟王后書，謹始也。夏四月辛卯君氏卒，隱公之母，既不敢從正如之禮，亦不敢備禮於其母，慎終也。諸如單伯送王姬，紀列繻來逆女，不一而書，此物此志也。其賢者得而載之，爲母儀，爲婦道焉。

晉先篾迎子雍於秦，靈公之母穆嬴，日抱太子泣於朝，且頓首於趙宣子。述襄公囑托之詞，乃背先篾而立靈公。莒有婦人，莒子殺其夫，爲嫠婦，托於紀障。紡焉，以度，而去之。齊師至，夜縋而登，齊師入紀。介之推不言禄，其母曰：『盍亦求之，以死誰懟。』與之偕隱。晉太子圉質於秦，謂嬴氏曰：『與子歸乎？』曰不敢從，亦不敢言，遂逃歸。衛獻公出奔，使祝宗告亡，且告無罪，適母定姜曰：『汝有三罪，告亡而已，無告無罪。』臼季過冀，見冀缺耨，其妻饁之，相待如賓，文公以爲下軍大夫。文公妻趙衰，逆盾其母，以盾爲嫡子，而子下之。以叔隗爲内子，而己下之。以上數婦，皆得婦人之正者也。

其國君得婦人而興者，重耳奔狄，取季隗。及齊桓公妻之，將行，謀於桑下，蠶妾在其上，以告姜氏，姜氏殺之。及曹，僖負羈之妻曰：『吾觀晉公子之從者，皆足以相國，饁餐寘璧。』秦納女五人，懷嬴與焉。奉匜沃盥，既而揮之。公子懼，降服而囚，入國遂霸。此千古英雄得女子而成事，不數數見也。

其他亡國之君，每多烝淫之事。衛宣公烝於夷姜，又娶急子妻宣姜，公使殺急，壽子争死，一門殲焉，遂爲狄所滅。晉獻公烝於齊姜，生秦穆夫人及太子申生，其後受驪姬二五之讒，太子縊新城，重耳、夷吾出奔，亂者數十年。晉惠公烝於賈君，與秦戰於韓原，秦獲以歸。此《周書》所云禽獸行者也。君以此始，以此終，信然哉！

魯成公之母穆姜，與僑如通，送公往鄢陵，而使逐季孟，且使僑如告晉。魯侯待於環隫，以待勝者，以故晉不見公。衛公子朝通於靈公嫡母襄夫人宣姜，與齊豹等作亂，公如死鳥，宣姜見殺。

衛侯爲南子召宋朝，蒯聵欲殺之，不果，奔宋。欒祈、欒盈之母也，與其老州賓通，而訴盈於其父宣子，盈奔楚，宣子殺其黨十人。皆以母而禍其子者也。

宋公子鮑美而艷，祖母襄夫人欲通之而不可，乃助之施。晋趙嬰通於趙莊姬，以叔父下淫其侄婦，而譏原屏於晋侯。魯桓公與夫人文姜會齊侯於濼。齊侯通焉，以兄通其妹。蔡景侯通太子般之妻。楚平王娶秦，亦太子建之妻，以父妻其子。齊莊公通崔武子之妻棠姜。陳靈公通於夏姬。以君妻其臣。鄭文夫人勞楚子於柯澤，送二姬以歸。以舅而妻甥。倫紀倒置，天命不又，澌滅也宜矣。

他如息嬀以其色滅蔡、息二國，爲楚子文夫人，而能不從令尹之蠱。施孝叔之婦，生子於郤氏。既而郤亡，施氏迎殺其子，遂誓施氏。二婦者，始無足稱，可謂能蓋其晚矣。

以執奸獲罪者。齊慶克通於聲孟子，蒙衣乘輦入閎，而鮑牽見之，因刖其足。晋祈勝與烏臧通室，爲祈盈所執。勝賂荀躒，言晋侯殺之，并殲祈氏，及其叔向子楊食我。羊舌氏閨閣之事難言矣哉。

其淫奔而得善報者。鬥伯比淫䢵子之女，而生穀於菟，即子文。泉丘女子以夢奔僖子，而生懿子，及南宫敬叔是也。襄仲私事文公二妃，而殺哀姜之二子。僑如通齊、魯兩國君之母，而其如齊也，位在高國之間，是皆罪魁斧鉞不足辱矣。

其婦之有慧智者，如伯宗之妻、叔向之母是也。一以直言戒其夫，一以叔虎之母戒其子，皆婦人之才智者也。

其以殺夫而見傳者，宋昭公夫人也。田於孟諸，甸師殺之，書曰：『宋人殺其君杵臼，君無道也。』而使之者誰哉？

以擇婿而傳者，徐吾犯之妹也。或以布幣而出，或以左右射而其適乃在子南，從乎其先也。權乎父婿之間，告父而殺其夫者，雍糾之妻是也。雖其岳祭仲所殺，其實其婦殺之也。故曰：謀及婦人，宜其死也。

黨氏之女，割臂而盟莊公，乃其生女與人戲，母以淫誨女，未有不學其母者。人事也，抑天道歟？

亦有代子而行妒者，芮伯萬之多寵人也，其母惡之，逐其子於魏。

亦有防漸而辭婚者，魯桓公之婚於齊也，齊侯欲以文姜妻鄭太子忽，忽曰：『齊大非耦。』豈預測其有齊侯之事歟？

至奪妻抑又甚焉。宋華督奪孔父之妻，至於弑其君與大夫。雖以賄鼎而得免列國之誅，君子非之。齊懿公奪閻職之妻，鄭游眅奪逆妻者之妻，皆不旋踵而喪於妻者之手，其危亡亦可鑒矣。

歷選列婦，其敗國亡家，總未有如夏姬之甚者也。身之不足，其所生之女，猶能赤人之族，誠可畏矣。間千年而一出者也。

由是言之，《左傳》之祖婦人者，自晋重耳以下，十無二三焉。武姜愛段，遂有克鄢之事。莊姜立戴嬀之子，爰來州吁之惡。國家之事，不幸而出於婦人，未有能全者也。後世之吕雉、武曌，又其著焉者矣。吾故約略《左氏》而爲著論，其遺焉者可知矣。

【校記】

〔一〕本篇據《文集》十六卷本補。

左氏夢論〔一〕

人生五官、百骸賅然具者與人同，而萬無一同者，方寸之心。頑然血肉耳，宜無不同。而萬無一同者，維夢亦然。傳曰：『人心之不同如其面。』則曷不曰人夢之不同如其心乎？龜毛兔角，牛鬼蛇神，忽而成境，偶然結像，不可得而名焉。人最靈莫如心，心之最靈莫如夢。『六經』而上，言夢者多矣，下此未有如《左氏》者。竊意《左氏》本《春秋》，《春秋》二百四十年耳，其爲夢亦積累如許。事在可解不可解之間，情處可思議不可思議之際，吾因爲著夢説焉。

城濮之戰，晉侯夢楚子伏己，而盬其腦，而子犯解之，以爲得天，已而大勝。瓊弁玉纓，河神何須於此，而子玉夢而不畀，以致大敗。衛遷帝丘，成公夢相奪康叔之祀。甯武子矯之，卒亦無恙。鄭文公報鄭子之妃，三子不立，而徵蘭有夢乃在賤妾。於此見亂倫之無後焉。魏顆從武子之命，治命是依，而輔氏之役，結草以夢杜回。于此見陰騭之感天焉。韓厥齊戰，夢父子輿曰：『辟左右。』及其會戰，左右皆斃。則父之生其子也。晉侯殺趙同、趙括，夢大厲摶膺而踊曰：『殺余孫不利。』而二豎相摎，遂已不治。則祖之報其孫也。趙嬰通其侄婦，趙莊姬夢祭天福汝，而祭之明日，乃得滅亡。聲伯夢涉洹水，或與己瓊瑰食之。三年不占，占之夕而卒。天之巧於禍淫而伏其辜歟？

中行獻子將伐齊，夢厲公以戈擊之，首隊於前，而梗陽之巫，乃謂有事於東方吉。遂以朱絲係玉，禱河伯，焚齊郭。穆子辟僑如之難，及庚宗遇婦人，生子，夢天壓己，而豎牛助之。既而竟餓死於豎。簡子夢童裸而歌，而是日日食。史墨占之，乃在庚辰吴王之入郢。曹人夢衆君子謀亡曹，曹叔振鐸請待公孫彊，許之。及曹伯陽即位，曹鄙人公孫彊獻白雁，訪政事，夢者之子乃行。宋人伐之，以曹伯陽歸。衛侯夢於北宫見人登昆吾之觀，據髮而噪，而晉人入郭，莊公遂出。宋元公爲公如晉，夢己太子欒即位於廟，己與其父率公服而相之，卒於曲棘。黄熊入夢，乃在夏郊，晉侯祭之而愈。伯有作祟，夢介而行。子産立其子，以奉祭祀，乃止。此皆鬼神之事，行於胸臆之間，應之如響，理之可據，有非幻焉。

其有二人同夢者，衛孔成子夢康叔謂已立元，及與史朝二人相見，告之夢，夢允協。有以他人代夢者，晉荀吴伐陸渾之戎，宣子夢文公携荀吴而授之陸渾，故獻吉於文宫。以上諸夢，夢耶？真耶？以爲夢，而後事不出其範圍。以爲真，而先事何以有朕兆。是所謂可解不可解，可思議不可思議者也。故古者占夢之官，掌於春官，以天地陰陽，日月星辰，占六夢之吉凶，與大卜龜人華成筮人并付宗伯，非妖妄之説也。

【校記】

〔一〕本篇據《文集》十六卷本補。

春秋補遺論〔一〕

春秋之所謂戎狄者，皆中國也。其地魯、鄭、齊、衛、晉、宋、二周之郊，不必其遠也。其種北戎、山戎、狄人、赤戎、皋落氏、揚拒、泉皋、伊洛、陸渾、鄋瞞之類，不一而足也。而鄋瞞爲最大，防風之後，漆姓，狄國也。東遷以後，王室卑而多禍，王子帶召寇於内，揚拒、泉皋、伊洛之衆，起而應之，夫是以有成周之舉。秦晉之功，於是爲著。夫秦晉之功，既著於成周，而秦晉之罪，莫大於遷陸渾之戎於伊川。迹遷陸渾之意，或亦漸近中國，化此异類變夏之苦心，而抑知豺狼難近，實生戎心。後人祖其意而置南匈奴於内地，遂致南晋之亂。則秦晋者，功首罪魁也。楚子觀兵周疆，以伐陸渾之戎至，非楚子，則此時已無周矣。宗周者，優秦晋而劣楚，何也？

其散見於外國者，魯會戎於潛，盟於唐，所以修好而備患也。其地在今陳留、濟陽之間，非外寇也。北戎侵鄭，三覆以待。又鄭人救齊，獲其二帥。齊人以病燕而伐之，來獻戎捷。周甘歜乘其飲酒，而敗之于邥垂。公子遂會雒戎於暴，皆戎祟也。長狄之種，魯獲僑如，宋獲緣斯，晋獲夢如，齊獲榮如，衛獲簡如，爲四國所擒，無遺類，鄋瞞盡矣。此狄祟也。在當時中國未甚失志也，二者亦未甚有病於中國也。止有狄滅衛一事耳，熒澤之禍，衛自取之，所以謂鶉奔之役，繼以定中。中國之自爲狄也，於狄何有哉？

戎以子帶至，以秦晋退，周室無恙焉。可見二者與中國并生，雖有聖人，不能處之於四封之外，但使之漸於禮義，不爲我患，間爲我用耳。辛有適伊川，見披髮而祭野者，曰不及百年，其爲戎乎？於此見春秋之無王也。春秋有王，此輩即吾民矣，否則猶是中國耳。西周盛時，此輩焉往哉？嘗以意窺之，九州之内，種類雜生，凡春秋之號爲戎狄者，以後世觀之，皆中國也。後世幅員日擴，職方日廣，除齊魯晋衛鄭宋而外，楚閩滇黔服王化，稱黎民者無幾。其餘爲苗，爲獞，爲猺狑，爲僰爨，與吾民并域而處，衣租食差，不奉有司，喜則人，怒則獸，猶之當日之中國也。由是言之，天地亦在矣，何事區別哉？·克受命而王，稱混一，良有以哉。

【校記】

〔一〕本篇據《文集》十六卷本補。

春秋車戰論〔一〕

三代以前，皆車戰也。載于《詩》《書》可考，春秋猶然。時周雖東遷，井田未改，不能野戰，故兵車之制獨詳，即大戰亦不聞有僵尸流血之禍。故滅國獨難。至秦開阡陌，井田廢而車戰亦廢。故興亡易焉。今由《左氏》一書觀之，其車戰可約略數焉。

當其時，五霸迭興，齊晋盟主，維楚繼之，其晋楚之戰有三：一曰城濮之戰，晋勝楚也。維時晋車七百乘，韅靷鞅靽，晋欒枝曰：『戒爾車徒，詰朝相見。』楚子玉用兩廣，與若敖之六卒。晋獻楚俘於王，駟介百乘。一曰邲之戰，楚勝晋也。楚伐鄭，晋救之，隨武子曰：『楚師卒乘輯睦，軍行右轅，左追蓐。』楚令尹孫叔敖南轅返旆，王令改轅而北。與晋戰，楚君分兩廣，乘晋軍，舟中之指可掬。楚祀於河作先君宫。一曰鄢陵之戰，晋楚相當也。楚子登巢車以望，楚叔山冉搏人以投車，折軾，晋人乃止。又楚子反命軍吏察夷傷，補卒乘，展車馬，晋人患之。苗賁皇狥曰：『蒐乘補卒，乃逸楚囚。』

其晉與齊戰有二：一曰靡笄之戰，晉勝齊也。衛魯乞師于晉，郤獻子與以八百乘，戰於靡笄。至于鞌，齊師敗績，三周華不注。一曰平陰之戰，亦晉勝齊也。魯人、莒人，皆請以車千乘，自其鄉入，晉人使乘車者，左實右僞，以旆先，輿曳柴而從之，夙沙衛以連大車，以塞隧而殿。此晉楚齊三國相戰之模也，皆未有離車者也。其他齊侯伐衛，將自衛伐晉，以報平陰之役，則有先驅、中驅、貳廣、啓貳廣，公副車，左翼曰啓。胠右翼曰胠。、大殿，皆車也。晉中行穆子敗無終及群狄于太原，毁車以爲行，爲五陳以相離，兩於前，伍於後，專爲右角，參爲左角，偏爲前拒，大敗之，皆車也。

至如他國車戰，亦有可紀者。楚巫臣奔晉，使吴，乃通吴於晉，以兩之一卒適吴，舍偏兩之一焉，教吴乘車以叛楚。蠻之屬楚者，吴盡取之，此車戰之利也。又申包胥以秦師救楚，秦子蒲、子虎帥車五百乘，使楚人先與吴戰，大敗夫概王於稷沂，此又車戰之利也。

鄭莊公以二百乘伐京，乾時之戰，公喪戎路，傳乘而歸。長勺之戰，曹劌曰，下視其轍，登軾而望，齊師敗績。以至鄭宋之戰，宋華元喪甲車四百六十乘，宋以兵車百乘，贖華元於鄭。由是言之，春秋二百四十年，未有不戰，戰未有不車者。秦以後，此法蕩然矣。自沛公以馬上得天下，而善戰者因之，于是天下大器，得之易而守之難。馬上之戰，遂與天地相終始，而禍亦循環無終極矣。秦人之罪，豈獨在焚坑哉！

【校記】

〔一〕本篇據《文集》十六卷本補。

史評上

子房

沛公入關，子房計啗秦將於藍田。既受楚封漢中王，勸以燒絶棧道。此時漢王無出關之意，子房亦不欲漢王復出也。其意自在韓耳。曰：『秦既滅，漢王既得關中，足矣，又何求乎？』不幸而韓王成爲項羽所殺，於是韓讎又生一秦矣。間行入秦，作齊梁反書以紿項。彭城之敗，漢王欲棄關東，得良説而止。凡漢之所以得天下者，在於韓成之殺也。或者曰：『漢王欲立六國後，良止之，獨不爲韓地乎？』曰：『韓成而在，良必不爲此言也。』良一出，而秦、楚兩報之矣，漢高爲其所用者也。

戚姬

人彘之慘，至於斷手足，燀耳去眼，飲瘖藥，千古共痛之。而吾獨謂高祖既崩，戚姬尚生，則爲姬者，宜有此禍也。夫當高帝在日，吕后以年老留守，姬獨幸，隨上關東，日夜啼泣，此其意，知吕后之圖己非一日已，帝一日不死，則姬一日不死也。帝一日死，則姬死無日已。使爲姬者，於帝死之日，慨然以身殉之，豈不身名兩全哉！乃計不出此，而徒靦然偷生，上負高祖之恩，而自陷焚身之苦，不足惜也。是一貪生愚婦人耳。於吕后何責哉！嗟乎！於此見漢高之不及項羽矣。垓下之亡，虞姬能以一劍自裁，而長樂宫之崩，竟不得一戚姬之報，非但兩姬之有優劣也。

司馬相如傳

文君一事，司馬相如得意事也，亦司馬子長得意筆也。方其文君新寡，琴心相挑，重賜侍者，通殷勤，至於私奔而去。家徒四壁，乃自著犢鼻褌滌器，文君當壚，文人無行，至此可謂寡廉鮮耻矣。而相如樂爲之，而子長樂道之，此其意在於利文君財耳。及其或得文君之衣被財物，稱爲富人，富人矣！而後蜀人楊行意乃得以《子虚》之賦上聞，則此非無故也，安知不以重賜侍者之術再施之於狗監哉！曰狗監者，實録也，亦誅辭也。迨其後，相如以中郎將建節往蜀，於是卓王孫臨邛諸公皆因門下獻牛酒，而王孫乃喟然而嘆，自以得使女尚司馬長卿晚，而厚分其財與男等。子長之意曰，若使不厚分其女財與男等，雖得卓氏無益也。雖得百卓氏無益也，爲相如者，得其卓氏，得其財，而因以得其官，而安得不令人寵且羡哉！此即作《貨殖傳》之意也。見己無財不得請贖，遂至於腐，自傷之辭也。及相如病且死，天子使所忠求書，而其妻乃對曰：『長卿固未嘗有書也。』又曰：『長卿未死時爲一卷書，奏之，乃言封禪事。』嗟乎！卓氏善爲其夫售知於天子如此哉！是相如有二狗監矣。即謂《子虛》《上林》諸賦出之於卓氏之手可也。武帝曰：『朕獨不得與此人同時哉！』子長亦曰：『吾獨不得卓氏爲妻耳。』故相如者，善用其財者也。而文君者，善用其夫者也。

平赤眉

赤眉之亂三輔，鄧禹不能平，而馮异能之，何也？或以爲用違其才也。夫禹之才不下异，華陰相距六十餘日，降者才數千人，梟帥盆子固在也。回谿之役，异僅以身免，赤眉之爲勁敵可見矣。禹之不能平，亦坐軍饑，且三輔地勢遼闊，無險陜可以乘其敝，故勝負略相當，赤眉能久持耳。光武曰：『此非引之出關不可也。』故徵禹還，所以速賊之東也。賊既東矣，新安、澠池、崤底其地可以設伏出險，以馮异之新鋒蹙之於西，而我復以大隊厄宜陽，則赤眉在囊中矣。崤底之捷，伏兵卒起，衣服相亂，此所謂設伏出險者也。賊一見而驚，驚斯潰矣。而又有大軍塞宜陽，賊又驚，驚斯降矣。如此者，雖昇之能，實帝算也。兩人者，不可以優劣論者也。

馬融

融爲冀從事中郎，爲冀章表，以定李固之獄。長史吴祐謂曰：『李公之罪，成於卿手。李公若誅，卿何面目視天下人？』彼時融無一言也。使一言爲李公解，則冀怒可釋，而固不死獄中矣。迨其後，融爲南郡太守，冀乃諷有司奏融貪濁，以致髠笞徙朔方。融自刺不殊，安知冀之殺融不因李固之死哉！

梁冀 東漢質帝〔一〕

梁冀一門，前後七侯，三皇后，六貴人，二大將軍。夫人女，食邑稱君者七人，尚公主者三人，其餘卿相尹校五十七人。專擅威柄，凶恣日積，秉政幾二十年。其姊順烈皇后，亦復專寵妒忌，六宫莫得進。其妻孫壽，妖態相濟，天厭其惡。天子拱手，不平之心，久矣。特生一鄧香之女猛，乃假手於孫壽，引入掖庭，以速其敗。原其意，將易猛姓爲己女，欲以女婿天子，常享富貴耳。既殺猛之姊婿邴尊，又欲殺猛之母宣，以滅其口，計亦太毒矣。於是袁赦鳴鼓以告宣，宣馳入以白帝，帝乃震怒，獨呼小黄門史唐衡、中常侍單超等，嚙臂出血，以定大計。冀及妻壽，即日皆自殺。其二氏宗親無少長皆棄市，前日之七侯、六貴、卿相尹校五十餘人，皆安在哉？

桓帝之神武測，有非尋常之君所能及已。然獨計如此大事，其先將相大臣，無一人與謀，乃成謀於黄門常侍諸人，且安得不五侯哉？

【校記】

〔一〕本篇據《文集》二十四卷本補。

陳蕃

蕃之圖事不終，蹋蹴而死也，以洩敗耳。當其上書太后請誅曹節、王甫諸人，乃曰：『宣示左右，并令天下諸奸知臣疾之。』噫！此何事也，而欲宣示左右哉！此腐儒好名而自取危亡之禍者也。方其聞難也，將官屬諸生八十餘人。夫諸生八十餘人自在太學中上書可耳，突入承明，攘臂奮呼，是驅群羊於猛虎之喉矣。八十之年踉蹌而敗，宜來老魅之誚哉！

朱震、胡騰

蕃之朱震，武之胡騰，一友人，一府掾也。皆能不恤身禍，收葬兩人，而又能全其子孫。逸若輔俾兩人，有其後嗣，不知蕃與武，何以得此於震、騰哉！東漢黨錮，橫噬鉤連，一時稱爲士君子者，幾不保其腹背，求爲他人計其後事亦難矣。他如王調之報李固，楊匡之報杜喬，其義烈抑又甚焉。豈天道與善，生黨錮諸君子爲國家養士食節義之報，即生諸君子之故吏門生，令諸君子自食其報歟！不然，何若出一轍也。

岑晊

成瑨爲南陽太守，殺富賈張泛也，功曹岑晊實勸之。則成瑨得罪宦者，死於獄中，岑晊致之也。使爲晊者，於徵瑨下獄之時，挺身代辯，則成瑨可赦，而晊之死爲有名矣。乃計不出此，與賊曹使張牧鼠竄幸免，安在其爲公孝也，宜太學賈彪閉門不納，而且欲奮戈相待哉！以視范滂之自詣縣獄，不忍於郭揖俱亡，未可同年語矣。

黨錮 桓靈〔一〕

黨之説，始於甘陵，煽於太學，李膺、范滂諸人爲之首。而顧厨俊及之輩，從而和之。陳、竇既以誅曹節等見殺，張儉爲侯覽所惡，膺、滂不免，禍及天下。舉事無成，而流毒海内者，蕃、武也。黄巾盗起，皇甫嵩首倡解黨之議，中常侍吕强左右之，乃大赦。然則烈黨人之禍者，覽也。解黨人之禁者，强也。安可謂刑餘盡小人哉。

【校記】

〔一〕本篇據《文集》二十四卷本補。

誅中官

東漢之亡，始於外戚，盛於中官，而成於誅中官。外戚既熾，則借中官以誅外戚。中官又熾，則又思召外臣以滅中官。中官之誅外戚，國雖危而復安。外臣之誅中官，中官未誅而身已亡。既誅，而國以亡矣。緣其始，總由於外戚也。夫東漢中興，光武廢后，全懲前代外戚之禍。孰知一傳而後，馬皇后〔二〕下，外戚之禍互相盛衰，與漢始終乎？和帝則假中常侍鄭衆誅竇憲，封鄛鄉侯。以中官誅外戚，和其始也。竇衰而梁盛，梁竦三子爲侯。安帝既立，鄧氏臨朝，凡有五侯，鄧騭辭焉。鄧氏既崩，五侯皆廢，閻氏乃興。安帝崩，閻顯等定策宮中，立濟北。王龔，中常侍孫程等十九人則又誅顯，立濟陰，是爲順帝。各封侯，中官而誅外戚，此又一事矣。未幾，而梁氏復興，商、冀相繼爲大將軍。冀弑質帝，立桓。桓竟誅冀，復用中官單超、徐璜等，封侯，則漢事之三見者也。然則東漢之用中官，亦〔二〕在誅外戚，而三公不與焉。陳蕃、竇武諸人安得勵三公失柄之勢，輕於一擲，〔三〕而以人國嘗試哉！所謂中官未誅而身亡，中官既誅而國以亡者也。唐崔胤之招朱温，猶袁紹等之，故智也，旨哉！蘇子之論，乃欲以消導解散，善處此瘻頸也哉！中官者，瘻也。雖然，光武廢后已逆知後世之以外戚亡也。

【校記】

〔一〕后，《文集》二十四卷本其下有『而』字。

〔二〕亦，《文集》二十四卷本作『全』。

〔三〕『陳蕃』二句，《文集》二十四卷本作『陳蕃、何進諸人安得必欲殺此輩』。

荀文若

司馬文若之辯，爲文若千古洗冤，蓋杜牧之言，殊未深思。曹公既稱天子命以靖禍亂，文若即以高、光、楚、漢爲比，亦比獻帝耳。何文人之口過於索瘢也？豈有以漢光楚漢爲曹而不許其九錫，何前後所見之左乎？空函饋食，飲藥壽春，甘以一死報漢室，則生平之不附會於曹亦可見矣。曰：『又何以以侍中光禄大夫持節參丞相軍事也？』曰：『此自官漢，非官曹也。』即官曹亦借曹以翊漢耳，此管夷吾相桓公之意也。

孔文舉〔一〕

文舉未殺之前，與京兆脂習善，常戒以剛直太過，必罹世患，此何嘗專指曹操言之哉？迨其後，郗慮路粹，附會成獄，竟以逆誅，殊非其罪。要其所以致此，則戲侮曹操，故不免耳。夫曹不殺禰衡，視如雛鼠，不足殺也。且曰我不殺，必有殺之者。送之劉表，以表有愛士名，即不殺亦可耳。

若文舉，名重天下，曹不殺，當更無有殺之者矣。且不殺文舉，又何以處夫荀彧、崔琰、毛玠諸子也，故毅然殺之而不悔也。繹脂習之言，士之處亂世者，遇曹操輩，當何如哉？且世之能殺文舉者，又何必曹操哉？故文舉之殺，文舉自取之，禍非曹操之過也。

【校記】

〔一〕本篇據《文集》二十四卷本補。

街亭敗

街亭之敗，書曰：『謖違亮節制。』爲亮諱之也。此時亮何在乎？祈〔一〕山坦道，出兵日久，爲敵所伺，街亭之敗，亮自取之，推過於謖者，作史者之文之也〔二〕。且即張郃不截其汲道，臨水據城，謖能取勝乎？不能取勝而謖之死於街亭與死於他處，一也。自魏延之計不行，而識者已逆知其有馬謖之敗已。惜哉！當亮伐雍、闓、孟獲，馬謖以攻心爲言，此豈漫無長算者哉！亮之所以重謖者，在此。抑孰知謖竟以此自殺歟！箕谷之敗非趙雲斷後，亦與街亭同矣。亮之節制又安在耶？

【校記】

〔一〕祈，當作『祁』。

〔二〕之也，《文集》二十四卷本其下有『不斬馬謖，過難自任，特借此以掩其陋，洩其忿恚也』二十字。

三國〔一〕

三國獨有孫氏無議耳。堅爲長沙太守，起兵討卓，掃清陵廟，得璽甄官，有功漢室，可謂首稱。子策繼之，奄有江東，自食其報。仲謀繼之，赤壁一戰，南北勢成，居然王業，無愧父兄。玄德雖帝胄，然劉璋亦漢宗也。不忍於表，此飾詞耳。當時曹兵南下，恐據荆不能守，故爲是言。不然，何以攘取西蜀哉！西蜀之議，成於龐統，然而破巢取子，無解梟雄曹操，抑又甚焉。挾主弒后，自居西伯，九錫既成，曹丕遂篡。備之流亞，而權之罪人矣。

【校記】

〔一〕篇題《文集》二十四卷本作『三國優劣』。

借荆州

曹兵南下，求救東吴，備此時投身無所，可謂窮矣。吴庭諸臣，惟魯肅、周瑜不肯降曹。赤壁一戰，阿瞞破膽，若此時，孫、劉合力追曹，此成擒耳。周郎既死，荆州借備實出魯肅，使瑜在不能也。既借荆州，藉手西川。荆州當還，屈直自在。不得已而以湘水爲界，吴之遇蜀亦厚矣。樊城之役，于禁就囚，曹乃用司馬懿、蔣濟之言，合謀孫權，掩襲南郡，是取荆者雖吴，而所以成之者曹也。在孫、劉以荆州爲必争之地，借據紛紛，不暇有事。中原在曹亦以爲荆州必争之地，令孫、劉自爲紛紛而我得以從中而收漁人之利。由是言之，曹之所以成霸圖者，則以荆州之故哉！

劉備

劉璋迎備入蜀，以討張魯耳。乃魯未討而成都已爲所奪，昔何不忍於劉表，而兹何忍於璋也？皆蜀張松、法正二賊臣之爲之也。然不忍於表，實懼曹操。表死，操至宛，兵已至樊，備踉蹌無計，度已非操敵，故流涕表墓而去。非不忍也，不能也。至蜀，則有險可恃，去操尚遠，故攘之懷中耳。備既得蜀，張魯爲操所破，奔巴中。操若聽司馬懿之言，蜀不能有漢中矣。蜀所以有漢中，得黄忠、趙雲力居多，有漢中則有蜀矣。備之長處在有漢中，而其短處在襲蜀也。名曰梟雄，非誣也。

文集卷十七

史評下

魏晉〔一〕

曹之篡漢也，弑伏皇后，廢獻帝爲山陽公。司馬之篡魏也，自明帝以下，師廢張皇后，廢邵陵厲公，昭弑高貴鄉公，炎廢魏元爲陳留王。蓋三置其主，而後即真，司馬氏固學曹者也。然而甚矣。武帝身爲戎首，及身粗安惠立，淫后乘權，殺皇太后及太子以及楊駿、衛瓘諸人，致有趙倫之禍。倫篡僭未幾，諸王尋戈，自相魚肉，以致劉曜、石勒乘隙作難，剪去宗室，幾至於盡。帝邑受禍，從未有如此烈者也。〔二〕其先起於賈后一人耳。倫乘之，諸王乘之，敵乘之，洛邑、長安相繼而陷，懷、愍以次北狩〔三〕，惠遺后羊氏，見污於曜，耻辱於斯極矣〔四〕。曹之篡漢，二世而已，明帝而亡也。司馬之篡魏也，二世而已，惠帝而亡也。同一篡也，晉尤甚，故得禍亦酷。天道可畏哉！

【校記】

〔一〕篇題《文集》二十四卷本作『魏晋總論』。

〔二〕『帝邑』二句，《文集》二十四卷本作『古中國受夷禍，從未有烈如此者也』。

〔三〕北狩，《文集》二十四卷本作『見虜』。

〔四〕『恥辱』句，《文集》二十四卷本作『中國恥辱，於斯極矣』。

南北朝〔一〕

北朝與六代相始終者也。六代始於晋而終於陳，北始於劉、石而終於魏。其最强者莫如苻秦，强而久者莫如元魏，就中可以吞江左者，止此兩家，而他不與焉。乃堅也，淝水伐晋，踉蹌而歸，國亦隨亡。魏王聞宋高祖殂，議取洛陽。虎牢、奚斤等悉定，司兗、豫諸郡縣。文帝踐祚，到彦之敗滑臺，柳元景克陝州，勝負略當。乃魏師旋歸，佛狸遇變，迨至蕭鑾篡主，魏興問罪之師直指江上，受諫中止。東昏元年，魏與陳顯達，復有馬圈之役，而孝文殂矣。世其中有天焉。至如劉、石而下，紛紛氐、羌、鮮卑，如凉如夏。慕容沮渠輩，或各據一隅，類相吞剥，無四方之志，不足數已。江左一塊土，歷六朝無恙者，豈人力也哉！觀遼、金、元之與宋。而六朝固有天幸哉！

【校記】

〔一一〕本篇《文集》二十四卷本作《五胡》。

鄧艾

艾之舉西川也，其事不終。説者以爲不宜承制自伐，故不免耳。此即鍾會不搆鬥其間，司馬昭必假別事以殺之。又況甫定西川，便欲觀兵吴會，爲唾手江東之計，目中已無晋公，且不知兼收吴後，又何以處？艾也雖欲不凶終，而不可得矣。彼羊祜之在江陵，與陸抗相對，每交兵，刻日方戰，漱將帥不爲詭計。後來取吴之謀半成於祜，而祜不居也。端有鑒於西川之事歟！

二陸

二陸入洛俱罹於禍，隳家聲，而斬宗祀，可以爲文人貪取者之戒矣。夫二人者，祖遜，爲吴丞相；父抗，吴大司馬也。世受吴恩，門崇將相，二人即不能灑血報仇，用光前烈，終身不仕可也。乃吴破時，機年二十，雲年十六，幸脱網羅，不聞徵聘。連袂入洛，首造張華，此一來有死道矣。彼陶潛者，豈真高尚其事，不樂仕宋與？正以陶侃孫耳。二陸方之，蔑如也。

潘岳

岳以文亡人國者也。爲賈后牙爪，搆愍、懷之辭，晋遂從此不祀。其殺身不足以贖也。豈惟亡人之國，兼以殺身，且殺其母。觀其一生，進退俱以母爲口實。當其以長安令徵補博士，則以母疾輒去官免。及仕宦不達，作《閑居賦》，則以爲太夫人在堂，有羸老之疾，尚可能違膝下色養，而屑屑從斗筲之役。噫！此正無限悲憤之意，借母以文其鄙耳。史稱岳性輕躁，趨世利，與石崇等諂事賈謐，其母數誚之曰：『爾當知足而乾没不已乎？』岳終不能改。及爲孫秀所誣，將詣市，與母别，曰：『負阿母。』夫岳之負母，固已久矣。兄弟一門無少長皆被害，母亦不免。賊臣逆子，岳一身備之。然則巧宦豈足以愚人，而僉險必至於殺身。雖思緒雲騫，詞鋒景焕，將焉用之哉！

西晋

晋之壞也，不壞於安東南渡之日，而壞於賈后秉政之時。夫古來淫妒婦人多矣，穢腥中宫，戟殺孕妾，猶曰婦人之常耳。至如矯詔送太后於永寧，未幾，并其父駿母龐一時而殺之〔一〕，鶉奔之後，繼以定中，以紀衛爲狄所滅之由也。其後殺太宰亮、太保瓘與楚王瑋如鼠雀耳，不足奇也。

楊太后絶膳於金墉城，張華、裴頠曾不聞一言及之，謂華等不與謀焉，吾不信也。否則，何以不去哉！趙王倫一舉而廢賈后，并殲賈后之黨，張、裴不免，直自取之禍耳。所可惜者，倫既以金屑殺賈后，此時以帝懿騃，擇諸王之賢者立之，而身不與焉。上告祖廟，下布中外臣民，不亦伊、霍之舉，晋室再造哉！乃計不出此，遂秉法駕，抑何昏冒也。淮南王允、成都王穎、河間王顒、常山王乂、齊王冏皆起而攻之，而倫之死無日矣。因帝於金墉，復迎帝於金墉，受禪幾何？骨肉相殘，四海鼎沸，以致左賢王父子從中而起，辛有之嘆，其爲戎也久矣。〔二〕惠帝兄弟二十五人，而曾不能保洛陽一塊土，始於賈后而成於王倫，何足怪哉！

【校記】

〔一〕殺之，《文集》二十四卷本其下有『是中國淪於夷狄矣』八字。

〔二〕『辛有』二句，《文集》二十四卷本作『嗟乎！晋室之爲夷也久矣』。

桓温

温取蜀時，後趙方盛。温知不能得志於趙，故欲借蜀以立功名耳。此時趙若乘虚渡江，晋事去矣。而趙不暇及此者，則以與凉州張氏相持耳。蜀主既弱昧，趙兵又遠在西鄙，故温得借荆襄之勢溯洄而上，直走成都，蜀在囊中矣。其伐秦至灞上，伐燕至枋頭，皆遲回不進以至於敗，則二國之與蜀，豈可同日語哉！受禪不成，廢立旋興，桓温技止此矣。温死未幾，而梁、益、凉州，襄陽相繼去矣，尚問北伐乎？爲晋仇者，劉、石也。靳準滅聰，石勒滅曜，季龍滅勒，冉閔滅季龍，二十餘年爲晋仇讎，遺種略盡，天之報施極矣。即使司馬北征，其蕩平剪除未有如是之盡者也。慕容稱燕先既歸命於晋，苻氏王秦又非晋之敵國，其不北伐無害也，北伐無成亦無害也。江東諸賢既不能如温之才，而有才如温亦不過伐蜀即止，司馬之自棄中原，天心去之矣。

淝水

淝水之捷，天不絶晋，謝安幸而成功耳。豈有百萬之師已壓境上，而圍棋賭墅從容晏樂時乎？晋之不亡者，幸也。若非朱序，即玄亦安能爲哉！然而秦亡於此矣。縱慕容垂去關東，且激姚萇之變，於是垂以復燕爲名，萇復以後秦爲號，并力以圖秦，而秦亡無日矣。此時東晋有人若乘黎陽之捷取鄴城而據之，然後乘勢入關，則三秦我可得而有也。乃計不出此，而且水陸運米以解鄴城之困，不思合燕報秦，而反助秦以拒燕，以故相持日久。慕容沖入長安，苻堅父子一出，五將一奔，下辨坐令姚萇得以承其弊，而收漁人之利。拓跋珪起，而南北之形定矣。嗚呼！自隋以後，代北之子孫稱中國主者，十居七八矣，豈弱如晋能混南北哉！孫權之所以能保江東者，以有赤壁之戰。東晋之所以能守長江者，亦恃有淝水之捷。天欲留晋，故雖生劉、石、慕容、苻氏、拓跋，而晋不亡。天欲亡晋，則第生一桓玄，而劉宋因之而興矣。

庾亮

蘇峻之以歷陽反也，如七國之於漢，所謂不削之亦反也。庾亮直速之耳。西陵之敗，都督卞壼一門死之。雲龍門之敗，羊曼、周導、陶瞻又死之。亮於此時不能背城借一與國存亡，乃率出於逃竄之計，率諸弟懌、條、翼等乘小船奔潯陽，棄帝如敝屣焉。以致臺城不守，宫人與太后皆見剝奪，至於裸剥士女，障苫覆土，此禍實誰啓之？使温嶠此時先誅亮以正誤國之罪，然後一力以除國賊，抑何明目張膽哉！乃固推奉之，且分兵以給焉，失刑賞之道矣。陶侃至，而亦不加之刑，其何以謝天下？

殷浩

殷浩，以盛名敗者也。自桓温滅蜀，威名大振，會稽王昱以爲非得盛名之士不足以抗之，以故引浩爲心膂，以抗温耳。始而參綜朝權，繼而專命北伐。誠橋之敗，退屯壽春。既無功矣，乃徒出其盗賊之謀，以甘心於新附之姚襄，又陰使人誘梁安雷弱兒殺秦王健，盛名之下，其方略固如是乎？山桑之敗，輜重保譙，抑又甚焉，安在不來桓温之口實哉！王羲之以保淮保長江止，浩豈棄中原哉！蓋逆知浩之無能爲耳。

劉裕

桓玄竊位，晋室以移。劉裕反正，賊臣授首。安帝建業復登大寶，此與曹操迎獻帝於許昌一也。至於北伐慕容，南破盧循，問罪蜀秦，入洛掃五陵，其驅除掃蕩之功，又不在操下。乃操弑伏皇后，而裕弑安帝及恭帝。操篡於其子，而裕篡於其身。雖取天下遲速不同，要爲盜賊僭竊之謀一也，而裕尤甚。嗟乎！司馬南渡相傳十一君，賊臣殆接踵矣。王敦逆謀於武昌，蘇峻伺釁於溧陽，稱兵犯闕，弁髦朝廷，若非温嶠、陶侃諸公，晋之大事去矣。王導與庾氏兄弟可誅也。淝水之捷，實維謝玄、安，則儌幸成功耳。桓温伐蜀，功亦丕著，而心懷不軌，輒行廢立。逆子象之，遂竊神器。殷仲堪、楊佺期、會稽王道子、元顯輩，不足數也。其圖玄而反爲玄所圖也，所恃者惟一劉裕耳。劉裕既殲元凶，長驅三方，推獎晋室，庶幾温、陶二公矣，而裕不爲也。裕蓋王敦、蘇峻、桓玄父子之流，而才過之。剪除司馬不遺餘力，此其心更毒於玄矣。由前而觀，有温、陶，雖王、蘇不足以爲患。由後而觀，與其亡於劉裕，無寧亡於桓玄。故曰：北晋之亡也，以女主。而東晋之亡也，以賊臣。

范曄〔一〕

彭城王義康之舉，始於孔熙先，而成於范曄。熙先有縱横才志，而曄亦有雋才。曄時爲太子詹事，用不足以盡其才，時懷怏怏。熙先不憚，傾身諂綜以結之，俱有一用不足以盡其才之意，在胸中也。文帝責吏部何尚之曰：『使熙先年將三十，作散騎郎，那不作賊？』則范曄之志趨异。常欲出爲廣州刺史，而帝又爲止之。勿亦其止者，正易於制之歟？若刺廣州，資其得爲之勢，又何事不可爲也。史稱范曄薄情淺行，數犯名教。觀其伏誅之日，妓妾不勝珠翠，而母居止單陋，唯有一厨，盛樵薪，真名教罪人矣，尚何逭哉？

【校記】

〔一〕本篇據《文集》二十四卷本補。

江南十勝

江左自孫氏稱帝，以迨六朝，可以恢復中原，而當時皆失之。周瑜赤壁之勝，敗曹南郡，此時追曹，直逼許、洛，乃與蜀戀戀一荆州而失之，則孫氏之失，在於知有荆州也。

晋建武中，祖逖節鎮雍丘，大河以南皆叛，趙歸晋，石勒爲之修祖墓，置守冢，此時渡河，則趙舉矣。乃事已將成，而戴淵來代，逖發憤而卒，則晋元之失，在於代逖也。

晋穆永和五年，太后父褚裒彭城之師，趙人降附，日以千計，河北大亂，渡河來歸。褚乃以王龕一敗屯師廣陵，則永和之失在於王龕也。

永和十年，桓温伐秦至灞上，咫尺不渡灞水，以芟麥乏食，徙關中三千户而歸，此則温留賊以自重，失在無心於討賊也。

孝武寧康八年，堅八十萬衆爲謝玄敗於淝水，堅中流矢，僅以身免。玄再一窮追，則堅得，并慕容垂亦成擒矣。謝安乃以一勝而驕，無復餘事，及後燕攻秦鄴下，玄復運糧相助，其謂之何？則謝安之失，未有如淝水之甚者也。

晋安帝義熙十三年，劉裕擒姚泓於關中。斯時南燕既破，蜀亂又平，移都關中，并力元魏，舊業恢矣。乃謀篡南歸，弑主東堂，而關中爲勃勃有矣。劉裕之歸，所謂急成篡事者也。

宋文帝元嘉七年，到彦之以五萬伐魏，魏撤碻磝滑臺，洛陽虎牢数鎮兵北渡，此進取之時矣。而彦之以大擾免官，道濟繼之，食盡而退矣。蕭衍僭立，韋叡戰合淝，曹景宗守鍾離，大敗魏師。魏自懸瓠以南諸城皆没，恢復有機。又梁將陳慶之隨元顥入洛，滎陽、虎牢皆陷，魏主渡河，若梁此時益兵，慶之大事成矣。二者皆天監中事也，而衍兩失之。

元魏既分，陳復篡梁。陳將吴明徹堰淝水，拔壽陽，生擒北齊王琳，取江北數郡，一復齊、宋之舊。陳主置酒舉杯賞徐陵知人，此陳高祖頊大建五年也。此又恢北一機，而陳又失之。自孫氏而下，江南十勝而十失，後世論者於是南不能舉北之説紛紛起矣。

唐肅宗〔一〕

靈武即位，實奉馬嵬之命。國有所屬，中興克舉，全視乎此。收復兩京，雖借回紇，然廣平王俶、郭子儀，其首功也。子儀以九節度，不置元帥，敗於相州。魚朝恩遂以光弼代之，良以激思明之叛者，光弼也。中潭北邙之戰，勝敗相當。回紇入援，再復東京。僕固懷恩、光弼等之勛茂焉。唐室亡而復存，肅宗也。獨是李輔國、張良娣，表裏當權，殺建寧，劫上皇，人倫滅矣。李泌既去，輔國殺張，盜殺輔國節度使。由軍士廢立，始於平盧節度侯希逸。而絳州王元振，西北庭白孝德，爲之效尤。節度自立，相沿不改，唐因以亡矣。節度亡唐，亡於肅宗可也。

【校記】

〔一〕本篇據《文集》二十四卷本補。

代宗〔一〕

代宗爲廣平時，即已恢復兩京，纘承大位，再造唐室。維乃功吐蕃入寇，程元振不以時奏，倉卒幸陜，幾蹈乃祖。幸蜀之轍，幸子儀底定，危而復安，再入屢郃，皆子儀功也。僕固懷恩與李光弼以平定河朔之勛，一爲辛雲京所搆，一爲幸陜未至，皆沮於元振。或以反，或以薨，可謂窮矣。而皆養其母終身，仁主哉！至於輔國、元振、朝恩、元載四凶，以次見除，稱神武矣。獨是以懷恩所置之河北，三節度皆以安史降將而作藩臣，廢立不由朝廷，唐室遂成故事，唐因以亡。説者歸咎於府兵之變，彍騎又變，而方鎮外重内輕，有以致之。然事已肇於肅宗，非一日之故矣。

【校記】

〔一〕篇題《文集》二十四卷本作『唐代宗』。

李泌

泌在靈武，進退將相皆由於己，權何重也。肅、代之際，處人父子兄弟間，其調停苦心皆歸慈孝，而又恢復兩京，歸隱衡山，善始終哉！乃代宗嗣統，徵之隨至，一阻於元載，而爲江右判官。

又阻於常衮，而爲醴州刺史，晚節隳矣。德宗之世又出爲常侍〔一〕，然卒定舒王之事。令太子如初，所以全德宗父子者，抑又至矣。出入三朝，至此乃爲真宰相，雖議復府兵，卒不能行。然令韓滉運米，鎮海不失臣節，則其功大耳。觀其出處仕隱之間，抑何不測歟！宜其好談神仙也。

【校記】

〔一〕常侍，《文集》二十四卷本其下有『近於無耻』。

出幸

禄山之亂，玄宗幸蜀。吐蕃之亂，代宗幸陝。朱泚之亂，德宗幸奉天。繼以懷光又幸梁州。唐天子視去國如棄敝屣，蓋家法矣。黄巢之亂，僖幸蜀。茂貞之亂，昭幸華州。朱全忠之亂，又幸鳳翔，而唐因以亡。

穆宗

牛、李兩家，朋黨傾軋。幽州成德魏博各殺節度，河朔再陷，元稹以中宮爲相，忌裴度。牛僧孺以逢吉入相，沮德裕。穆宗在位四年，二十而崩。敬宗繼之，游狎無度，爲劉克明等所弒。文宗又繼，穆宗第二子也。僧孺宗閔復熾，劉蕡對策而不能用，維州來降而不能取，帝每嘆曰：『去河北賊易，去朝中朋黨難。』蓋傷之也。於是宦官乘之，甘露禍起，受制家奴，自慚赧獻。自穆宗而下四世，河朔不能復問矣。

裴〔一〕度

度在憲宗之世，平淮西及青淄成德兩鎮，功何偉也！穆、敬之朝爲留守，再相。舊君被弑，不聞討賊之舉。文宗繼立，不聞定策之謀，蓋誠耄矣。《唐書》以用不用爲度解，此時度尚在位，且得謂之不用耶？朋黨勢熾，奄寺乘權，度蓋有懼心矣。

【校記】

〔一〕裴，原作『斐』，據《文集》二十四卷本改。

後唐〔一〕

李昌國平龐勛之亂，爲大同節度，此朱邪赤心效忠唐室之始。黄巢入關，克用破之於渭南，又破之汴州，而巢授首，則再造唐室與李、郭等。所可議者，獨是表誅令孜逼京城、帝入興元一節耳。至於三鎮犯闕，舉兵致謝。欲報汴仇，奉詔而止，真純臣矣。崔胤召全忠而舍克用，宦官雖誅，唐室遂亡。則亡者，崔胤也。

【校記】

〔一〕本篇據《文集》二十四卷本補。

五代

五代當以唐莊宗爲第一，以接唐正統無疑。朱温以亂賊篡唐，天人共憤，克用父子竟能函首告廟，雪耻除凶，争光千古，不幸遇弑，天也〔一〕。

嗟乎〔二〕！自唐莊而下皆盜賊也。嗣源以養子篡莊，則從珂以養子篡嗣源，若相報也。敬塘借契丹篡從珂，乃契丹竟破汴而執重貴，以此始必以此終也。知遠乘機篡晋，其子見篡於郭威。威既篡漢於汴，而威亦中絶。差强人意者，唯有柴世宗耳。世宗伐契丹得關南，伐南唐收江北，而復破漢兵於高平，用兵神武，有莊宗風焉。王樸作律，準定大樂，以元稹均田圖賜諸道，此政事之大者。獨是篡漢，而漢仍在北，况南唐尚在憲宗，嫡派未亡，亦不足以言繼統也。宜昔人於後唐而下，直著南唐，其於晋、漢、周也，皆僞之云。

【校記】

〔一〕天也，《文集》二十四卷本其下有『明宗嗣源，本名邈佶烈，克用養子。承莊宗之變，遂嗣大統。既殺劉后，又殺諸王，以絶先帝之裔，而朱耶氏亡矣。明宗既殂閔帝，從厚即位，以易蕃鎮召亂。王從珂，明宗養子，以潞王起兵鳳翔，廢從厚爲鄂王，尋弒於衛州。及孔妃并其四子，而自立，是爲廢帝。明宗嗣源之裔亡矣。廢帝既立，復以易蕃鎮召變。石敬塘反於河東，稱臣契丹，割盧龍雁門諸州與之，廢帝乃携傳國璽，玄武樓自焚。契丹立敬塘大晉皇帝，而從珂之裔亡矣。按敬塘本沙沱李氏將，西夷臬棙鷄之子，明宗婿也。雖篡廢帝，實報明宗之仇矣。都洛七年，傳兄子重貴。契丹克汴，重貴見執，石氏亡矣。劉智遠乘晋之亡，稱帝晋陽，復都汴，國號漢。時因遼主棄汴不守故也。殺李從益母子，斬明宗後，抑何酷哉！暠殂，子承祐繼之。郭威以見逼起兵鄴城，甫至封丘。漢主爲亂兵所殺，威又殺漢主弟贇，借軍士立爲帝，號周，而漢之在汴者亡矣。傳妻兄柴守禮子榮，是爲世宗，郭氏裔絶。河東劉氏宗，仍稱臣。契丹立晋陽，周主榮殂，傳子宗訓，是爲恭帝。七歲嗣位，半年亡於宋。軍士立於陳橋，與郭威同』數字。

〔二〕嗟乎，《文集》二十四卷本其下有『數君者』三字。

郭重韜

重韜以破蜀之功，不旋見殺，死於中官李從襲等之手，而其實死於劉皇后也。當其招討入蜀，繼岌同行，國本既在行間，崇韜其副耳。夫何盡殺宗弼兄弟而利其有，而繼岌不與知乎？劉皇后起於微，好貨喜積聚，而又軍政皆決重韜，繼岌不過贅物，不可謂無説於劉氏也。繼岌者，劉氏生也，安得而不殺哉！此即無中官搆之而亦殺者也。昔有鄧艾，今有重韜，蜀之不利於人如此哉！

宋太祖〔一〕

陳橋兵變，以宋代周，借軍士爲名，其法實本郭威。天子爲軍士所立，兩見於此，此其端又開於唐末軍士立節度始矣。此時漢在太原，唐在江南，紛紛諸鎮，割據一方，宋得於周者，小朝廷耳。親征昭義，而節度李筠赴火死，澤潞平。親征淮南，而節度使李重進盡室自焚，淮南平。二人者，一爲周臣，一爲周太祖甥，皆周忠臣也。遣慕容延釗入潭州，而周保權以武平降。以李處耘假道襄州，而高繼沖以荊南降。王全斌代蜀，而降孟昶。潘美代南漢，而降劉鋹，皆周之末臣者也。唐始而遷都豫章，既而貶號江南，而卒降於曹彬，至是而宋乃可言正統矣。

自石敬塘臣虜篡唐，宗祀無主，梁晉漢周皆竊僞也。烈祖升以憲宗嫡派，受禪金陵，後唐而下，此爲接統，故史氏以開寶八年乃爲宋，大書之，以見前非得統之正也。代漢凡兩至太原不克，帝亦尋崩。太宗自將伐之，至太平興國四年，漢乃亡云。嗟乎，自唐以後，大一統之規者，舍宋誰歸？隋之於六朝，宋之於五代，此天地分而復合之數也。

【校記】

〔一〕本篇據《文集》二十四卷本補。

太宗〔一〕

錢俶〔二〕來朝，而勒之歸地。親征太原，而劉繼元出降，二者爲太祖未了之事也。克漢之後，乘勝伐遼，爲耶律沙大敗於高粱河，非驢車趨走，幾不克矣。嗣是而有瓦橋關之敗，嗣是而耶律休哥敗曹彬於涿州之岐溝關，嗣是而耶律斜軫敗楊業於蔚州之陳家谷。曹之敗，以退師援糧。楊之敗，以王侁不救。宋終其世不能恢復幽、燕，實自此數敗始也。幸有張齊賢代州之捷，尹繼倫徐河之捷，一以列幟燃芻，一以短兵擊後，差强人意者二舉也，然而宋力止此矣。

【校記】

〔一〕篇題《文集》二十四卷本作『宋太宗』。

〔二〕錢俶，《文集》二十四卷本其前有『太祖以昭憲太后之命，舍其子而傳位太宗，堯舜之下，一人也。

太宗承之，而改名改元，其無兄之心，已迫露於此。因德昭請太原之賞而逼令自殺，聞趙普再誤之言，而令廷美憂死。處侄與弟者如此，違母命而悖兄恩，亦云甚矣。惟是』數字。

西夏

張齊賢爲涇原諸路經略使，因保吉雖入貢而鈔略益甚，言靈武孤城必難固守，通判永興軍。何亮上安邊書，言捨靈武三患，請築溥樂、耀德二城爲之唇齒，以防夏寇，此上策也。李沆、楊億等獨主棄之，以致保吉來攻。知州裴濟刺血染奏，而救兵不至，靈州遂陷。夫靈州地方千里，表裏山河，真宗舉祖宗之地，而身棄之。釀西夏之禍者，真宗也。仁宗承之，元昊遂襲甘州，因契丹立爲夏國主，改元廣運，又改大慶。有夏銀、宥、静、靈、鹽、會，勝甘、凉、瓜、沙、肅、興諸州，阻河，依賀蘭山，地方萬里，從此不可制矣。以夏竦、范雍相繼爲安撫使，皆無功。尋命韓琦、范仲淹爲夏竦副使，范主招徠，韓主用兵，琦命任福破敵於好水川，以違節制取敗。諸羌呼仲淹爲龍圖老子，而築大順城，二公差可觀矣。契丹邀取關南，夷簡使富弼報聘，晏殊主其議，歲增銀絹各十萬，與前共五十萬匹兩，西北犄角爲國患，宋之困弊在仁宗時矣。所可惜者元昊爲子所殺，一鼓殲之，正在此時。乃安撫使程琳止之，真失機會哉！爲虺弗摧，爲蛇若何？宋之失，自棄靈州始也。唐棄維州，宋棄靈州，一受吐蕃之侮，一任西夏之侵，异世而同病也。

安石

神宗，英宗長子，鋭然有爲之主也。熙寧中，安石作相，力主新法。章惇、吕惠卿、曾布等附會之。坐以新法不便，忤安石〔一〕，貶者不可勝數。諸公皆端人正士，位居鼎鉉，或去或貶，繼之以死，其一時與諸公同者不可勝計。自古帝王之信任宰相，未有如神宗之於安石者也，所謂如一人者也。幸有鄭俠一圖，安石罷相，力固偉於諸公哉！嗟乎！摧折善類，元氣用耗，宋之國本，傷於此時。至如割地畀遼，棄土千里，遂爲秦檜、似道之戎首矣。然則經術之誤國，固不後於權奸哉！

【校記】

〔一〕『安石』以下，《文集》二十四卷本有『貶者可得而悉數焉。吕誨自中丞出守鄧州，勝甫自開封出知鄆州，純仁自國子監知河中。蘇轍以條例司，出爲河南府推官。富弼以稱疾，出判亳州。祖無擇以學士爲節度副使。張載以崇文院校書，屏居南山下。司馬先固辭樞密，尋以學士出知永興軍歸洛。韓琦請解安撫，判相州。吕公著自中丞知潁川，趙抃知杭州，程顥以御史爲鎮寧判官，蘇軾以直史館判杭州，范鎮以學士致仕，歐陽修以太子少師致仕歸洛。文彦博自樞府，以司空判河南』數字。

徽欽

問：『宋不約金滅遼，宋可長存乎？』曰：『亦視遼爲存亡耳。』此時金强遼弱，宋即不助金，金亦能滅遼。金既滅遼，宋亦不能久存也。蔡京、童貫主其意，助金以滅遼，取燕雲六州之地，可謂拓祖宗以來未有之土宇，而雪石晋以來貽契丹之恨也。姜維即不伐曹魏，蜀漢亦亡。北晋原未伐劉、石，而劉、石奄有中原。宋之興亡，豈關用兵哉！爲此説者，以爲在宋渝盟納叛，止貪一時之利，以復舊怨。而不知實養百年之寇以資新敵，此自後事觀之則然，而非本原之論也。

北宋之亡，蓋始於安石，而終於蔡京者也。熙寧、元豐之間，安石以新法變亂祖宗法度，一時正人君子驅除殆盡，宋之元氣傷於此時。元祐之際，司馬光起而釐正之，庶幾陰消陽長之一會。而宣、仁既逝，紹聖隨踵故轍而行，於是章惇、蔡京繼相，建中、崇寧之間，追貶元祐之人，剪除元祐之政無虚日。朝廷之上，僉壬盈庭，而正直屏迹，時即不約金滅遼，而宋亦岌岌矣。又况佐之以土木之役，花石玩好之具，寺人掌兵，樂禍興戎。内有李綱而不能用，外有种師道而不能盡其才，不恃有禦敵之方，而恃敵人之不來，必敗之道也。

吾故曰：『即不約金滅遼，亦亡者也。』東漢黨錮之禍，至黄巾作亂而其禁始解，宋家亦然。朋黨之議，肇自安石，歷三朝不解。蔡京繼之，至於立碑鑿棺以快私心，甫赦元祐而金人渡河矣。

悲夫，何古今一轍也。

賈似道

元之下江南也，得劉整、吕文焕二人之力居多。劉整以廬州降者也，文焕以襄陽降者也。文焕以伯顔自襄趨郢，劉整以唆都自棗趨淮，二路下江南，此破竹之勢矣。維是沿江守臣皆吕氏部曲，舟師東下，所至迎降，吕之功尤大於劉。以故劉整攻無爲軍不下，發憤而死，蓋傷己功之不若吕也。然二人叛宋之罪則均矣。原其始，則皆賈似道釀之也。鄂渚之圍，掩敗以爲功，襄樊之圍五年而不問，其婿范文虎入援而潛逃，己視師蕪湖而先遁，不有似道，則文焕等不爲元有。元雖强，能飛渡哉！敵入臨安，三宫北行，黯淡灘頭，似道授首，國破而身亦亡矣。秉國三世，負乘致寇。宋之亡，謂亡於理宗可也。

文信國〔一〕

信國，心有餘而才不足者也。元兵既至臨安，此萬無講和之理，止有三宫入海，天祥等背城一戰耳。失之此而欲面折伯顔，此必不得之數也。臨安去矣，恭帝亦去，而乃自鎮江逃入真州，復自通入海，以求二王。開府劍南，恢復邵武，次於汀州，遣軍各路，此義聲振舉席捲舊疆之時也。夫何空阬之敗，妻子被執於李恒。書曰出走，不聞一戰。五坡嶺之敗，身被執於張弘范。又書曰出走，不聞一戰。然則天祥即不見執於此時，識者知其無能爲已，必到何時而後可以戰耶？所取者，忠義之心耳。此王炎午所以有生祭之文也。流離三年，灑血柴市，節則苦矣，總不如臨安一死之爲次也。後世亡國之臣，有信國之志則可，否則緩死須臾，自圖展轉，鮮不以信國爲口實矣。

【校記】

〔一〕本篇據《文集》二十四卷本補。

元〔一〕

宋自汴梁失守〔二〕，二帝北行，最仇者莫如金。其次勞師動衆，騷擾邊陲，莫如西夏。二國皆先宋而滅，於元謂天生元爲宋復仇可也。宋仇既復，而宋國自應隨之。觀趙㬎以瀛國公終身，而又用趙子昂爲翰林，視滅國斬祀者有間矣，元之接宋也宜已。錢鏐有功德於吴越，而納土於宋。故天降生爲宋高宗以享南渡未盡之福，宋失天下於小兒，而元乘其弊。故趙㬎有子爲順帝，以結宋人中原之運，此天心最微而不可測者也。

【校記】

〔一〕元，《文集》二十四卷本其下有『論』字。

〔二〕『宋自汴梁失守』句，《文集》二十四卷本作『元起沙漠，太祖滅國四十，平西夏、定西域。太宗約宋滅金，國勢愈昌。歷定宗、憲宗而宋統尚在，歷數不歸，猶之五胡之於江左，遼金之於宋也。至世祖而張弘範等，乃殲宋於臨安，而帝昺北狩，逼宋於厓山，而帝昺覆舟，遂成混一。中國無主，不得不以大統歸之矣。自太祖以下，傳國十一，歷年八十有九，至順而亡。大而久，夷狄最盛，爲四海主，自古未有之也。然故事丞相必用蒙古，臺省不用南人。仁宗開科以取士，服衮冕以享廟。元有中國至世祖，至此三世矣。二者毅然行之。可謂令主以中國之治治之矣。然蒙古獨重，達魯花赤獨專，終其世不行三年之喪。收庶母叔嬸兄嫂等事，彝倫攸斁。既中國而夷狄，復人類而禽獸，天厭其腥，宜生聖人掃除之矣。嗟乎！宋之立論，自汴梁失守』。

許衡

衡，懷人，在元封内，其仕元也以行道耳。平居以道學自命，謁姚樞於蘇門，以廉希憲薦爲京兆提學。時秦人新脱於兵，郡縣皆立學，以祭酒致仕，臨終戒勿請謚立碑。噫！許公何不可仕之有？時宋南渡百有餘年矣，即不仕元，斯與草木同朽，易世而下誰復知衡者？世人止因其不請謚立碑，以爲自知其仕元之非。夫身既仕矣，後世豈因其不立碑請謚而遂不知其爲許某哉！是欲蓋而彌章也。夫請謚立碑，自是仕宦人恒典。衡以絶學自任，經明行，修正復，洎然於此治命，所及亦偶然耳，何至如世俗所云哉！

若許子而不宜仕元，元即不代宋有天下乎〔一〕？苻堅之有王猛，拓跋之有崔浩，隋季之有王通，與至元之有魯齋，皆天不忍生民之塗炭，倫紀之絶滅，與夫道學之淪亡，而特鍾此數人，以留剥果蒙泉之生機者也。凡爲非許之説者，皆未生許之世，處許之時，而謬爲譏評，兒童之見也。順帝至元猶思其功，以録其孫從宗以爲衡輔，世祖以不殺一天下。夫不殺一天下，此其功在萬世，豈一碑謚所能盡衡哉！潔身不仕，又何必許衡能然哉！許謙稱白雲先生，而説者謂前許不如後許。若是，則吴萊果優於吴澄乎？瓊山又以爲衡宋鄉貢進士，故責之耳。若然亦功大罪小矣，論其功焉可也。況乎元此時傳國四世五十餘年，大江以北，盡爲元土，衡被徵四十七亡，年七十二，生長元地者也。其爲宋鄉貢進士也烏有哉！

【校記】

〔一〕天下乎，《文集》二十四卷本其下有『五代之有馮道』六字。

左帥

嘗慨先朝之亡，不亡於甲申三月十八日李自成蹀血禁庭之日，而亡於李自成自西安長驅入燕，而左良玉曾無一旅之師以隨其後，此明之所以亡也。使良玉於自成入燕之日，帥所部以直擣秦關，則自成必且跋馬而南，或夾濮州潼關，以與良玉決雌雄。此時李建泰方受督師，以尚方出都門，已至保定。山西復有蔡懋德爲撫，此人嫻將略，知兵，出鋭師佐之。吾知自成欲渡河，而建泰、懋德之兵尾其後。欲不渡河，左良玉之兵已入關中，將自成之妻孥輜重一旦爲良玉所掩而有之，則自成之首不唾手可擒哉！且此時良玉既已出兵，則鳳陽之黄得功固桓桓虎將也，聞良玉尚且出兵，甘心於自成，以舒朝廷一日之急，我何人？斯必且從光、固、雍、梁一路，捲甲電赴，各欲膾自成之肝腦而食之，雖百自成其何能爲哉！

乃爲良玉者，擁百萬之師，蟒衣玉帶，虎符龍節，日遨游於鸚鵡洲之上，笙歌争沸於黄鶴樓之間，以坐觀劉、項之興亡。而又聽其叛卒債帥横噬劫掠於沔陽湖、沙湖、興國、大冶水陸千里之間，鷄犬無遺種，而人間之金帛子女皆入武昌之舳艫，以供博徒一擲百萬之費，茫然若不知有自成之入燕者也。獨不思身受國恩何如其重，國家之賴爲長城，與海内之忠臣義士視之以卜燕京興亡，而奄然爲尸居餘氣也，罪可勝誅哉！

《春秋》之法，不討賊者與於作賊者也。故趙穿弑君，而董狐書之曰：『趙盾弑其君。』夷皋以盾爲上卿，而亡不越境，反不討賊，尚不得辭首惡之誅，況良玉兵權在握，儼然稱大將軍者乎？黎侯迫逐，而衛不能修方伯連帥之職，詩人猶或譏之。董卓之賊漢也，袁紹等世受國恩，遂起而除大難。王敦、蘇峻之禍晋也，非温嶠、陶侃諸人，則司馬之餘燼難收矣。爾時陶侃身居方鎮，猶以不與顧命爲辭，然得温嶠一促而即行。彼良玉者，受國恩則不減袁氏，而居方鎮則又不啻陶侃。唐天寶之亂，宫闕就焚，宗廟爲墟矣。得郭子儀、李光弼，而一人西幸靈武，猶得即位成唐中興之業。夫以自成自視不過禄山，而良玉自視何遂不如李、郭？諸如此類，未可枚舉。

使良玉而非賢者，則可不論。良玉自河北與流寇戰，得名。轉而河南，數年之間，而名愈盛，賊畏之如虎。其初兩河郡縣爲畏壘之祝者，往往而然，其後恐賊一旦而盡，此身不能常保富貴，每與賊戰，不過得其老弱尫羸，以露布〔一〕報虚聲，實視以爲奇貨之可居耳。後來賊勢日益衆，力愈大，而良玉所收之賊，又不爲我用。以賊昔而畏我，我且轉而畏賊。而良玉之指臂不靈。又風聞言事之臺閣諸臣，因而媒蘖〔二〕其短，或鎸級，或戴罪，良玉之心疑矣。而左右裨將爲逢迎之説者，曰：『主上旦夕且不測，而何有於賊？正恐狡兔走狗之説，未必不古今一轍也。』於是良玉之心，時時有一旦夕莫測之患。而賊勢日至於燎原，視先帝之死，直如胡越之相視瘠肥，而三百年金甌之業，隳於此矣。以故任自成之突騎長往，而懵然若罔聞知者，一若幸之，一若速之。昔高騈屯數道勁卒，居將相重任，坐視黄巢迤邐渡淮。桓温伐秦至灞上，咫尺長安而不進，王猛非之，後遂有放廢之事。夫罄天地之膏以飫百萬虎狼之腹，一旦有事，虎狼反猙獰以伺主人之間，安得不亡哉？而説者乃謂若使良玉堅守武昌，則南北之勢可成。此其説抑何扞格而不通也？夫推良玉不救燕京之心，是置先帝於路人矣。豈區區南渡之孱主，而謂足動其忠義之念哉？此事之必不可幾倖者也。

夫世未有不救主於全盛之時，而能堅守封疆於偏安之日者也。由燕京之不救，故宜知有武昌之不守耳。説者又謂武昌之不守，由於御史黄澍報馬士英之私憤而激之以行，以興晋陽之甲，以除君側之惡耳。此其説以爲良玉不足誅，而猶以討賊之義望之黄澍者也。不則或爲良玉解嘲，而爲黄澍定千古之罪案也，而不知其非也。然則武昌之不守事關黄澍矣，豈燕京之不救亦關黄澍乎？則爲良玉者，誠死不足以贖誤國之罪者矣。

【校記】

〔一〕露布，《文集》二十四卷本作『布露』。

〔二〕櫱，《文集》二十四卷本作『孽』。

何督師

客問：『何督師騰蛟可以爲信國乎哉？』應之曰：『何難於信國也。』客駭然曰：『信國當宋垂亡之際，奉太后之懿旨，講和好於伯顏，抗節不屈，囚繫北行，計脱鎮江，由通入海，訪二王於硇州，勤義旅於邵武，分兵各路，直指舊都已。而天不祚宋，孤臣援絶，一失於空阬，而妻子爲俘。再失於五坡嶺，而南冠見縶，狼狽燕山，灑血柴市，此其忠肝義膽照耀史册，凛秋霜而揭白日，又誰尚焉？而吾子以爲何難於信國，猶未得爲中論也。』

予應之曰：『何公之難於信國者，有三焉：信國以狀元及第，以丞相講和，以出使見執，何公無一焉。明以制科取士，巨公碩輔代不乏人。而甲申之歲，燕都流血，鼎湖龍去，九廟飛灰，曾未聞有抽一矢相向者，出於制科之人，二三大臣，身爲將相，或有不甘臣賊，視死如歸，如劉理順、倪元潞、馬世奇諸人，則有之矣。亦未見有抆泪揮戈與亂賊誓不共生者，謂明未嘗有狀元宰相可也，獨有何公耳。何公以鄉薦起家，在平居不敢與制科爲伍，而制科亦不與之爲伍，則難於信國者，一也。何公身爲楚撫，去國千里，燕京之失，既非鼎鼐之臣。弘光之時，又無推戴之功，則難於信國者，二也。信國奉使矣，何公之時，良玉東下，闖寇西來，洞庭衣帶密邇故鄉，上不奉尺一之詔，下不妨潔身而歸，則難於信國者，三也。』

客曰：『何公難於信國既聞命矣，其功業可得聞乎？』曰：『此原其心可耳。二公皆無功，皆有功者也。且夫乙酉王〔一〕師已得鄂渚，公臨星沙，而長江險若天塹，誰之力歟！戊子之役，三王南下，雷奔電激，國公劉承胤等牽羊恐後，所在迎降。而公獨間關翊戴，出萬有一生之途，危而獲安，又誰之力歟！念忠孝不能兩全，遂有王陵之事。則信國之不幸，猶是妻子。念中原不可久棄，不辭姜維之禍，則信國之授命，猶待三年。若夫地方之旋得而旋失，一身之屢蹶而屢起，所謂皆無功皆有功者也。竟歸一死，以報朝廷，二公之心一也。』

客曰：『然則公與信國有低昂乎？』曰：『非此之謂也。信國已成之何公，何公後日之信國也。難之者，進之也，猶曰又一信國云爾。是故宋無信國，則一代之狀元宰相無光矣。明有何公，則一代之狀元宰相愧死矣。所謂難於信國者，此也。至於史可法之死廣陵，黄得功之死蕪湖，又可得而次論云。』

【校記】

〔一〕王，《文集》二十四卷本作『北』。

文集卷十八

讀

讀《留侯世家》

遷作《留侯世家》中引他事，傳凡三見，以世家不能盡，而借他傳以盡之也。如云及見項羽後解，語在項羽事中。説漢王使良授齊王印，語在淮陰事中。壁固陵諸侯皆至，語在項籍事中，且省文法也。末段總結云：『所與上從容言天下事甚多，非天下所以存亡，故不著。』即前引各傳之意，後及乃學辟穀道引輕身，如此，則從赤松子游不難已。吕氏乃强食之，强聽而食，後八年卒。嗚呼！吕后非食留侯，殺留侯耳。世傳吕后殺韓、彭，獨遺留侯，抑孰知留侯竟死於其手而不悟也，后亦何嘗德留侯哉！

讀《陳涉世家》

事之成敗，豈不在得人哉！陳涉之初王也，曰素愛人，士卒多爲用者。及其敗也，以殺故人，故人皆引去，由是無親陳王者。此成敗之所由分歟！當其時，楚將項燕爲秦王翦所擒，世人或以爲亡，故勝等舉事借之爲名，曰張楚，則首發大難者，楚也。未幾，項梁因之，立楚之懷王孫心，復以陳爲楚，是爲真楚矣。涉之借燕爲名，猶僞梁之因孫舉事，乃真也。故項籍起而收之，滅秦者仍楚，涉固早見哉！宜其世家之也。客曰：『六月耳，何世家之爲？』曰：『因楚也，涉不世家，則項羽不本紀矣。總一惡秦也，否則何世家本紀之有？』

陳丞相世家

『呂嬃常以前陳平爲高帝謀執樊噲，數讒曰：「陳平爲相非治事，日飲醉〔一〕酒，戲婦人〔二〕。」』噫！此言何以施之於呂氏哉！『呂后聞之，獨喜，且面質呂嬃於陳平曰：「兒婦人口不可用。」顧君與我何如耳。無畏呂嬃之讒也。』由是言之，平去審食其幾何矣。宜乎陳平世家中獨引審食其一段，爲舍人侍呂后幸於太后連類而舉之，豈無謂哉！陳平曰：『我多陰謀，道家所忌。吾世即廢，亦已矣。終不能復起。』觀其子何略，人妻棄市。孫掌以衛氏貴戚續封陳氏，然終不得，殆亦自知之深歟！

【校記】

〔一〕醉，據《史記·陳丞相世家》，當作「醇」。

〔二〕人，據《史記·陳丞相世家》，當作「女」。

周絳侯世家

勃多戰功，誅諸吕，立文帝，烈莫爛焉。子條侯，亞夫繼之，有吴楚功，父子二人皆下廷尉。勃幸遇文帝，以薄太后免。亞夫遇景帝，嘔血死，於是漢世將相遂以廷尉爲傳舍矣。雖然，高祖蕭相國固已開先矣，貽謀可不慎哉！

管晏列傳

管夷吾傳中，首言鮑叔牙一事，中間連用數『知我』發明。晏平仲傳專言二事，一越石父，一御蓋者。前則鮑叔爲仲知己，後則晏子是越石父、御者兩人知己。故末結云：『余雖爲之執鞭，所欣慕焉，正甘心爲御者矣。』俱重在知己之難。使當管仲困厄，不有鮑叔；石父、御者困厄，不遇晏子，則終身不免爲辱人賤行矣，何自而成名哉！人知太史首傳伯夷，重讓國也。而其實所重，在得夫子而名益彰，所以有顔回附驥之説，與此傳同意，皆史之寄慨當世無人申救，自抒其憤懣，借古事以發之者也。所謂不論其所著書，而止論其軼事是也。若不論軼事，則不可勝傳矣。

題跋

書李鑒湖藏孟津先生墨迹後〔一〕

孟津覺斯先生曩爲予言：『君讀書不多，復不好臨池，故書不工。文若詩恰好，後之爲子籛、桓譚者，無如王痴也。』予爾時猶未信。今年春，先生以疾終正寢，予携次兒始奪哈其里，哭之慟曰：『此以後誰復規予者？』會是年秋，鑒湖來自嶺南，携先生墨迹凡四幅，告予曰：『先伯子給諫篋中物也。計汝家伯子與先生交，唯予同。予乃拓落不成一事，爾家給諫爲名臣，起文達，後三百年兩宰相。昔杜預竪碑峴山之麓，一竪其上，一竪其下，曰：「安知此後不爲陵谷乎？」後之視今，予之置爾伯子何如也。近讀伯子嶺外所著詩若文，駸駸乎大雅卓爾，殆孟津後眉山之與廬陵已。』予顧嗜飲，不好讀書，不曉書法，不减昔時爾家伯子。又復化爲异物，予何時是吴蒙長進之日哉！聞鑒湖言，如助予之嘆息耳。時宛之老友李含章在座，略知書，然鬚髮皚然矣。

【校記】

〔一〕篇題《文集》二十四卷本作『書鑒湖齊小記』。

書夏人淑詩後〔一〕

予去歲客鄂渚，與漢陽太守傅夢築飲大別亭上。時人淑來自孝昌，携所著文若詩質我，我讀而异之。年來竟陵習氣中楚人膏肓，海以内耳食之夫亦如之。人淑獨戛戛竟陵務去，自成一家言，此後遂稱孝昌無疑，人淑勉乎哉！白雲山砦八千仞，穴有藏書數百卷，此後與祝融二西乎争雄，何必竟陵？

【校記】

〔一〕篇題《文集》二十四卷本作『送人淑記』。

破門書懷素帖跋

吾鄉王尚書覺斯，書法中龍象也。嘗謂我曰：『彼懷素惡道也，不可學。』應之曰：『懷素非惡也，乃學者惡之耳。古今甚大，書法如林，懷素能以一鉢傳，豈意流毒至此。』尚書曰：『是也，但學懷素無佳者耳，皆懷素罪人也。』吳僧破門與予交二十年，先是以懷素著吳越間，後乃駐芝岡，懷素名日益噪。予噪之也，世人亦從而噪之，破門爲破門如故。或疑其筆法不甚肖，間或反其所爲，以問破門，破門不答。予爲應之曰：『此其所以爲破門也，此其所以爲懷素也。如必破門而爲懷素，則懷素當年更復何爲？』得此解者，淳化一帖可類推矣。

破門臨十七帖跋

書中之有二王，如文中之有韓、柳，詩中之有李、杜也。前此更無有之者乎？曰：『有之矣。』自篆隸變而爲楷書、草書，晋始之，右軍始之也。王荆公深於字學，指右軍以爲俗書，言其濶古去篆隸遠耳。俗書者，通俗之謂也，非世俗也。自晋以後，學書歸焉。貞觀大盛，太宗至以爲殉，祖之不得，復祧宜矣。予獨怪世之書人，單臨《聖教序》一帖，競趨圓熟，以爲趁姿媚者在是〔一〕，相沿日久，至乃俗不可醫，則以爲俗書亦可也。近世曉臨摹者，亦知專力十七帖，造其椒絶少。禪友衡山破門以懷素名家，餘勇乃復工此，亦不恒書。予在桂林日，忽得一卷讀之，時予署中有老樹一本，蛟螭蜿蜒，陰雨呼號，展讀其下，覺神物與之相長，則此帖遂爲破門絶技無疑。特書數字以俟賞音。

【校記】

〔一〕『競趨』二句，《文集》十六卷本作『以爲秘寶流允甚』。

趙興寧詩跋

予自今上定鼎，游楚者凡三〔一〕，中間歷仕諸公，其以政事見者有矣。至於才華贍舉，博涉詞翰，曾未數見也。直指趙公沉審端嚴，風裁孤峙，發爲詩歌，自爲一體。自出都至渡湖，所著凡若干首，一披讀之，如登祝融絶頂，夜半觀海日，磨蕩跳擲，雲霞萬狀，令人神魄肅栗，如風檣過洞庭，嘈呟鞺鞳，耳後風生，渤海倒流，蛟龍隱現。二事者，楚觀也，公詩有焉。計十五年來游楚所得在此矣，欲不引爲知己，何可得也？

【校記】

〔一〕『予自』二句，《文集》十六卷本作『彭子曰：予自今上定鼎，游楚者凡三矣』。

書蜀人戴廷對詩後

蜀風不載十五國，至秦張儀始開。山川奇拔，誕爲人物，英秀甲天下。前有司馬相如、揚子雲，後有眉山父子，千古成都生色，劍閣内外，江尤崒嵂澎湃，宜其爲公孫劉豫州所托足也歟！今晤赤存年丈，著書滿車，皆自成一家言，山川顧不驗哉！

又

沅芷爲五省之喉，苗、犵、烏、蠻雜土而居，馴則人駭斯走險。昔人念重地，特設填撫彈壓之，與南贛、鄖、襄等。今十六年，滇黔始開，沅芷開之也。征車飛輓，冠蓋相望無虚日，吏茲土者實難。我友赤存自蜀來，獨咄嗟立辦，唯其才也。吾是以重服其人。

書盤江墨刻後

鐵橋爲滇黔襟喉，對山壁立萬仞。石崚嶒狰獰，如胎銅積鐵。下潭碧緑森沉，與石相觸，跳涌迸射，怒濤雪捲，霹靂列缺相鬥，一虹穹然，不任舟楫。予自滇藩南移，爲絶句紀事，掠於河伯，今亦不存。今年王將軍鐫墨刻寄我，如對將軍，如在此橋。

贊

制府蠲造灘江軍庾贊

江楚粒米，逾嶺而南。風濤歲時，舳艫維艱。或則暴露，或則蒸濕。有一於此，莫得而食。公曰積貯，國之大命。蓋藏靡所，軍民交病。爰創邸閣，於灘之濆。京斯坻斯，白粲雲屯。用蔽風雨，用祛鳥鼠。度支殷陳，取諸鐘釜。貔貅飽餐，萬竈烟舉。鶴膝犀渠，驍騰無比。東扼閩粵，南控黔滇。拓疆萬里，作牧秉鞭。

芝舫贊有引

粵左轄胡德輝公廨旁築精舍三間，顔曰芝舫，昭其象也。芝者，舟所畫也，猶之鷁也。四座軒敞，如在江湖。同友人落之，爲之贊。

桂楫蘭舟，朱甍華堂。水耶陸耶？五嶺之旁。儲胥南天，薇垣是依。梯山航海，九郡來歸。惟此西粵，南海蒼梧。彭蠡洞庭，左右吾廬。民斯水也，誰其舟之。錦纜牙檣，長年爾爲。春水是凜，衣袽是警。國計民岩，罔或靡懲。吕梁匪險，涔波能興。如墜深淵，何必高陵。昔有畸人，浮家泛宅。所樂匪水，朱方亦得。憶昔樓船，下瀨而南。武帝雄略，兩定百蠻。伏波傑立，正對蓬窗。呼之或來，釃酒灘江。凡我兄弟，同舟天涯。漱戒黄郎，中流是持。

崔太翁中憲大夫贊〔一〕

繄中憲之魁傑，實誕生乎燕趙。負磊落之奇襟，爰著述之博浩。跨馬碣石而驅盧龍兮，唾手制科其不足取。隸平原而赴郭隗兮，誠魏博之雄師。既栽花於岩邑，乃佐郡於秦關。看終南之山色，聽灞渭之潺湲。拔轅隴州，秉鞭炎海。左琉球而右百濟，覽雄風於渤澥。攬轡雁門，褰帷紫塞。遂拂衣而來歸，故園之猿鶴久待；乃恭人之克相，惟内德之是賴。手鳳雛而膝龍友兮，終滹沱以徜徉。竟紅顔而辭軒冕兮，將入徐無以深藏。中憲乎人茀耳食夫彭澤，刻畫乎田疇與管寧。試取中憲而位置於問，我知中憲正不雷同。

【校記】

〔一〕本篇據《文集》十六卷本補。

崔母任太夫人贊〔一〕

居庸雄關，漁陽鉅壘。風土高寒，左連滄海。女史攸鍾，内則維嫺。層冰易水，積雪恒山。昔何酸辛，昊天如醉。紡塼書帙，晷刻皆泪。今何康寧，受天百禄。麟角鳳毛，相聚而族。相彼苦節，造物所憐。鄭虞福澤，理有固然。婺星熠熠，八袠有奇。梅蕊璀璨，琥珀盈卮。維大觀察，爲母冢孫。持節萬里，射策金門。維余小子，生長南陽。挹彼甘泉，薦菊花觴。

【校記】

〔一〕本篇據《文集》十六卷本補。

雜紀

記游清凉寺

順治庚寅之孟夏，自岳陽西南城登舟，同芝山參戎李東斗，坐卧舴艋中。時天氣漸暑，茶鐺蚊幕相對如甑。自衡山解纜登岸，入清凉寺。萬竹陰森，屯雲瀉霧。一松立佛殿後，高十丈，廣亦不下八九圍，上面結球如車輪，蔭維數畝，蟲鳥啁哳作聲。肅中禪師自邵陵來，説法座上，雛僧列如石。攤《楞嚴經》几頭，不息不汗，恰爲竹松氣所攝，似不關和尚法力，唯肅中當以行路爲知言。

記衡岳僧麗中

廣陵橋上，秋濤如箭，薦草如油。望兩岸朱閣綺疏，掩映簾幕間。聯娟修嫮，爲區中士女冠。往來車轂輻輳，舳艫銜尾。北岸淮水，幽咽潺湲。南即大江，波聲噌吰鏜鞳。金山如拳，虎踞江之腹。絶巔多枇杷、楊梅諸樹，烟雨空濛，夐不見山。微聞鐘磬音，飄緲雲際，知有僧巢其上。予乃艤舟登岸，夤緣如猱，飲浮玉泉水可數升。是時櫻桃方爛熟，僧以磚礫盤噉客無算，事在甲申，距兹凡七年。而往已會菖蒲節後五日，驅車來衡，暍甚，啜茗招提中。晤僧麗中，少歲，貌清瘦，頗能作近體，人鮮知者。出《囊中二首》爲予觀之，因悉其爲廣陵人。言予舊游，是觸予之懷想。僧何日棹舟東下，上金山頂，當有老僧識予者，爲爾告由來，是亦佛印之流也。

陳時夏出遺詩記〔一〕

予曩在晋陽時，著有《友杞齋詩》凡若干卷。近十餘年，蠹簡殺青，爲友人篋中物，蕩爲烟燼。又靖州之役，半世雕蟲化作烏有，每用惋惜。會壬辰秋月，爲時夏初度，予往壽焉。酒酣夜半，談及前刻詩若文，時夏朗吟輒數十篇。爲言曩時寇過，於河干黄茅中得破楮幾片，陰雨蝕剥，略得字形。年來疥病相尋，與親知交游日簡，時置此物床頭自娱。君十餘年行徑在吾睫中。予爲索讀，强半兵燹以前亂雜發憤所爲作也。如讀誤書，如出他人手，乃與座客狂呼浮白。漏四下，就枕，主客俱齁齁酣睡入醉鄉矣。予猶不能寐，蓋嘆前作之失而復得，何啻王弼冢内復出人間。始信壁中書與腹中字，雖秦灰不能燃也〔二〕。時夏知我，遂起而爲之大醉。

【校記】

〔一〕篇題《文集》二十四卷本作『陳敬盤出遺詩記』。

〔二〕『何啻』三句，《文集》二十四卷本作『何啻汲冢《周書》，禹穴金簡也』。

海棠記飲〔一〕

壬辰七月八日，與李鑒湖小酌家之東園。暑氣藴結，飲甘州枸杞酒。觀巨架上螽斯鳴喧，如急弦繁管，軋軋動人。時露華濃未散，海棠牙石壁中，膩理冰膚，亭亭玉立，尚不花，凝露欲滴，大似班倢伃感秋風泣團扇時也。因憶往年此時在祝融峰下，妝粉紅綃，大都已按部争妍矣。

【校記】

〔一〕篇題《文集》二十四卷本作『馬含坐海棠小記』。

記石橋〔一〕

陳竹黄所居屋西角，有大石橋，如玉虹蜿蜒，螭首矯矯。每風雨作，河水瀑漲，如磨牙伸爪，與霹靂鬥。橋西偏有古寺，寺多楓柏樹，葉如符篆，四方游人驛絡。至曲汀幽島，鳥語梵音相雜。宜暑，僧時以苦茗觴客，是竹黄之别業也。馮斗垣自是佳勝，與竹黄善。聞此處曾一游否？否則當補之。

【校記】

〔一〕篇題《文集》二十四卷本作『馮斗垣問石橋小計』。

記馬頜若談方竹〔一〕

予自戊子賫慶來，過洞庭，遇風險甚，次君山下。聞道士爲予言，其上有方竹云。竹在山之後，有虎。虎喜咆哮，每賈船在其山麓，恐輒去。僧子往來延客，亦執是説相恐，故予竟未得見所爲方竹者。壬辰之秋，自宛來，憩叔度園，聞馬頜若談方竹甚悉。園之東隅別有篔簹，有泪痕，是曰湘竹，此真君山種也。至方竹者，將於何時親見之乎？我且從頜若求見所爲方竹者。

【校記】

〔一〕篇題《文集》二十四卷本作『與馬頜若方竹小記』。

漢上寄譚擬陶記四則

辛卯二月，自漢陽策蹇從陸路望襄、鄧進發，小憩漢陰之西坰清凉寺。時緑楊垂蔭，黄鸝織茂林中。髯僧烹茗，談半晌，又出惡楮求書，爲二絶粘壁。是年秋季，自吴來，復泊舟此處，見和者甚夥，建利令藺君作尤佳，予愧矣。

又

今春騎馬漢陰道上，至約價，步口荒寺。寂歷破碑，偃蹇淺沙。日且下，春風又厲，宿僧土室繩床上。冷氣深寒從隙中來，遍覓旅店無酒。寺貧，茶復不佳，通夜不成寐。清晨將發，爲書半幅，寄譚擬陶。秋九月又至，則聞擬陶郎君且登賢能書，乃對雲師共醉。

又

是日發仙桃鎮，行竟陵道上，粳塍麥隴，陌斜阡横，墟烟垂柳，青㬅作態，牽客裾馬上。薄暮抵約價口，僧寮蕭槭，四壁無完堵瓦，鴿三五巢檐牙下。東鄰茅屋即爲健兒囤扎，用傳郵符，僧用是稍妨净業。

又

曩予校楚士江南北，執經來者，日不下千人，竟邑宿，號多才。三十年來，爲伯敬、友夏樹海内騷壇赤幟，生兹土者，膽氣爲兩公所壯，文心力學較他處往往得爲卿子。友夏有弟元亮，著作弘多，難其兄勉旃，且驗予言不誣。

記與慧思飲〔一〕

慧思今年自商於來，醉我東園。時傾花竹下，鷄冠與紫薇映帶，殊快人意。酒不大佳，念昨年此月方在潯陽，對廬山共醉。是日大風鼓枻，齊安江上浪如銀濤，與武昌山争壯。今得在家園與新知酌村醸，差足樂，曷得不醉？

【校記】

〔一〕篇題《文集》二十四卷本作『慧思小記』。

記獵〔一〕

壬辰臘月十五日，完鎮張奎庵移節穰州，率虎士〔二〕萬人，羽獵東郊。飛石走馬，兔起雉雊，殷殷轟轟，但聞霹靂晝喧，金鐵亂沸，將雲夢不足㔩鼻，豈《甘泉》之所能賦？予時宿醉未解，拉友東皋作而嘆曰：『人生貴適志耳，風毛雨血耳。後火出有以也，繼此游者何日乎？』

【校記】

〔一〕篇題《文集》二十四卷本作『獵記』。

〔二〕士，《文集》二十四卷本其下有『十』字。

漳水記〔一〕

漳水南北多古陵，屼崥如山，迤南三里爲孟德銅雀臺者，三焉陳思作賦者此也。行人每至鄴道上，霸氣文心觸馬首而來。望西陵在太行山下，略可想。獨是近滏城一帶，亂冢不可辯，爲昔人建都將相之墓，大約似洛陽邙山上，非曹疑冢之説也。

【校記】

〔一〕篇題《文集》二十四卷本作『漳水小記』。

石虎記〔一〕

禹山南麓爲石虎三枚，距三里爲陳氏岡，一虎跧伏坌踊在麥田蕞棘下，每風雨至，乃輒吼，自陳氏祖父相傳數百年物矣。或曰是古將相華表前石馬麒麟之類，或曰是石也，結虎而成像者，如李廣夜來所射是也。都不可曉。予爲兒時，見而怪之，以爲此物會且搏人，不則寧爲澤中之麋耳，何以虎爲？

【校記】

〔一〕篇題《文集》二十四卷本作『石虎小記』。

木芙蓉記〔一〕

嘗讀《離騷》有云：『搴芙蓉於木末。』解者與緣木求魚之意同，言乎宗臣不得意，爲是枘鑿之言也。曩年客朱陵署中，有樹如楝，花開三秋，如芍藥五色離陸。父老指之曰：『此木芙蓉也。』予始恍然，以爲向者固有疑於《楚騷》之解『搴芙蓉於木末』，蓋爲此木芙蓉言也。前解曷啻千里？後游粤，此樹尤多。滇中茶樹有高十丈，花似牡丹，更勝於此。若不親見，鮮不以爲木芙蓉而疑之。

【校記】

〔一〕篇題《文集》十六卷本作『張一庵木芙蓉記』。

種竹小記

庭前栽竹十餘竿，皆雨後移來七里河上，許氏林中物也。每一雨，個輒穴一區，過月有奇，不繁，乃竟亦不枯。《本草》云：『栽竹無時雨，便宜良然。』殊不解不繁之故。或曰：『今年栽，來歲應殖且蕃。』予亦曰：『是固然。』偶州刺史湖州高公過我，見此竹，爲詢其所以，則告我曰：『竹人云，十人栽竹，一年成林。一人栽竹，十年成林。』予因大悟。凡物孤其幹者傷其心，繁其族者引其類，惟竹爲然，不惟竹爲然矣。公越人，去會稽，纔隔一錢塘水。傳曰：『東南之美者，有會稽之竹箭焉。』詎欺我哉！

盆魚小記〔一〕

今年，郢城侯游擊貽我紅魚十尾，剛盈寸，育蘇瓮中，日取郭外池中小蠕蠕喂之，不一月，魚都變化，非本色。有鐵者，有銀者，有鐵而銀、銀而鐵者，有雜色陸離郁郁紛紛如蜀錦齊紈吴綾越羅者，有似池州錦駝鳥武當山畫鷄者，各以類成，不可名狀。間以麥麵作胡餅餤之，踊而上，與藻荇爲牽率唼喋游泳，以戲主人，不知在郢上又當何如。

【校記】

〔一〕篇題《文集》二十四卷本作『盆魚記』。

曹疑冢記

予以歲乙未秋携起兒赴武試北上，宿鄴北豐樂鎮，見壁上題銅雀臺詩，甚蒼壯。詩人爲楚黄汪拜石，惜其太罵，不足服曹公，乃即韵和之。凡以甚天下後世之學曹者，既見予詩序中。及抵邯鄲南郭，則讀白下張幼仁作，可謂先得同然。獨是疑冢一説，不見正史及本傳，後人見鄴城北馬鬣纍纍如置棋，故從而疑之。

夫稱智莫如孟德〔二〕，石槨錮南山之事，知鄙而不爲。如爲七十二冢，定有一冢即真，在當時治葬工人及戚里臧獲，豈無一人洩其事者？如謂真冢在七十二冢之外，此又不辯自明，曹公又何樂此無益之舉哉！且其臨終囑後事，殷念及兒女子及香履脯糒望西陵諸瑣細，此又何嘗示人以不測哉！甚矣，後人之好怪也。

然則〔三〕纍纍有説乎？曰：『此勿論建安以來貴人佳城多矣。即如石虎、賀六渾諸人，俱建鼎於此。一時王公將相皆安往乎？恐七十二冢之外其爲湮没者，不可勝數。此地下者惜其姓名不傳，而皆指爲曹氏鬼也，於曹氏何有哉！雖然，世人以「疑冢」二字以苦李置之，所以銷亂世椎埋之奸與夫牧羊童子焚驪山之禍也。此仁人君子之説，姑疑焉可也。』

【校記】

〔一〕『夫稱』句，《文集》二十四卷本作『夫曹公英物』。

〔二〕然則，《文集》二十四卷本其前有『疑冢者，所以神曹公，曹公不任也』十三字。

石船記異〔一〕

祝融峰絶頂之南天門，舊有飛來船。自有此山，即有此船。長可十餘丈，舳艫皆具，但少布帆。黄頭郎望湘江，衣帶不即飛去。予客歲游岳，望老衲曰：『此物且去。』今秋，黄廣文自衡來，以爲雷雨作，此船無復存矣。

【校記】

〔一〕篇題《文集》二十四卷本作『書异記』。

記鄧道人事

南岳南天門外，有丹霞寺，傳爲高衲鄧天然開山，此衲遂爲此山祖師壇。予以丁亥暨庚寅兩臨其地，得山記讀之，言鄧爲吾宛人，丹霞又宛山。衲燒藥於此，移本土舊名，猶之舂陵，今在道州署，宛之白水鄉也。天然本傳言其踏木佛，出舍利，岳僧至今艷稱之。丙申八月，予再游湖湘，未登岳，旅次衡之吕公祠，晤羽人。鄧年可二十七八許，先爲豫，後乃游楚，作道士，不復僧矣。噫！豈天然之宗姓歟！吾宛仍有名山，如天封、大狐、桐柏、西鄂諸峰，青碧插雲表，拱揖嵩少，永鎮中州。幸勿似爾祖天然，再輕移向此中也。

蓋封之

諸葛丞相在成都，綏中原而先事南中，論者以失先後輕重爲短長。曰：『非也，自得南中，而蜀以富强，孔明之能自立國在此。此其意，司馬錯得之。秦漢皆然，何獨卧龍？』蓋封之，黔州人，仕滇最久，稔滇中山川形勢。予嘗與之論史，然予説，請數言質之，且以別。

張一庵閫戎〔一〕

桂林之游，得毗陵張一庵，爲文酒交。每暇時則乘肩輿出東郊觀星岩，青蒼壁立，峒穴窈窕之勝，倦坐蕭寺，漁歌唱晚而歸。一庵才既淹博，詩文出流輩，會予所親鑒湖，携其《伯氏集》一卷，一庵共讀，以爲不刊之書。知言哉！一庵乎？未審當世文士有如此不？

【校記】

〔一〕篇題《文集》十六卷本作『張一庵』。

呂補庵

鄢郢，楚舊都，秦豫山東迤數千里，至此而盡。故曰：『竟陵風物淵厚，爲故國豐沛。』鄉挺爲人文胥，奇拔有屈、宋之遺。予向督學楚中，攬勝江北，如游大秦諸國，珊瑚寶玉之氣逼人矣。今之賓守呂補庵作爲詩章，尤軍鋒之冠。壬寅嶺外相值，話往事，距兹二十年，如在南皮時也。

李官説送林惠軒〔一〕

古刑官兼治兵，皋陶爲士，屬之曰：『蠻夷猾夏，寇賊奸宄。』《詩》曰：『淑問如皋陶，在泮獻囚。』左氏曰：『大小之獄必以情，可以一戰。』刑者，兵之母也，能用刑則知兵矣。唐因節度設李官，謂之節推，明乎軍中事無大小，皆取平焉。後世以有司不能兼攝，故爲專官，今之推官是也。閩海林惠軒李昭州三年，囹草生，民以無冤，猺獞异類勿生戎心，得此道矣。歲壬寅，有惠州之行，釃酒江干，贈以言。稔知其在昭州者，如是路温舒上《尚德緩刑》一書，衍爲子孫之福。我聞惠軒令子林立鵬起者三，可不謂天道哉！繇此以往，建旄萬里，爲朝廷靖方域，有如此社肉時矣。

【校記】

〔一〕篇題《文集》十六卷本作『送林李官之惠州』。

夏鳳池

辛丑滇來，居嶺嶠半載。每登伏波絶頂，北望祝融，雲樹依稀，白雁不來，輒動舊游之感，未審故吏夏鳳池何自而至。風雨叢桂下，與所親鑒湖杯酒叙往事，亦一快也。

鄭尚清

嶺南在荒服外，種落雜居，燹後如理亂絲。尚清以弱冠宰是邑，卒安於伍，閭左有起色。宰臣爲念，是不足以盡才。康熙改元，爲借牧高郵。郵，淮揚喉也，漕運重地，萬艘雲屯，近兵馬往定東南者，輒由之。糗糒荳莝之需，厥惟艱哉！尚清鉅材，搴帷往治，乃事定不叢脞。有鐵山相國者，海内典型也。遺廬尚在，幸爲憑軾，人心知未忘孫叔敖也。

魯大儒

黔山嶔崎千雲下，每臨絶壑，稱左擔路。四望皆鐵壁，想見莊蹻初開時，不減五丁。至滇南勝境，勢稍散，鉅靈力亦殫。輿圖不登《春秋》以前，良有故漢武雄略，然亦多事矣。

書袁一倩扇

吾鄉覺斯先生與我交二十年，今下世又復十年。生平貽我書帙甚多，靖州之役不戒於寇，失者强半。間存緻篋者，以浪游萬里未携，每思其人，兼思其書，輒爲腹痛。會歲在壬寅，袁子一倩來睢陽，惠公爲其先大夫所書一扇，嶺外炎荒，如公斯在，何必中郎？尋復辱以雲間所鑒法帖，奇矣，何隴蜀兼得耶？書此志喜，勿令妒我者見也。

呂貞一二則

呂貞一社丈，予居嶺南時，暇則過我，爲携乃祖文簡《灘山集》讀之，想見當年與江陵相公同在政府嘉謀炳如。此魏公之笏也，善藏之。

又

沙塘距桂林城可二十里，山勢迂迴，清溪古樹，庵藹朝夕。友人呂貞一卜居其下，手《周易》一卷，無間歲時。人勸之仕，則亦笑而頷之。

李磐石

磐石先生自哀勞山走車里一帶，達邕州，入柳慶，晤我伏波山下。時方盛暑，張一庵煮茗，長松如蓋，蔻豆擎露，爲話鐵橋金馬之勝。僰爨椎髻，風尚舛互，距葱嶺大夏僅隔蘭滄一水。笑曰：『壯哉！游乎？』吾久不見磐石，抑不知胸中磊落如此，何減博望諸君使西域歸也。

想園

予昔游揚州，因觀長干榮字及于氏兩園。曲檻雕甍，島嶼周迴，蒼藤瘿樹蓊薆，虧蔽雲日。太湖石笋有高十丈者，至如暗泉飛瀑，走霹靂，激羽箭，珍鳥雜喧，不辨人聲。時同游者爲孟津覺斯先生，迄今二十年矣。壬寅夏，磐石來嶺外，爲我言家墅中想園之勝。噫！予未及游想園，竊意前兩園在此中，或兩園所未及不可知，是可想也。

獨秀山

山在桂林城内，向貯朱邸後宫，今改作貢院，山不知也。四時多奇花异草，古木楂枒，朱樓窈窕。冠其頂，看九郡安南在臍下，珍羽樓鳴。入春夏，沉緑艷紅，引人勝佳。未審先有山，先有城？予游天下多矣，城中山率無此孤生嵚崎者，即欲易名以贈，山不受。

胡君召

胡君召先生産豐沛之壤，值鼎造，從龍起關内，游秦晋，征車所至，多异政。昔循卓傳至宣帝，始著以高皇、文景之世，不勝紀也。然河南吴公及廬江文翁則又未嘗不傳説者，謂史失其名，非也。蓋當時不忍以名呼，故史因之耳，吾君召亦然。今昭州西粤要害，牙孽叢生，自先生持斧至，謡諑椎髻丕變曩俗，豈謂邊鄙固甸采之治也，豈不在治人哉！

石荆山

荆山表侄自燕京别我且二十年，辛丑之役，復得聚首嶺外，時已致身戎軒建旄矣。每旅酒，晨夕相對，念及昔年里閈舊游，殷殷不置。又自身列金吾，走四方，驅馳榆關漲海間，未遂晝錦之願。壯且老，詢及枌榆，惻然流涕，知本哉，荆山也。二子英慧，頭角嶷然，异時成立，能似乃公之不忘故鄉乎？余長荆山一歲，偃蹇半生，意氣減曩時，視荆山躍馬食肉，不及遠甚，得不動人黄壚之感？

史質輔

質輔固偉丈夫哉！産荆州形勝地，早負奇姿，抱英雄用武之思，會世亂，走蜀，取上將軍如斗印。既而煮海，掌六詔鹺使者符，通貢矣。當軸疏其事，復將大用，公以祖母請，且歸南郡。噫！世豈乏李密哉！

丘安寧

往安寧守丘隱山爲余言地方林刹山水之勝，首舉湯泉，次則虎丘。余以庚子客滇，神交此物久矣。辛丑春，即有嶺表之役，刷馬者再，復不果。時郡人吴德昌至爲余復津津言之，笑謂此等風景無福，竟不得彭子一言爲九錫，徒長萬里荒寒之地，真可惜也。爲書數字，奉訊湯泉諸名勝，知禹峯猶非俗吏無情，與山水作緣者也。念之，念之。

張青莽

滇黔在西南絶徼，秦漢雄主始收入版圖，趙宋置玉斧之外，識者終嘆不偉，著作家亦然。念生同文之世，此等山川獨遁吾登臨所及文字之外，豈非憾事！庚子之役，攬轡萬里，正復爲此。今吾集中載有滇黔，差快人意。會青莽自金陵來過予，讀而善之，爲剞劂以行。余亦任之，與司馬遷同意。

回雁説祝李東園

回雁峰在衡郡之南郭，孤矗盤渦，上多深松，碧刹填咽，遠控蒼梧。厥名元始，是不一端。或曰山形類回雁，故名。或曰朱陵旁邑産毒草〔一〕砒霜，隨陽自瀚海南下，間其氣輒不利。或取道彭蠡以東，武岡以西，爲日南之游。若是則雁羽蟲也，猶能擇地，故曰雁斷之鄉也。計余與東園游此，且栖遲爲仕宦，毋乃爲此物所笑。曰：『是不然。』朱陵者，壽域也，南極老人居之。東園伊祖玄元皇帝，予先人彭城籛翁以八百歲爲春秋，與南極者鼎峙也。如是，則又何不可栖遲之有？會仲夏十日，爲東園懸弧之辰，援不律爲作雁峰説以佐醁醑之觴，東園河漢，我否也。

【校記】

〔一〕毒草，《文集》十六卷本無。

送蘇念溪〔一〕

東南澤國，風氣固殊，音律一途，多所未協，譚四聲者極少。自石齋、東崖兩先生，藝林稱盟主，好學之士乃喁喁起，以自標幟於世。吾友念溪蘇君尤著。宦嶺外時，作詩奇厲，裒成卷軸，公餘集其片羽也。禹峯曰：『念溪之所長，初不以詩，亦不以文字。觀其李桂林，如犀燃燭照，殆經綸手也，詩文其小者。』而念溪亦復如是，緣有豫章之行，代荆山書别，用告同志。

【校記】

〔一〕本篇據《文集》十六卷本補。

偶贈破門〔一〕

□翁自粵東來，送我金扇，上寫有句，爲『羅浮繭蝶四之一』。我愛其詩，常不離手。一時在胡中丞德輝座中，扇忽逸去，匝三日，破門乃自懷袖中出此。噫吁异哉！扇自爲之耶？破門爲之耶？抑有物焉司之？扇與僧皆不知耶？無已，破門仍求予書，聊以解嘲，不知者以爲送之云爾。

【校記】

〔一〕本篇據《文集》十六卷本補。

哲園侄名希聖〔一〕

客居嶺外，親串來希。壬寅夏哲園賢侄，以王事游嶺外，掉湟水，游蒼梧，彌月歸來，繫馬伏波山下，與我酌醽醁。盛暑中，未幾舴艋别去。脉脉此情，再把晤是何時？

【校記】

〔一〕本篇據《文集》十六卷本補。

馬嗚樂〔一〕

山未有不尋者，獨黔則否。自鎮遠至一字孔，黔境盡，黔山亦盡。皆童，其故何耶？曰代出异人，草木不得而争之故耳。勝國之末，兩見之矣。一曰黎平，一曰貴陽，皆能以隻手撑傾廈，與氣運氣，斯亦奇矣。今之曲靖守馬嗚樂，金陵丞相猶子也。謂余言然否？

【校記】

〔一〕本篇據《文集》十六卷本補。

疏

再起接引佛疏

南岳絶頂，是曰祝融，蓋有火帝特祠云。自禹碑石磴而下，名刹如林，金碧烟緼，矗落萬千，推之四岳，蓋不衹朱鳥爲然矣。

予以丁亥冬，分永陽藩伯符，得從鄉僧空印一爲登臨，約略得神仙之髣髴。而往牒所謂七十二峰者，曾不得其三五，緣以山多谽岈嶔崎，精廬蝸房或搆結絶壁窈澗下，世亦無從而名之。會今年庚寅夏仲五月，予有衡陽之游，憩江干清凉招提，有僧海銛持册來，自烟霞峰爲言接引佛遭回禄之變，僵卧草間，將欲維新莊嚴之座，謁疏於予，且説偈曰：『維兹佛像，丈六金身。逢時不若，焦毁劫塵。鑄自星沙，萬七千斤。閲歷年所，蛇虺蓁蓁。願惟居士，緣開生面。再闢威神，翕赫震旦。豈只文字，亦曰白業。金剛不朽，看此短碣。』

予竊惟皇清啓運，草昧宣昭。鳶毒揮戈，重標嶺表之柱；龍驤飛渡，直截海外之鰲。是誠昔人所謂活佛不能救世，皇帝乃能救世。允若兹，又何所用接引爲？僧乃卷韝鞠跽，頂禮階戺，再爲説偈曰：『惟先天聖人，神道以設教。禮樂非不明，鬼神領其要。矧兹南國俗，厥名曰鬼方。

紛紛諸淫祀，視此誠粃糠。』予乃應聲而起和南曰：『洞庭南游四年矣，係馬衡山凡若干日。先是駐永陽，不兩月即有夜郎之役。苗頑未格，溪蠻不靖。現身説法，有靦宰官。只此一事，借衲子成名，補過未晚。』乃爲援不律疏其説如左。若夫成佛作祖，愧非慧業，文人濟物利世，當以問之痴頑老子耳。

新堤修真武殿疏〔一〕

《漢書》五帝，唯黑帝未實，隆準公起而實之，在今日則朝廟所祀，閭閻所饗，玄帝之説也。帝之居，巍於謝羅，一名武當，在楚封内。血食之盛，比於圜丘方澤〔二〕，前代文皇帝提戈北陲，肅清萬里，説者以爲帝實左右之。緬彼房州，煥若帝居，報本乎？抑設教也。南國江漢祝融爲五岳之一，以司火政，武當犄之，毋亦惟是以水濟火乎？然而九有以之矣。新堤距南郡百里而遥，文星翼軫，荆州沔口，烏林舊地也。有帝祠一，龕圮於燹。都人士謀而鳩庀之，與爲報本設教，可縣不可知也。楚好巫信鬼，帝則神之威神者耳。俎豆腥膻，詎曰既佑享之。《易》曰：『東鄰殺牛，不如西鄰之禴祭。』實受其福，此物此志也。西之仲冬，茂才郭良史代僧執簿屬予，爲疏記之。則郭生者，楚人也哉！

【校記】

〔一〕篇題《文集》二十四卷本作『新堤重修護國殿疏』。

〔二〕圜丘方澤，《文集》二十四卷本作『圜澤方丘』。

巴河修地藏閣疏〔一〕

順治辛卯六月，自武昌發舟，將抵金陵，以十一日舟艤巴河，登文昌閣。觀齊安雲樹，濛濛烟雨，江聲鏜鞳，萬頃茫然，真巨觀也。閣左偏有刹一區，構甫成，園中菜蔬歷歷成畦，冬青子與棗顆纍纍相屬。我謂無垢曰：『盍往觀乎？』入門，僧即具六茗試客。六茗，中州所産〔二〕，比年山赭於寇，作此者少。楚吴間茗，各以地稱，天目〔三〕、新安遂擅名當世。六乃退處僻壤，不爲世所指名。問僧曰：『何處得來？』僧曰：『某亦中州人屬，有僧自霍來篗，儲若干甌，分餉招提，故某留以酌士人，餘不敢輕供也。』坐久，乃詳言自河雒告凶，避地來此，尋十年。

此地舊有地藏庵，稱太乙右臂，圮且毁，僧從而新之。匠伯繁會，碧瓦文梁與竹頭木屑雜然在陳。予乃詢以功德主伊誰，則告我曰襄陽毛將軍云。予髫鬌十五年前流寓大堤曾一把晤將軍，將軍今奉天子命，肘虎符鎮撫豫章，威名且隆隆起，顧乃多行盛德事，爲此特地乾坤黻藻丹髹。

武昌之山增而壯，江漢之水增而深，爇香告虔，駿奔叢篁密蒨間。往來揚帆而過者，遥見此金碧巃嵸，必且維纜岸上，投地皈依，悔吝蠲而寅畏之心生矣。世間一切水火刀兵諸孽，莫不成於氣運而先種於人心。起於人心，顯中無帝王。而尤先萌於人心，幽中無鬼神。古聖人之治世，類於上帝，告於山川神祇，莫不載在祭典，垂爲明文，以示神道設教之意。司馬相如之告武帝，則有七十二家之説。韓昌黎毁佛骨者也，至潮州上皇帝書，亦言及於封禪。由是言之，《六經》之文，鬼神與帝王固分域而治者也。毛將軍豈但强弓數十石，稱行伍中起家者哉！則地藏庵而外，當有繼將軍而起者矣。

【校記】

〔一〕篇題《文集》二十四卷本作『巴河修地藏閣碑記』。

〔二〕所産，《文集》二十四卷本作『最興』。

〔三〕天目，《文集》二十四卷本作『通山』。

文集卷十九

啓

候楚督李公啓

伏以元老爲君股肱，聿播雄風於赤縣。尚書司帝喉舌，旋瞻華蓋於朱陵。玉質金相，文昌武庫。閣下盧龍華胄，司馬名家。元禮聲稱，舊傳洛下；臨淮壁壘，尚在河陽。謝玄策淝水之勛，髫年秉鉞；公瑾擅江東之舉，早歲登壇。幕府開天雄，畿輔爲神京肩背，已嚴鎖鑰於北門；樓船下江漢，荆楚乃荒服咽喉，更借長城於萬里。五谿之蠻烟未靖，非伏波不任將軍；江陵之遺祚尚存，惟衛公乃稱總管。彝陵接白帝，近聞杜宇之聲；漢水通岷江，不借金牛之力。既開南郡，遂取西川。子陽躍馬而稱孤，恃險難憑劍閣；桓公抗表以摧敵，取道必由彭模。况復西南之版圖，原屬山河之帶礪。莊蹻以將軍略地，由黔中入滇池，乃王靡莫之邦；唐蒙以中郎持節，從筰關抵夜郎，遂置犍爲之郡。聖世有分土無分民，王者既有征還有戰。緬兹數國之形勢，統惟長子之師貞。地既迅於建瓴，兵還同夫破竹。職方從海外，雲連銅柱冥冥；天使到日邊，地涌金沙浩浩。從此南人不復反，無勞七縱七擒；譬彼西夏解稱臣，不數一韓一范。某分叨弩吏，才愧書生。浪游南服者十年，徒抱請纓之志；景仰高山者數載，欣逢御李之時。庸能挽銀漢以洗兵，尚期聞鼓鼙而思將。

候楚撫張公啓

鴻鈞律轉陽春，紫極動三能之色；玉燭光連太乙，朱方築萬里之城。帝簡在心，天方授楚。閣下三韓閥閱，百代圭璋。舌爲帝師，黄石傳圯橋之略；氣運斗柄，茂先識寶劍之精。從隆準於故豐，功在平陽之右；扈真人於白水，名居高密之先。在昔珥筆承明，蘭臺遥映東華月；只今攬轡紫陌，華蓋新開南浦雲。争雄長於漢上，諸姬非復篳輅藍縷之舊；興義師於江黄，夔子還如包茅縮酒之年。戰壘吊郢城，陶士行勛名尚在；寒烟噓赤壁，周公瑾壯烈依然。峴首足十年之糧，輕裘不讓叔子；西陵贊一統之業，武庫直逼當陽。

某荒陲下吏，蠹簡腐生。對此鋒燹殘黎，復值羽書旁午。景春陵之遺軌，難忘撫字之心；慕武都之壯猷，良非將帥之選。情馳北面，仰候南車。

候湖南按院周公啓

彩筆出承明，衣惹蓬萊雲尚濕；仙舟臨楚甸，檄飛江漢雨初寒。三湘草木知名，萬邦文武爲憲。嚴霜倍凛化，日欣臨閣下。東南間氣，館閣名流。筆涌三江五湖之奇，才據龍盤虎踞之勝。蘭臺視草，方士龍入洛之年；赤縣乘驄，乃司馬游梁之後。

維皇南顧，特簡西臺。念楚子原自雄風，漢水方城曾已齊盟乎諸夏；兼祝融本司火政，洞庭蒼梧豈復自外於南巡。沅有芷兮澧有蘭，嗟美人之遲暮；雲爲車兮風爲馬，見公子之來游。望濂溪而訪遺經，伊洛傳真儒之緒；吊赤壁以揚鴻烈，阿瞞銷僭竊之魂。

凡兹前徽君家故物，况夫載酒問南樓月色。欣同庾亮開尊鳴榔，看青草湖光，忽聽湘靈鼓瑟。雲夢九百里全羅相如胸中，衡岳七十峰不出昌黎杖底。惟是遐荒卑濕，民生呰窳以偷安；兼之戎馬雕殘，天灾流行而互至。耒陽不治，難云士元非别駕之才；舂陵未寧，誰倩杜老爲道州之句。

某念載陳人，半生朽質。久遭放逐，潯陽留司馬之衫；濫辱新恩，漢皋擬神女之珮。重游舊地，實愧并州。綉斧朱臨，高山仰止。倘蒙伯樂相馬，飾駑駘於天閑；庶幾公輸掄材，貯樗櫟爲國棟。將見收曹沫於末路，因成壇坫之功；録馮异於將來，未覺桑榆之晚。緣兹匏繫，未遂循墻。敬草蕪函，用將負弩。

賀李總督生子啓

虎節〔一〕垂聲，已見奇勛推帶礪； 熊祥叶夢，復聞奕世重箕裘。當英物奮生之年，正王師撻伐之日。喜溢南國，歡動屬員。閣下三韓閥閲，歷代簪纓。四世三公，象笏簇聯床之盛； 五侯七貴，魚軒逐寶馬之塵。談笑而靖趙邊，名滿雲中代郡； 指顧以開唐祚，功成雪夜淮西。始張幕府於澶淵，領魏博、青淄、宣武諸道。争傳鉅鹿之軍，旌旗曾照長安月。旋錫彤弓於江漢，合百粤、陸梁、南詔之疆。獨控建瓴之勢，鎖鑰全歸萬里城。惟此熊繹之舊封，喜見仙根之挺秀。陶太尉建入州之績，戡亂江東，宜象賢之輩出； 郭令公統九路之師，平定河北，乃錫羡之無窮。鍾星流岳降之祥，胚胎結成將相； 誕南陽豐沛之里，襁褓便是王侯。黄鵠磯頭抱鳳雛，聞聲者如出丹穴； 鄂渚江上奮龍媒，望氣者指爲渥洼。建襄陽之殊勛，前身知是羊開府； 恢武昌之霸業，生子真如孫仲謀。從此白馬誓黄河，爰賴功臣之苗裔； 伫看紫泥開赤社，常襄奕葉之金甌。某三沐將誠願獻華封之頌，一卣馳賀如披玉樹之風〔二〕。

【校記】

〔一〕虎節，《文集》二十四卷本其前有『伏以』二字。

〔二〕之風，《文集》二十四卷本其下有『伏惟鑒茹，曷勝瞻企』八字。

復線伯小啓〔一〕

爵下三韓華胄，百粵長城。《越絶》傳君子之兵，渡長淮而問秦晉；荀卿論天下之將，張舊楚以睨孫吴。玉帳臨河魁，白起原是豎子；鈎陳出紫極，棘門何啻嬰兒。甘、陳懸萬里之旌，衛、霍增五等之秩。在本朝實特典，於先王爲有光。

某一介書生，久愧封侯之相；三湘勞吏，謬叨上公之知。想元王設醴之情，穆生之座未冷；感錢君祖餞之意，太真之酒尚温。顧五月莅潭州，望嶺外之樓船真同天上；乃七年别幕府，想河陽之壁壘如在目中。漢家不棄先零，故勞充國爲方略；唐室遠開六詔，因煩南平以經營。行看杜勒銅標，聲靈遠過朱鳶之郡；佇見鼎將金鑄，山海潛消魑魅之形。遥捧良翰，因風感舊。言念夙昔，搔首如何。逐馬蹄於淮西，濫叨裴公之帳；仰狼封於瀚海，願勒班固之銘。秋風蕭蕭，黄花燦燦。固已身羈長沙之國，心飛尉佗之城矣。

【校記】

〔一〕篇題《文集》二十四卷本作『復線伯書』。

與黄甌湄方伯小啓〔一〕

台臺琮璜上器，奎壁名流。植玉笋於蓬壺册府，食神仙之字；抒牙籌於軍國封侯，推轉運之功。飛輓雲集於東南，見牛車擔石之相屬；謳歌日普於江漢，誠催科撫字以兼收。邇者南荒多事，聖主焦勞。吕嘉睥睨於粤州，未奏戈船之績〔二〕；雍闓跳梁於溪洞，尚勤瀘水〔三〕之師。一切士馬輻輳，冠蓋紛紜。靡不望武昌爲積廥〔四〕，計皆伺方伯以唱籌。常平之米，一時獨重於耿侯；運漕之功，奕世同符於劉晏矣。

某念〔五〕載陳人，半生滯迹，追舊雨於長安，思黄公於江夏。燕闕千里，一别經年。木落霜寒，嗟洞庭橘柚之已晚；郵筒書至，與衡陽鴻雁而并來。念良友於金城，轉瞬還圖麟閣；召明公於華省，回頭即是鳳池〔六〕。

【校記】

〔一〕篇題《文集》二十四卷本作『與黄鷗湄方伯書』。

〔二〕『未奏』句，《文集》二十四卷本作『未懸北闕之首』。

〔三〕瀘水，《文集》二十四卷本作『五月』。

〔四〕爲積膾，《文集》二十四卷本作『而税駕』。

〔五〕某念，《文集》二十四卷本作『弟廿』。

〔六〕鳳池，《文集》二十四卷本其下有『臨楮主臣，不盡覶縷』八字。

與中州朱學臺小啓〔一〕

台臺學富天人，胸涵河洛。精誠辨白下之馬，識匹練於吴門；星宿探黄河之源，鑄群材於梁苑。中原草昧於焉重光，下里文風由斯丕振。治叨産豫州之鄉，久知海内之有文舉；究心誠正之業，敢忘翼聖之有新安。

緣以念載陳人，碌碌戎馬；一麾南服〔二〕，悠悠關河。徒壓班荆，未酬御李。敬因鴻羽，專達典籤。非忝葭莩，敢勞掌記。倘緣愛屋及烏，葑菲無遺下體；庶幾拔茅連茹，賓王利用觀光。〔三〕敢曰小子有造，期今日作狄門之李；毋亦以人事主，爲明公調傅鼎之梅〔四〕。

【校記】

〔一〕《文集》二十四卷本無『小啓』二字。

〔二〕服，《文集》二十四卷本作『荒』。

〔三〕『敬因』以下八句，《文集》二十四卷本作『仰溯高山，調饑如何。敬修片羽，説達函丈。自非中表，敢勞掌記。倘愛屋及烏，采下體以無遺。庶幾拔茅連茹，望上國以觀光』。

〔四〕之梅，《文集》二十四卷本其下有『臨風瞻溯，神與俱往』八字。

與孫理刑小啓〔一〕山東人

明允〔二〕司廷尉之平，春蒸白水；祥刑勤士師之職，道濟蒼生。擲地金聲，久傳《天台之賦》；半天鸞嘯，如對蘇門之游。前以阿蒙〔三〕，甫離襁褓。謬叨寵顧，榮溢圭璋。從此轅下之駒，便成血汗；庶其樗櫟之質，希冀棟梁。

某念載駑駘，蹉跎塵路〔四〕。一官雞肋，匏繫行間。徒盼五雲，久虛三沐。洞庭衣帶，望東海以朝宗；老馬玄黄，借孫陽而增價。

【校記】

〔一〕篇題《文集》二十四卷本作『與孫刑廳書』。

〔二〕明允，《文集》二十四卷本其前有『恭惟』二字。

〔三〕阿蒙，《文集》二十四卷本作『小子』。

〔四〕塵路，《文集》二十四卷本作『半世』。

賀黄布政升太常啓〔一〕

興朝〔二〕鼎鼐，清廟琮璜。竊制作於承明，代傳燕許之手；擬衣冠於華胄，羞稱王謝之家。象笏連床，虎觀接武。譬之飛仙脱胎，無不游蓬萊而栖閬苑；還如活佛救世，有時拔火宅以渡慈航。既視草夫鸞坡，名在敬輿、永叔之上；還唱籌於鄂渚，業與關中、河内比隆。所以朝廷無南顧之憂，將留心於制作；兼之明公有北闕之戀，宜晋秩乎夔龍。叔孫陳綿蕞之儀，遂開西漢文治；桓榮正更老之位，爰啓東都典型。

某荒徼俗吏，草野孤生。紫陌紅塵，回首憶燕臺之舊，同心不啻如蘭。朱陵湘水，撫膺念江夏之知，异地忽聞折柳。比蟹芒之貢，從沼沚以輸。誠緘雁陣之書，向關河而問訊。邀光行李，如再班荆。

【校記】

〔一〕啓，《文集》二十四卷本無。

〔二〕興朝，《文集》二十四卷本其前有『恭惟閣下』四字。

迎柯提督小啓

台臺〔一〕韓、彭碩望，衛、霍雄名。屯田得江漢之心，峴上曾傳羊開府；據鞍定蠻溪之亂，湖南再見馬伏波。銅鐎響而玉露寒，瀟湘秋滿芙蓉幕；鐵騎嘶而金飆發，翼軫星臨虎豹關。三鼓奪昆侖，狄武襄不足方駕；七擒渡瀘水，葛相國佇看齊驅。嗟此羽林之健兒，忽作潢池之赤子。叢祠夜嘯，竟比漁陽之戈；反面稱兵，敢作桂林之戍。義旗南指，赤沙湖草皆春；貫甲星行，朱鳥征鴻不度。

某〔二〕自別大堤，一官南楚。共醉檀谿之月，久識大將旌旗；重逢湘水之濱，遠邁新知杵臼。合江亭上一尊酒，夜來聞興霸之聲；雲母山頭半幅箋，從事傳劉弘之紙。謹介使以通札，聿長跪以緘辭。

【校記】

〔一〕台臺，《文集》二十四卷本其前有『恭惟大將軍』五字。

〔二〕某，《文集》二十四卷本作『弟』。

迎雲撫袁公啓

天意眷西南，甸服開梁州之外； 帝心崇鎖鑰，文昌簡奎宿〔一〕之司。越裳白雉重來，交趾朱鳶入貢〔二〕。恭惟天目儲精，易京濬秀。探秘書於宛委，流玉册金簡之輝； 移仙仗於盧龍，具慷慨悲歌之氣。東漢王基再造，全憑南汝箕裘； 元豐鼎運方隆，復見眉山兄弟。蓬萊殿下風雲聚，丹扆近接金閨； 鳷鵲樓頭歲月深，白簡遥通銀漢。

惟兹皇帝之十七載，會卜純嘏於億萬年。前此夜郎未通，誰謂牂牁可下； 今兹昆明已闢，佇看靡莫來朝。帝曰欽哉，惟夏官爲我再標銅柱； 公曰俞哉，顧微臣敢不誓斷鐵橋。爰頒神駿於上驤，將歷塊過都，衝雲霄而直下； 載賚精鏐於天府，俾投醪挾纊，布恩澤於旁流。持節而遣中郎，筇筰冉駹共隸版章之内； 望祭而勤雄略，碧鷄金馬〔三〕闌入王會之圖。路由燕邸而青而徐而吴而楚而黔，萬里旌旗摇夜月； 時從孟夏之五之六之七之八之九，千山草木正秋風。黄蝶夾朱輪，漏汋城邊餘戰壘；野干避寶馬，梁王閣上半浮雲。攬轡而收六詔之山河，韋令公再奏六成之曲；按圖而索五尺之道路，元微之重歌獻地之圖。

某學愧鷄碑，識慚魚陣。仰絶才於凌雲，聊負弩於司馬；賡高吟於《梁甫》，見渡瀘之卧龍。

【校記】

〔一〕奎宿，《文集》十六卷本作『北斗』。

〔二〕『交趾』句，《文集》十六卷本作『兩階舞羽再見』。

〔三〕碧鷄金馬，《文集》十六卷本作『金馬碧鷄』。

迎雲撫啓

氣肅金擎，帳裏風雲應改色；權開玉斧，米前山谷盡成形。鯤自北而圖南，即是天池舊地；鴻背冬而涉夏，適當蘋末秋風。恭惟某珠蕊名流，蘭臺碩彦。當漢家制度初明之日，適值賈誼挺生；際六朝文字衰弱之餘，乃有昌黎孤起。轉三江五湖於腕下，彩筆怒錢塘之潮；貯燕山易水於胸中，雄陣奪漁陽之壘。螭頭豹尾，十年傳水旱之書；麟閣鳳池，九列重棘槐之上。

始明刑而弼教，既奮武以揆文。

惟予一人，念越裳在重譯之外；眷睠九有，乃百濮少控禦之人。秦開五尺道而置官，漢遣中郎將而授吏。爰歷晋魏，俱隸版圖；即復六朝，亦歸侯甸。自唐失其馭，而段蒙遂生割據之心；至宋氏開疆，而莫靡竟置山川之外。逖矣有元之世，由吐蕃而入金沙；猗歟前代之隆，走烏撒而破曲靖。蠢兹不腆，敢爾横行。渠魁螳臂以稱戈，久作榻邊之睡；我師鷹揚而直擣，忽成釜底之游。顧三路疆宇雖收，而萬姓瘡痍未起。建興戡雍闓之亂，以謝太守不敢輕易留兵；貞觀册龍佑之長，以爲將軍未幾因而遜位。以及虔陀釀亂於天寶，爰興緬甸之師；兼之仁果繼絶於元封，載動巴州之舉。

惟兹荒獷，實藉經營。乃推轂以簡鉅公，遂授鉞而任長子。霜蹄蹀躞，天閑飛下龍媒；白鑼輝煌，泉府流出金液。雷霆震叠，乍沸桑乾之水；日星照耀，平開碣石之雲。中丞節鉞下江淮，念漕河衣帶，忍見東南民力之竭；大將樓船連漢沔，顧長沙邸閣，還憐楚豫財賦之窮。鷓鴣啼處五溪寒，沅芷流伏波之月；芳草歇時王孫去，夜郎留太白之祠。歷夏徂秋，王程萬里；舍舟而陸，客路經年。諸葛洞裏陣雲深，馬首雄圖還八陣；關索亭邊黄葉下，車前霸業笑三分。華陽黑水，梁州聲教，還符尚書之紀；葱嶺流沙，大夏方岳，遠出王制之年。

某才慚畫虎，學愧雕龍。出囊穎以無從，徒自因人碌碌；坐玉關而空老，轉憐爲政平平。

欣橤戟之來臨，知是臨淮壁壘；想節樓之伊邇，如瞻細柳旌旗。執殳前驅，望塵遥拜。

冬至〔一〕上總督啓

日暖〔二〕文昌，八座圖書歸掌記；風清畫省，萬方黎庶待調元。火精霜簡齊輝，麟閣狼標争耀。台臺〔三〕法三光以理陰陽，上公列東面之位；象五岳而節風雨，尚書秉北斗之司。當兹滇黔來歸，正寢兵肆樂之日；况兼吴越底定，乃陽歸陰謝之晨。律已奏於黄鐘，三湘七澤皆南極，喜冬日之來臨。宿應次夫殷昴，珠星璧月映楚疆，見陽升之薦至。

某才窮五技，行鮮八能。識既愧夫桓譚，無能著《新論》以考曆數；學復慚於左氏，每欲因分至以望雲臺。欣逢亞歲休徵，喜見推元妙用。敢云履長有賀，能讀玉燭寶典之書；庶幾周極逢時，竊附易通卦驗之義。望黄鵠而引領，傾耳聞絳騶之聲；對衡雁以南征，翹首見牽牛之次。

【校記】

〔一〕冬至，《文集》十六卷本其下有『啓』字。

〔二〕日暖，《文集》十六卷本其前有『伏以』二字。

〔三〕台臺，《文集》十六卷本其前有『恭惟』二字。

候撫臺張年啓時孫王歸順〔一〕

恭惟台臺：金甌調鼎，玉尺禔躬。泰階曜六府之祥，細柳遥連江水緑；箕疇衍五福之慶，芳梅乍遞楚山紅。聖天子頒曆而紀元，再見春王正月；大中丞拜表而獻歲，適逢萬壽無疆。青陽左个，震序東方。翼軫居離明之位，星分朱鳥。岳列祝融，山川非送暖之司。南詔之閏位來歸，王會圖呈於萬國；夜郎之職方初靖，皇恩溥遍乎三陽。錫彤弓以專征，勛業在五侯九伯之上；歌采薇而飲至，歡聲滿方城漢水之間。將見調一氣以轉鴻鈞，行且開八荒以來燕賀。

某荒陲稱吏，澤國逢年。睹兹歲月之維新，更覺草木之再造。伏願椒盤曉薦，晴嵐霽柏府之霜；惟芹曝輸誠，和露滋蓂階之潤。負冰泮涣，情同武昌之魚；書字翱翔，竊附衡陽之雁。仰惟存注，可勝瞻依。

【校記】

〔一〕本篇據《文集》二十四卷本補。

青詞爲經略洪公作〔一〕

皇帝十有四年，大學士太傅經略洪公，駐師長沙，時以天氣酷暑，軍務殷繁，遂至失調，力疾治事，文武軍民，齋心祓除，蠲吉擊牲，告於岳瀆城隍之神，爲萬民請命。其詞曰：

竊惟天地祖宗之靈，篤生元臣以壽王國，即鍾岡陵松柏之姿，利賴群生，而錫永命。所以《秦誓》思黄髮，用整殽函之師；《小雅》頌元老，聿奏荆蠻之績。惟將相之兼資，在軍國尤爲重事。今者一人御宇，萬國同軌。夔龍輻輳於丹庭，召虎專閫於疆埸。惟我皇上，念滇黔未闢，百粤甫靖，推轂元老，式闢南荒。牂牁夜郎，處處壓來蘇之請；合浦日南，人人倒蚩尤之旗。惟我元臣，體葛丞相之小心，罰不懈於二十以上；具陶太尉之精鑒，事無略於木屑竹頭。以故日旰而食，夜分不寐，公忠殫於國家，捐糜不愛髮膚。兼以地氣卑濕，天道溽暑，寒熱交侵，飲食不進。在事官吏，人人願以身代；合郡父老，家家爲之六祝。維兹明神，爲天司吏，爵秩準之公侯，陰騭參乎造化。念傅説乘箕尾以降，上列星辰。李晟爲社稷而生，旒靈河岳。昔文武兆三齡之夢，上帝云錫；河洛闡五福之瑞，壽考最先。伏願惟神籲帝，爲國延庥。勿藥有喜，茀禄而康。圖上金城之略，趙營平獨稱老臣；威讋契丹之使，文潞公繄惟皓首。外國問裴度之年，四海仰汾陽之福。臣等無任迫虔懇長跽焚禱之至。

【校記】

〔一〕本篇據《文集》二十四卷本補。

尺牘一

與黄學使彤沐

明公一代儒宗，兩河師表。握人間之水鏡，龐德操再起襄陽；曜天上之奎星，蘇子瞻新來蜀郡。某伏處下里，仰止高山舊矣。昔源簡師秉憲汝南，某爲諸生，曾以小試入宛，謬承首拔。正如柯亭椽竹得蔡邕而發响，太行鹽駒顧孫陽以長嘶。士爲知己，報歉王孫，蓋耿耿二十年於兹矣。

去冬百粤得晤君家太平守，蒼梧杯酒，天涯話舊，乃得吾師近狀，今而後，喜可知也。今草昧新闢，人文聿起，昔沛公得天下於馬上，陸賈、公孫通講説《詩》《書》。建武之際投戈論道，范升、衛宏諸大儒稱述舊業。漢家四百年文治托基於兩祖，比於武事，蓋與韓、彭、吴、耿佐命創業諸雄分功矣。

洛邑爲天下之中，五方風氣於茲聚焉。此其責，今日蓋在使君矣。惟是宛汝都會，前史每艷稱之。年來潢池弄兵，中原化爲戰場，聖宫茂草，士子菜色。劉桓公教授江陵，與生徒備列典儀。顧乃素木瓠葉以爲俎豆，桑弧蒿矢以射菟首，今日宛南，得毋似之乎？抑聞之扁鵲之門不擇病人，匠伯之堂不棄曲木。有濟南伏生，不患無千乘歐陽與夫大小夏侯氏也。借司李任君爲道，鄙意校士竣，擬一騎星馳，握手契闊，尚待後命耳。

與王太保覺斯

客歲仲夏拜别燕邸，自桑乾河而南，遥望函丈便在五雲深處。落落游踪，秋來一葉洞庭。霜紅在道，白雁在沙，烟雲輻輳，鏜鞳萬頃。佐以衡陽一帶九面青螺矶硉，八千餘仞横亘零陵星沙間，可四五百里。祝融有岣嶁之奇，葱蘢倒披，蛟螭怒拏。岳麓李邕碑陰森漫漶，捫苔殘缺可讀，俱奇觀也。恨不同公來游，以如椽大手，潑墨濡毫，令此等山川鬚眉皆動，照耀千古耳。

繫馬永陽，甫匝四月，於五年三月内即有恭順王撫黔之請。地方初闢，元猾未殄，某以孤旅創艾重地，濱死者數矣。今大兵已抵岳陽，則楚南、粤北、五溪、牂牁之間料可唾手蕩平，方之古人，如馬新息、柳公綽、段文昌與夫諸葛丞相之烈，知不甚相懸絶矣。

公〔一〕石渠東閣間，校讎國史，當有經世鴻章照耀簡册。某以貴州黎平失陷，奉有戴罪任事漱令安綏地方之旨，只得勉强馳驅，隨諸賢後，奉鞭弭從事。或當仰藉庥庇，展厥尺寸，以無負先達知遇耳。長兒北來，代拜階墀。坐瀟湘樓上，遥望高梁，月色在襟袖間矣。

【校記】

〔一〕公，《文集》二十四卷本作『師相』。

與黄仲霖督學時提黔兵駐邵。戊子夏

岳麓江上，居停倉卒，遂復分袂。西來炎暑，泥雨罥途，五月初旬輒抵邵。邵，召也，即召伯化行南國處。郡城東三十里，蓋有召伯祠，暨甘棠渡云。栖栖旅人，日與兵子語，鮮暇晷。未臨其地，聞棠樹鐵幹銅柯，扶疏四十丈。數人乃合抱之，此三千年餘物也。計宣尼手植檜在曲阜者，遇此可稱阿季。若孔明廟前柏，則盆盎間茉莉、秋海棠耳。容當選期爲此物作頌，付郡乘，不敢遂曰蔽芾三章也。

沅芷爲入黔門户，自當事者聞警入星沙，皮張諸渠乘勝長驅，席捲而東七百里，僞令直逼新化。弟出鋭師擣之，頗獲奇勝。賊以却新寧，苗猺雲起數十栅寨，營壘相望，郡城旦夕且不保。復得我兵間道兼程，出其不意汛掃之，新寧平。武岡爲陳賊困圍凡三閲月，城内粒米成珠，善馬肉爲戰士糧，勢必再難久持。黔旅饑其中者七百人，王兵别無一人應援者，武岡不守，寶慶尚可言乎？寶慶動則衡、永、長沙間盗賊蜂起，直待王師到時收拾，又得半年，此其大可寒心者也。若夫南有何郝，北有王馬，可曰姑置此數子於度外乎？弟命久未見綸音，局外人爲局中持籌，未免越俎。大氐如處漏舟，安危共之，不得不於高明商及此也。

又

述以五十之年交游半天下，自分生平知己二人，則弘農覺斯與新安之黄仲霖也。覺斯下世，仲霖又復遠在天末。述栖遲故山，天南地北，遼絶萬里，不能歲一把臂，如湖湘烟波間，以爲恨此情誠何以堪。每私念仲霖才鋒迸射，如干將莫邪，光芒陸離，辟易萬人，當今罕見其匹，即置之古人兩司馬、揚子雲、劉更生，不足彷其辯博也。若夫通達國體，爛熟史事，上殿如虎，遇事敢言，波濤雲涌，詳委萬端，則陸敬輿、蘇長公、陳同甫諸君難爲伯仲矣。以如此之人，而顧時常蹉跌，不能一日立於朝廷之上，而又皇天不吊，命與心違。江總抱失陳之悲，庾信懷入關之恨。栖遲偃仰，與時浮沉，知仲霖者，能復幾人。而世之不知仲霖者，且謂仲霖亦復官矣。嗟乎！左手挈天下之圖，右手扼其吭，愚夫不爲此，豈仲霖之意哉！

述以戊子投劾，堅卧里門，種秫燒芋，擊缶炮羔，與東鄰老叟共醉，覺即此是桃源。獨恨當世英雄如我仲霖尚多一官，初志未遂，何時得似禹峯？前年忽閲邸報，爲鄉里小兒所苦，亦復歸來，不覺傾床頭濁酒盡一石，曰：『舉世甚大，不能容一仲霖哉！』既而笑曰：『乃仲霖自爲之耳。』仲霖本意遲之數年而後决，夫亦有所大不得已乎？仲霖才名既重江左偏安之際，奸相持權，請劍以斬張禹債帥，犯闕露檄，而討王敦。仲霖不幸，而身預其事，爲當世所指，名則前此一官，所謂聊復爲之耳。今日者可以著書，可以學道，仲霖固爰得我所矣，是真禹峯知己矣。後世之知我兩人從此始矣。荆臺隱士固不失爲前進士，柴桑罷印綬亦曷嘗不入十日哉！以鑒湖游金陵，聞仲霖客蕪湖，書此寄訊。鑒湖仍有所遇於東，諸侯當不吝河北一紙書也。小詩煩作一序，爲遴次而傳之。世之知有劉豫州者，又安得不重念北海哉！

與坦公太司馬時爲浙方伯書〔一〕

燕邸緇塵，紅燈午夜。自别絳帳，彈指八載。每念先生以没朔英靈，爲國家柱石。運值百六，三靈改卜，以致命與心違，與時俯仰，揆厥本懷，良非得已。昔江總持自陳入隋，猶不失爲上開府；李德林自齊入周，武帝至比之爲天上人。他如王景略之佐苻秦，崔清河之輔元魏，其人皆身兼將相，名重國華，又何常不錙銖蕭、曹，幺麼房、杜哉？功業固隨地可見，丈夫一得時則爲之耳。而述老矣，醉尉日呵，馬齒空長。自分不能復有所建明於世，附驥尾而上青雲，安得不重賴先生乎？言念疇昔，撫膺零涕。嵇康雖懶，難忘吏部之知；禰衡本狂，應感北海之表。天地雖大，知己無多，安敢曰歲月滄桑，等之行路哉？

孝源胞弟，壯游武林，便羽奉候興居。鑒湖以通家子弟，旅客江表，知先生必喟然于孝標之著論矣。若谷師栖老西湖，猿鶴爲伴，先生能携尊，燒籜龍，共醉飛來峰下乎？門下士，恨不能奉盤匜左右矣。

【校記】

〔一〕本篇據《文集》二十四卷本補。

與王念尼督學

二別山頭，兄弟各持滿一觴。孤舫南來，黄葉蕭蕭争下。今洞庭木葉復爾，歲月如駛，良晤不可多得，爲之增嘆。弟於黔之役，歷夏及秋，俱在楚中，爲楚疆掃除餘孽，頗費經營。群盗如蝟，山岩險阻，民苗雜居，反覆不常。昔馬參軍謁諸葛丞相曰：『南中恃其險遠，今日破，明日復反，願公服其心。』由今思之，固爲至言，亦由渠魁未除，以致草間椎埋之徒乘隙〔一〕竊發，不但服心之難也。

楚入黔路有三，總以沅州爲第一門户。今常德有王馬，新化有皮張，寶武有陳叛，三路既已不能入，而沅州又爲賊所有，栖栖馬上，鎧鋌生蟣虱矣。北道旌旗，何時可至？或當聯轡夜郎耳。邵爲楚僻郡，目中不見邸報，鄉闈定於中秋否？明珠大貝在漢江之濱，唯使者掇之耳。辰陽寇逼已久，慶餘卧不高枕者数月，近援兵頗至，睥睨無恙可卜也。德安舊廣文張鵬翼以聞父喪北歸，走謁階墀，張風木在念，未免傷貧。吾兄或假一二事，善遇之，惠等麥舟矣。

【校記】

〔一〕隙，《文集》二十四卷本作『其』。

與周元亮〔一〕

南渡倉皇，把臂秦淮。欻爾分飛，於焉十載。年兄才流經通，建牙閩海。往憶庚辰曲江兄弟紫陌雨散，歷落如星，有高岱輿爲宰相，周元亮爲方伯，一進退天下，一撑柱東南，此中大有人，當不復嘆寂寂也。

弟自投袂歸來，返我初服，日與荒餘三老擊缶呼瓮，婆娑伏臘，差足自娱。奈年事催人，蹉跎老去，江郎之才有限，庾公之興日減，安得如我元亮其人與之朝夕上下，飲我醇醪，益我神智，俾後世知有子雲乎？

頃以新野諸生李兆白，緣以乃公明經，昔承喪亂，飄泊甌粵，昊天不憖，委蜕瘴鄉，藐孤黄吻，間關萬里。今欲遠負遺骸歸瘞故山，意欲得彼中大人爲之引手。然後弱息綿力，勿貽中沮，爲執此意，泣訴於弟。弟與明經二十年同學友善，明經以世家子，早慧能文，復長於詩，鮑參軍、潘黄門之流。乃以才子無命，游魂天末，不知平生著作流落何所，弟每私心痛之。聞此子言，則又竊幸，以爲明經有子也。唯我元亮其從臾之知無難者，昔子厚殁柳州，得裴觀察而歸冢於萬年。陳平子死大學，借范巨卿而送葬於臨湘。他如謝家青山因傳正而立石，鄒湛宅西稱舒仲而來詡，皆以恩勤被及泉土，如斯義烈，知我元亮不讓古人矣。

大堤見座中阿鬟，意殊不樂。在將軍筵者叩之，舞袖爲濕。〔二〕嗟乎！元亮爲善不終抑至此哉！夫長沙義姬感少游之情，終身不嫁。江南謝氏爲王肅所棄，削髮洛陽。士也無良，彼姝何辜？若使長沙䜌靴，賫恨岳麓，所謂我雖不殺伯仁也。向寄佟懷東有奉懷元亮詩，刻之五言集中，伏候云云。〔三〕

【校記】

〔一〕篇題《文集》二十四卷本作『與閩方伯周元亮書』。

〔二〕『大堤』以下四句，《文集》二十四卷本作『曩游大堤，見座中阿鬟，香艷絶代，意殊不樂。在將軍筵者，弟微叩之，見其雙泪盈睫，舞袖爲濕，知爲我元亮友也』。

〔三〕『若使』以下六句，《文集》二十四卷本作『倘口血未乾，琴心不腐，當百計爲君圖之耳』。

又〔一〕

甲申〔二〕江表，把臂金陵。倉皇藍縷，歌載以哭。一别如雨，荏苒十年。私念我元亮穎根慧業，姿具天人。匡廬河洛，兩地英靈。早醉曲江，摶風萬里。房玄齡之相業，起於關中；鄧高密之侯封，始此河北。元亮快際風雲，名登帶礪，同榜兄弟，得元亮一人可以不恨。

不才如弟，磨蝎在命，斥鷃學飛。縶馬永陽，未及匝月，三王南征，遽題黔撫。殘兵三千，夜郎百戰，裹血出圍，牂牁水沸。乃李廣數奇，馬援謗興。一落泥塗，摧頹莫振。每拊髀而流涕，或覽鏡以生慚。蹉跎老矣，歲月幾何？當今西南用兵，六詔百粤之間，蘖牙未靖。裴度、黄裳之業，惟我元亮努力爲之，勿徒作署尾宰相也。弟事承巇犖提攜，牒兩使者，顧念夜光之珠猶逢按劍，凌雲之賦尚待吹噓。側聞棨戟直走大梁，倘邀元亮一言，寒谷生春矣。詎止河北藩鎮欽元公一紙書哉！

夫翟公門冷，平陽客散。物理升沉，古今載唏。弟與元亮，三百人中氣誼最篤，琥珀草芥，不足云喻。夫黨錮不解，賈彪爲之西行；然明沉廢，皇甫因而上書。知我元亮優爲之，否則元亮而外禹峯結舌久矣〔三〕。貇年來著作，幸付來伻，以當閩海方物可耳。

【校記】

〔一〕篇題《文集》二十四卷本作『與周元亮書』。

〔二〕甲申，《文集》二十四卷本其前有『弟而述敬致，書元亮大中丞閣下』十三字。

〔三〕久矣，《文集》二十四卷本其前有『曩在大堤，晤吴姝娉婷絶世，座間言及元亮，雙泪交流，魂魄無主，今珠還否？元亮風流蓋代，此事曷遂悠悠付之。倘復相念，此君尚艤舟魯山，弟當竭力效力微勞，不則相如笑人矣。若使長沙蠻靴，賫恨岳麓，所謂我雖不殺伯仁也。向寄佟懷東有奉懷元亮詩，刻之五言集中，伏候萬安』數字。

與江司馬長四先生書〔一〕

曩者飄泊楚江，草昧藍縷，輿臺爲伍，言笑無歡，欣逢先生，節鉞遥臨，得叨函丈，恩勤教誨，有逾骨肉。别來渭北江南，奄歷寒暑。某以遭時不若，屢罹多艱。楚儌未已，屬有夜郎之役。群盗如麻，身經屢戰。逢彼之怒，致遭彈射。得以偃蹇故山，遂我初服。仇我者等之生我矣。每憶晨風，徒勞夢寐。坐念安石不出，蒼生何賴。如某等者，誠當碌碌耳。偶緣包際霞一事，敬塵記室。先生千古人，仲連之事，知所優爲。賈彪有言，吾不西行。黨錮未解，是在今日矣。際霞以先帝末年，避亂南游。竄息炎荒，顛躓萬狀。去歲王師入粵，投誠當事，給以印票歸里，於冬杪乃抵家園。子卿歸來，鬚髮皆白。兼之陶潛脚疾，非籃輿不行。老病相尋，抑何憊也。具有復業呈詞，申詳道府。蒙撫軍吴公批道詳，中須有鄰里甘結上報之語。際霞聞上報之言，不勝駭畏。以爲流離頻年，僅存皮骨。且以桑榆之景，參秫爲命，恐萬一有赴京之事，則此藥物餘生，苟延卧榻，步履既難，亦復不任車馬，恐旦夕先朝露填溝壑。則天末歸鴻，首丘無所，誠可痛矣。遥聞先生與吴公祖相得甚歡，專懇向吴公處緩頰免報，其厚幸也。或不能不報，就報中代言其龍鍾佗傺之狀，得自比於齊民老死田間，斯人没齒且不朽矣。

【校記】

〔一〕本篇據《文集》二十四卷本補。

與吴天目

丁亥長安，與我天目蕭寺共醉。紅燈灩瀲，白雪繽紛，是何等時耶？未幾，我馬南征，子輪北滯。楚水燕山，迢遞萬里。杳杳魚鴻，風鶴爲阻。不才而述朱紱幾何，動應白簡。牂牁之郡未開，中山之篋已滿，而彭子歸矣。自此隱身屠釣，潦倒長干。營菟裘於西山，庶幾高郁；披鶴氅而跨黄牛，不愧梁震。殆絶口不復談天下事矣。惟爲海内故人素與肝膽性命相連者，縈結不能盡去，則未有如君家兄弟死生存亡之在念者也。念我横溪以賈洛陽之才而有陸士龍之遇，嗟乎！才子無命，抑至此哉！然李固死而有渤海王調、汝南郭彦爲之貫械上書。杜喬死而有陳留楊匡爲之號泣星行。道義之感人，故舊之俠烈也。禹峯等愧死矣，不有天目横溪，其能不寃呼地下否耶？每有良朋，况也永歎，爲天目賦《棠棣》之詩焉。

今天目爲太守，且徽州太守矣，不知者以天目之才、天目之識、天目之膽爲之。我則曰：『此天目之義也。』義則可以籲上帝而泣鬼神，可以通九五而感同列，彼一官何足榮人哉！有兄之叩閽，則可以知弟死之受枉，有兄之賜環，則可以知弟寃之已雪。如天目者，真當求之古人矣。臨節義而争死，當患難而讓癯，又何足多哉！鑒湖自嶺外挾其二人與其兄孝源喪歸，間關萬里，荼毒一身，曉然人倫之際，有天目之遺風焉。扁舟吴會，投刺故人，天目能不爲之動念哉！新讀皇詔，二三知己乃欲以放逐之人彰之啓事。襆被蕭然，長安珠桂，天目幸助我便風一帆，直達滕王閣下，是王子安見長之秋也。雖然，禹峯亦爲此言，天目必笑之。然非天目，禹峯必不能爲此言也，天目哉！

與衡州道張宜男

石鼓臺上，殘雪蘭膏夜話，飲冬青酒，大醉，殊樂，此事別來已三年矣。仁公丕績弘茂，名在朱陵。他年叔子片石，與祝融争高，俯視岣首培塿耳。

弟自返初服，栖遲隴畝，與襏襫父老擊土鼓傾瓦盆，南望湘水，未嘗不思公子也。茲緣新野馬太史有女在馬鎮處，聞大將軍物故，諸姬俱已分散歸宗，此真盛德事也。弟與太史公之子雲孫，蔦蘿相因，不得不勤禬恤之義。但孟嘗合浦，珠返無期，雖當事者，曾有成言，恐邈隔千里，事有中違。〔一〕稔知仁公與幕府諸公深相友善，倘不惜片言九鼎，令此女生還玉門，即太史公地下能忘所報哉！昔文姬遠涉沙漠，得魏武爲之贖歸，再適董祀。雖與中郎曾有舊好，要以義俠所動，不忍先哲血胤淪陷他族。此其事再見楚南使者矣。

【校記】

〔一〕『蔦蘿』以下八句，《文集》二十四卷本作『爲弟兒女親，念天屬之誼，意圖珠還，千里馳使，與其當事者，曾有成説。但恐事有中違，不護竟如前議』。

與李保庵

某郎官湖上扁舟粤來，逆旅酒脯，敢勞下執事。揮手曰歸，猶蒙繾綣，訂以荆州之約。仁公氣誼隆重，鉢心矣何足言感。自抵里，塵坌蝟紛，應酬兩月，男子張君嗣頗爲勞頓，况非丞相長史乎？頃有客自武昌來者，聞和鸞已入郢上矣。白雪城中，復有宋玉其人者。鼓枻西來，大堤之曲在耳。交甫之珠耀眸，伏龍、鳳雛或且拜公床下。於以張楚，當有進於漢陽。諸姬者幸爲某言之屬，又有西粤之役，計日且就道矣。舊弟子幾人蹉跎，連年不甘自棄，希將昂首天衢，鼓浪龍門，借我晨風，脱彼毛穎，惟台臺留意，所謂梗楠豫章，必歸匠石者也。江水不寒，息壤尚在，蕤賓前後，圖晤匪遥。

答史閣部道鄰欲聘書（一）

相公閣下：九廟依畂，三靈憑式，念高皇帝櫛沐提封，三百年所，一旦星隕海飛，圮絶乃祀。自非先生手闢中興，力襄再造，則江南此日不可問矣。嗚呼！興師問罪，削平禍亂，上妥九廟之靈，下開萬年之業，此子儀、光弼、李綱諸君之烈也。竹帛盟府，光贊之矣。

某梓裏末學，仰止高山，作令邊城，闌珊一載，毛檄幾何。潘輿莫待，間關千里，自荆棘豺虎中，避亂江左。客武林時，讀先生宗社危情一檄，此太原勸進之表，而興元哀痛之詔也。敬業操觚，武曌奪魄；陳琳搦管，阿瞞頭痛，不足言矣。顧念草土之人，無復四方之志。有公等在，天下事尚可爲也。方抱膝燕闕，捧誦良書，言念蓬蒿，拔起方任，共奬王室，知己之感，其曷能已。顧禮有所不可逾，而情終有所不可奪。苫塊餘生，無復生理。知先生有以洞見此心矣。

【校記】

〔一〕本篇據《文集》二十四卷本補。

與然石

黔陽别棹，群盜如毛。鷄矐對酒，鷓鴣亂啼。鴻影參差，猺烟羃䍥，當斯之際，誠難爲懷。彈指八年，離愁十斗，不謂伯氏遂成永訣。感血屬之同氣，念患難於在原。依徙短鬢，誓結來生。有弟及壯，羈旅天末。搔首東南，縈魂海嶠。兩次游楚，里門闃然。驛書萬里，忽賁今春。况有阿咸鬫縷數紙，自念年來摧頹，功名不立，撫枕中夜，覽鏡徬徨，蓼蟲桂蠹，行當衰朽。然石春秋正富，有才如海。策杖河北，正鄧禹封侯之年；破敵江上，看淝水成功之日。箕裘勿替，丕振家聲，是在吾子。隨、陸不武，絳、灌無文，待吾然石起而兼之耳。

屈平之賦乃在放廢，虞卿之書成於窮愁，凡古人之卓犖自命者，類有德業散見於世，不屑以文字成名。其以文字成名者，大都皆不得已者也。相如有開西南夷之功，而竟以賦掩。右軍有止殷深源北伐之略，而乃以書傳。豈二公之心哉！即此推之，李贄皇不由科第，司馬君實不工四六，此古人三不朽之業，所以屈立言於二者之下也。頃讀來書，則然石所不足者非文矣，努力建豎，勿負良時。晤乾震長夏人淑亦以此言告之，無以老耄而舍我也。

與吳若谷師

甲申春夏，南渡倉皇。扁舟武林，追隨函丈。時值險阻，多蒙卵翼。言念德音，有逾生成。自不奉教，於今十年。聊浪三楚，蹉跎兩鬢。朱游徒髡，無補蕭傅。京房未死，有愧焦公。進退無據，身世多慚。每望南雲，中情百結。向讀邸報，見吾師久彰啓事，堅卧東山。昔當塗既燼，楊彪不起，典午云亡，徐廣流涕。吾師名儒，舊德照耀。古人仰止高山，繄惟門下小子哉！偶因李生便羽，奉候興居，勉慰加餐，神與俱往。

與胡總督書〔一〕

峴首分袂，雅意殷殷。前荷良書，奬拔實深。羈栖湖南，不覺歲暮。讀邸報，見節下榮膺帝簡，總督川湖。聖明南顧，樞密得人，蕞爾滇黔，唾手版圖，天下自此定矣。唯今辰陽方開，已控滇黔之喉。若得勁旅一枝，直搗武崗，則黎靖沅沚，即成破竹之勢。不腆孫逆，一鼓成擒矣。此其事唯明公能辦之。皇上於群議之外，獨懋特簡，此一統之業將成，而進取之機甚鋭也。會見潁川永昌之芳躅，於明公再見之矣。

某蹉跎半生，壯心未燼。將欲附驥尾以成名，干青雲而直上，不能不重望於明公矣。昔唐室靈武之勛，成於郭、李，乃臨淮實汾陽門下；宋家西夏之功，成於韓、范，乃希文實魏公所薦舉。明公當世英雄，不讓古人。某優游鈐閣，帷幄左右，深蒙國士之知，未效一割之用。私心實用耻之。鄧伯華策杖河北，而興竹帛之思；劉豫州流落荆南，而發髀肉之嘆。豈徒然哉？夫亦謂知己不多得，而時乎不能再來也。惟明公何以爲某策之。

【校記】

〔一〕本篇據《文集》二十四卷本補。

上經略書〔一〕

述頓首相公閣下：時維鼎革，興王崛起，必生碩輔，替襄草昧。惟閣下以師臣之尊，當樞相之權。夔龍方虎，合成一人。德業威名，曠代無二。述自成童之年，即抱執鞭之願。昔韓愈備員於裴公，遂成淮西之烈；蘇軾上書於文潞，願稱門下之士。不敏如述，竊聞斯語，顧以十載蹉跎，幾誤一生。今幸天子聖明，俯從人願，得邀綸綍，叨附門墻。惟願閣下壯猷懋建，早定南方。列夜郎而作縣，鑿昆明以爲池。山河帶礪，鐘鼓式靈。述得勉效尺寸，竭蹶鞭策。分竹帛之餘光，附雲霄而直上。是所厚幸矣。

【校記】

〔一〕本篇據《文集》二十四卷本補。

復趙掌院洞門書〔一〕

草茅外吏兩游京華，造謁龍門，深荷吐握，感不去心。每念先生鯁骨讜論，朝野想望其風。以元祐之舊德，作甘陵之表帥。公道在人，九重眷注。旦晚黄麻涣汗，誕膺爰立之舉，爲蒼生慶霖雨矣。

某流落十年，重游舊地，念從前心迹未明，行能無所表見，意欲鞭策末路，爲桑榆之舉，而時命不偶，栖遲如故。好我如先生，何以爲駑駘計之？

【校記】

〔一〕本篇據《文集》二十四卷本補。

上高郵相公書〔一〕

相公閣下替襄元化，弘濟蒼生。房玄齡遇主於關中，遂肇貞觀之政。鄧伯華從王於河北，爰成建武之勛。况復以平章軍國之司，兼冢宰常伯之位。考三載於舜綱，準八法於周官。世傳光庭之選舉，再見山公之啓事矣。

某鎩羽連年，蹉跎半世，緣心迹未明，將欲用所未足。嗟桑榆之已晚，走承明而上書。謬蒙閣下，力申公道。拔之泥塗，更荷皇恩。重游舊地，此毛君脱穎之年，祖生著鞭之會也。自渡洞庭，忽焉改歲，乃機緣不偶，坐縻時日。郎官之首空白，將軍之數自奇。中夜彷徨，殊生髀裏肉生之感。仰負生成，我勞如何？自念早歲羈留心幹略。壯傳介子、班定遠諸君之爲人，亦欲立功閫外，傳名竹帛。不謂歲月不居，漸成老大。一墮世網，便去十年。人生幾何，能禁此等消磨耶？鬱鬱久居此矣。

閣下於某起死而肉骨矣，尚望始終爲某計之。若猶是碌碌，公等爲平原賣漿之客，某亦不能

【校記】

〔一〕本篇據《文集》二十四卷本補。

與提學李素心

文旆過宛，校讎之餘，星軾遄發，草草追隨。仁公世誼隆重，古道照人，真覺斷梗腐株，一經丹雘，輒與豫章增價。兒搏黄口，俯承接引。昔北海弱齡，通刺元禮之門。仲宣蚤歲，倒屣中郎之座。政恐始而如狼，繼而如羊，遠愧古人，有負子將識拔耳。炎暑流汗，披讀法書，何啻伯英十紙，焕若神明。浮雲驚龍，釵股漏痕不足，方其渾脱爲兒輩觀型，庶幾毛傳、鄭箋哉！异日推本所自，則韋誕之於陳留，錢懷素之於鄔兵曹也。秋初有共城游，百泉沸珠，古樹屯風，當與仁公坐卧其下，以當平原。

與戴巘犖

八年離緒，對酒中宵，唾壺方殘，如意隨舞。東方白矣，主客徑醉。豈止齊贅八斗，平原十日哉！足下以人中龍象照耀下國，正如仙籍謫來，結成太白，歲星下賁，是爲東方文士左官，古今一轍。柳河東不至永陽，則鈷鉧潭至今一蹄涔耳，誰復知之者。子瞻不到黄州，彼赤壁石原在嘉魚，何遂得爲子瞻有哉！南陽此後，草廬白水增高深矣，巘犖之來焉可少哉！郡邑乘文獻所關，亦必待大手筆纘成之。山西志强半在弇州之文與詩，以弇州曾爲彼中觀察。滇南志則全出升庵之手，以升庵在永昌時爲當事辟聘。故能成此盛舉，後之觀者，不謂秦無人。是在足下經碧箟詩，古鏞噌吰，一洗靡曼之音。是父是子，彼孝威者恰足鼎峙。近日僞景陵輩肉袒，牽羊道左恐後矣。

又〔一〕

屬逃暑山塢，茅檐溜雨，捧讀良書，兼披紈扇，知台臺愛我渥矣。霖結彌旬，坐頹垣敝椽中，恰似公孫在白帝城時，幸不令伏波見耳。

十八日，雨尤劇，水從析酈至爲湍刁之源。約以是夜之四鼓，抵郭外。四野喧豗，如萬馬行聲，達於枕上。黎明乘陴觀之，白練汪汪，一波千頃，村落竹樹如萍如薺，居人皆縛筏曳木枝上，如星如蜻蜓。原者隰者，有高四五尺者，有高一丈者，水以是爲差。世傳廬山之瀑，廣陵之濤，較此不知何如？以予所見岳陽樓上八月洞庭庶幾似之矣。《春秋傳》曰：『秋，大水，無麥苗。』解之者曰：『周秋五月也。以今後六月計之，五稼盡矣。』小民卒歲之謀，縣官之租，二者交病，恃在當事，惻然念及，繪監門圖以蘇此重困耳。州守率丁男具畚鍤極力堤禦，城不浸者三版，不則鄧其魚矣。守公弘材精心，劑以慈腸，不腆三甥之穰，漸爲起色。惜荒廢之餘，閭左烟寒，兼以屯兵驛絡，斂賦艱辛，不足展其驥足耳。

宛景詩粗成，佐以五言十首，皆奉懷所由作也。别幅請教，後來便羽置之郵筒，既不浮沉，又省從事。經碧詩蒼雄沉鬱，大有少陵之風。少陵詩，人謂其出於阿祖審言。則經碧者，固近取之若翁耳。

鄧志已有草藁古本一專，竢來命便鳩集成書，付之劂氏，以供輶軒，坐鳳仙花叢中，新霽五色灼人，苦不得良友美酒。寫書罷，傾倒大醉，爲之起舞。

【校記】

〔一〕篇題《文集》二十四卷本作『與戴巘犖書』。

又〔一〕

飛觀翠袖，驪歌征魂。黄葉槭槭，秋蟲唧唧。旌旗雲擾，鼓吹山沸。當斯之時，君入承明，我返故廬。新雨如絲，客泪如霰，况復多情，何以爲懷？自鸞聲漸遠，款段西馳，某即於故山猿鶴，刑牲釃酒，結爲死友。悠悠薄俗，知心有幾，覺孝標絶交論猶有未工〔二〕。念我巗犖投分以來，知入道之難，且知入世之難也。私心自慰，巗犖真師表我乎？華髮如星，年事將暮，而始聞所未聞，見所未見，在巗犖不知於世人何如，某竊以爲得於岩老者爲逾涯矣。何必王充《論衡》，始稱异書异人哉！

九月廿後，栖托鄉庄，良書適至，良朋念我至矣。三子俱戰北而歸，五兒黄吻更蒙垂念，但恐小時了了，大未必然。經碧伯仲俱天下才，尚未見北雍賢書，知阿弟一舉負青冥矣。

【校記】

〔一〕篇題《文集》二十四卷本作『復戴侍郎書』。

〔二〕未工，《文集》二十四卷本其下有『某交游海内二十年，前有覺斯，今有岩老，平生肝膽性命，止此矣。某自巗犖去，復意興索然』三十五字。

與庚生

弟自一落泥塗，摧頹莫振。短髮如星，壯志灰壤。然大丈夫塵視纓組，顧出處鞅轍，不可不暴白於天下。〔一〕弟事顛末〔二〕具小揭中。長安此來，自恃曲江兄弟台鼎有人引手。雲霄剖雪前眚，首惟大司馬是望。乃銀臺喉舌之地，因鬼實難。咫尺不得見天子，昔人所痛。計惟有長沙之游，可當背城一戰。中樞政府，既相表裏。而一以宰相行師，一以樞密運籌，同功一體，情事實然。昔子厚貶竄，推挽無人，昌黎所以致嘆；張奐除籍，公論難掩，皇甫因而上書。執事國家柱石，凡事從公忠起見，弟所以責望執事者，正以其公忠也。屢奉明旨除大計，城池而外，皆得昭雪。今自陳既已無路，而當路又無代之言者，舍執事誰望乎？況南方卑濕惡地，高明裹足。而又鬼方盤瓠，叛服不常，今何苦孜孜爲言哉！此其意非爲温飽明矣。或者亦欲乘時展布，立功名於竹帛以報知己耳。陸賈，孱儒也，而有定南粤之功；相如，賦才也，而懋開夜郎之績。況夫磨墨檄盾，貫甲穿札，合并而成一人者也。執事又何惜此咫尺之書，令某立功萬里之外，不使文成威寧諸公擅美於前乎？惟大司馬垂照焉，不宣。

【校記】

〔一〕『然大丈夫』其下三句，《文集》二十四卷本作『然丈夫官不可作，心迹可不明』。

〔二〕事顛末，《文集》二十四卷本作『始末緣』。

與劉輿父

乙酉鼎沸，旅泊江左，得尊公借栖一枝，即次之安。爰得我所，每於晨夕曠論劇談，上下千古，各有江左夷吾之意。倉卒言别，豈謂遂有今日。次尾化碧，尊公〔一〕亦復乘箕。言念江東舊游，强半鬼録，輒生山陽之感。輿父鴻材，著書不墮家聲，近見子班亦復楚楚，伯宗、次尾兩先生爲有後矣。

某進退無據，蹉跌半生，今老矣。潦倒朱陵，事與心違，計拂衣歸里，只在今秋。倘得江漢風清，扁舟東下，盡携生平小草，借輿父爲我甲乙，付之棗梨。立言一事，雖不敢妄擬古人，然男兒生世，適當此時。既不能宣壯猷，立殊勛，與蕭、曹、寇、鄧諸人争烈。又不能逃名深山，猿鶴爲伴，甘與麋鹿俱死。區區以三寸不律與慧黠小兒争不可知之名，於千秋之後意悲而心苦矣。十五國風，斜川行得附群公之後。輿父知言哉，然而某報斜川矣。

【校記】

〔一〕公，《文集》二十四卷本作『大人』。

與許菊谿書〔一〕

丙申春杪，自里門送親家鄭鄙之南。君飲建業之水，我逐衡陽之雁。招提斗酒，抆泪相别。吴頭楚尾，欻爾三載。客潭之日，讀邸報，知爲亡賴李官所詿誤。倉猝軍中，瑣瑣旅次，未遣一介奉訊，抱歉至今。臘盡抵衡，突豨適至，百事蝟集，窘急萬狀。先是有童僕不戒，以牽馬小事，致釀邑人之灾。幸賴餘庇無恙。然地方兵馬之衝，猺苗窟宅，梟瓠習氣未化。官其地者，真尹猿狖。一二守令，復不湊手。早知如此，何必多此一出，方圖所以去此矣。親家才力福命十倍於弟，目前小眚，前旨已自昭然，以兄之退局，當弟之進步。十級而登，猶如甌寠之望泰岱。時乎不再來，如天下蒼生何也。

【校記】

〔一〕本篇據《文集》二十四卷本補。

與王藉茅書〔一〕

客歲春夏間，曾有一札托楚糧使者，賫去建康，此後亦不見此君回信，則真到石頭城矣。每思陸敬輿、蘇子瞻輩，皆以沖年膺主眷，入翰林，一時推爲文章宗匠，乃出而佐主行間，剖符治郡，所到之處，才鋒輻輳，經濟聲華，老成人之所不如。今日取似我藉老，古人可作矣。於越勾吴之間，薦紳委巷能言之，非一人之私言也。

弟自乙未春明，與我藉老握手言别，羈栖楚中，又復兩歲。去冬乃承乏衡陽，何物老苦，突如其來，雷霆之威，虺蝎之性，令人人馬辟易易數里。計芻糗庵間之費，米鹽瑣細之物，以及供給應付之役，取辦於旬日之間，荒殘之地，官同厮養，民不堪命矣。私笑賈生當文帝之世，不屑與絳灌爲伍。汲長孺揖平陽，漢史以爲美談。二公不知生今之世，又當何如也？長安米珠薪桂，得蒙緩急之惠。此誼何減管鮑？專役馳候，殊愧遲遲，實木瓜之罪人矣。

【校記】

〔一〕本篇據《文集》二十四卷本補。

上湖南直指書〔一〕

職某疇昔不揣謭劣，妄欲有所建明於世上者，得如陳湯、甘延壽諸人，立功絶塞。下者則如馬遷、丘明、董、賈諸人，著書立説，以有聞於後。不謂負數多奇，蹉跎以老，二者交譏，進退無據。

自到朱陵，得沐先生青盼，是海内猶知有盛孝章也。翼奮其伏櫪之志，以收功於桑榆，將欲用其所未足。

而今先生行矣，人生知己不多得，某亦從此逝矣。處荒殘決劇之地，百事掣肘，而又日與絳灌爲伍，誠不能鬱鬱久居此矣。有可以爲某善去後之策者，或不吝緩頰當事之前乎。倘得秋風一棹，永遂柴桑之願，异日名山之業，以報知己，則先生爲我桓譚矣。茫茫江漢，把晤何期？身雖羈旅祝融之麓，而心已隨片帆飛建業之東矣。

【校記】

〔一〕本篇據《文集》二十四卷本補。

上偏沅開府書〔一〕

自大師西征，沅靖一帶迎刃而解，壯謀雄烈，遂闢黔中。淮陰定齊，唾手七十餘城。馮异入關，赤眉瓦解，异世同符。沅芷爲西南絶徼，地氣復與長沙桂陽諸郡不同，尤望加餐珍重，蓋萬里長城所系矣。

【校記】

〔一〕本篇據《文集》二十四卷本補。

與楊猶龍書〔一〕

頃入國門，從藉茅處，讀先生制作，蓋代才也。騷壇牛耳，狎主齊盟，意在斯乎。自别元禮，馬首分飛，見台節鎮晋陽，爲神京右臂。吊開皇之故宫，尋尹鐸之殘堞，孟門太行，飛狐倒馬，揖拱几案。龍門藏書，河汾遺簡，不足供其吐納矣。弟潦草南征，因人成事。苗壘鬼方，展布何時，難爲知己道也。往游并州，有《狄梁公》《三堡》二作，倘公餘搜志乘，取之荒烟蔓草中，爲付棗梨。俾弟筮仕舊地，一片心血，得借明公以傳。回首長安，息壤尚在，知不忘季諾耳。

【校記】

〔一〕本篇據《文集》二十四卷本補。

上經略雲貴情形札〔一〕

雲貴一道，漢唐以來，皆入職方。其進取之路，必先由黔中。明太祖十四年，始由黔開滇。黔今貴州，滇今雲南也。永樂十一年，乃置貴州土司郡縣。先是貴州原隸川湖，今本朝定鼎十三年，餘孽孫可旺，憑險負固，以雲貴爲窠穴，湖南兩粤，每歲用兵，迄無寧日。所以然者，雲貴爲湖南兩粤堂奥，湖南兩粤，雲貴之門户也。故雲貴未下，則湖南兩粤非重兵不足以守。雲貴既開，則湖南兩粤，不守自平。此一勞永定之計，開國帝王大一統之弘規也。

某讀史，見唐蒙、司馬相如諸人，皆以書生建旄，置牂牁郡而開西南國，未嘗不心慕之。幾欲投袂而起，志在封狼居胥間矣。顧以半生偃蹇，十載沉淪，推挽無人，坐失機會。只今聖明南顧，推轂元老，王侯將相，半出門下，非閣下無可以奮功名者。以故請命南來，側身幕府。既懷知己之恩，復感國士之遇，謹因論雲貴這事，聊綴蒭説，用供葑菲之采。惟閣下不棄駑駘而教之。

【校記】

〔一〕本篇據《文集》二十四卷本補。

與開封守朱公書〔一〕

中原腹心，梁宋舊都，兵燹薦至，河伯不仁。汴民其魚，夷門壑矣。明公五馬遥臨，荆蓁漸起，邇又全堤底續，宣房築宫，良二千石，厥功懋哉。

【校記】

〔一〕本篇據《文集》二十四卷本補。

與汴司李吴菊存書〔一〕

維丘旅夜，秋月如珪。覼縷相宣，蘭膏共醉。甫離河橋，又承祖餞，調運何渥也。兒輩嬰疾臨場，以致蹉跌。自恧溝斷，有負丹黄。衰顔如弟，坏户十年，猿鶴夢穩，謬蒙山公之舉。又有伏波之游。滇黔未下，軍書如雨。才愧韓愈，竊附晋公以行。略慚陸賈，願平佗尉而歸。綆短汲長，有識攸笑。仁公當世管、葛，盱衡時事，胸盤成局久矣。鴻羽有便，幸爲教之。

【校記】

〔一〕本篇據《文集》二十四卷本補。

與郭按察書〔一〕

憶昔江夏草昧，得與仁公共事，掃除艱辛，藍縷之中，且忽忽十年矣。昨歲郢上，遘逅良緣。復得一申肺腑。念切故人，綈袍云贈，綣言江樹，情深漢水。仁公以清霜紫電之才，當龍翔鳳翥之會，持斧南紀，萬邦爲憲。行且望鼎鼐以調梅。徵星辰而聽履，弟襪才碌碌，無所短長，放逐餘魂，壯心都盡。都以十年舊游之地，對此老態婆娑之人，補救無術，面目可憎，仁公愛我，不啻同氣。倘緣稱引夙昔，不忘杵臼，左提右携，免於垂斁，則鮑叔不足言矣。

【校記】

〔一〕本篇據《文集》二十四卷本補。

與荆門鄭總鎮

見可而進，知難而退，武之善經也。功成名遂身退，立身之善教也。古來得此道者，惟鴟夷、子皮與韓氏、子房耳。不謂今日復得將軍，惟是荆門國之西門，將軍世之名將。自鼎革以來，與巨寇相持已十四年。此中山川形勢，賊之情僞，將軍悉之矣。滇黔未闢，歸巫之間眈眈虎視，將軍一旦遂其高，拂衣而去，誰能當此任者？劉越石守太原，祖士雅守雍丘，韋節度之鎮成都，陸都督之鎮西陵，多者十餘年，少者亦不下數年，當時豈更無一人焉可以代之。而朝廷之上孜孜焉，不肯舍者，則以非諸公莫辦此耳。將軍今日之荆州又何异乎？取鯨鯢而戮之。滇黔既闢，京觀用築，則是大將軍角巾湖上之日也。

與澤州馬孝廉

鐵騎濁河，羊腸東竄，亂山峭崒，絶壑谽岈，周回萬里，迤邐十年，俯仰今昔，有同隔世。向讀三晋賢書，知門下奮飛秋雲，爲知己稱快。明月照乘，不乏連城之價。霜蹄千里，自有市駿之人。故人老矣，扶風之道大著。是在康成、揚雄之文不死，賴有鉅鹿耳。

與汪翰林煉南

風塵下走接讀馬遷之書，如對木難火齊。小草數行，不揣謇薛，請質座隅。譬之蟲羽之響。或以脛鳴，或以注鳴，置之鐘鏞之間，非其倫矣。文章出詞翰圖書之府也，外是者固可寬論乎？

與張湛虛前司馬書〔二〕

丙戌殘臘，雪夜痛飲，屈指前游，又復十稔。何况南度倉徨，灑泪新亭時乎。先生故國柱石，名同韓、范，時逢百六，永賦白駒。龔勝、楊彪諸人，輝映千古。中州不有先生，嵩河黯然。某近游元禮之門，且二十年。出處無狀，蹉跎日老。又有湖南之游，猿鶴笑人，不足爲先生道。路經錦里，口占四詩，聊展契闊。行色匆匆，恐唐突爲勞。專役叩候，殊爲依依。

【校記】

〔二〕本篇據《文集》二十四卷本補。

與邵武馬都督書〔一〕

鼎革之交，天造草昧。乘時以建殊勛，遇主而奮鴻名。此豪傑之士，投袂而起，不甘與草木同朽，進取而有爲也。蘭谷束髮從戎，歷戰有聲。當聖主之龍興，解甲而識天意。在昔王常率下江之兵，以從世祖。英公投黎陽之戈，而向關中。不是過焉，至如創闢閩海，用遏東南，吕嘉授首，九郡皆清。盧循就擒，瘴鄉無恙。凡此膚功，具在司勛。勒名景鐘，用彰帶礪。則知聖主拊髀而思，未嘗一日忘鉅鹿也。

弟少負不羈，頗有封侯之願。顧時命不偶，蹭蹬老去。所望海内知己，共此心期。凉風天末，殊增摇落之感。心中如結，不能悉宣。

【校記】

〔一〕本篇據《文集》二十四卷本補。

與彝陵張總鎮書〔一〕

史稱公瑾雄烈，膽略過人。又云人與公瑾交，如飲醇醪，不覺自醉。合二事一人觀之，公瑾而外，不可多見。今日西陵張將軍，殆庶幾焉。蠢兹西氛，牙孽未平，我師蓄力已久，飲馬昆明，計在指日，唯將軍勉之。男子值此時不封侯，只虚生耳。

【校記】

〔一〕本篇據《文集》二十四卷本補。

與張爾公書〔一〕

某作諸生時，即知海内有所爲爾公先生云。爾公名重鷄林，著作行世，如火齊木難，見者知欽。某私心嚮往，欲得一串杵臼之誼，藏之中心久矣。不獨孔文舉知有劉豫州也。頃得次尾長君，悉先生近狀，始知客白門，操三寸枯竹，進退天下士。且校讎古今文苑，用付名山。當今手執牛耳，與群雄争長，獨立壇坫之上，取猪羊狗之血來，信非爾公莫任。則爾公爲此中宿將，直是汾陽退居之後，少收部曲，便成一旅，略煩關外一行耳。蕞爾小草，願副明公以行。先生能爲我寵德操乎？曩年游燕，得友吾鄉大士大力文正諸君子。近年來，復得篁庵初上諸君。所恨者，未識爾公耳。今復得以吴子布腹心于下執事，得南州高士無留良矣。

【校記】

〔一〕本篇據《文集》二十四卷本補。

與王藉茅書〔一〕

燕山招提，風雪瀝瀝，午夜金尊，歡呼達旦，别來湖草再青矣。弟半世潦倒，年已遲暮，顧世上有知我愛我如藉茅其人，猶得藉其吹嘘之力，昂首青雲，長鳴末路，此虞交州所以重嘆於知己也。

曩讀邸報，見越中撫軍，爲大觀察啓事一疏，言一月之中，了欽件五十餘紙，兼言其調各郡李官，閉閣吴山之頂，八法六察，幾於雷激風行。藉老之才，誠不可及哉！六朝繁令，爲君家舊游。今又以方伯治東南財賦，耿壽昌、劉晏諸君不足多已。弟自到行間，碌碌改歲，既不能如昌黎在淮，獻平河北之策；又不能如劉子羽在陝，克成秦鳳之功。徒厠幕府，無禆相業，愧矣。

念每昔從文安先生游，卓然欲以文章一道自命。不腆姓字，得稍稍有聞於世。則先生爲之也。今其責乃在藉茅，可令老友淹没，與草木同朽腐哉。

寄詩六册，願假鉅公爲我作皇甫謐，此文安公遺志，知藉老定爲欣然操筆矣。天下後世，知有某者，舍吾藉茅誰望哉。

【校記】

〔一〕本篇據《文集》二十四卷本補。

與寶慶李總鎮

庚寅之冬，拜别先王。自粤西一棹，問渡洞庭。晤仁公於衡邸，歡然道故，黯然留别。繾綣之情，歷數年如一日。往者桂林之役，名王闔門殉難。夫東郡不守，空灑臧洪之血。壽陽城陷，誰招王琳之魂？二三兄弟，受王知遇，或執殳以前驅，或驂乘而作賦。痛心疾首，當復何如？

昨歲特走長安，哭王都門，見其廟貌巋然，金碧相宣，豐碑隆起，俎豆如生，一痛幾於不起。夫海島義士，感念舊恩，不惜同日而死。隴上壯士，情深故主，爰興闗外之師。向讀邸報，見大疏，以復讎雪耻爲任，此一節與日月争光矣。弟雖書生，頗負壯志，即蹉跎日久，而血性未灰。所以上書當宁，特請南方，爲桑榆之舉，蓋與仁兄同此心耳。

邵陵一路，爲滇黔咽喉。得大將軍爲之總持，知鼠輩在吾囊中矣。當事每一言及，意未嘗不在鉅鹿，豈藉説項哉！寄語線、全兩公，努力前途，并縶日南，共勒銅柱之勛，是先王英靈所憑矣。

回黄公卜

江南卑濕，嶺嶠瘴癘，中國太平男子罕游，惟遷人左官居之。故三閭被讒，憔悴江潭。賈誼不合絳、灌，依回王傅。贊皇才相，而有朱崖之竄。虞翻文士，而有交趾之行。屈指古今，代有其人。大約皆騷屑不得意，而於焉行遁，非有仕宦之樂、扳附之榮也。

鼎革以來，弟與君奔波於此十年矣。君以故將軍受知於名王，出入帷幄，得與機政。如郗生之遇桓司馬，東莞之遇劉下邳，依爲心膂，不啻左右手，可謂記室之隆遇、參軍之曠典矣。乃自桂林變後，前功盡隳，今猶栖遲行間，未獲一命。彼雍齒且封侯矣，曾無一鄂。千秋訟酇侯之功，此壯士所以鬱伊也〔一〕。

弟自丁亥南游，叨前王知遇，俾撫軍夜郎，自奉鞭弭，狼狽萬狀，息壤之盟未寒，中山之篋已滿，始以虚名而受實禍。今欲以東隅而收功於桑榆，乃碌碌人後，覽鏡彷佛旅食，炎荒又復一載，其何能不浩嘆哉！抑南方風氣偏作厄於我輩而與賢達爲仇乎？古云：『或醜惡而至大官，或美好才傑而爲衆人。』斯言也，殆爲今日發也。

【校記】

〔一〕『此壯』句,《文集》二十四卷本作『謂公道何?』

與趙韞退

去年此月,馬首長安。與同譜諸兄弟,爛熳華堂,歡呼卜夜,雄觥如箕,雕欄錦砌,紅燈氍毹。翻子夜之高歌,極河朔之勝概〔一〕。真是星聚潁川,劍合延浦。燕臺分袂,遂爾各天。鴻去爪留,蓬驚雨散。

明公弱冠登場,牛耳海内,兼以十載名給諫。入列九卿,出領方岳。古之鴻儒碩輔,多試之要地岩疆,而後嶄然有爲於世。如望之勞於三輔,長孺出守淮陽,奇章以台司作連帥,李贊皇由節度進平章,諸如此類,難以更僕。是古原無分於内外,而真正豪傑之士,尤不肯以内外作軒輊觀也。

今日交廣未平,滇黔用兵,一人旰食,元老出師。正棘槐出任保釐之日,區區者知不足爲高明累矣。且不有荆襄,則羊、陸之略不顯;不有西夏,則韓、范之業不著。虞詡立功於武都,後稱將帥之材。唐蒙持節於牂牁,遂開哀牢之國。

弟向者常有志於斯人，顧今齒髪漸衰，不敢復言天下事，咄咄是在我韞退矣。今江右，亦云汔可小康。然曩者南昌之變，驚魂甫定。邇者百粤五谿，羽書時時見告，未免震鄰，煩君家方略不少〔二〕。

弟栖遲熊湘〔三〕，毫無善狀。既不能如昌黎在淮，獻平河北之策；又不能如劉子羽在陝，克成秦鳳之功。徒厠幕府，無裨相業，愧矣。〔四〕因遣兒歸臨江，祭掃先塋〔五〕。明公退食之暇，敢邀一字之榮，爲井里增光。則先人藏蜕之所，不致爲樵牧所戕，幸托肺腑，仰惟仁人不匱之意〔六〕，是明公之功及我先世矣〔七〕。

【校記】

〔一〕『極河』句，《文集》二十四卷本作『極牛飲之故態』。

〔二〕不少，《文集》二十四卷本其下有『大師西征，辰陽已歸版圖，若義旗直指沅沚，則滇黔便成破竹之勢，想近日軍書，可考而知也』三十六字。

〔三〕熊湘，《文集》二十四卷本作『相府』。

〔四〕『既不』以下七句，《文集》二十四卷本作『碌碌因人，徒借箸之無籌。鬱鬱居此，或登樓而作賦』。

〔五〕先塋，《文集》二十四卷本其下有『便羽奉候起居』六字。

〔六〕『幸托』二句，《文集》二十四卷本無。

〔七〕世矣，《文集》二十四卷本其下有『前在鈴閣，每每言及，意未嘗不在沛公，并爲及之。鴻羽有便，幸惠德音，以慰懸切。臨風致禱，殊爲黯結』三十九字。

又

王年兄至，接讀鴻篇，目中不見此等文，久矣。華峰殘雪，芙渠高寒，爲一代傳人無疑。此事譬之用兵，貴得利耳。傳介子孤軍直搗，改樓蘭爲鄯善，正不在多。否則五諸侯九節度之師，不足貴矣。

與趙糧儲廷臣〔一〕

弟以〔二〕今上龍飛之年，筮仕江北。既而叨轉湖南，分符芝山，是爲丁亥，今丁酉，且十年矣。拓落不偶，猶復與祝融君對語。十年之内，翺翔澤國，真如洞庭之鴻，春來秋去，疑有定期。則人生官禄，誠有地耶？

【校記】

〔一〕篇題《文集》二十四卷本作『與趙糧道書』。

〔二〕弟以,《文集》二十四卷本其前有『之官入衡,會奉訊一札,料入掌記,隻尺衣帶,真若天塹。采葛之恩,伊鬱如何?竊念』三十一字。

答蘄州汪徵五書〔一〕

弟於十一月廿日,抵衡受事矣。才疏志廣,恐遂不能了此,爲知己憂耳。假王就戎索,此自經臺壯猷所致,從此叔子當陽望肩背矣。省會僚友,亦復知世間有劉備,安敢忘推轂哉!善事上官,勿失名譽,弟每笑此言,今乃韋弦佩之,顧力行何如,承大教,良友同心,更以相勉耳。

【校記】

〔一〕本篇據《文集》二十四卷本補。

回趙韞道書〔一〕

臨江爲祖宗墳墓所在,弟墮地以來,未曾拜掃,亦不知其楸柏若何,或遂化爲樵牧,馬鬛無存矣。得此中建牙使者,停棰一問,纔經族子封樹,弟遥聞泣感,不減宋季奴入關重謁十帝園陵矣。渝水荒餘,今户口暫有生人之樂,皆明賜也。之處歲冬日,有衡陽游,諸事棘手,與老兵對語,更不堪耳。長安舊雨，綺閣紅燈，邈若山河。王年兄至，接讀鴻篇，目中不見此等文久矣。華峰殘雪，芙渠高寒，爲一代傳人無疑。此事辟之用兵，貴將利耳。傅介子孤軍直搗，改樓蘭爲鄯善，正不在多，否則五諸侯、九節度之師不足貴矣。王年兄猿鶴盟堅往而不返，縱之爲吾輩中管寧可乎。郎君齠齒，雙瞳奕奕，必非凡人，今且若干尺矣。

【校記】

〔一〕本篇據《文集》二十四卷本補。

上丞相書〔一〕

某除夕之夜，得長沙來書，讀之不覺拔劍起舞，雖身羈岳麓，而心已飛於金馬碧鷄之外矣。自念某早負壯志，欲立奇功，不謂命實偃蹇，蹉跎十年。前見師相，秉鉞南中，延攬豪傑，共襄太平。請纓南來，蒙師相不次之恩，隆以國士之遇，抵掌進取，談笑微中，在他人或訕以爲妄，惟師相深鑒其區區之意，以爲將用其未足。夫士屈於不知己，而伸于知己。撫膺感奮，每欲得當，以報生成。不意前奉有師相回京之旨，某意興索然，意謂某亦從此歸矣，安能鬱鬱久居此也。臨別泣涕，與師相曾有成説。今幸天假良緣，敵國來歸。師相山河帶礪，方在指顧，門下士附青雲而施後世，當不止某一人。而某一人尤有不能已於言者，且以爲某可以用滇黔者有四焉。一定南之疏尚在也。師相前日兩疏，吹噓不遺餘力，正爲今日耳。沅靖一帶，情形瞭然心目，誠未有如某者。左右行間，用備指畫，撮米爲山谷不足言矣。二者某從定南日久，與綫伯李蝦諸鎮相友善，同心協力，共尋小王，以報定南之恩，其素所畜積然也。其三則某爲孝廉時，曾奉熊理院檄，與今之秦王講招撫於穀城，稱舊識，部曲中諸大頭腦，尚有識予姓名者。臨機制度，用間用奇，此亦曠世一事也。又其四者，以某撫貴之日，曾募勁旅一枝，自落職後，或隱身屠釣，或散處山草，星羅襄鄧潛沔間。今但飛檄一招，可得雄師一隊，不減羽林鐵鷂軍矣。此四者，皆某之所以用滇黔也。師相不欲平雲貴則已耳。

【校記】

〔一〕本篇據《文集》二十四卷本補。

復鄖陽趙僉事

麇城天險，扼南鄭、商於之喉。先代之末，中原所在焦爛，獨此稱繞霤之固，則地勢使然，抑人力也。近謝羅西鄙，房陵谽谺，爲羯狨窟。頻年勞羽檄，使者相望。黑闥之壘未平，青犢之氣尚旺。密邇宛鄧，尤勤奔命。自棨戟星賁，風聲所届。餘孽喙駾，繼以汋口之捷、筑陽之捷，魚釜盡矣。今尚有鷹眼未化，狐嘯夜聞者乎？蕞爾殘寇，慮不足以膏齊斧矣。

弟甫抵星沙，即向鈴閣，快談此事。以爲荆襄上游，不止可靖，房竹嘯聚，令奸宄無自而生，即上而漢中、興、安，下而夔門、巴、巫，皆視此爲倚伏動静。〔一〕今得砥柱，西北可高枕矣。念載陳人，老游幕府。徒抱留侯之病，借箸無籌。未有毛生之才，脱穎何日。渺渺江漢，故人萬里，天末凉風，一函遠賁，愧感交集矣。

【校記】

〔一〕『不止』以下六句，《文集》二十四卷本無。

文集卷二十

尺牘二

回柳州道黄公卜

象州居嶠表，控番洞越駱，一都會也。唐以後乃從柳河東得名，豈不曰文章之靈爲江山增價哉！仁公以草檄手鎮壓諸蠻，時出幹略，與爲撫綏，俾兹鷄卜板屋之俗一歸甸衛登王路，顧不休歟！又其暇時，則登城樓，絶頂引領。薛都督百戰之功，爲突厥所憚。又念劉司户以對策在中官，不得預唐制科之數。是二人者，皆以偉伐雄文不合當事，致有嶺表之行。則繼此者，可以自安，勿謂蜑酒瘴茅皆敗人意緒之事也。弟栖遲始安將一年矣，未審何時得離此土，嚴關便是玉門關矣。往視張曲江、裴行立、李渤輩，不堪方舟耳。間一提筆，續前賢遺迹〔一〕，庶幾异時。宣成書院之側，有區區短碣在焉，猶想見〔二〕逍遥樓魯公書也。

【校記】

〔一〕『續前』句，《文集》十六卷本作『自謂不復古人』。

〔二〕猶想見，《文集》十六卷本作『猶勝於』。

復劉侍郎湛瞻

别先生又復七年矣。憶在河東，聯鑣共轡，馳逐文酒之場，朱顔墨綬，意氣飛揚，抑何快耶？轉瞬滄桑蹉跎老大，一官萬里，流落荒陲，憊不可言矣〔一〕。囊在棘闈，捧讀良書，足慰調饑。

今有桂林之游，是張平子《四愁》之一也。復接明訊，照耀蝮蛇毒蠚間何物，李廣即逢高帝不封侯矣，玉關空老，知我哉鮑子乎？官既卑，栖三伏隆暑，廳事湫隘如坐火山，求河朔痛飲，其可得哉！馬君來實愧地主，然此游粤者所共見也。著作頗多，聊寄一種以作卧游。西粤山水殊不佳，山純石，十步五步輒突起一峰，不相聯屬，又不生樹，鳥獸不居。大者不干雲霄，劣者纔如杯杓，其纖細大抵姑蘇市上盆沼間物耳。比之太行、嵾嶺、匡廬、雁宕，向若而嘆矣，安問五岳哉！爲一二游人誤收奚囊，竟成魚目，徒敗人興，曾謂足下亦耳食之耶？中國人適此者，如赴王、謝宴，山珍海錯，極其果然，一啖羊棗耳，不足登天府入山水譜也。宜其爲猺獞猞蜑終古所窟宅，指癭瘤爲國色也。

弟客歲來昆明，周回萬里，所見之山，如關索嶺，從眉際起，一碧插天，蟻附而上得一日。所觀之水，如鐵橋，斗絶而下，可四十里，水與石鬥，如霹靂蛟龍，魂魄俱眩。鐵橋一綫亘其上，不容髪，則真奇觀矣。然猶未往見鷄足。鷄足者，鷲嶺也。據三郡，盤八百里，其飄緲駭愕難言矣。以粤中視之，彼王公，此輿臺也，宜不足爲大方侈談矣。邊城末吏無難了事，故與足下娓娓及此。足下亦須料理及此，勿令康樂、東山諸公嘆人也。

【校記】

〔一〕言矣，《文集》十六卷本其下有『侍郎奮翼雲霄，熙載亮工偉矣，可曾爲泥塗故人一計援手乎』二十四字。

與楚劉方伯

計去春鄂渚叨醉華筵，鸚鵡芳草儼然在目，而屈指游人，業已身經萬里，時逾兩秋矣。别後因衡州錢糧一事，蒙先生留心照察，仰見并州之誼，同人之雅，二者并重。呰窳如弟，鐫鉥在肺腑間矣。桂林之役，季夏始至。前日遠羈六詔，冉笮焚駹羅施、鬼國，疑非人世。粤屬嶺外，幸一衣帶水，與楚相接，便是今日内地矣。薄命之人得此，如在燕趙齊魯之鄉，惟先生以爲然乎〔一〕？

【校記】

〔一〕然乎，《文集》十六卷本其下有『特遣下走，奉候興居。荒函韜褻，聊抒鄙意。念衡屬舊地，曾忝同舟。允請垂覆，去後廣被慈云耳』三十六字。

與胡德輝開府

六日江干别後，即同抑公晤梅谷，取新例一再察之，始覺於己無礙，已豁然具詳矣。樓船北下，旌旄生色，東南半壁，於君是望，幸勉力加餐，爲道爲蒼生，非細事也。弟閱人頗多，悠悠泛泛者不少，大略晤則歡然，别亦遂已，不復置念矣，未有如我德輝縈人懷抱者。

德輝，朋友中藥石也。美言疢疾，苦言藥石，求此道於今人，難言之矣。禹峯伉浪一世，目中半無古人，至當世所號爲賢豪，頗亦等夷視之，此是禹峯一生受病處。非我德輝，誰從而攻其短，且淬礪之以幾於道乎？此以後，當以前此誨我之言書紳矣。後此者，尚冀於晨風箠札間匡我不逮。儀型日遠，愆尤日叢，奈何？夫人仕宦而至開府，立功而值壯歲，此大丈夫之所想望，而今昔之所共賢也。顧述殷殷尤有所祝者，德輝才鋒犀利，迎刃而解，事無巨細，不足爲我德輝難者，此德輝之所長也。然才太高則多視世無難爲之事，手太敏則多視世無可與之人，以故稍不如意則嗔怒易生，認真太過則群情用阻，天下事以虚心得之者十八九，以徑情得之者十無一二三，此則望吾德輝所當熟思也。又小事不可動氣，俗物不可損神，不止居重御輕之體，亦延年益壽之道也。德輝行矣，述深蒙肺腑之知，敢進芻蕘之言，惟先生裁示。他如經國遠猷與夫詰戎大政，爲未雨之綢繆。俾此吴楚上游，早奠磐石之固，則吾德輝〔一〕自有勝算，不待禹峯言矣。

【校記】

〔一〕德輝，《文集》十六卷本作「翁」。

與姚亦若

弟與足下交三十餘年矣。始於弱冠，繼於丁年，既於白首，可謂久要矣。同游物化强半，惟我兩人尚在。生長中州，邂逅嶺表，昔何跋扈，今何頽唐？嗟乎！悲哉！人生幾何，當此吾世，滄桑劫灰在念耶？

禹峯蚤負壯志，欲托三不朽以傳，今乃禄位不稱，表見無期，竟付雕蟲以行，何所遇之多艱也。然而丈夫生世，但求不與草木同腐足矣，何必入騶五鼎，如昔人所健羡云爾哉！數卷之書得稍存天地間，是造物酬禹峯亦奢矣。今日濟南胡德輝，禹峯之桓譚也。每讀禹峯詩若文，輒不禁有幸生同時之嘆。噫！吾何以得此於德輝哉！〔一〕

吾中州惟王孟津、包際霞兩先生，曩日曾謬爲稱許，外此者鮮知也。然禹峯此出，〔二〕在他人觀之未免畫蛇，而誰念其將用其所未足耶？遇多轗軻，衰白以老，念世無真知禹峯，則亦無真能用禹峯者。伏櫪浩嘆，其何能已？焚香自誓，拂袖只在今冬。量轉之日，即歸來之日也。

顧禹峯竊爲，亦若念之葛藟，庇其本根。宗官不忘故國，代馬越禽，自昔記之，以言乎其鄉土也，亦若避世亦深矣〔三〕。析邑者，君家松楸也。今海内一統，商於百里，獨無亦若一枝之栖乎？二三年後，當自爲計矣。聞亦若將卜居金陵，此商賈之見而牙儈之行也。亦若猶是少年游俠，將浪迹朱桁烏衣中，是百貨之都，灑削羊胃屠狗賣漿者之所雜居也。爲廢著則可，顧亦若老矣。太史公之言貨殖也，比之用兵。馬援、范少伯之封殖也，皆在壯歲。吾未見瞿瞿黄髮尚手持牙籌倚市門也。又聞君在粤東時，當道業以貴姓字啓事矣。或諒作一官，登仕版，然後赴守祖宗墳墓未晚也。以上數事，迨德輝莅任之後再有一人爲記室，求作書於當道，料德輝所樂爲也。

德輝，吾性命友，故重煩君，君在彼猶在此也。幸勉竭腎腸贊襄上理，毋但作文墨之客也。昔韓退之在彭城邸舍，後世追論南陽公者，猶樂得而道之。嚴公在西蜀，子美老游幕下，其往來贈答相依爲命。若此人者參軍節度，相得而彰，宜其聲施無窮而華實并懋也歟！

【校記】

〔一〕『輒不』以下三句，《文集》十六卷本作『輒又興昌黎七子之嘆。噫！得之矣。禹峯數十年苦心，有生來腕下，爲德輝窺破。即何禹峯自爲標置，當無過此』。

〔二〕『曩日』三句，《文集》十六卷本作『曩日作此解，如此者世兒鮮知也。又禹峯此出』。

〔三〕深矣，《文集》十六卷本其下有『苕葦島夷，昔人不得已而用之，豈有竄身保國，没世不返之理』二十四字。

與荆州副使王林州

馳逐〔一〕炎荒，動離中國萬里，不擁中郎之節，徒追使者之塵，老大碌碌，終不爲世所比數，已矣何言？兄早負盛名，欲逐文壇之鹿。觀其眉宇豪健，咳唾落落，望而知必爲天下士，自當懋建無前之業，與耿、鄧諸君抗衡雲臺之上，殊不似弟終淹没以卒歲也。荆州古來形勝，稱用武之國，孔明舍此，不圖進入西川牛角，良可悼也。蕭梁遭時不偶，爲大國所圖，起於兄弟尋戈，王業不終，識者惜之。至宋人南渡，李綱、陳同甫諸公欲於此地建都，繫南北之望，後不果行。如是可見荆之爲荆矣，其關係天下安危何如耶？

自興朝定鼎，隻虎餘孽爲我兵大創城下，其餘王、郝諸渠依栖房竹巫巴之間以爲窠穴，畜牧耕鑿，自成部落，不登王會，邇來十餘年矣。以故川江用阻材木丹漆之利，舟楫不通，川貨鮮少，率由此故。今川督已軍夔門，幺麽數子不足爲慮，乘秋老拔山通道，截鼠子手，闢蠶叢，亦曠世一事也。知我林州定有擘畫於此，敢商略及之，用冀一當〔二〕。小詩二册，滇黔志也。聊付一粲，采風者不遺曹、鄶矣。

【校記】

〔一〕馳逐，《文集》十六卷本其前有『弟在昆明，日曾奉一札寄伎，想不沉浮；兹弟在桂林，又復經年矣』二十五字。

〔二〕一當，《文集》十六卷本下有『安邑馬君，以天使逾嶺，因陋不堪久留。有林州爲北道主人，此君不復賦《行路難》矣』三十二字。

與駿聞

灑汨滇雲，南北分首，黯然魂銷〔一〕，不知近日居何地？安妥否？不即南歸否？南歸時〔二〕，當訪我伏波山下，斗酒慰辛苦消塊壘也〔三〕。騫兒在建水時，望教誨之。晤嵩岑修庵史，蓋諸公爲道遠人相思之劇，何時再得同諸君爛醉昆明池畔，聽榜人款乃，載明月歸來，漏鼓已三下乎？

【校記】

〔一〕魂銷，《文集》十六卷本其下有『此際如何可言？别來一路，崎嶇萬里。每以弟事牽縈於懷，今想已豁然矣』二十八字。

〔二〕歸時，《文集》十六卷本其下有『如述尚在桂林』六字。

〔三〕壘也，《文集》十六卷本其下有『滇事近來如何，一爲縷寄』十字。

與貴州巡道陳頑龍〔一〕

自潭州與仁公舟次言别，星物冉冉，不覺〔二〕五年。弟長君五歲，兩鬢如星，不能歸營菟裘，尚復碌碌逐車塵馬足之間，誠可恧矣。前滇來至鎮遠，易陸而舟，遂與仁公行旌相左，至今以爲憾事。嘆人生别之易，會之難，惟是在肺腑朋友骨肉兄弟之間，天尤不輕易以此緣予人。我兩人鎮遠之行從可知矣〔三〕，因滇鴻之便，聊寄荒函，未審聚首復在何地何年，黯然黯然。

【校記】

〔一〕篇題《文集》十六卷本作『與貴州陳巡道書』。

〔二〕不覺，《文集》十六卷本其下有『又是』二字。

〔三〕知矣，《文集》十六卷本其下有『仁公才略是當今有數人，又隸籍金吾，豐沛從龍之彦，節鉞近矣，勉之！弟』二十八字。

與雲督卞公

欣聞〔一〕戎軒建旄萬里，膺六詔阿衡之命，述依栖嶺外，歡忭無極，自此滇南歸底定矣。爰惟西南一隅，自漢武始開，司馬相如而後，僅有蜀相諸葛。或以自相君長籍土内屬，或以不設流官土人自治，二者終非經久之規。至隋唐乃從而郡縣之，與内地等。然南詔之治亂往往外視南安爲動静，而内與蜀境爲安危。以去中國遠，後服先叛，爲竊據資。如蒙段之屬，唐以後五代相終始，不可謂非地勢使然。李贊皇、韋節度諸人皆以此顯史册，成功名焉，在今日其責在先生矣。

計當今大統既集，白渠既殄，朝廷之上禁旅必當用撤。頻年以來，海内騷動正爲此一塊土。今則蕩平，無復餘事矣。顧地方寥闊，僰爨雜種攸居，况新罹水火之後，瘡痍初起，孑遺喘息未定，衽席實艱。諸國羅列肘腋以窺伺者，并宜讋以威信，令之嚮風慕義，有所感奮不敢爲非。計滇南左右前後與星羅、蘭滄、金沙之上者，凡二十將軍，此屬壁壘精嚴，恩威素著，可當一面者，自不乏人。求一旦有事與之奮袂破賊，滅此朝食，可驟得之倉猝新羈之旅乎？抑必實有以得其心，而後力可用也。且禁兵既撤，協餉亦去，求以一省之財賦糊二十餘鎮之士卒，則呼庚可虞。某向在滇，尋思惟有鼓鑄一節可佐軍需之窮，但大農不知此中情形，有議中止者，殊不知天下銅山在雲中者居半，其餘金銀之礦亦可次第舉行，庶幾可以不仰給外郡，少蘇飛輓之困。又屯田諸隘塞，以廣畜牧奠甌脱，知金城方略優爲之矣。如此者，敬因今日之時勢，特攄管見如此，惟先生照察〔二〕。

【校記】

〔一〕欣聞，《文集》十六卷本其前有『往年昆明之役，兩過筐竹，造謁龍門，過蒙款渥，此誼耿耿不去。於懷私念，天末荒吏，追陪大府，得倚函丈之末，已屬望外。且屏去齬齟苛禮，蘭膏午夜，轟飲叵羅，接以肺腑之末，視傴僂曲跽於王公大人前者，有□可矣。自非文章氣誼，卓犖千古如先生者，可多得哉』數句。

〔二〕照察，《文集》十六卷本其下有『恃先生知愛之下，幸不以芻荒而鄙之也。豚兒始騫筮仕建水，今托和門之下，百凡仰藉生成，知大匠之門無棄材矣』數句。

與粤東糧道趙霞湄

客歲仲春，游人滇至，得與使君載酒歡歌於筐竹山頭。羽箭滿眼，碧草如烟，半山亭上，暗流漱玉，側峰百雉外，摇摇曳鬟如侍立者。今托夢想，已一載有奇矣。人生文酒佳會不可多得，况如我兩人世交誼重，一往情深者乎〔一〕？

夜郎居國西偏，自相君長。本朝立國十五年，聲教未闢，得使君作祭酒，振鐸鼓吹羅施、鬼國之間，居然鄒魯，此其功不在文翁下。爲銓衡計者〔二〕，念此荒服文教爲君手闢，自應虚公卿一席，以爲作人者勸〔三〕，而顧猶泛泛焉，置之海澨儲胥之間，非其地矣。既而思之，固有所依庇於使君，而非外也。當今九州一統，惟東南一隅鉦鐲未息，則陸飛水輓，亦惟東南餉爲亟。將歷試諸艱難之地而後入爲三公，未晚也〔四〕。曩見令弟走滇、黔者多，心計倘奉鞭弭以周旋此，亦會計之材矣〔五〕。

【校記】

〔一〕『一往』句，《文集》十六卷本作『兼之乃叔同文子情深者乎』。

〔二〕『爲銓』句，《文集》十六卷本作『此時爲年翁計者，天官之長』。

〔三〕者勸，《文集》十六卷本其下有『不亦可乎』四字。

〔四〕晚也，《文集》十六卷本其下有『此目前之官所由來也』九字。

〔五〕材矣，《文集》十六卷本其下有『邗溝李磐石，萬里滇來，假道番隅，暫歸故鄉。聞年翁節所在，殷欲通姓名於下。執事亦云，向者曾有僑札之舊，將一候輿居於賢豪。長者作先，客於左右，弟不取辭矣』數句。

與侯筠庵

東南番禺爲一都會，新羅、扶餘諸國，珊瑚木難，寶氣襲人。君以河洛之間氣爲蠻彝之師長，況當珠崖初造，樓船未息，開草昧於炎荒，振金鐸於下里。在今日則文翁之於西蜀，司馬相如之於滇黔矣。枌榆老生聞之色起，榮問休暢，寤寐如何。中州自孟津凋傷以後，斯文宗主崛起梁宋之間，登雪園而作賦，磨洛石以傳經，非君，其誰任之？

弟半生蹉跎，一官潦倒，留滯南方，淹忽七載。覽六詔之山川，徒勞萬里之游。俯百粤之襟帶，久作三江之客。頗幸瀧江一水，近接粤東。欣典型之未遠，喜高山之在望，念僑札原如舊識，正不在縞紵之投，乃孔李之稱通家。或須漶漫一刺，敬托晨風，聊訊起居。顧念伏波山寒，斧盡七星之桂。適逢羅敷春早，馨借一枝之梅。敢云有奢願而望隴蜀，庶幾飽德色以耀鄉里耳。山東趙霞湄，弟之同門友也。專資介紹，定不浮沉。拙作書箋求政〔一〕，外此者，不敢溷長者之側也。

【校記】

〔一〕『拙作』句，《文集》十六卷本作『拙字一幅，爲老親翁糊壁之用』。

與黄抑公臬司

破賊二路，一由香山隘，百里而賊窠，止一綫之路，蛇徑盤窟，不任車馬，單人策杖而行，稍一失足則下入不測之淵矣。或如蚰蜒，或如蜥蜴，夤緣石壁，在在模棱，都非人間所有。由牛河口者，峭崖懸坂，下夾急流。行者從陸以身貼石，其苦倍前。從水者乘刳木而進，稍不檢，葬江魚，其險與前相當。遠各百里，到窠日暮，以致渠魁跳走，大功垂成，爲地利所奪。現今即調狼兵土司數百，各携毒矢、藥物從我兵進發，四面隘口先已申飭遮攔，此賊雖狡，料不能潛天入地矣。别來數日，寤寐爲勞，未審明公垂念征人不也。小史來，略撮行間事宜道之，鐃歌奏凱，尚待軍書馳報也。

與史永寧

足下此行，統領鄉勇，撲滅山寇，彷古六卿之制，亦漢唐以來太守刺史詰戎之意也。永寧頻年牧此者，有割地之耻，艱於用兵，而不敢發以致賊窟。吾山牛馬，吾民勤耕，作以肥渠令飽，揚其力，輒伺吾間，以大猖於屠劫。主其上者，非不知除賊是急，乃用兵連年，坐以山勢險狹，幾頓吾武。蚊蚋蟻蟲，有隙輒入，無可捕捉。熊羆貔虎之士，莫有執桴鼓而前，爲幺麽争一旦之命者。此二者交釀，以惡疾爲美疢，非一日矣。

今足下慷慨迅發，募敢决之士，與大師分鑣前驅，目無堅壘，但窺賊所向，尾而啖之，滅此朝食。壯哉此行！吾爲洗爵以聽鐃歌之音矣。在客兵或懈不能持之於久，以與賊鏖，我兵則安危成敗之局，與賊勢不兩立者也。此番若不成功，爲後人藉口，未出國門，已先喪氣，此賊真與此山相終始，不可復問矣。昌黎與柳節度書曰：『徵兵十萬，不如召募數千。』足下所將，皆召募之鋭也。此賊荼毒此地最久，平日孤子寡妻，火人之廬，屠人天屬，不知幾許。地方殘黎恨入骨髓，欲報無力。今大兵在望，有以扼其吭而制其命，我因以伏地而鹽其腦，此所謂因勢而利導之者也。不勞餘力而父兄子弟之冤雪矣，又何憚而不爲乎？特在足下鼓舞之耳矣。又勿妄信脱匿之説以惑我兵。夫賊既無神駿追風，萬山叢脞，又非五劇之鄉，與夫望塵聞聲數百里千里者可比。兼之有妻孥之戀，即使偷生出境，如嬰兒絶哺，立可餓殺。二者賊必無此，無此則生死只在此山中明矣。今兩兵暫駐所到之地，細商法歐，或捉土人問賊去路，我須上極碧落，下及黄泉，必欲得賊而甘心焉。如斯而不見賊，則我與賊俱無憾矣。然未有如斯而不得者也。况賊窠之米窖藏殷陳，用之不盡？兵法曰：『得賊粟一鍾，可當運餉二十鍾。』況所得不貲，今一面行師，一面裹糧，務爲持久之計，勿作旦夕了事之圖，則妖孽永靖，軍中推爲長子，端在是矣。

又

因糧於賊，古之善教也。今始龍既有賊窖，到時即多方舂致，每人務爲十日之糧，計每人各携不過四升，方可二日之用耳。今以十人爲率，八人仍各携己糧，更專責二人或負或擡，計可四斗，此即運糧之兵。帶前每人所携，可足十人十日之用。由此而推，或中間立塘更番接濟，源源不窮，盡賊之術也。不然，賊饑矣，我兵又以乏絶而歸。前者酉山之役爲前車之鑒也。不佞已立意在此過年，大兵須以必得賊爲主致意。陳、馬二將軍勠力同心，早立大功，殺賊得黄金印，如斗懸之肘，後真大丈夫事也。該州不必返，顧州牧將兵，儒生作帥，古來以此成大名者不少，今於足下有厚望矣。莫正道之兵箞入部下，共成一旅，相機决策，又在臨時。

與陳子完游擊

莫逆小醜，致煩大師。在省中各臺皆依重將軍，所以督臺不使中軍來，以令將軍得掌兵事也。昨聞馬將軍連鑣共進，兩軍齊行，在將軍未免存相讓之雅，反成連鷄之勢，不能俱飛。以僕愚見，暫以馬將軍居始龍，管一切塘報，接濟軍糧。將軍一力討賊，一戰一守，甚爲長策。且行軍每患無糧，今得馬公專意料理糧餉，大兵庶無枵腹之慮，可以長驅矣。僕在此中夜不能寐，食不甘味，祗爲將軍在行間勞苦，蒙霜露，冒甲胄，僕亦安能晏然於此也？覃法歐既可用，竟以所領之兵作前鋒，令與賊搏死戰，我兵合力蹙之，但求成功，事無不可，此機若失，恐不可再得。將軍自弱冠從戎，曉暢兵事，當不以僕言爲瑱也。

與馬參將

蕭丞相所以稱宗臣者，以有轉運之功也。可見庚癸之呼，急於汗馬。孔明屢出祁山，皆以糧不足輒困。羊叔子在襄陽，務爲十年之糧。古明哲圖事，非一世也。近者始龍之役，資糧於賊，其利十倍，此天資我也。聞將軍與陳游戎共行，酉山之戰以無糧而退。麻岡窮追殘寇不遠，而暫且逋誅，豈非無糧之故哉？爲今之計，將軍居始龍以爲老營，以所轄之兵一意安塘運糧。令陳將軍率統所部，一力進剿，渠魁既得，一戰一守皆功也。若始龍無糧，又以州官運州糧至，中間不至乏絶，在我士馬騰飽有增竈之威，在彼菜色狼狽有絶哺之慮，此則摧枯拉朽矣。幺麽之賊，足膏吾斧鑕哉！僕與陳將軍書，再戰令法歐居前，此人與賊不兩立，借公憤而剪其私讎，則奮不顧身矣。然後我兵從而犄之，賊何難辦之有？又酉山、麻岡兩處，皆云賊竄大山，若以法歐作前驅，法歐之兵先登，則賊技窮矣。何也？凡賊之所恃以爲長技，皆法歐等已試之效今棄而不用者也，故宜以我兵居後而令法歐居前可也。幸以數事與陳將軍，并知州酌行之，於以盡賊不難。

後郤聘書有引

乙酉回閣部史公書，昔年戊子以兵事失於靖州，庚子滇藩之役再過此，忽得之古寺壁藏間。附記於此。

述苦塊陋書生耳，作今年餘，值慈母之變，摧痛肺肝，毁瘠形體，無以爲人。甲申三月之事，天崩地裂，海内喪氣，忠義之士有不投袂而起哭玄元皇帝之廟而奮同仇之戈者，世必無此苟焉。視息之人，文弱荼毒，俯仰有愧，恨不能滅此朝食，誓不與此賊共生。顧終天之恨與率土之誼，二事交横於胸中，正以未得一當。今承相公不遺衡茅之賤，下及憂服之中，感且滋愧。昔人有云：『母在，不許人以死者。』今日可無此慮。況踐土食毛，無能自外於天地之間者哉〔一〕？顧今日之事，有數端可與相公約者：

一曰君心之宜清也。國家當傾覆之後，非光武、肅宗不能毅然發憤，克舊物而復神州。今寺人雜進，采女四出，沉香翠羽堆砌後宮，白墮洪梁不離杯斝。邇者邸報傳聞，道路有口棄〔二〕，微時之故，劍滯前星於貫索，如斯舉動，相公能無一言及之乎？抑謂啓沃非吾專貴，而治兵江淮，不暇有事内廷乎？

一曰奸相之宜斥也。古者佐命之臣當艱難流播之日，愈見中流之砥，况政本之地，中書尤在得人。今平章軍國何人乎？輿臺冒爲公侯，盗賊齒於縉紳。貨貝如山，將相半出其門；車馬如水，奸佞借以呈身。此何時也，而燕雀處堂，揚揚自以爲得志，威福自作，熖淫日積，識者已知其有不終日之勢。即林甫、似道諸人不狼狽於此矣。相公將把臂交歡乎？抑恐水火出异見乎？

一曰賊仇之宜報也。先皇死社稷，九廟怨恫。我既草創江左，便可問罪興師，雪四海之耻而除千古之凶，豈可偏安一隅，以小朝廷自娱，使天下後世致嘆於秦無人。祖宗有賣田士者，數傳而後，子孫以爲固然幾忘其爲我所本有，况懲創之心始鋭而終靡，財貨之念薰於中，果鋭之氣消於外，今賊處西安，自爲闖門所蹙，喘息未定，合熊羆、貙虎之士，往决雌雄，即敗亦榮，亦何事而不决也？

一曰大國之宜和也。自成破北京，幸清兵鼓行而西，闖門一戰，自成全軍糜爛，追奔〔三〕於真保、井陘之間，賊遺輜重無算，僅以身免，兔脱長安，此釜魚阱獸只待烹耳。當厚以金帛結大國之心，可與爲和，而不可與爲敵也。〔四〕譬人之父，有爲賊所殺，度己之力不能報復，忽有義士焉，爲我手刃之，則即以此身相報。猶存乎見少，况此身外之長物哉！相公亦嘗熟思及此乎？

一曰四鎮之宜合也。廉、藺回車，强秦避席。馮、寇交歡，漢業中興。近日黄得功與高傑鬥於揚州，是兩虎相狀也，不聞有杯酒解之者。又左良玉、黃得功二人頗爲賊所憚，近見兩家疏中各有不相下之意，若使一旦有急，望其各出死力以匡國家之危，此必不得之數也。相公若以大義責之，開誠布公，以聯四君之好，申以丹青之信，俾之合力辦賊，畫江而守，四鎮相合，亦國家無窮之利，又何事而不爲之早計乎？

凡此數事，所謂卑之無甚高論也。然爲今日之國家計，誠未有出此者。爲今日相公計，亦未有出此者，相公度能行之否？相公能行之，述即不赴召於以保殘疆而有餘。相公若不能行之，計行間之士，才智千百於述者車載斗量，不可勝窮，亦安在必須一苦塊書生爲也，自非然者，罷衰之士，兵革弗避，況在今日，但曰君子不奪人之喪，猶一人之事耳。

【校記】

〔一〕『無能』句，《文集》十六卷本作『無能自外於天地之間，如我君父者哉？則又未可以尋常之人而言之也』。

〔二〕棄，《文集》十六卷本其前有『又謂其』三字。

〔三〕奔，《文集》二十四卷本作『徵』。

〔四〕『可與』二句，《文集》二十四卷本作『以謝前日之勞，且割河南、江北之地以與之，蓋此中清之所得，於賊與，我無與也』。

與錢志騶同年

庚辰之役，海内兄弟，冠蓋如雲，照耀京華，文酒紫陌，飛揚跋扈，各具封侯之願。爾時兄年少，猶記同中州許香岩、吴横溪諸君，晨夕追逐，黄壚依依，别來忽成隔世。二陸入雒，江總歸秦，時勢如此，古今同嘆。向來游吴，舟艤北固，訪兄起居，傳在甌越。念年以來，弟家居十年，出游萬里，偃蹇半世，不覺老大。計同游諸君，或置身將相，或翱翔方州，或栖遁名山，或半化异物，大約生者不如死者之多。每一屈指，晨星陵替，輒不覺涕泗横流矣。雖曰同年九州四海之人，遭盛時連鑣共轡佐天子出治，或建節成大名於當世，誰不曰某榜得人。獨是我輩運際其厄，百六陽九，鎩羽郎當，不與斯數，可不謂有命存焉耶？

居嶺外偶閲仕版，知匡廬山下有年兄車轍在焉，疑以爲别是一人。既而驗其居里姓名，知爲我六謙無疑。正遥憶間，一札東寄，適有毗陵張都閫之便，一函奉訊起居。又念古人中愛士如陶恭祖，而子將猶以爲好名非實求，如孔北海幾人哉！一見如舊識，史之所以盛稱延陵季子也。此吴中地氣使然，安敢謂古今人不相及？

顧張君雖武科，饒抱經世之略，有敦詩説禮帷中弟子講論之風，非鶡冠長劍之流也。願吾兄進而與之言，可知弟言不妄。敝帚一種，用充筐篚，如西域胡賈鬥寶於河伯之前，爲不知量矣。

與楚錢都閫

江夏把别，與二三同人傾倒華屋之下，蘭膏璀璨，卜夜爲歡，此情何極？别來辱金刀之賜，陟鬼國、斬魍魎，恃此物矣。惟是瘴海蠻雲，憎人懷抱，地當灰劫之後，人如出冢之骨，欲流覽山川，撰成一書，以竣作者。而所值如此，敗人意緒，情思俱盡，其他官況可知。夜郎之役，已力求當事賜題乞休矣。迨進舟鄂渚之日，仍與足下蹋翻黄鶴，領略夏口十部鼓吹，庶不令平原笑人。

與龔芝麓總憲

孝翁先生閣下。長安把晤，於今十年，歲月蹉跎，更復老大。曩在滇、雲，繼入桂、嶺，前後兩接良書，總未裁答，知雲霄故人未嘗忘布衣之交。祖左江寄來四詩，雄駿不可一世，前無古人，求公匹於今之世，禹峯猶戛戛乎難之無已，其梅村乎？今年七月，别西粵入黔，道至武岡，讀邸報，知先生舊物克復，爲之色舉，笑晋人每以『蒼生』二字輕以許人，如先生或當不愧耳。所恨閲歷日多，聞見日淺，非蜑户鬼國，則爨僰馬人之鄉，安得置身上林五柞之間，與今之司馬、揚雄輩齊鑣共轡，一窺著作之庭乎？顧念此生老矣。著述雖多，無盛流時，望與之探討，闡揚夾輔，以迄有所成就。

私念海内文章鉅公，首推合淝。韓愈有言，若世無孔子，不當在弟子之列。禹峯今日似不能不循墻而走矣。孟冬臬署讀蠲逋及用才兩疏，知先生以天下爲己任。今猶昔也，此事無論行與否，各有其不朽者在也。本朝執政自高郵而後，姑存而不論。光贊王業，躋斯世於三代之隆，非先生其誰望焉。述早歲好功名，卓犖欲以甘陳自命。又不詳度文章一途，謂可以取名以自立於後世。今齒髮漸衰，節旄一席不復，望前願棄如土矣。惟孜孜此道，覺不以遲暮奪吾志，非先生又誰成之哉！黔疆天末一卷，呈教期先生政府之暇，潑墨數言，冠冕小草以行，庶萬世而下因公知我也。

又

自别京華，薄游南方，迤邐邊塞，於今十年。白髮催人，因成老大。回首壯盛，無復封狼之志。獨恨不能再奉盤匜，侍教王公大人之前爲快愉耳。五嶺未歇，旋至牂牁。牂牁甫定，又抵六詔，便覺西南一帶爲某所禄命必由之地。而功業未樹，著述無聞，爲知己所羞稱，可勝道哉！顧以金齒、葉榆、緬甸、土蕃瘴癘之鄉，爲升庵所舊游，迄今廢圃荒臺，碑版照人。又兼祖構孔多，流落西南，爲中國所未見之書。暇時詢故老，搜遺書，爲旅人壯色，拜掃相門，知在何時。噫！此意非先生誰望哉！

與浙江趙總制

從游金沙，叨陪棨戟，一别行馬，遠出嶺外，土寇竊發，奔馳山中，有稽歲時。憲節南指，聲震百越。每讀邸報之昌言，想見大人之偉略。去秋八月，叨莅黔臬。部從事來自浙西，披讀良書，恩勤備至。伏念先生位極人臣，無忘風塵之賤吏置身南服，尚念手造之危疆。人臣愛國之心與長者憐才之念，具見於斯，感泣交集。

因憶先生治軍昆明之日，爾時大疏入告，業已百十餘函，某曾請繕寫付梓以傳永久，後以倉卒粤游，兹事未竣。今别先生日久，先生制作日多，蒐乘詰戎之暇，幸命記室捃摭草稿書付驛使，俾某得以究圖從事稍效校讎之役。用兵蕩寇爲一書，水旱豐歉爲一書，土司流官之沿革、租税賧罰之輕重各爲一書。救時之藥石，庶幾赤刀大貝，亦盛事矣。今世豈乏恢閎博通之士？練達國體，折衷古今，而磋岩崛穴之間，幽翳屈伏，即其言稍稍見於世矣。讀者猶或以空言少之。嗟乎！士不幸處承平之世，雖自許管、葛，何以成名？如文潞公之於貝州，裴晋公之於淮蔡，則世世奉爲典型矣。此其故何也？文章非經濟不顯，功業非時事不立，二者若有待而成也。

先生受鉞西南，開疆萬里，始而躍馬揮戈，殲苗壘之負固。既而樓船南下，清海國之鯨鯢，約計本朝之將相，蕩平草昧之功，威靈遐暢於荒服絶徼之外，誠未有如先生者也。述少負壯志，今亦傴蹇衰白，不復談天下事矣。謬承提携，復申前説，幸托鴻章，以彰姓氏於金石，勝於自爲一書多矣。臨書主臣。

復孫倩溪

昔年連鑣晋陽，共事棘闈，唯我與君氣誼最合，兼携横溪、瞻淇諸君，飛觥午夜，狂呼淋漓，猶記酒後耳熱，以爲我輩千年後，魂魄應復戀此。此時倩溪遜謝不遑，迄今追憶，猶在人肺腑間也。自此别後，便值滄桑。弟以先慈見背，前軍未抵太行，已苦塊出孟門矣。一官優孟，仕楚凡三。戊子之役，叨拜黔鉞。時方出車沅、靖，記與倩溪剛通只尺之書。爾時奉定南檄，跋馬腰鞬，爰有靖州城下之戰，陷陳而出，殺賊過當，然坐是遂返初服，不復有夜郎之行矣。

病卧十年，丁酉再出，曾於經略入滇之日，接讀小報，乃知孫司馬復在人間。順治十六年，秣馬昆明，幾番問訊，而山川間之時方麻沸，屢致浮沉，不謂復有今日之役。抵署之日，掃除一榻，候孺子久矣。殘臘寒甚，忽接來書，如對髯公，仿佛太原時也。念人生朋友知己無多，我與倩溪雖投分在宦游之際，逆旅之間，然僑札舊識正在吴、鄭未晤之先。今横溪久作古人，淇瞻貴仕，京華同游餘子先後物化不可知。禹峯白髮毵毵，西南絶徼，適值我倩溪懸車里門，猿鶴無恙，此段因緣，爾汝相逢如出灰劫之餘，豈止夜闌秉燭相見如夢耶？敬羽黄使君之便，乘蹇披鶴氅，庶幾一來，平原十日，即是三生石上矣。高平畢君聞著書甚多，此君不肯輕以示人，恐究以不示人得不傳，未可知也。向曾有字報，候餘容覼縷，日望南雲，跂予如何？舊學使者徐君如晤，幸爲代致興居，頓首不宣。

與劉元初

頃者因大師之舉，具有小議，上陳略抒管見。蓋灼見此中情事，既已動兵，即當爲一勞永逸之計。此西南千年之隱蠹，當此全盛之兵力，一旦剪除，改土設流，彼諸葛何足道哉！古人中有勝於今人者，亦有古人所不能爲而以俟之今日者。即如百粵開於陸賈，滇黔開於唐蒙、司馬諸子，漢秦以前，固未承王化也。水西與四府何獨不然？欲爲之則竟爲之矣。彼在中國，腹裏因流民而設，鄖襄因撫制而設，南贛偏沅何獨於此地而疑之？

與吉太丘

長沙快晤，隨有滇雲之游。年丈遠送銅官，爰勞信宿，始知丈夫襟期，磊磊落落，至性相關，正復不能决絶。若世兒一往情深，謬爲恭敬，當其分袂，隨已掉臂，漠漠如路人。此其人可令吾太丘見哉！弟初未遇，我太丘如袁術處淮南，不知世間復有劉備。今則石武卿之遇文叔，未知鹿死誰手矣。顧負性不羈，不遇合於當世，坎壈將已遲暮。太丘春秋鼎盛，稱此得爲之時，建無前之勛業，是所望於知己也。顧念今之所重者，在不知書，逢人大喏耳。遇事輒攘臂，好以文義見長。此其人多沉淪，或界在顯晦之間，願吾太丘一雪此言。

弟近來著書頗多，不輕以示人，亦不敢以示人，以待吾太丘至，乃倒廪授讀之耳。嘗以此意持衡，海内寥寥，不得數人。因思程南寧，今作部下吏，此道猶未乏人，倘於乘軒咨詢之暇，一經國士之目乎？頃日前接龔合淝一書，津津見念，不置敬藉手一爲貢上，因憶羈旅潭州時。太丘謂我曰：『此楚中名宿，當與天下共之。』未審此言尚在胸臆間否？餘人無可托者，微太丘，吾誰與歸？聞大師已抵水西屬，有小議達之行間。若使此議果行，顧述老矣，豈猶有封狼居胥之志哉！敢爲先生勸駕矣。

與江西樓臬司書〔一〕

弟在里門山，居日久，蒙仁公納以肺腑，獎勵入長安，俾得再游王路，備驅策，皆仁公再造之宏慈也。緣因命數多奇，奔波萬里，所游皆瘠惡荒殘之區，與夫魍魎瘴癘之地，以故緬想故人，如在天上。自長沙奉尺一之後，今又四五年，茫茫音信，鱗鴻杳然，捫心自忖，何以爲人？然在仁公仁人君子，是弟平生知己，必不以形迹而逆計弟之薄德也。

自去歲滇中來，六月莅任，今已改歲，竟不能一修寸候，少酬高厚，尚謂無地間有此人乎？愧死愧死。每見邸報，知仁公游晋，復游豫章，數年萋菲，天王聖明，洪都舊地，兩借觀察，厚澤深仁，與匡廬彭蠡共其高深，然未嘗不私恨。彼其之子，讒言孔多，終爲豺虎不食，其餘與仁公光明磊落之心期，因皭然不滓矣。春夏前後，當差信使，用伸前説，萬不令季布笑人也。

弟與仁公二十年交情，肺腑共見，我知仁公，仁公知我。弟忍作負心人乎？祇因向者去役，弟實失於省視，以致寄去之物，尚未完足，迄今夢寐，猶且未寧。竢專役來時，斷然不令有累仁公也。不腆引意，神爲飛越，恨不能一時拜舞於滕王閣下矣。念之念之。

【校記】

〔一〕本篇據《文集》十六卷本補。

與廖二府書〔一〕

記在朱陵與二三兄弟共事荒殘，氣誼文字中，最善者則仁翁一人。别來地北天南，奔波萬里，向在昆明，接仁翁手札，肝腸道義之交，久而彌篤，非似世俗險巇，别後生息噏呰，肺腑真不可問矣。不意曩來同事中，亦有此人也。弟以古誼待人，以開布自待。而乃有此等陰陽玄黄閃爍傾覆之徒，誠意料之外矣。仁翁古人，弟相與頗深，頗亦自負知仁翁。將謂此輩負弟耶？抑弟負此輩耶？聞向在楚，爲某所中傷，然此人已矣。世未有不白之事，未審其中顛末如何，幸便中爲詳之。弟浪游四方，一身將老，方鋭意歸山，爲菟裘計，將平生著述，與知我者共相討論删削以傳。何事鬱鬱居此，乃此意亦竟難行。惡地衰年，歸心如火，奈何與知己商之。

【校記】

〔一〕本篇據《文集》十六卷本補。

與林玉礎書〔一〕

曩者萬里遠游，天涯寂寥，幸逢節下言念世誼，錯蒙知愛，披瀝肺腑，真覺氣誼不孤，稍慰旅人之苦。乃忽忽未及數月，輒有西粵之行，追憶名園杖履，瑶草琪樹，醉月飛花，便覺雲樹蒼茫，屋梁在照矣。每念節下命世賢豪，自當立功厄塞，分竹帛一席。如述者碌碌隨人，蹉跎半世，則亦已矣。季夏上旬，莅官粵中，接讀邸報，知青氈無恙，得還故物，同人心喜，屐齒欲折。自念生平知己無多。前在滇中，蒙王國士之遇。及節下推布之雅，感激之私，匪言可宣。倘有機會，爲王前驅，與節下左提右攜，共建班定遠、傅介子諸人之烈於瀚海居胥之間，不敢告勞矣。

【校記】

〔一〕本篇據《文集》十六卷本補。

與楊拙庵書〔一〕

滇雲在中國西南之陬，漢唐以來，或有或無。前代官此中者，謂之惡地，以險遠弗類故也。頃弟之游得王，復得我拙翁，則雲南亦何負於人哉？弟行時，拙翁在南鄭未歸，無限相思，無由而吐。人生好兄弟，離合久暫之際，蓋有分數。劍合延津，正是氣類相感，勿憂其睽矣。吏滇黔之日，王待以國士，知己之感，端有所在。倘有機會尚可驅策，不敢言勞言苦，務必求所以報王於萬一者。老驥伏櫪，志在千里。弟此生壯志未展，塊壘未消。目今西陲未靖，李孽猶存。王倘揚旌金沙之外，磨石葱嶺之巔，不以敝履見棄，弟且奉羈靮以從。甘、陳、班、傅之業，不敢自後古人矣。惟我拙翁以爲何如？言有大而非夸者，此是也。王此時得專封拜，假便宜，新造之字，因革損益，千載一時，拔士爲相，拔卒爲將，但求有補於封疆，事不嫌於創起，我拙翁揆時度勢，懋贊王業，將以弟言爲妄乎？抑實有以見其然乎？豚兒筮仕，時惠提撕，尤其所望。荒函萬里，楮短心長，不盡欲宣。

【校記】

〔一〕本篇據《文集》十六卷本補。

與孔金滄書〔一〕

弟子粵西季夏之九日，接邸報，見年翁方面之命下矣，喜之欲狂。弟子年兄，數載湖南，極蒙肺腑。弟性復拓落，頗覺於年翁相宜，則生平之知己，當未有過我兩人者。東郊言別，聲泪俱下，此誼何日忘之。兒輩屬宇下，幸多方照拂之。俾稍有長進，知年翁以古人自期，不待弟囑也。

【校記】

〔一〕本篇據《文集》十六卷本補。

與趙叔文書〔一〕

弟目中少所許可，顧津津獨愛我叔文。則我叔文其人、其才、其品、其心，卓有可取爾。別我關嶺，零涕泛瀾，老樹古碑，照人懷抱。兒在宇下，率時爲提撕。俾無隕越，知我叔文必留心矣。

【校記】

〔一〕本篇據《文集》十六卷本補。

與沈繹堂書〔一〕

長安别來，忽已六七年矣。京索之間，戰骨如莽，使君數年經營，有起色乎？述一官天末，倮國爲鄰，未審高梁雅會，此生再于何處補之！前客滇得家書，知使君河南志告成，此使君傳書也。聞家人云，業蒙綴賤姓名其上，此誼何必九錫哉？嶺外數字，奉候興居。饑渴之懷，臨池難盡。附以近刻，如對故人。

【校記】

〔一〕本篇據《文集》十六卷本補。

與懷慶知府彭疇五書〔一〕

丁亥之秋，與老弟黄鶴相晤，彼時述郎乘舟南來，弟隨北上，别來今已十八年矣。每念昔年奔走亂離，流寓池州，深感同胞之雅，得出虎穴，以有今日，此誼何遂減扶風彭衙也。戊子之歲，受黔州之命，得晤長兄敦五於靖。時新戰之後，裹血相對，洪江一水，便分東西，不謂兄更作古人。西州在念，能無悵然。往在江夏，曾因董守戎寄緘，蒙弟從吏，得書感報何似。今年兒子自燕來，造膝請竟，兼承骨肉殷殷，歸來極道潁川太守治狀。今日聖主，亦漢宣之時。簡公卿，賜璽書，其惟良二千石乎。念瓜期近矣，友人沈羽生，錢塘人也。向以戎行守鄧。述里居之日，相得甚歡。今復遠自雲中不遠數千里，慰我嶺南，於其歸也，知必假道治所，特手書訊起居，以慰廿年契闊。幸弟椎及烏之愛，稍爲行李增色，則此君者，亦河東之曹丘也。

【校記】

〔一〕本篇據《文集》十六卷本補。

與江夏李游擊書〔一〕

寶慶對酒，一别黯然，遂復四載。歲月如隙駒，黄壚可念，得不令人生感。分袂以來，故人即有萬里之游，頭白如星，尚作抱關之吏，此生遂無昂首伸眉時耶？曾不如大丈夫，手握金僕姑，走塞上，取封侯矣。楚荆上游，爲孫、曹争霸之鄉，今海内一統，南紀澄清，敦《詩》《書》而説《禮》《樂》，固亦却縠之時矣。彼房竹京觀，何足築哉？直折柬致之耳。四小兒迎親江夏，東道主人，唯君是望。想親翁念舊情深，實勞館穀也。

【校記】

〔一〕本篇據《文集》十六卷本補。

文集卷二十一

祭文上

祭李孝源文

人情莫不喜生而悲死，慶生而吊死。至有聲氣相感、骨肉神魂相關，一聞其死，則有擗踊震悼、涕泗横流，至於以身代其死者。死者，人之盡境。悲死而吊之泣之者，人之至情也。乃吾獨於今日文定公之死，若有不悲而喜，不吊而慶者，此其情，文定公知之，世人不知也。世人徒見公以少年掇巍科，爲賢令，爲給事，有能名。至於秉鉞南贛，晋少司馬，尋晋大司馬，入東閣澮焉。先朝露則以爲靈武之即，嘆李、郭之難，再臨安之敗，悵陸、張之先亡，爲公痛心飲血，呼昊天而無從者，是誠然矣。而吾獨有説焉，此天意也。天意之深於全公，而公蓋獲死以自全也。

甲申之變，天崩地坼，燕都死難者倪元璐、劉理順、陳純德諸君子，幾於二十餘人。而公以奉使留都，不得與於殉難之数，此天之所以篤公乎？抑厄公也。乙酉之役，權臣賣國，九鼎地移，如黄道周之於八閩，金聲之於新安，吴應箕之於池陽，或以閣部行師，或以州郡起義，或以諸生奮不顧身，至有一死不悔，蹈死如飴者。而公此時，又不聞其死。曰：『此時公方持大中丞節，填撫南贛，大軍已抵豫章，公死期近矣。』適會封君太翁以疾殁於署，公以憂去，至又不得死，此又天之所以篤公乎？抑厄公也。

夫天既已不篤公，而厄公矣，公且如天何。於是草土未久，隨赴廷闕。司馬未已，遂至宣麻。是時粵東既去，武攸旋失，大厦一木，公知天下事無能爲矣。於是乃仰天長號曰：『天不欲我爲靈武、臨安之舉也。』悲憤填胸，五日不食而死。時維梧州舟次戊子七月二十一日也。蓋天之所以厄公者，前此若未有已。天之所以篤公者，至於此而後見也。天意若曰：『驅除天下之殘賊者，當爲天下之王。』彼李自成草澤叛卒耳，蹀血禁庭，率土喪天，而清朝乃建義旗，爲天下誅亂賊，此真有符〔二〕於作君作師之旨矣。公以書生致位將相，欲爲明死者屢矣。而未死，乃今後有以死之，死之而公事畢矣，則今日以死歸勝於以生還也。

况夫八年定鼎，南北之勢以成，公不死，公將焉歸？此公所以浩然入地，其生也人，而死也鬼，大明實始終之矣，抑又何求焉？此吾之所以不悲而反喜，不吊而反慶也。

會公之介弟以順治八年十二月初九日自嶺外移公喪車至，且奉公太翁、太夫人與公夫人三柩俱至。然則非公死而太翁、太夫人與君夫人之骸骨能俱歸故鄉乎？夫能歸君靈者，介弟之力也。能歸父若母及夫人之靈者，則君死之爲也。此其情又豈惟文定公知之，天下後世亦將知之矣。運值鼎革，身爲元老，從一而終，得返首丘，吾於文定公誠無間然。獨是言念疇昔聯鑣共轡、肝鬲性命之友，二十年來死喪略盡。山陽笛裏，徒勤向秀之悲；孟嘗客散，空灑雍門之泪，此所謂聲氣相感、骨肉神魂相關，所不禁擗踊震悼涕泗横流者也。則我於文定公泪盡繼之以血矣。

【校記】

〔一〕真有符，《文集》二十四卷本作『無悖』。

祭孟津王覺斯先生文〔一〕

維公鍾河洛之精氣，誕奎壁之靈暉。夙慧具於前生，仙根茁於佛地。幼讀奇書，抉《八索》《九丘》之奥；早掇巍第，跨金馬石渠之班。寇萊公二十而登朝，方之於公未爲晚也；蘇文忠弱冠而入仕，以較於昔，尤爲勝之。昌黎起八代之衰，少陵接三百之統。龍門之史，續絶業於麟經；蘭臺之英，訂异同於虎觀。筆涌星河，胸涵象緯。將曹劉屈賈，不足方駕；彼王楊盧駱，直是門生。若夫染翰之技，臨池尤工。陳倉石鼓，爰呈蝌蚪之文；祝融岣嶁，不盡葱薤之色。既無容上蔡之小兒，何處著山陰之父子。價貴洛陽之紙，不須玄晏；殺盡中山之兔，名在鷄林。當武陵柄國之時，正滿朝附會之際。公於斯時，抗章論列，幾捋猛虎之鬚。以及經筵進講之日，爲派餉剥膚之慮。公於斯時，乘時納牖，如繪監門之圖。迨夫皇輿敗績，倉皇江左。司馬云亡，管夷吾其何補；趙氏中絶，文信國以難支。以故與道污隆，一時明太公之志；隨時消長，九疇見箕子之心。

嗟乎痛哉！以公名位之尊，則中原長老。如劉洛陽之於馬端肅，俱以身歷公孤。乃一以九十四而終，一以八十七而終。公僅周一甲子，何前豐而後歉。以公著述之富，則勝國聞人。如李崆峒之與何信陽，俱已統接文獻。乃一則以江右副使而終，一則以黔州副使而終。公乃位列將相，尤古屯而今泰。

嗟乎痛哉！楊升庵有其博也，而不免於雜；李西厓有其才也，而人疑其品。匯古今之元神，極文章之能事，則昔之弇州，今之孟津，斷不誣已。若夫蟬貂幼兒起，映滿階前，鸑鷟斑襴，衎舞庭際。將眉山之老泉，不過二子；汾陽之令公，爰有諸孫。蓋鼎峙其間而愧色矣。祥也三韓靺鞈，久切御李；白水逅遘，乃托如蘭。約降師保之尊，俯納塤篪之内。顧離合甫既於旬月，胡死生竟判於須臾。哲人萎謝，古道陵夷。琴餘河内之悲，車重西州之感。高士炙鷄，徒有懷於目前；夢中白馬，不無待於後日。

某也辱公識拔，得蒙肺腑。念患難於青除，幾墮豺虎；憶零落於吴越，幸免鯨鯢。猶記昨歲，序涉殘冬。天使來自西蜀，星軺晤於南陽。維時公病沉綿月餘，於焉北征，即復改歲。豈意分手之日，遂成永訣之年。乃聞訃音，爰在春暮。嗟薤露之忍歌，嘆梁木之已壞。魯陽雲黯，日返舍以無期；遼海風翻，魂歸來以何日。聞傅説降時，爰乘箕尾而至；知方朔既去，還城歲星之精。黄河之水已涸，從教溝澮争流；嵩少之巔既頹，伫見培塿稱霸。

維予小子，敢負先賢。雖非子瞻登第，自出永叔之門；竊喜王粲成名，手接中郎之書。豈曰以斯文爲己任，庶幾振微言於來兹。

【校記】

〔一〕本篇據《文集》二十四卷本補。

祭危貢士伯屺文

我聞伯屺名，在天啓之甲子。時予爲童子，從鄧之魏先生師虞游，讀書李氏庄，先生告我曰：『邑有危生，少年多才。受知葛屺瞻督學，爲鄧士冠軍，以明經入太學。』爾時已心儀之。予自入庠後，魏先生死，亦竟不聞伯屺作何狀。累讀楚之賢書與國門鄉學録，又無姓氏，或以伯屺挾才具遨游公卿間，或邊陲要害幕府中，有伯屺在焉。爲當事借咨諏，不則或敝篋訪名山，棹一葉博觀海以外，不則死耳。又聞屺瞻所得士，無終窘者，如竟陵之譚友夏，孝昌之夏湞水，齊安之何烱卿，皆前後聯翩起，不至以牖下終〔二〕。人或謂屺瞻挾相人之術以衡文，故士既經識拔，鮮不遇者，然吾獨無解於鄭之伯屺則何也？

兵戈相尋，會二十年。順治丙戌，予視學楚中，忽伯屺之弟危行自金陵來，予晤之江長四招撫席上，則知伯屺無恙。時予極慕伯屺不可得，遂以鄖山一氊借其弟，蓋如見伯屺云。又數年，壬辰春，予方免官里居，不交外客，乃春雨泥滓中，伯屺持刺來晤，則固吾前十四五時所欲識面者也。因念歲月如駛，相逢不偶，轉瞬三十年，如醉如夢，知交半天下，强半凋謝陵夷，方不勝死生之感，離索之嗟。乃意中人往往於不意中得之，且得之於數十年之後，得不歡然？昔延陵季子所之之國，人如舊識，尤非所論於予與伯屺者也。

我謂伯屺曰：『兒子數輩方黄口，君能作塾師爲我留否？』伯屺曰：『楚人士感先生之知，與江漢俱永。屺瞻而後，爲督學者皆湮没不傳，先生崛起四十年之後，且當草昧之時，爲楚闢荆棘，啓山林，長沙之粟，竟陵之材，皆在所搜剔，何獨一危伯屺而疑之，願受教。』於是率兒了輩北面受句讀。伯屺勤敏，不厭瑣細，日課兒子讀書數行，作字學、作帖括藝，方半歲，兒子輩皆有怒生之機。乃伯屺與予議論朝夕，亦多所入，自以爲相得之晚。每酒後潦倒，謂我曰：『有父柩在金陵，諸异母弟尚幼，以離亂尚未歸。』言輒泣，泣輒不已，以爲常。予慰之曰：『迨時稍清平，爲君效一臂，無難者。』

伯屺爲人篤謹而中狹，鄧距鄭纔百有二十里，往來行人之在鄧者，咫尺之書不絶於手，内顧或夜不能寐，予甚憐之。一月之中，或任其一歸，歸或數日，而伯屺之思家尤不止，予私念之曰：『伯屺有長君，以夭死，又先人未歸於土，伯屺用是焦毁，釀成心疾，此非壽徵。』會今年十月初三，伯屺欲歸，予遣蒼頭轡蹇驢去，約以數日來鄧，及伻去，而伯屺死矣。聞死前二日是爲伯屺誕晨，以賀客來稀不似往年，伯屺心銜之，賫憾以殁。嗟乎！世上炎凉之感遂足以死人，不足以死人，又何以死伯屺哉！又我聞之鄭人，伯屺昔隨其父官兩越官燕，一爲廣文，兩爲守令，皆有卓聲。雖其父爲之，然伯屺左右之力居多。果若人言，則伯屺不應如是而死也。然吾前此已逆知伯屺之死已，伯屺固死於天倫之際者也。

【校記】

〔一〕『不至』句，《文集》二十四卷本作『無窮死者』。

祭張太守文

維公來自新安，守鄧之三年，柔輯之化洽於民心，菁莪之澤淪於士類。勿鼠而城，罔胥殘。勿虎而倀，奸宄罔慝。昔之所爲暴骨撑拄者，今之所爲墟烟廬舍也；昔之所爲蜥蜴荒蓁者，今之所爲禾黍油油也。維時合鄧之父老子弟，簪裾子衿，下逮撥襪之氓，與啬夫輿臺之賤隸，罔不曰賢哉此仁父母。蓋約略數十年之際，鼎革以還，循良第一云。未幾輒聞主政者奪去以禮部員外郎，旦夕且去長安。鄧之父老子弟若而人，方鎸峴山之石，泪灑叔子遮潁川之車，願借使君。而不意皇天弗吊，哲人用萎，復以是年正月之三十日殁於鄧之官署。

嗚呼！朝廷之上，奪我父母既速矣，乃綈衣之召，胡不少延？又不爲朝廷所有，以如斯人，不克享遐齡，居鼎鉉，僅僅以良刺史傳，謂天道何？而或者曰：『此正德澤之醳於鄧人既深，公之不忍捨我鄧人而去。永矢勿諼，没世不忘。維公死，故長爲我鄧人所有，公蓋未死也。』

昔朱邑之官桐鄉也，桐鄉思之，及其老且死於邑，太息曰：『後世子孫祠我，蓋不如桐鄉之祠我也，葬我桐鄉勿歸。』今我公惟不終於鄧，則已終於鄧。而謂鄧民頑且澆，不桐鄉若，則人之無良，予不敢信，并不敢爲鄧人信也。若是，則公之死於鄧，與其死於家，或死於不知所謂何所，同一怛化耳。而猶不若鄧人之思公自此，蓋千百年未有艾也。今死於家，死於不知所謂何所，其所謂號泣擗踊不過數公子耳，未若此合鄧之人之爲仰天椎心泣血而無從也，則公亦可笑傲游地下矣。

某是年二月自粤來，哭公於傳舍，僾然而見公之聲，聞嘆息焉。蓋竊念鄧城兵燹二十年，非得公則鄧幾不起，嗷嗷焉如嬰兒之於父母。不敢視郡人獨後，實以公之視我人居居究究，有以致此也。於是同父老子弟若而人，采湍溪之毛，挹菊潭之水，酹公思公，哭之哀，成禮而退。公靈輀且就道，《記》曰：『狐死正丘首，仁也。』又曰：『其魂氣無不之也。』公不忘我鄧人，則惠風朗月之下，紫金山上，百花洲頭，是公搴帷舊游處耳。魂魄猶應戀此，朱轓華蓋焄蒿凄愴，公又何嘗真去鄧哉！

祭丁隆吉孝廉文

嗚呼！此明孝廉丁隆吉之柩也。孝廉以先朝癸未之歲殁於蕪湖，閲明年甲申，值國變，予丁先慈艱，避難渡江，携兒子哭君於萬羅山側。維時君客鬼萬里，貍首檝然，荒冢叢祠，江聲澎湃。里人昔時尚存者，有南贛巡撫李孝源，兩孝廉王九玉、張箕疇，諸生李性實輩，合予數人。坐念故鄉大亂，曰歸無日。且以爲天荒地老，君魂魄無依，旅邸相對，不覺流泪浪浪之爲君下也。會乙酉春，孝源之官南去，予三人遂溯流賦歸來。予仕楚又數年，既以齟齬於當道免官里居，君乃以今大清順治辛卯四月，輤歸於湍水之陽君家先大夫之塋。計日將襄事，予得以哭君於其墓。

噫！此君萬年宅也，君至是可以瞑目入地下矣。人固有一死，兵戈水火盗賊皆足死人，而曰考終命，惟疾病爲然。君之死於鳩，兹是疾病也，非前之數者之昔人所爲不幸也。况乎達人荷鍤，將軍革裹，耒陽、工部乃殉牛炙采石，王孫亦墮鯨波。一入鬼録，七尺非我有矣。千秋而下，貴賤賢愚，土一丘耳。如是則一死足矣，故鄉之與异國又何分乎？今君已有二子，扶櫬江南，烟波天塹，得遂丘首。昔太公封營，五世葬周，不忘本也。君無慚此義矣。以上此二者，生長亂世，與人之無子孫者之所必不能得，而君皆有以全之，全之而又何恨也！

吾爲君所恨者，止是生前有所未盡耳。君才氣無雙，早歲稱名士，以戴經魁中原。予昔讀君文，如項羽河北、光武昆陽之戰，真有萬馬辟易瓦屋皆飛之勢。乃至屢上公車，艱於制科一第，此事之不可曉者也。又君倜儻負經世略，向年予爲孝廉時，爲方鎮所徵，深入虎穴，與君同事。君視若輩猶蟣虱耳，以視真卿之使希烈、富弼之使契丹何多讓焉？乃後之追論者，不知爲何人所衊污，不以爲功反爲當局者所按劍，此段心事唯予知之，而世人所不得知也。

顧君乃以孝廉死，以孝廉而不得大用於世死，此予之所以痛君哭君而不能已。於君也，顧白馬之客，雖無慚於夢裏，而解驂之誼實有愧於居停，因之有感於王將軍矣。將軍燕人，名國泰。君骸骨歸，多將軍力，事詳君墓志中。自君即世，世變滄桑，舊游星散，張、王二子相繼以歿。王復不知死所，孝源嶺外聞亦化爲异物，少年同學之交，唯予在耳。而又奔馳連年，霜催短鬢，間關五谿九嶷之間，僵尸如麻，僅以身免。爲郎疲於執戟，立功隳於題柱，伯牙弦絶，羊舌泣下，予獨何心能不悲哉！嗚呼！君可以瞑目於地下矣。生前未盡之事，有二子在，孫叔敖固未死也。

祭羅總督文代

嗚呼！天開草昧，誕育真人。既有元首，遂有股肱。負俎佐殷，阿衡以出。鷹揚興周，東海遂表。蓋雲龍風虎之會，必有舟楫鹽梅之才。入而鼎鼐，出而封疆。推轂係三軍之命，長子象師中之吉。氣有開而必先，德歷久而未艾。此壽考所以作人，而終命所以斂福也。

皇清卜洛定鼎，爰奠丕基，滅醜除凶，遂開寶位。提一旅之師，而裹萬里之糧。不數年之間，而肇八紘之統，豈一手一足之爲烈，抑群策群力之畢舉。維公自束髮而從王，倡義聲於關外。矢鞠躬以報主，建高牙於中原。始而爲講幄之近臣，既而爲提封之大吏。作督撫於川楚，適順治之二年，維時洞庭以南，齊安以北，尚多伏莽未靖之奸，抑彼三苗故壘，鬼方遺孽，實勞枕戈待旦之事。又兼蠶叢、魚鳬，蜀道三萬六千歲未通秦塞之烟；因而合浦、日南，交州六十有五城待奏麊泠之績。麊音麋。麊泠，漢縣，屬交趾。公巨才細心，高識敏手，謂殺賊但及渠魁，故宥衆罔治脅從。念此蒼黎甫出水火，且方有事，戎馬未遑安息。如陶侃之在廣州，祇運甓以習勞；又叔子之鎮襄陽，懸鈴閣而求治。救荆州於將陷，俾此億萬猾賊，忽散嘯聚之鯨鯢〔一〕；定江黄於既傾，遂致閭左編氓，無復哀鳴之鴻雁〔二〕。乃值一人南顧，簡兹名王；因之頻年出師，開此百粤。桂林、象郡之間，水輸陸輓而貢〔三〕。吴舟越檝，烟騰萬竈之貔貅；鶴膝犀渠，力壯九關之虎豹。定南得騰飽之資，再標銅柱；纘順仰醪纊之績，不致呼庚。天上來伏波之將軍，嶺外通皇帝之璽書。以故尉佗去其僭號，智高失其憑陵。已見五丁鑿路之勛，方奏捷於川蜀；行看中郎持節之力，將問罪於西南。乃竟以積勞成病，遂爾爲國亡身。乞骸之情不見原於明主，隕星之變遂莫逭於老臣。

昔鄧艾伐蜀，王濬平吴，克成晋家一統之業。然致論眉睫，而檻車來於蜀道；恃功憤懣，而喧黷及於宸扆。公則以開誠布公之雅，成發蹤指示之功。將士歡然，廟堂寵錫，此以見非成功之難而居功之難也。王猛治秦，崔浩在魏，不過偏安一隅之雄，乃或以中道而喪，致苻堅之嘆息。或以終凶而殁，來清河之黯傷。而公當王業既成之日，車書萬國之後，既臻古稀，復獲正寢，此亦見隆替之辨大小之不同也。如公者，可以死。如公者，正未即死矣。

某從事楚湘，叨公指臂在，曩時西陵之捷以及麻城之績，實借前籌得免負乘。此正如唐宗平蔡，雖出李愬，實裴度視師之勞。亦正如漢祖論功，半出彭、韓，莫逾子房幕中之算。繫馬宛城，聞公訃至，嘆五丈之風高，難留諸葛；感三台之夜隕，莫救張華。遣驛使以告哀，少竭炙鷄絮酒之誠，望仙樓而灑涕，不盡故吏門生之痛。嗚呼哀哉！靈其鑒之。

【校記】

〔一〕『忽散』句，《文集》二十四卷本作『忽成南郡之京觀』。

〔二〕『無復』句，《文集》二十四卷本作『家誦鄂渚之畏壘』。

〔三〕而貢，《文集》二十四卷本其下有『天子曰：「欽哉！督臣某，汝實往哺之。」維公曰：「俞哉！哉未滅，臣無以家爲。」』數句。

祭宣代總督佟公文代〔一〕

維真人之誕興，乃良弼之挺出。固氣運之攸然，亦人事之罕遘。維我大清芟鋤苞稂，撫有方夏，風塵三尺，上都大定。旗揚嶺表，甲曜鑾鄉。朝鮮甫收，流沙旋戢。以及蠮螉、鷄鹿之塞，玄菟、白狼之遠，無不萬國王會，車書朝宗。雖天生神武，定鼎郟鄏，然而雲龍風虎，霞變波蒸，連翩接踵，勛貴力多，未有如我公者也。

公三韓華胄，爲國懿親。鱗集鳳劇，璧合珠聯。花萼叢出，箕裘擅數據。門標閥閱這隆，閣繪麒麟這盛。譬之前代，如江表之有王謝，清河之有崔盧，不啻過之。

先是皇帝念宣雲重地，密邇岩疆，秉旄彈壓，匪公莫任。以故寵錫節鉞，治兵絶塞。勒銘燕然，再勞班固之文；威震郅支，無愧陳湯之烈。讓惟上谷、漁陽，卧鼓橐弓；兼以居胥、瀚海，烟静波息。於是晋爵大司馬，位爲上公。夏官擅九伐之權，師貞表文人之吉。如李衛公之身兼將相，江陵之績丕懋；如裴中立之國係安危，惟蔡之勛爛然。方且二十四考，何減汾陽。名揚西夏，再見稚圭。不謂昊天不吊，竟折中台之星。出師未捷，常抱諸葛之嘆。溘焉朝露，卒於季秋八月，享年五十有八而已。

某等或素叨幕下，受李少卿甘苦之恩；或仰承識拔，邀張魏公特達之遇。揮涕以采蘋藻，瞀面而薦馨香，峴首之泪長流，永别開府劍南之靈，不昧悼兹中丞。嗚呼哀哉！尚饗。

【校記】

〔一〕本篇據《文集》二十四卷本補。

祭浙閩總督正室劉老夫人文〔一〕

維兹夫人劉母，生長名閥，幼嫻女訓。曹大家之淑身立言，手續父兄之書；謝道韞之相夫克家，生憎柳絮之句。鷄鳴垂戒，弋凫雁於齊風；舉案垂聲，重梁鴻於吴下。小星無衾裯之嘆，側室兆熊羆之祥。而又力襄中饋，爰勤内德。以故攸贊夫子鴻烈丕著，始而建牙江漢，出師瀟湘。馬援之勒名銅柱，博德之威著樓船。既而百粤甫定，八閩來歸。肇開勾踐之山川，重奠錢鏐之舊地。旌旗東指，氣吞琉球。艨衝南下，壘壓交趾。雖我皇上天戈所向，越裳無抗化之人；抑又我公方略密拔，召虎報成功之早。然惟我劉母，脱簪珥以犒軍士，如劉太原之有李氏；補衣甲以備行間，如張中丞之有陸姑。我母有逮下之仁，我公無内顧之憂。兩者相待而彰，相與以成者也。夫露布方奏於東南，而婺星失曜於燕蘇。坐使香山壞土，長埋翡翠之魂；若耶溪頭，空下萵砧之泪。

某等叨公知遇，久奉母儀。感地老與天荒，乃蘭摧而蕙謝。忍使襄陽堤畔，城竟崩乎夫人；從此關外王姬，陣空傳夫娘子。褘翟不時，蘩藻來歆。嗚呼哀哉！尚饗。

【校記】

〔一〕本篇據《文集》二十四卷本補。

祭大司馬庚生文〔一〕

維公鍾河洛之間氣，誕嵩少之靈英。早負奇姿，窺九流七略之奥；長博巍第，領紫宸華蓋之班。時當草昧，筮仕户曹。詳周官會計之書，鄙漢武鹽鐵之論。東南萬艘，一時共傳劉晏；

春秋兩税，心計獨鄙桑弘。遂咏四牡，典試晋陽。龍門太史，全搜談遷之藻；河汾門下，盡是將相之英。文章再接晋問，得人不愧歐陽。時東越初闢，文教未覃。隨奉璽書，傳經越絶。若耶溪頭，宏開扶風之帳；御兒橋畔，新築問字之亭。此正如柳州之在嶺表，衡陽以南乃有文字；又不啻文翁之化成都，兩川之風漸成鄒魯。棨戟星移於金衢，謳歌幾遍於臨安。

乃承帝眷，榮陟銀臺。爰簡士師，遂晋司寇。北斗司皇帝之喉舌，刑措成文景之雅化。始進階大司空，考工補冬官之缺，營室居定中之位。墨食東都，姬公卜洛之年；壯麗秦關，蕭相告竣之日。既進階大司馬，樞密掌九伐之權，鉤陳擁上將之座。百粤來朝，荆蠻歸命。李藥師江陵之績，不足方駕；杜黄裳西蜀之烈，與之同功。凡兹寵命，皆屬特簡。方擬享郭汾陽之厚，福二十四考；又擬綿文潞公之遐，算九十餘齡。胡然柱石，溘焉霜露。永捐館舍，疆仕有八。嗟乎，南方未定，星殞葛相之營；中原甫平，天奪景略之速。

某等庚辰通籍，濫竽齊年。或涸迹金門，日索長安之米；或一麾出使，承乏淮陽之游。或目擊時事，欲上馬周之書；或蹉跌連年，不遇馮唐之薦。升沉顯晦，是不一局。言念曲江，誼屬同氣。昔登元禮之堂，身同北海；今過孟嘗之第，泪灑雍門。思南皮之舊游，徒托寤嘆；對黄墟而零涕，邈若山河。回首看花之辰，海内三百餘人；傷心西州之路，帝京僅有九子。鶺鴒在原，人琴俱逝。感知己之云亡，彼鍾期伯牙從兹已矣；幸遺孤之可撫，將程嬰杵臼繄獨何人！

嗚呼哀哉！尚饗。

【校記】

〔一〕本篇據《文集》二十四卷本補。

祭許菊溪文

大觀察菊溪許公以今上十八年五月某日歿於里，閲明年壬寅某月日，年友所親彭某乃得作誄五嶺之南三千里外。遣兒輩往哭其第，曰：『述聞君死在上年八月中，吾鄧李鑒湖之言也。時方匆匆，自六詔甫到桂林，爲位而哭之。今四兒走我書，言君以某月歸窀穸，則爲致絮酒爲文餞焉。』念君長我五歲，鄧酈距僅三舍，作諸生，聲相頡頏。復同年，後作兒女好。世人結交，生平以道義爲朱陳，未有如我兩人者。

君早歲負奇雋目，弱冠領鄉薦，海内具心眼之士讀論表，喜其灝博。庚辰，燕臺宴曲江，予小子厠名榜末，同横溪、二韓諸子無日不醉長安，登香山，觀紫塞。其後君仕河津，讀子先大夫禮歸，予唁之。再起令丹陽，時逢陽九改革之會，予時亦丁先節母艱，走寓金陵，與君晤旅次。予西游官楚，歲戊子，稱牂牁使者。是年，予以投劾去。君以禮曹奉詔漢上，與君聯舫西征，款乃夜半，聽劇仙桃。君嗣守商於，予時家食。商居武關，險狹二陵風雨間，土瘠石田，荒簡無事，公一以靜治之。會牙孽不逞之徒肉閭左，公一鼓而下。又用間縛其渠帥，當道上其事，公晉納言，旋晉府丞。丙申，予上書走京師，與君再晤。當斯時也，方謂卿貳中書近矣。乃先帝鋭意圖治，顧江南財賦地，訟獄繁多，借公以大觀察往治之。予以是年四月送君於鄧之南鄙，予從軍長沙。夫國家刑書所關，在内莫重於大司寇，在外莫嚴於臬司，此一省刑獄宗而聚訟之府也。公祥刑在念，出入輕重，奉法維謹，素所蓄積者然也。曾爲當道所齮，竟以此賦《歸來》。予時分藩朱陵，聞公將遂遲栖丹水，有終焉之意。己亥，予復以右藩赴滇南。辛丑，移桂林，而君訃音適至〔二〕。三十年來，肺腑交情，中間歷亂，相仍杯酒酣歌，德業相勸勉，尤愆相糾，與君合而離，離而合者，至再至三。自南鄧以後，又復七年，白駒過隙，半生一夢，乃真離不復合矣。

嗚呼！讀書而登制科，仕宦而至觀察，有子若孫，克昌其世，爲閭里交游寵光，亦榮矣。即百年安能不死？君六十二而死，雖不得上壽，又何憾哉！顧余疇昔勸公，以公之才可以著書名世，公方汲汲於用世，猶未深然予言，而今不可得矣。尚能於掃除之暇，寄傲水山之外，徵逐文苑，殫心名山之業，一寄著作於不可知之人於金銷石爛灰劫沉沉之後乎？君向有詩一卷，今仍存否？古人可傳不必多也。又或數年以來，別有著論藏之，幸佳兒一爲檢示，俾予卒業焉品題以傳。予所以壽吾菊溪，而令菊溪常存於天地間，無他法也。否則，惟俟之子若孫而已。可知耶？不可知耶？夫前聞君殁，吾哭。既聞君葬，吾又哭之，二者曾不若撫棺一痛之爲愈也。

嗚呼！菊溪逝矣，禹峯冉冉將老，計旦夕抽簪茱萸澤畔，跨蹇臨湍釣臺之間，而所謂伊人亦且荒草迷離墓木成拱矣。復何以爲情哉！恐今日之哭尤不足當他年之痛也。嗚呼哀哉！

【校記】

〔一〕適至，《文集》十六卷本其下有『捐舍之期，順治十八年五月五日也』十四字。

祭原任廣西〔一〕巡撫李公文

今上龍飛之戊子，時維仲春，公爲衡州兵巡，予亦叨守永州。先是草昧之初，予督楚學，校江南北士，公以湖南未開，客鄂渚，與予稱莫逆交。閱明年，扁舟渡湖，同官此地，握手出肺腑相示，昔人僑札管鮑之知當不逾此。是年定南王承制疏公爲西粵撫軍，予亦有夜郎之役。公領部曲健兒遂之全陽，群盜如麻，公大創之，馘獲若干。後以孤軍難久居重地，移師永郡。自夏徂秋，賊肉城戰壕内，公貫甲血戰，斬賊柵數十處，賊踉蹌去。亡何，賊大衆至，甘心於公決死戰，圍三匝，不去。公率士卒登陴，飛礮石擊之。又力斷其雲梯蝦蟆車之類，賊計窮，於是札城三里外，鹿角密布，鐵騎十餘萬環攻。城内饑甚，人相食，兵丁皆聯隊而行，一二人行市上，無不立啖而盡。公苦之，曰：『天亡我矣。夫殺人以食人，睢陽之事，吾不能爲，唯有背城一戰而死耳。』乃橫槊入陣，直破賊營。公本將家子李寧遠之後，賊習知其名，不敢近。殺賊過當行三日夜，將抵湘潭，左右傷亡殆盡，賊後選精甲尾之，因不免遇難於桂林城下。

歲庚寅，定南王後捧璽書開蒼梧，爲公上其事，改晋光禄卿，蔭一子入國學。又閲數年，是爲戊戌，予復官衡，公之胤子李寅年方弱冠，痛哭徒跣走百粤，將尋公遺骸而歸，蜕於山東之忻州。人皆傷寅孝子之思無窮，而逆知其無能爲也。

公子以是年二月入桂林，遍詢行間老兵及所存遺老，久不得消息。俄有醮樓僧某當日親見其事，爲公子亹亹言之，在某處某穴下，一如其言，掘土五尺餘得公骨。公子刺指血漬之，隨時涅入，他骸試之輒流散不任入。於是公子具棺槨檢髮爪如初斂時，負之舟中，沿江而下，抵衡，謁予，爲言狀，泪簌簌被面。予時亦痛不能自止，哽咽良久。因念予與公交十五年，自戊子春芝山分手，路阻黔越，烽火彌天，甲楯如蝟，不謂一别南北遂成今古。予也蹉跎連年，重游南土，感蘭譜之凋殘，悲琴聲之嘹嚦。君爲异鄉之鬼，予是再來之人。見通家之猶子，如君九原可作；愧表彰之無權，頗覺良朋有負。維此朱陵旌旄舊部，魂魄戀此，猶傳羊祜之仁。俎豆如昨，緊是桐鄉之地。某生死交情，誼同兄弟。酹酒臨江，倘可乘雲而下。撫棺一痛，難酬挂劍之心〔二〕。

【校記】

〔一〕廣西，《文集》二十四卷本其下有『都察院僉都御史』七字。

〔二〕之心，《文集》二十四卷本其下有『嗚呼哀哉！尚饗』六字。

祭明遠將軍兼國史院編修羅公文

將軍澄之羅公，以今上癸卯九月某日卒於京邸，享年三十有五。維時公之太翁撫軍大中丞方持節黔中，去長安萬里，訃聞之日，在次月孟冬廿九之晨。一時藩臬監司閫司諸公唁中丞公於旅舍，中丞公哭不成聲，郡吏屬公宇下，且念將軍通慧早折，又孤立，鮮兄弟，一旦遽舍垂白之二老而溘焉長逝，死者有知，能不幽魂縹渺於雲山棨戟之間耶？於是爲位而哭之。乃擷泮泂之芳藻，酌犍爲之醴泉，酹將軍而告之曰：

將軍誕三韓之要區，挺飛龍之舊地。早崛起於閥閲，聿彰王、謝之聲；長奮志於縹緗，允協董、賈之願。讀書中秘，著述滿承明之廬；珥筆上林，英華馳天禄之苑。既猿臂以善射，手開霹靂之弓；復虎陣以成圖，氣奪昆侖之戍。跨飛騮而走塞上，壁壘直壓甘、陳；懸螯弧以靖方州，談笑欲失郭、李。當司馬之秉鉞中原，值將軍之執鞭共事。旌旗遍兩河之父老，壺漿起八郡之瘡痍。迄今陳、許道上，如聞建威之聲。以及梁、魏遺墟，時上信陵之冢。又如司馬誓師於江漢，爰惟將軍擊楫以同舟。鄂渚之西門不開，誰闢荆郢；郴州之櫓楯罔飭，誰拓江黄。迄今襄樊堤上，猶思開府之勛名；以至衡岳長沙，不忘劉公之俎豆。是皆將軍以垂髫之年，當猶子參佐之任。安石江上忽成淝水之書，上谷郡中已裕好籌之算。惟司馬與中丞公，既同形而分氣；惟中丞公與將軍，復世德以作求。

當中丞公捧詔以下西南，惟將軍牽衣而侍左右。中丞公謂將軍曰：『老父行矣，司馬箕裘汝勉之，嫠婦孤兒汝謹事之，猶一體也，勿以衰白爲念。』將軍謂中丞公曰：『徼外風寒，惟尊加餐。宗黨之事，有兒在，勿貽父憂。』惟時依違馬首哽咽久之，在中丞公家國不能二念，在將軍亦忠孝不能两全。以故中丞公望巫黔而進發，若曰大君有命，王事靡盬，彼忘家之謂何；將軍倚故廬而遠念，若曰杖履天末，膝下何時，每瞻南雲而零涕。豈謂摧折厄於短景，勞瘁中於壯年。藐諸早殞，先傷玉樹之凋；一女孤存，尚餘井臼之恨。將軍已矣，傷如之何？

某等情關同氣，誼忝通家。或生中州吴越之鄉，或誕幽并燕趙之地，雖宦游夫异國，皆受知於中丞。嗟駿骨之難挽，實百身而奚贖。謂天道可知耶，不可知耶？昔人彭殤一視，齊夭折於大年，合千秋萬世而觀之，安在不賢愚同盡？况歷觀古今賢豪，或英年而得偉器，或遲暮而産佳兒，是不一途。中丞公齒髮未衰，發祥啓後，理數一揆，是將軍原未嘗往也。所恨者，眼前不見將軍耳。嗚呼哀哉！

湄潭王將軍太翁祭文

湄潭王將軍太翁以七十三歲終於正寢。時將軍方出師東偏，士卒民人哭之如喪私親。將軍行陣聞之，擗踊震悼，誓不欲生。黔省文武諸公聞訃之日，與將軍有疆埸之舊，遣官祭之，其詞曰：

天開草昧之日，篤生翊運之人。龍虎風雲，遇合不偶；艱難險阻，際會多奇。自昔曲逆起亡命，爰定西漢之基；王常本烏合，早竪雲臺之仗。蕭相國闔族以從軍，耿上谷一門而報主。父子之間有堂構，君臣之間有殿陛，其義一也。

今湄潭將軍之太翁，其先世延安人也。崆峒風勁而高寒，姑臧城堅而草美。士馬鎧仗之所出，偏産王霸之英；奔逐射獵以爲生，良多躍冶之器。惟將軍生長邊州，射鎖犁耳之鐵。先代雲擾之際，合成壘以稱戈。壯游於滇、黔、蜀、粤之間者數十年，方不勝瞻烏爰止之思。語曰：『君擇臣，臣亦擇君。』此其時矣。乃先皇順治之十六年，大師三路以開疆，太翁乃釃酒以稱慶，謂將軍曰：『天命有歸，大統將集。昔竇融乘更始之亂，保有西河。及聞世祖入關，爰籍土以來歸，享富貴者累世。又如張軌父子據有凉州，萬里遣使於建業，歸正朔者數州。二者皆吾西州舊事也。況新息遨游於隴蜀，乃專意於東方； 英公解甲於黎陽，遂從龍於晋水。古英雄崛起，或同發於閭閻，而稱戚里之勛； 或投合於逆旅，而奮興王之績。是不一途，唯子勉之。』

於斯時也，將軍投袂而起，遂杖策以來歸。名王免胄而前，因上書而選帥，於是天子念曰：『惟兹羅施、鬼國與巴巫、爨僰相爲蟣虱，又與犍爲、越嶲相爲表裏，實俾將軍節鎮。』湄潭將軍號令如山，無時不唯敵是求。又公忠素著，到處皆以勤王爲念。自建牙以來，緬甸獻琛以稱臣，峒主牽羊而來賀。且念貴筑之地，嶢峋崎嶇，鎮遠而上，輓運維艱，簡點尺籍，共事推輓，民力不勞，而三軍皆具驍騰之色。近者房州遺寇蠢兹跳梁，西接夔巴，密邇思南，兩省制府共會將軍犄角之。往者白帝稱孤，致煩東都之駕； 李特據險，爰興江表之師。今王旅二路已抵荆襄，將軍諸人復扼天險，我知其無能爲矣。

不謂將軍方枕戈以待旦，而太翁乃忽乘箕以上天。山川綿邈，戈鋋載道，是父是子，忽焉長别。三軍爲之飲痛，行路爲之心惻。況在蘭譜之末，敢昧生芻之義？某等或與將軍把臂而訂平、勃之歡，或與將軍神交而未愜僑、札之願。念文武共事於封疆，太翁與將軍既有父事兄事之誼，況死生重關於交情，我輩之於將軍，更抱若翁吾翁之痛。聊賦楚些以招魂，用振《薤歌》而隕涕。英爽西歸，應已魂繞。夫玉關之塞，游子南來，還期負土於抱罕之西。

祭包太母文

維乙酉之仲春哉，生明彭子流寓蕪陰，際霞兵憲之太母以甲申臘月仙逝，届此且二月矣。爰約同里諸君哭太母而薦之曰：

太母以黄耇終，有子若孫而能拘是達，抑又何憾？且中原淪陷，江南尚少兵燹〔一〕，生寄死歸，不必故鄉也，而抑又何悲？非悲太母也，悲兵憲以命世之才略饒救時，而天不假易，俾擁旄奪於扶杖，是則某等未免伊鬱哽咽耳。抑某豈爲兵憲悲哉！殆將爲天下悲，而因以及夫兵憲，而因以及夫太母也。

兵憲昔爲諸生時，聲翔宛葉間，聞太母教之力，每佐太公不及。曲房精舍凡十數區，牙籤縹緗礌礌然，兵憲舉踵支頤皆几案間物。以故兵憲書無所不窺，爲文渾脱瀏灕如公孫大娘之舞，成進士高第，典司農事殫力，念漏卮巨浪，刀帛且遒，卮三空矣。龜卜燭炤，弗以骨籌，委嬴縮於胥人，上裕泉府之積，而下以察東野馬力，罔或冒濫。爲職方郎，識拔胥名將帥，勿俾駑駘蠹吾騕褭。維時先皇多公才，楚鄂城臬署乏員，赤丸白羽之徒方嗡嗡草間，兵憲乃銜一人命往戢之。到時下令與群渠約，勿即慆淫以膏吾斧鑕也。有如此三尺，且命善諜者没虎穴，脅從罔治，諭以使者意。乃身率鎧鉾，當要害擊之，如捕鹿者犄之角之。間鼠竄彭蠡匡廬，游魂盜旦夕者，部兒葛疆輩，輒復得之异郡。用告底績於峥嶸。州建牙峴首，虓虎咆哮穀。邑理臣熊方响嚅如婦人，日膾生肉而食之。兵憲悉不可以鞲絛羈嗾製之，當事者故爲紕繆，後竟以蹶張去。朝之大吏縉紳家迄今能言之，休沐未幾，亡何，復視兵桃林。嵖岈巘嶪，東西搤弘農幽谷之喉，北枕濁河，南則鄧西之九州，商於六百里之隩區也。山魈玄犺，往往恣憑嘯，因藪之爲逋逃。自兵憲至，屹屹乎金墉矣。又時出幕府議，與孫白谷總督鈴閣相聞，封豨喈指憚，兩年來未敢仰闕也。

嗟乎！使兵憲不以子告歸，則白谷必不敗。白谷即敗，潼關必不失。潼關不失，咸陽必不破。而蠢兹逆孽又安能渡河長驅燕趙，天下事遂至不忍言如今日耶？繇前而觀，非太母之勤且賢，兵憲必不奮。繇後而觀，非太母之静以才淵有通識，兵憲或不如是之機警往乃克濟也。則又安能不爲天下悲，而因以及夫兵憲，且因以及夫太母也。

昔陶侃都督荆州，細若竹木，罔不檢攝。及爲廣州刺史，輒朝夕運甓於齋之内外，且曰：『吾方致力中原，過爾悠逸恐不堪事，故習勞耳。』史稱其少貧，侃母湛氏截髮爲具酒食，以延孝廉范逵，侃遂以知名。後每宴賓客，不及醉，以爲少多酒失，受慈親約如是，則侃固有所自來。温嶠之詣建業也，母崔氏固止之，絶裾而去。後除散騎侍郎，阻亂不得奔喪，固辭不拜識者，未免遺憾。取二事以方兵，憲太母不必截髮，而兵憲未嘗絶裾。且二公適值司馬南渡，有如此時，振永嘉之末流，竪安東之絶業。兵憲讀禮，後出而任天下，庸詎遜二公下，而太母之遇距二母固迥甚矣。

則太母抑又何憾？某等亦正不必悲已。

雖然，小子述亦何能無悲？猶憶壬午之歲，述[二]作吏晉陽，迎先慈於里，道蕪不可行。時兵憲官潼，檄部從事櫜鞬周旋，得無虞，先慈屆署，津津感道之。私意非太母言，念維桑不至此。今先慈竟栖靈平水，而太母遂相繼脱蜕於江南。鍾阜霍麓，鬼猶客之。太母其地下慰我母，故壟松楸，歸兆有時，則述與兵憲俱各有責矣。

【校記】

〔一〕尚少兵燹，《文集》二十四卷本作『新爲聖主郟鄏』。

〔二〕述，《文集》二十四卷本作『小子』。

祭瑞圖長子文[一]

維上黨之山，礌砢兀怒。流泉多石，罅出潀潀。清激鮮滓膩，雖鱗蟲不族。然百里鏜鎝，與礐珞争奇壯。其微涔曲漾，盤旋沙麓之間，可鑒毛髮，委折晶瑩動人。已則心數之曰：是其産人必倜儻轟烈，風概廉隅之士出焉。若止以薦紳孝秀盡之，誠不能以終其物也。

歲在壬癸之交，中原屠於兵燹，士大夫不俯於寇，多南徙。楚澤吴門，宛鄧流寓者最多。時予羈燕山，方待詔掖庭，而家弟乃待二人杖履，僦栖鳩兹，得進所爲瑞圖王君者而友之。左右周旋以有今日也。行野可無賦矣。前所稱山水之産，允若兹。會瑞圖長郎，以業廢著入鄂渚，没於水，諸親友多瑞之爲人，謀所以哭之，是在箕範之六極矣。抑聞之，祭殤不備，君之子年未弱冠，則自十九至十六，皆長殤也。且水所厭死者，結轄葬廣柳車。殤耶水耶，將何以哭之？况汨羅之魂空招，曹娥之尸難浮。死而不吊者三，君子有焉，又何以哭之。曰是不然。諸親友惟念及瑞圖則已，念及瑞圖，又安得不爲瑞圖之子哭也。《周禮》大宗伯以喪禮哀死亡。以吊禮哀禍灾。通斯義也，凡民有喪，匍匐救之，而况瑞圖之爲人哉。抑吾尤不能不爲瑞圖痛也。以瑞圖之爲人，而其子乃以殤，且水死，至不得保首領，以殁於地。以有窀穸之事也。倘所謂天道者，可知耶，不可知耶？

【校記】

〔一〕本篇據《文集》二十四卷本補。

祭陳將軍母文

予初不知將軍何人也，聞之河北麻將軍曰：『陳公孝子也。其母今年八十有奇，陳公事之有嬰兒色，有微過輒讓之，不少假。』公自束髮從戎，父早喪，公奉母戎幕間，崎嶇艱楚且三十年，洞洞屬屬，温凊朝夕無間。年高齒髮雖衰，弄孫猶健匕箸。會去年歲在已，陳公捧大司馬檄提旅襄州以援剿，無定訊，絶裾覃懷，母曰：『兒乃心王室，小腆用靖國。爾忘家，勿慮老人。』陳公曰：『母恃粥耳，杖履頹然。倚門南望，實勞母心。』於是陳公遂領偏師駐漢上，鮭菜千里驛不絶。每北望遥拜，如對高堂。自冬徂秋且一載，家人自河北來者，云母以十月某日逝。時陳公方移防鄴陰，使者以公至性純孝，恐欻爾聞變，崩摧滅性，不敢爲公言。知麻將軍與公善，爲麻將軍告之。麻將軍乃向我曰：『以予前言陳公，其母老矣。諸健兒不敢言，恐傷公心，予亦何忍不言。前使人言之，公一痛幾絶，流血數斗，軍士皆爲泣下，不敢仰視，幸公門下客多方曉譬之，乃得復起。予與陳將軍患難戎馬二十年，若母即吾母也，今將以炙鷄絮酒往哭之，幸明公爲我一言。』

禹峯曰：『不知其母，視其子。夫有孫賈之子者，則有孫賈之母。有陳嬰之子者，則有陳嬰之母。諸凡范滂黨錮，而其母聞之，反以李、杜爲榮。孔融有母，聞張儉之變，欣然爲之争死。此其子非尋常之子，故其母亦非衆人之母。若陳將軍者，吾蓋因其子以知其母矣。』陳將軍爲人，偉岸七尺，多力善戰，揮戈躍馬，世稱萬人敵。與人交，恂謹若儒生，雅歌投壺，輕裘緩帶，有祭遵、羊祜之風。在先朝屢以汗馬功爲當事推轂，登壇者屢矣。坐少戆不合權貴意，中格不下。今值鼎新之運，闢荆棘，犯霜露，所在戰功尤多。行山以東，黄河以北，小民尸而祝之，遍林慮鹿腸間。

夫昔人奮起爲名將，奉母教者多矣。趙括徒讀馬服君書而易兵事，其母知其必敗也，遂有長平之事。陶侃少年多酒失，其母斷之，遂有八州之烈。然則視母者視子而已，則且何以慰其母於地下哉〔一〕？亦曰將軍勉之而已。

【校記】

〔一〕『則且』句，《文集》二十四卷本作『吾且何以哭母哉』。

祭楊太夫人文

今上庚子十七年，雲南兵巡使者楊筠白丁太夫人艱，聞憂之日，擗踊哀悼，幾於毀瘁。某等二三同人匍匐勞慰，爲位而哭，乃奠寶珠瀑布之泉，擷昆明荇藻之菜，登碧鷄之峻坂，溯漢沔之上游，遥望太夫人之靈而祭之。其詞曰：

母生名閥，夙嫻内則。中饋元吉，《易》叶家人之卦；昧旦嗣音，《詩》傳大國之風。克相夫子，篤生多男。矢靡他者，賴藐諸孤，稱未亡者且四十年。既晝荻而作字，成文忠之名；兼截髮以延賓，得太尉之子。維我筠白，當興朝之鼎運，掇高明於巍科。初叱馭而走太行晉陽，留保障之稱；既内擢而陟夏官禁中，饒頗牧之算。維時西川當割據之餘，筠白膺方岳之命。褒斜初啓，徒聞杜鵑之聲；劍閣方開，纔通蠶叢之路。板輿迎於涿郡，魚軒税於秦川。謂西蜀新造，不敢冒親於險；關中久定，或可貽母以安。走馬而入，成都重來。張咏化俗而成鄒魯，再見文翁。當斯時也，苗壘之負固已稔〔一〕，朝廷久稽問罪之師，筰馬之版圖未歸〔二〕，梁州竟置荒服之外。於是一人推轂而授鉞，爰簡長子師貞〔三〕。元戎〔四〕整旅而揮戈，端借軍諮祭酒。在昔裴中立淮蔡之舉，幕中必須昌黎；繄惟張魏公秦隴之師，戲下可無子羽。於是咨筠白爲參軍，指南中而進發。雖小人有母，白髮崦嵫，難割倚閭之情；而大君有命，皇華爛熳，勉效尸饔之義。〔五〕於是攬轡而觀蒙段之河山，草檄而定反側之疆宇。飲馬金沙之外，過麓川而思靖遠之功；勒銘蘭滄之石，吊戰場而傷天寶之魂。牙孽既仆〔六〕，大統旋歸。公嘉乃績，遂章啓事。謂虞詡原將帥之才，莫如治兵；李靖具文武之姿，可以定亂。於是暫借兵巡於小試，即開幕府於邊陲。人謂絲綸方下，見寵命之將來；夫何《蓼莪》興悲，乃訃音之乍至。王程日遠，烏鳥奪於戎馬；子舍漸疏，風木中於關河。一札遥臨，五内崩裂，屬纊之期，爰惟仲夏。聞喪之夕，乃在孟冬。相去萬里，死生异域。一别六年，母子各天。嗚呼痛哉！王陵匡襄漢家，貴爲右相，難忘伏劍之苦；温嶠再造晋室，位極人臣，不免絶裾之恨。方之於古，事有同然。

某等宦子，游踪飄零地角，得交筠白，有同兄弟。計先民登堂拜母，未獲展敬於生前；念古訓凡民有喪，豈敢自比於行路？望棧雲之漠漠，知太母之靈不在三秦，即在冀州之野。瞻昆海之茫茫，嗟我友之心，即寄愁天上埋憂地下不能。嗚呼！太母享年大耄，厥後克昌，人匪金石，曷云其長〔七〕？婺星慘黯，鶴馭飛翔。黄泉莫及，白雲何鄉。倘慈英之遠賁，念胤子之不忘。驂鸞鳳而下大荒，歆天末之一觴〔八〕。

【校記】

〔一〕『苗壘』句，《文集》十六卷本作『六詔之負固已穩』。

〔二〕『筰馬』句，《文集》十六卷本作『筆竹之版圖未下』。

〔三〕『爰簡』句，《文集》十六卷本作『爰簡异姓貞王』。

〔四〕元戎，《文集》十六卷本作『平西』。

〔五〕『雖小人』以下六句，《文集》十六卷本作『筠白謂王曰：「小人有母，白髮崦嵫，難割倚閭之情。」王謂筠曰：「大君有命，皇華爛熳，豈不聞尸饔之義。」母寄筠白曰：「兒有遠志，計日當歸，勿以老人爲慮。」筠白告母曰：「來諗在念，方寸亂矣，將簡書之謂何？」』

〔六〕『牙孽』句，《文集》十六卷本作『李孽既逭』。

〔七〕『曷云』句，《文集》十六卷本作『必盡者數』。

〔八〕一觴，《文集》十六卷本其下有『嗚呼哀哉！尚饗』六字。

奠湖南按院太公工部尚書在調文〔一〕

湖南直指周公，以今上奉正廿一日，南巡至於衡山，將柴望祭岳，擬以明日登祝融，行五年巡狩之禮。於斯時也，圭璧既具，燔燎用興，律度量衡，將一道以同風。蠻夷荒服，争納賨而獻贐。於時大法小廉畢集，境内諸侯，紫芄花苗，共瞻皇華之天使。

先是直指公舟楫甫濟於洞庭，鞭笞遥讋乎滇黔。尉佗去帝號，傾西粤以來朝；李密竪降旗，望長安而受命。莊蹻開疆，爰啓黔中之地；韋臯臨戎，再興六詔之師。將見萬里金甌之業，成此春日；庶幾一統車書之盛，無間蠻方。夫何中台星黯，驛使忽傳於東吴；致使《蓼莪》篇隳，輀軒中謝於南楚。緊惟太公，起家蕊榜。賦天人之上策，英名早著江都；擅才華於建安，雄姿獨推鄴下。始而筮仕河東，胏石春流於汾晋；既而校士山左，遺經克授乎濟南。佐夏官以治兵，人傳郤縠之風；疏漕運以輸輓，政成劉晏之效。秉憲浙西，爰陟冏寺；遂登銀臺，晋秩司空。或搴帷於越，或習戎於馬政。或納言司上帝之喉舌，或冬官佐考工所不逮。因而錫爵大司空，駐節河干，兼理運道。棲下淇園之竹，桃花之春水依然；手著河渠之書，瓠子之秋色無恙。當斯時也，年已七十，身猶健在。思二疏以太傅乞休，世傳東門之祖帳；且潞公以太師致仕，入歸元祐之典型。於是命駕而游東山，開堂而署緑野。既尋壑以經丘，亦一觴而一咏。皤皤黃髮，時傳几杖之榮；仡仡國老，歷盡蓂莢之算。將見四百甲子，晋絳縣之老人不足稱矣；抑廿四中書，郭汾陽之勛烈又奚尚焉。若夫象賢迭出，曲江接踵。江東稱霸，無慚仲謀之兒；關外揮戈，仍推景略之孫。取造物也宏多，惟太公。享榮名也久大，惟太公。太公之位之壽之後世，茫茫九州，誰稱倫次？在太公罔應含笑而入白雲，在海内之想見太公者，譬之以行仙而歸佛地。生榮死哀，在太公爲無遺憾矣。

某等生長僻壤，致身後輩。久愾龍門，恨不登游夏之科。遥瞻泰岱，然世無不知周孔之人。備員湖湘之間，如尹猿狖，步趨直指之範。敢外門墻，惟是時屬春王。聲教南訖，天不憖遺，一老云亡。延陵澤畔，無慚讓國之魂；要離冢邊，常伴壯夫之墓。歌薤露以薦歆，斷腸流驄馬之血；賡天問而作賦，傷心值龍蛇之年。顧吴楚東南，相去萬里，欲效孺子之絮酒，正自無從；乃交廣咽喉，亂離十年，再飲公瑾之醇醪，知復何日。嗚呼哀哉！尚饗。

【校記】

〔一〕本篇據《文集》二十四卷本補。

文集卷二十二

祭文下

啓兆告父合葬母文

年月日。而述之母王太夫人，以壬辰仲冬廿四合葬顯考處士彭府君之墓，而述率男始起、始騫、始奮、始超、始摶，孫昌、瀟、湘泣血爲詞，告父之靈曰：

維我父母，生我三歲，父即世，時兒方在襁褓吾母王夫人乳下，蒙蒙尚未視。稍長見父柩栖中室，吾母日夜啼泣，告兒曰：『此爾父也，爾兄弟稚弱不能即葬，待汝輩長成後歸土。』每歲時伏臘，執鷄豚脯棗率兒兄弟哭之，兒時哭不即下，不甚知母言之悲也。迨十餘歲始知人事，又以貧不能成禮，不即葬。十四吾祖逝，祖母李、張繼逝。煢煢孀母，撫我孤兒，里胥人奴互乘其郤以相魚肉，母以其身之死而生，之生而死，形影相吊，鬼神爲泣。兒弱冠游學，三十舉於鄉，惑於陰陽之學，又不即葬。庚辰釋褐，請假歸里，乃襄父事。

先是歲在癸酉，寇烽彌天，中原千里，舍無完瓦。母率家僮遷吾父柩於宅之陰，去祖居纔数武，今吾父所眠之佳城是也。吾母王夫人以崇禎癸未卒於子職陽曲署，記母臨終之辭，惟以祔葬吾父是囑。兒與婦謹志之不敢忘，今以順治壬辰啓兆合壟。

嗚呼！吾父吾母人世相别四十四年，今乃於地下重逢，言念疇昔零丁孤苦，當有流血数斗揮涕無從者。嗚呼！吾父念吾母之拮据，吾家兒之慈母實嚴父也。兒不及見父，凡兒之得有今日者，母教之，即父教之也。吾母以未亡人一身上續先祀，下衍後昆，父之敵體，實父之功臣也。假無吾母，則兒爲他人俎上肉，爲溝中瘠，尚有何人上祖宗之墳墓乎？計四十年來，乾坤剥復〔一〕，滄桑易位，秦鹿已失，周鼎用沉，衣裳化爲青燐，鴟鴞鳴乎白晝。〔二〕父向者殁時，兒之伯叔兄弟族子滿前可數十百人，每親戚里舍之會醵酒食相娱，車馬如雲屯，今且略無一二。其間有正命而終者，有死於凶荒、死於干戈者，殆十之八九。賴吾父積德，吾母之勤苦，吾家獨叨天幸，兒父子祖孫且九人，回視四十年父未之見，十年前母亦未之全見也。吾父吾母可以相慰勞地下而懌然已。

近記十年之中，兒有三死焉：甲申之二月，晋陽告陷，計親王藩司以下皆不免，兒獨以丁母艱，故早脱虎口，雖抱終天之恨，實母之再生我也。夫人間之母一生之恩已屬罔極，况再生者乎？且母之一身死，兒之一家生也。豈惟再生一身者乎？既而有永州之命，莅任甫及月餘，即有夜郎之游。我馬西征，始離瀟湘而西粤，十萬之師逼臨城下矣。歷夏徂冬，人骨相枕，若在危城，能作石人，終不死也。既而有靖州之役，時方夜半，天雨淋漓，甲胄如蝟毛，三匝我城，多損士馬，血戰潰圍，壯士都無人色，其不死者，蓋毫髮間耳。此兩事者，俱在戊子之歲。而皆不死，豈兒之力與命能與造物爭衡哉！則吾父之積德與吾母之勤苦有以全之也。是冬罷官而歸，不復談天下事矣。

今杜門屏居且五年，將欲上下古今著成一書以傳後世，令後世知有兒，以傳兒者，傳吾父母。乃近年以來，屢經困頓，復以家道轗軻，動不如意，衰白相摧，短髮種種，兒之哭父母無多時，兒之見父母且有日矣。兒少時多飲酒，母每戒之，今漸成疾，三爵而後輒徑醉不能飲。兒壯游四方，好仕宦立功名，今亦憔悴郎當，無復飛揚跋扈時矣。兒性不事生產，耻言田宅，念吾父母從農業起家，敝廬數椽是吾父母手澤所存，聊補葺之爲四時祭掃湯沐之地。兒子數輩，其始起、始騫、始奮已列子衿，始超、始摶尚幼，頗能習句讀，執經來學，與夫重孫昌兒、瀟兒、湘兒皆是母生前所未見者也。

兒初名萬程，後改今名。兒今年且四十七矣。嗚呼！吾父吾母其魂氣無所不之，當亦有悲嗚哽咽而縹緲來親者乎？兒生不能顯親，邀一命之榮，以賁九京。所謂『蓼蓼者莪，匪莪伊蒿』。將父母生，我之謂何？』惟是母節三十年之苦，兒已告之先皇帝，先皇帝報可。及長女死難一事與母合疏上陳，節烈出於一門，薦紳先生能言之，豈惟閭里之光，亦邦家之慶也。煌煌寵命，榮於九錫。母含笑，父亦可含笑也。嗚呼哀哉！

【校記】

〔一〕剥復，《文集》二十四卷本作『改革』。

〔二〕『衣裳』二句，《文集》二十四卷本作『衣裳化爲鱗介，麋鹿游乎姑蘇』。

祭母合葬文

嗚呼！母生我四十有七年矣。記我父下世，兒周四生，有兄萬里，亦只六齡。母也廿四，執刃自殉，截耳斷臂，甘從父櫬。維我王母，保護之力。泣血漣洏，勉復飲食。暨我稍長，爲延鄉塾，寒暑匪懈，窮年兀兀。左對毛穎，右對短檠。母績其側，軋軋機聲。西鄰有豪，屠我耕牛，既拳且勇，我不敢仇。時維王父，八十有奇。黄耇台背，孫謀燕貽。夏雨潦至，蓑笠南庄。藝我黍稷，耘我稻粱。

王父既殞，我年十四，鉛槧而外，不曉一事。門祚衰薄，此時良苦。母也煢煢，有泪如雨。官吏在門，家無半緡。覈粃而食，裋褐不完。我妻母侄，泣血相依。畀予於學，不能奮飛。鼎鼎春秋，年十八九。王母亦終，爲歌貍首。及至弱冠，始采一芹。母爲燕喜，匕箸而頻。

庚午之歲，年二十五。一病膏肓，鬼磷夜語。五日不汗，轉成秋痢。母時憐兒，寢食俱廢。

癸酉廿八，下第歸家。流寇渡河，殺人如麻。母氏催我，避地鄧陰。母在家中，夜築父墳。時父停柩，中室靈几。我母遷之，宅之北鄙。維彼緑林，善火人居。兩楹既去，遂焚我廬。

丙子之春，鄉樓寇陷。甘刃如飴，長女死難。雖曰死難，維母教之。蘭折蕙摧，能自得師。是年秋薦，得舉於鄉。九月歸來，稱觴古穰。丁丑鎩羽，鄧城不守。國人僅存，十亡八九。母與兒媳，縋城而出。母氏積善，一家完璧。匹馬燕來，寄居於襄。習池美酒，醉倒葛疆。母告我曰：萍飄非計。我思故鄉，難可遐棄。爲我肯堂，墉崇茶杇。率彼婦子，菑畬南畝。是年我兄，化爲异物。母氏哭之，肝腸欲割。

未幾北上，釋褐庚辰。手排閶闔，謁帝紫宸。勒疏萬言，入告我后。貞烈雙魂，皇天丕佑。給假南歸，葬我先父。母亦衰白，手植柏樹。筮仕太原，作尹陽曲。千里迎養，道路梗棘。武關西去，蒲坂北征。太行濁河，平水堯城。既歷多艱，積勞成病。二豎相侵，實沈莫禁。

壬午之春，癸未之秋。婺星罔曜，瞑眩奚瘳。永訣之際，諸事不遑。丁寧諄復，葬我父旁。維時故鄉，爲賊竊據。藁葬平陽，衰草狐兔。我携妻孥，避亂南游。羊腸詰曲，晝聞鵂鶹。取道燕齊，漸達吴越。虎林奇雲，牛首積雪。僑寓姑蘇，適聞鼎湖，倉皇南渡，如彼瞻烏。秋浦未幾，武昌兵下。舳艫千里，澒洞日夜。

乙酉冬杪，我泊鄂渚。潦草一官，南北學使。羽獵夢澤，探珠漢陰。既收荆玉，幾揮郢斤。

未幾奉詔，分使瀟湘。叱使歸來，假道平陽。爰奉母柩，移禹山側。六月炎暑，度阡越陌。自我南征，奄忽六霜。三匝寶慶，萬里夜郎。道逢豺虎，免官而歸。藜藿而甘，嘉遁乃肥。今年壬辰，卜兆云吉。合吾父壟，眠兹窀穸。遵母遺命，合葬於防〔一〕。千秋華表，琴瑟北邙。自母去後，近復五孫。一游國學，兩列青衿。爰及二女，亦適名門。維母令德，誕敷後昆。嗚呼哀哉！

【校記】

〔一〕『合葬』句，《文集》二十四卷本作『不負前言』。

墓志銘

考隱君文宇公元配王太夫人合葬墓志銘

述生四歲孤，節母王太夫人年二十四稱未亡人。予爲陽曲令，母以崇禎癸未卒於署。先是客厝平陽，以丁亥六月歸。今以順治九年壬辰，合葬我父壟，爲鄧州西禹山東南八里之原。次子而述泣血言曰：

他人之有墓志〔一〕，或假巨公手，纂組成文，取耀里閈。或傳者未必實，實者不盡傳，於是墓中人之生平反以是掩，終不復出。爲人子者，父母有美而弗彰，不孝也。或自能彰而借他人以諛其説，亦不孝也。而述不敢，且不忍也。乃自爲志曰：

外祖王公諱諭，世居穰之禹山。東北有墟曰九重堰，其地也。外祖多學，善談説古今軼事，稗史成誦，略能上口。高顴方頤，鬚髯貌甚偉，七十餘乃殁。予爲兒時猶能記之，生丈夫子一，名自正，爲鄉義俠。母姊妹二人，長適某，次即吾母。母歸吾父，年甫十二，少吾父四歲。聞母言，吾父少不肯竟學，母生而勤苦，篝火夜績，佐吾父讀。吾父不幸早逝，亡年二十九。母時引刀自裁，以死殉。祖母張晝夜防之力，泣誡之曰：『若死，謂兩孤何？且無程嬰杵臼，趙氏爲無後。』時予兄六歲，予方四歲，母乃復强飲食，毁容，得不死。

予稍長，爲延塾師，董儒業。父棺在楹，機聲四壁間，督予兄弟哦其下，寒暑罔攸輟。每父忌日伏臘，母撫棺長號，謂曰：『我所以不死爲若兩人也，若等成立，我死無所憾。』時王父年老，不任家事。每日夜課奴婢耕且織，用不得匱，修潔酒食，供王父母匕箸。母性好施，予鄉里窶者輒周之。王父八十四殞，王母繼殞，母力經營，置佳材，含斂維飭。予時年十三四，族子中有匪類，誨我飲，多酒失。母痛懲之，書帷外無外交。

弱冠爲弟子員，試輒高等，母以喜。居無何，癸酉流寇渡河以南，蹂中原，草竊發。母遣予先避地酇陰，夜半督家人遷吾父柩於宅後，即今壟居，隨以火。予累舉不利，家且落，母愈益勉予學。丙子春，寇攻鄉居，樓破，予長女死難，別有傳。時予奉母居城，得亡恙。亂平，母同兒婦王孺人歸鄉，捐資施棺，掩骼胔無算。

是年予舉於鄉。丁丑，上公車不第。二月城陷，死傷甚衆。予一家叨天幸獨得全，人皆曰：『彭母積善之報也。』是春予自燕歸，奉母寓宛，又寓襄、鄧，屢罹兵燹，雉堞不完，田穢蕪，墟落烟寒，人無故園想。母告我曰：『流徙他鄉，終非長策，我爲若復故里。』乃先率僕從百指，檢瓦礫構屋，又特起樓寨數仞，募佃給牛種，墾宿莽，田凡若干畝。予携妻子自襄歸。是年萬里兄死，無後，母哭之，哀幾不起。

庚辰，予成進士，具有貞烈疏，聞於朝，報可。行撫按旌閭，語在原疏，與大學士王鐸傳。釋褐後，假歸葬父。辛巳謁選，以九日出里門，母牽裾盡泣，哽咽幾不能聲。戒曰：『兒今爲天家人，務努力圖報，無負老身三十年教養，庶他日好下報汝父。』

予既令陽曲，次年迎母於里。予妻王孺人，携子女歷諸艱，襄母行抵署，是爲壬午春。母慈顔衰頓，粥少所進，緣走秦嶺蒲坂一帶，山險憊不支。又予經年別膝下，思之劇，故疾耳。時朝廷方以修練儲備四事，責天下守令，母教我斷酒，急公事。時河干烽火的的，内外戒嚴。予乘睥料理，餐眠靡寧。母視兒苦病，遂大漸，歷年藥鐺罔所效。彌留之際，謂予妻王孺人曰：『吾忍死半生，爲爾等，今得見爾翁地下，間關數千里，幸相汝夫歸我喪，合葬爾翁側，否則吾死且不瞑。』告我言亦如之，言畢而逝。

母生於萬曆乙酉八月初六，卒於崇禎癸未九月九日，享年五十有八。是時闖寇逼河干，中州爲所割據，不能歸，遂厝柩平陽。閱五年，丁亥歸里，厝父墓左。今壬辰十一月二十四日，啓兆合葬焉，母之遺命也，夫古禮也。夫母生二子，長萬里，無後。而述娶王氏，生五子：長始起，生員，聘知府朱無垢女。次始騫，貢士，聘孝廉張洪範女。三始奮，生員。四始超，五始摶，尚幼。女二：一適李鴻，一適許魯，俱諸生。孫三，昌、瀟、湘。銘曰：

維我母之載歸，與吾父同室才十二年。喪所天，稱未亡人，乃三十四年。以今年月日合冢，又十年。計生離而死合，四十四年。詩稱同穴，禮言合防，共此窀穸，億萬斯年。

【校記】

〔一〕志，《文集》二十四卷本其下有『銘』字。

袁司馬先塋三代恩榮神道碑〔一〕

今上十有八年，新皇御極。按《春秋》之義，以次歲改元，詔書天下與爲更始，内外臣王侯以下，例得榮及所親，以官爲差。南楚偏沅撫軍袁公撫楚八年，肇闢滇黔，多懋績。天子南顧，念厥功，晋秩少司馬，仍以原官都察左都御史如故，例得贈三代，如其官。會公以歸休請，不果。疏允四上，得予告。公且歸矣，走予書於桂林，以新恩覃及，例得竪石墓道，以彰天子之休命。言曰：『某上世，高祖而下，世居富平之西十里。蓬然馬鬣，先鬼是依，計宦游二十餘年，拜掃缺然，西望松楸，潸然流涕。今幸邀皇恩，賁德泉壤，且及三世，倘得君片言，爲貞珉光，用慰先靈地下，骨且不朽。』受書讀之，喜公以封疆大吏，用告成功，遂菟裘之願，且借九重恩渥，釃酒先人隴，人子顯揚其親，于斯爲極，故亦樂得而書。

謹按狀，曾祖諱某，祖母元配某氏，曾大父六子，司馬公祖行四，另葬。曾大父隨葬高祖，曾大父起家一經，不事生人産，禮義化其鄉人，有隱君子風，早逝。曾祖母稱未亡人，撫藐諸孤，延塾師，調得成立，克纘曾大父志，勿墜先緒，曾祖母力也。再按司馬公大父諱某，王母，元配武氏，篤行善事，勤菑畬，鍾釜區豆，時佐閭巷所不及。僕耕婢織，各有專業。會荒歲，人采梠而食，所全活尤衆。以油素鉛槧之業，課子弟。一庭之内，雍雍如也。人有睚眥相報，寧甘三尺法，不敢令公知，以爲得罪于君子，且終身難湔其耻。爲人所畏服，大率類此。祖母復能贊之，黽勉同心，相與有成。公或公事他出，里社伏臘喪祭行不逮者，母爲斥簪釧匡扶之。下至厮養菜傭，輒時其饑寒，不聞誶語，曰：『若輩獨非人子歟？』内妯娌，外姻親，奉爲女史。夫婦享年，各七十有奇。同歲卒，人以爲積行云。

生四子二女，司馬公父行二，諱某，元配師氏。承祖父舊業，家號素封，爲性慷慨方嚴。嘗謂人曰：『古人有云：「生平無一事不可對人言者。」此言施於國家，無往不可。』教司馬尤嚴，春夏詩書，秋冬弦誦，課督皆有程限。居常謂司馬公曰：『讀書要期有用，止專守蠹簡，腐爛學究無益。將相何嘗之有，丈夫亦在身致耳。』司馬公自作諸生時，即已留心當世之務，舉凡星歷兵屯諸書，無不博涉旁通。至其持躬砥礪，自奉如珪璋。歷仕兩司，以至秉旄，建節鉞，皆奉太公教唯謹。大都精白乃心，馳驅王事，忠勤開布，在陶太尉、諸葛武侯之間，而氣量深遠矣。凡此皆太公教也。至如師太夫人，婦道母儀，各嗣徽音。《家人》之卦，寧嗃勿嘻。《内則》之篇，毖飾罔懈。爰有令子，克昌厥後，豈偶然哉？

嗟乎！值天造草昧，方域雲擾。際風雲而攀附日月，固亦不世之遭矣。而抑知其先德藴崇，煦濡休養於百年之間者，匪伊朝夕之故哉？語云：『松柏不產于培塿。』讀司馬家乘，可以思矣。其高祖以上，見他石。兹舉覃恩所敷，爰及三世，故約舉懿行，傳這來兹，俾袁氏子孫，長此萬年，世守永永無斁。銘曰：

自昔袁公世閥閲，匡襄漢鼎邦之傑。華胄仙枝入西秦，豈必世守汝南穴。金天精英結西華，盤亘九天如積鐵。豐鎬舊京秦漢都，五祚長楊河渭列。渠壤地接南山平，天府金霤稱奇絶。司馬先人來卜居，策長龜短成丹雘。祝史告曰五世昌，峥嶸將相見頭角。便佐興王資夔龍，世德醞釀理數確。於門陰騭萬石風，奕葉弓裘苦追琢。果見偉人應運生，策杖從龍何卓犖。篳路藍縷啓荆南，鯨鯢京觀開磽确。手圖方略闢滇黔，凱歌鐵馬撾鉦鐲。黄金白燦涌江來，洞庭舳艫東南國。間關萬里入金沙，轉輸唯公紓籌策。是時新皇正御極，心嘉乃公多懋績。雕弓旅矢錫尚方，秬鬯圭卣念舊德。九重芝檢下閶闔，黄麻六經表窀穸。豐碑丹楹照秦分，長借麒麟守兆域。

【校記】

〔一〕本篇據《文集》十六卷本補。

梁孝廉墓志銘

《春秋》書『梁亡』，無亡梁者，則梁國姓也。有大梁，有少梁，一居汾晋，一居河南韓魏之郊，其後支裔散出不可紀極，列國皆有之。晋南渡後，蕭氏起而纘統，又因爲國號，此梁之末葉也。新野之有梁，原籍起山東青州，有名鍈者，以游學卜居邑之西屯，因家焉。鍈生椿，椿生濟，濟生來賢，明隆慶三年補博士弟子員，梁氏之有書香，自來賢始也。娶李氏，生知。知娶張氏，生六子，孝廉門出行二。

先是孝廉大父謂人曰：『吾累世業儒，未有顯達，今昌之者其在孫乎？』孝廉幼而穎敏，方五齡，其大父授以四子書，目輒成誦。長潛心油素，於書無所不讀。十七爲諸生，受知督學使者陳公騰鳳，小試輒冠軍，以庚午舉於鄉，出山東宋公玫門。宋公負人倫鑒，於海内少許可，闈中奇孝廉卷，以爲得公晚。

孝廉性至孝，父母卒正寢，孝廉哀毁骨立。屢試南宫不第，怡然泉石，足迹不至公府。孝廉豪於酒，家貧不可嘗得，里中三老時以村醪招飲，飲輒醉，醉後頹然。胸無城府，不諳世法，不要結權貴，雖登賢書，泊然如諸生之最下者。喜與郡城鄰邑之名士數往來，見有高才鴻文，輒津津説項勿絶。余少孝廉八歲，時以小試售知邑令楊載公先生，得與孝廉交，遂與孝廉文酒，稱莫逆。孝廉獨奇嗜余文，以爲間出。余亦多孝廉知己坦衷直性，相與爲肺腑之交可二十餘年。

孝廉抱經世之略，既以屢刖公車，鬱鬱不得志，故姓名不出郡國。會中原盜起，孝廉往依衡陽故人兵巡使者王公鼎鎮。外是則游燕都者四，又以亂，避身沙湖中，除是則偃仰里中，婆娑瓜畦豆棚間，濁酒一瓢，頹然自放而已。

孝廉晚年頗能詩，詩銜口而出，耻事繩墨。間爲古文辭，戛戛自成一家，不寄人籬下。甲申之變賦《哀國》十章，讀者傷之。其詩亦不傳。

丙戌，遺寇乘虚掠襄、鄧，孝廉約鄉人聚堡與賊相持，以衆寡不敵，孝廉冒矢石與賊戰，賊鋒傷，幾眇，坐是孝廉遂爲半人，更不復出而與世相見。余以游楚歸，或騎驢相訪，陶然盡醉，如疇昔歡。生客來則避之，蓋自是無意人間世矣。

記余丙申從軍長沙，以是年四月發里中，孝廉自新野携榼具蔬釀祖我，構林關上，把手言别，共宿招提中，黎明别去，臨去回首者再，哽酸不能語，乃揮泪言曰：『一身將老，恐見故人無期。落落海内，誰能知見賓者，故見賓不用於世，世亦無能用見賓者。昔之人没而得歸於土，倘邀子一言，爲泉壤光不朽矣。』余私心痛且怪之，既而曰：『達者之言也。』計見賓長余八歲，高顴隆準，善飯豪飲，五十以後多能生少子，此人非八九十歲不能死。且近復著作頗多，其氣沛艾而浡鬱，取精多用物宏矣，皆非死法也。閲三年己亥，公冢子維天挾公遺命，歷江漢，涉洞庭，問墓表於余。余時官衡陽，公未死之前數十日謂維天曰：『我與禹峯交善，舍禹峯無可表墓者。兒執此意往，質之禹峯，當記吾言。』余聞而哭之不成聲，爲撮君之行狀大略而書之。嗟乎！孝廉竟死矣，萬世而下誰知孝廉？然孝廉之可以不死，不在片石也。爲之銘曰：

以如此之才，而不仕於上國，命也，夫抑志也。夫有子多且才，不必其仕也，不必其不仕也，其有以存公也。

許菊溪墓志銘〔一〕

大觀察許君菊溪，以順治十六年辛丑五月五日，卒於里。閲明年壬寅，是爲康熙元年，兒子超爲公婿，書來言君將以八月葬，且具道公病時，未死前數日，遺言寄予，必以墓石相托。予時方繫馬桂林，距故鄉三千里。公之死，不能哭於室，及葬又復不能臨其穴，何忍復抆泪濡筆書公碑哉？顧誄以言乎人之生平，知公生平，莫予若者，乃爲銓次如左。

按狀公姓許，以封國得名。先爲晋之曲沃人，至高祖某乃徙居河南内鄉，遂爲内鄉人。高曾而上，見公祖塋石。祖某，登進士，官大參。父某，孝廉未仕，俱祀於鄉。公爲孝廉公冢子，嫡母李夫人所出。生而頭角鬌鬌，負性英异。成童游膠庠有聲。天啓丁卯，以春秋與河南鄉薦，闈中策表，經緯百代，爲主司所賞刻程，世人多傳誦之者。閲崇禎庚辰，以本經登禮部試，成進士。初授河南縣令，多惠政。未幾，丁父憂。旋里苫塊，瞿瞿三年如一日。會甲申之變，避亂江左，除服補丹陽縣，是爲順治二年。時兵馬雲屯，閩浙未下，經略洪丞相以金陵爲治所，飛檄雨下，蒭茭脯糗之需供億實繁，公左宜右有，公不匱，民亦忘勞。丹人德之，以异等徵爲禮曹。

時禮制多草創，公博考古今，多所詳定，旋分臯治商於。商雖荒僻，爲虢陜孔道，山谷深邃，猲狭逋逃藪。公密發從事，擒其渠帥，衆以降，閭左以安。臺使者上其事，晋納言。未幾又晋順天府丞。會天子鋭意圖治，知公正直任糾劾，乃以大觀察出治江寧。是時岳牧之選，强半公卿侍縱之臣，其見于天子詔書，汲汲以養民爲念，蓋一翻内外軒輊之舊習矣。公到官，焚香自誓，不敢妄殺一人。至于吏治奸宄，鋤之必力。絶請托，毫不一通私書。然坐是亦頷頷不合於當道。竟以是得罪，返初服。公喟然曰：『刑獄，天下之平也，不得以意爲輕重焉。往而不得，吾貧賤哉。』即日買舟西歸，圖書而外，僕被蕭然。營室數椽於祖宅之東偏，日課兒孫肄業其中。藝時花苦竹，據梧壺觴，頹然自放。間命小史歌吴歈，倦則伏枕酣卧，不復問人間憂患事矣。

享年六十有二，以順治十八年辛丑五月五日卒於正寢，以康熙元年某月日，葬於中鄉城南。元配某袝。子三，長某，娶某氏，生子若干。次某娶某氏，生子若干。三某娶予次女，生子若干。其三女嫁予四子超。孫共幾人，女孫幾人。長孫女嫁予孫昂。彭而述爲之銘曰：

觀察俊逸逼縹緗，位不三公繫彼蒼。萬卷書册埋醉鄉，蟋蟀風雨夢緑堂。他年解組歸南陽，策杖秋林夏館傍。狐兔荆蓁吼白楊，予懷慘怛其内傷。維君子孫卜厝昌，鼎彝清廟與明堂。嗚呼觀察壽而康，星辰河岳相輝煌。

【校記】

〔一〕本篇據《文集》十六卷本補。

丁二宇先生墓表

皇清順治十三年，丁二宇先生年七十七，念旦夕將歸於土，先爲槨瘞於二人壟側，爲合族氏少若長及里社親朋觴其處曰：『此吾百年後九泉也。』客有泣下者，先生曰：『死生寄耳。記曰：「狐死正丘首，仁也。」仁也者，不忘本也。吾閲人間世，已古稀有奇。先朝露委溝壑，得埋骨於先人穴旁，幸矣。』

先生初有丈夫子名如匯，年五十餘，以明經爲蘭陽訓，既逾陜州，疾終於官。先生歸其櫬，葬今塋尺有咫。子復有孫曰英，爲諸生，俱先先生殁，今所存者止一女，幼適段氏。先生曰：『吾老無子孫，段氏復幼，一旦嬰老疾，卧死床褥，瞑目無知，奄然長逝，誰復舉吾骸，葬祖宗墳墓。』先生之先瘞櫬也，不忘本也，危之也。於是里人從而解之曰：『世人死者以有後得殯於本氏塋是已，今之纍纍墓下，子孫乏絶者不可勝數，將椎埋地下，另葬他所乎？』先生不幸生而見其子孫以殁，是未嘗無子孫也。然則先生所不幸者，長年耳，先生非無子孫者也。先生有從子族氏人復多，其又何忍不以先生歸諸舊塋，而爲鬼惜此一塊土哉！先生之孳孳於舊塋者，不忘本也。則從子與族氏人同此心審矣。然則先生之有此舉也，非慮之也，蓋遠也。所謂死生寄焉者，非耶？

先生名銑，又改士心，幼爲諸生，負盛名，小試輒冠軍，困棘闈者凡十三次，中副車者，一歲貢終。先生爲人義俠，知交多當世名公卿。又洞達喜獎借後學，教授里中，傳經四十年，時人比之馬扶風、王河汾云。銘曰：

象賢岳岳，談經兩地，不可謂無後也。享年耄耋，窀穸舊壟，可謂知本也。先事而圖，就木于土，不可謂不達也。夫是之謂，丁公之墓也。

哭陳時夏秀才文〔一〕

丙申，予復南游，歷夏徂秋，客長沙八閱月。時維初冬，僕有自故鄉來者，爲言故友陳時夏於今年某月卒於正寢，予不覺失聲哽咽者久之。念既以身匏繫天末，去家千餘里，不得一哭其楹，以與含殮之事，盡生平之誼。又恐王事靡盬，歲月不居，予未卜何年歸里，公墓草已宿木且拱矣。則予之於公，終將以數十年性命肝鬲之交付之天涯感嘆而已乎？若死者有知，予不啻行路人已。於是命兒子隨行者往吊之，手爲文以告曰：

嗚呼時夏！公真死耶？計予生平杵臼之交，弱冠以迄於今，始艾安樂患難以骨肉，相視砥躬礪節，諄諄以道德相規，金石不渝、風雨罔攸輟者，則公一人而已。吾曩年哭張孝廉箕疇時，方繫馬湘潭，有云：『公不死於往時，而死於今年，使我生不得展饋藥之情，死不得撫床而哭，長此千年，相見無期，痛已痛已！』不謂斯言於公再見。

予少孤，年十七八時以童子藝見知於公，公年長我二十，與我里居，相距甫一舍。則爲揚言曰：『咄咄彭子，將大其户。』時里兒聞者揶揄之。維時州里婚嫁方社之會，兩生在焉，群輩驚走，以爲兩生於禮俗落落難合也。予性疏，負不羈。公方嚴，每攻予短，督責不少假借。予母王夫人嘗以是多之予以兄事公，凡突梯滑稽之詞對公不敢出諸口，奇邪之行不敢令公知。

歲在癸酉，流氛熾，豫南宛屬罹兵燹尤劇。公以二子從我游，時予方鎩羽新歸，鄉亂不能居，徙居於城，朝夕相問難，數年之中，未嘗頃刻離。丙子叨鄉薦，又越五年成進士，皆時時與公周旋，得公益良多。丁丑流遇大堤，爲鼠子所嚙，公控拳伸解之，用是遠於狂猘。公少慕劇孟、朱家之爲人，膂力復倍。州郡吏胥駔儈之徒，刀俎小民，或横睨閭左，間一聞公名，輒氣奪萎腇，咋舌而退。

辛巳，予吏晉陽。閱六年丙戌，予乃歸里，里中人爲我言，向者李賊據關中，博士弟子迫於勢，綰尺組者不少。君獨以廢病計免，以視逢萌遁迹於遼海、費貽漆身於犍爲，與古人争烈矣。

予自戊子里居家食凡十年，靡歲不與君斗酒相勞。君雙顴渥丹，瓠然而肥，而齒不齯而履不杖，只如四十許人。邇年來能生少子，予私意如公者當非八九十以下所能死也。予自客歲入長安，今春歸，與君共醉，酒後耳熱，爲君言及躍馬彎弓之事，以爲丈夫當立功絶塞，桑榆非晚，彼時亦安敢期其言之必中，聊作壯語耳。公爲大叫，投袂而起，浮白者再，豈謂别君未久而君乃居然死也。是所稱孝廉之言於君再見者，其痛又何如也？

嗚呼！時夏已矣。予與時夏交三十有餘年矣。時夏年躋古稀，死亦何憾？而予獨謂時夏即以七十而死，有餘恨焉。公以材武果敢生於承平之世，徒以毛穎困諸生，不能逞雄心於一劍，唾手而取將帥，此一恨也。申酉之交，運丁百六，鼎湖龍去，正英雄枕戈待旦之時，而燭武髮短，田光精竭，所爲君王好壯，而臣已老矣，此二恨也。抱此二恨不得已，而以瓦盆濁醪澆此壘塊，歲時伏臘烹羊炮羔，與鄰舍二三黄耇相娱樂，暇時則弄兒膝上，擊缶而歌，不知身之將老，豈謂朝露永閟泉壤，營菟裘之未畢，感季豹而忽摧，此三恨也。

噫！君抱此三恨，其能瞑目耶？吾將解之曰：『馬遷有言曰：「富貴而名湮没，不可勝數，惟倜儻非常之人稱焉。」彼汝南黄憲，東海管寧，其人皆以布衣名動京師，死而書，卒與王公埒，何必爵位哉！如謂弱嫗遺胤，百年之後供他人魚肉，此爲更無壯子者言之。』君三郎茂才，孝友人也。夫同形分氣，大都一父之子；推棗讓梨，豈無异母之兒？此自茂才能爲之箕豆相煎，尺布作謡，可必其無此戾矣。由是言之，三恨者其不足恨者也。人生會有死，公以七十而死，可以死矣。獨是某之與君，義兼師友，情同兄弟。我在南荒，君歸蒿里。孔北海五十之年忽焉已過，虞仲翔知己之外更無多人。游子未歸，懸寶劍其何日？幕府空繫，致生芻而轉悲。遣兒代告，灑泪緘辭。洞庭之水不流，衡陽之雁永斷。從此六門堤邊新結要離之冢，冠軍城外更築信陵之墳。嗚呼哀哉！

【校記】

〔一〕本篇原在《胡公羽阿思哈哈番行狀》後，題前有『補遺』二字，據《文集》十六卷本改。

族侄來泰墓表

我祖孔公自新喻抵鄧，及予之身，六世矣。予爲兒時，則聞伯父行，爲予言家世，如聽塾師爲蒙童講史書，不審世間古來果有此人不，頷之而已。甫弱冠，族厄於兵，次第化去，予所心鉥不忘者，則里居及先人行輩名字而已。然最真者記伯父口云，上世有華四公者，至穰徵租，跨一騾而去，後遂杳然，無復音信者。及予成童時，則亦三四十年。庚辰釋褐，托同門友傅鼎銓寄札，亦不見有人來。

改革後，予分藩楚之永郡，家人抱譜牒至，予私心自問，此中但有華四名則可信，否則狄梁公、郭汾陽，正不復相蒙矣。手繙數葉，於本生祖行下適有華四名，不覺哽咽失聲，曰：『葛虆尚庇根本，況人乎？』古來吹律合姓，又後世因國氏賜姓，是不一端。我彭氏則陸終苗裔，祖氏以封彭城得名，迄今傳三千餘年矣。豫章一派，視天下獨爲甲族。嘗讀五代史，時有名玗者，爲長沙馬氏太尉，八子皆顯官，散居吉臨諸郡，大約江西此姓最著，皆太尉子孫也。吾始祖資孔公以游學入中州，遂有予祖父及予，今始得家譜讀之，則今之携此書而來者，是再一華四公矣，何可没也？

此以後，家人時往來於鄧，予又以順治十三年游潭、衡，家人亦時來，皆挾此書者爲之先導。予先是遣兒始騫拜掃，得造祖宗，故廬今立有短褐志之。未幾，而挾此書者亦物故。其子茂才以戊戌來朱陵，爲列其父行狀求爲文記之。而述曰：『是莫丘此矣。合兩地數千里，又數世，二百餘年之氣類之精魂，而合聚一堂之内，尺幅之間，是其人可以傳，何必他行事哉！』古之立謚法者，不過括生平大事以一二字盡之，正復如此，茂才勉之，异世而下，得於荒烟蔓草之餘，魁然馬鬣路人得名之曰：『此某人之祖先也。』茂才父功爲烈矣。其父伊誰？名來泰，是予猶子行也。

河東王將軍先人墓碑

蓋聞郇瑕之地，土多鹽而寶興。汾澮之間，水流惡而氣勁。故城濮之役，取威定霸。鄢陵一戰，鄭楚風靡。晋師武臣力爲天下烈，豈人事偶值歟？抑地氣使然也。

王將軍永祚，河東平陸人也。射穿七札，敵學萬人。當真主〔一〕之龍興，爲興朝之虎將。敦《詩》《書》而説《禮》《樂》，無慚儒將〔二〕之風；寄腹心以托干城，居然公侯之選。今皇帝十有四年，使〔三〕相經略五省，乃晋前將軍，鎮撫長沙。如淮陰之遇蕭相，將傳檄以定秦；譬晋公之有西平，且奪栅而入蔡。每居恒自念，早歲從戎，瞻望鄉關，輒用流涕。遨游關外，正終軍棄繻之年；奉表江南，乃温嶠絶裾之日。思故國之桑梓，誰無香火之情？感重泉之衣冠，未免陵谷之變。若高若曾，爲封爲樹。昔值風雲之運，或明經而謁帝，或執殳而從王，并屬烏衣之舊。今當鼎革之交，或城郭是而人民非，或山河同而風景异，難明馬鬣之封。孟嘗君之葬地，已見樵牧來游。郭汾陽之先塋，誰保松楸不改。王事靡盬，拜掃何期？往致明禋，敢勞祝史。

嗟乎！蕭瑀不生於空桑，天下豈有無父之人？夔子罔祀夫祝融，《春秋》爰興問罪之舉？鬥穀之德澤在人，若敖鬼不餒矣。皋陶之正直未替，庭堅祀豈忽諸。而今而後，維子維孫，華表以樹勛庸，如按箕裘之業。片石而鐫姓字，長同帶礪之盟。銘曰：龍門之水，有時而竭。太行之山，有時而泐。惟王氏之先塋，胡不窻而。窻，小孔貌。見《考工記》。

【校記】

〔一〕真主，《文集》二十四卷本作『清帝』。

〔二〕儒將，《文集》二十四卷本作『郤穀』。

〔三〕使，《文集》二十四卷本其下有『太傅洪公』四字。

義僕黄紀墓志銘

黄紀，湖廣景陵人。弱時離亂，爲賊掠，遺鄧州。先從諸生陳呂英，會予爲楚督學，陳慰我安陸，予見其謹慧，异之，陳因以紀贈予，改名周。從予游二十年，入備灑掃，出供鞭弭，小心事主，不妄言，誠信篤至，有智略。

予戊子撫黔，與賊戰靖州城下，貫甲西門。賊佯退，予將歸行署，周耳語曰：『勿中賊計。』乃先一騎偵之，賊已滿公廨，居民皆裹白巾應之，圍予三匝，血戰僅出，否則墮其掌中矣。又從予之官滇黔，周行萬里無惰心。

歲壬寅，予視兵嶺南，周左右南來，因官署日用不繼，稍覓資本，命周貿易粤東。周權子母守管鑰，分毫不以自私，紀綱中之有信行者。予重之器之，每有嗔怒，周輒寬譬，類有道者。先是有母每歲往寧之，其母先周死，娶妻唐氏，生子不育。周年可三十，以康熙元年八月二十八日卒於桂林。噫！命也。夫抑予以垂白之年浪游不止，炎荒天末，以致義從觸瘴而歿，予負子也。夫爲之穿壟於城西之原葬焉。銘曰：早罹干戈兮，飄泊异鄉。念子零丁兮，收之荆襄。廿載而如一日兮，庶不負主人之恩。胡怛化而還大造兮，嗟旅魂。

行狀

胡翁阿思哈哈番行狀

公閥閲三韓，箕裘奕世。猿臂善射，虎頭當封。年二十餘，隨定南王孔起兵二東，於是縱覽中原，仰觀乾象〔一〕。爾乃引睇扶餘以北，鮮卑之南，知王氣之有在，擬真人之誕生，爰整義旅航海從王。如王常率下江之兵，從軍白水；譬李勣領黎陽之衆，歸服關中。是時太宗皇帝手彎烏號之弓，將問罪於朝鮮。鋒淬湛盧之劍，還立馬乎遼陽。惟公梟勇敢戰，先登吹毛三尺，唾手八城。威名已震於海上，氣吞公孫之壘；士馬遂甲乎寰中，席捲盧龍之塞。於是冤句之黄巢授首，人傳雲中之兵；海上之盧循破膽，遂開下邳之祚。義旗所指，傳檄而定三秦；精甲無雙，長城遂拓萬里。

於斯時也，武安瓦飛，白起之營東下；黄河浪沸，趙曜之幢西來。仰面而攻潼關，再見六國逐嬴秦之日；夾戰而臨渭水，還同魏武破韓馬之年。遂取安定，爰啓姑臧。國家不棄凉州，原以斷西域之臂。金繒久縻夏國，應直搗元昊之巢。撥馬而隨東征，觀兵遂至吴會。朱雀桁中，人傳韓擒虎已至。維揚城内，無復袁公路稱尊。鼓鼙直振乎金山，蒙衝大戰於洋子。京觀築瘴癘之鯨鯢，軍聲讋苕葦之蠻蠃。於是東南既歸版圖，楚粤猶隔王會。洞庭衣帶，馬殷建號於長沙；番禺際海，趙佗稱制於五嶺。於大定南，長子帥師。維我太公，櫜鞬左右。一鼓而楚南率俾，三湘、九溪盡入鴻臚之館；再鼓而百粤歸命，日南、九郡共築朝漢之臺。亡何，將星忽隕，鷩櫪馬以皆鳴；金甲歸天，逢龍蛇而當厄。實維順治之十三年七月也。男某感風木之在，念壘衰已自三年，愴日月之有期，窀穸不覺在望，紀殊勛以表隧，集嘉慶於充閭。時維弱孫年十四歲，向以桂林失陷，劍匿豐城。今自黔中歸來，珠還合浦。死生异域在胡君，既失子而得子；骨肉同堂在太翁，復無孫而有孫。世共指爲善人之祥，天所以報仁人之後。

【校記】

〔一〕乾象，《文集》二十四卷本其下有『知天命已去，大物將改』九字。

附録一　年譜簡編

先生姓彭，諱而述，字子籛，號禹峯，初名萬程，河南鄧州人。始祖諱資孔，字學聖。高祖諱沂清，曾祖諱倫儒。祖諱進賢，字南溪，爲倫儒之次子。父諱彬，字斑均，誥贈中憲大夫，按察司副史。母王氏。明萬曆三十三年十二月十三日（公元一六〇六年一月二十一日），先生生於河南南陽鄧州彭橋村。

汪琬《廣西參政分守桂林道彭公而述傳》：公諱而述，字子籛，河南鄧州人。世居禹山之下，自號禹峯。

彭而述《家譜序》：如吾彭氏，實維高陽之苗裔，以其食禄於彭城，謂之彭祖云。噫！此彭之所以得姓之始也。彭之繁於前代，見於國史家乘未易，更僕而在宋明之際，則豫章之族實隆隆起焉。如忠肅、龜年、文憲，時與其弟華諸公是也。雖然，此在五代時，太尉玕先爲吉州刺史，因家焉。有子十一，皆顯，實開先焉矣。是故今左豫章者，亦有數支，或以故遷徙他所。散見於天下者皆豫章，則皆彭城。皆彭城，則皆吾家一氣之人也。往吾祖來自臨江，籍於鄧，及予且四傳，族之一而十百，經兵火，且孔庶而蕩析，不可勝嘆。

彭而述《祖與祖妣合傳》：祖諱進賢，字南溪。自始祖資孔公生二世祖沂清，清生三世祖倫儒，南溪公爲倫祖之次子。

彭而述《胞兄萬里傳》：節母王生秦兄及余二子。余生三歲而孤，蒙蒙襁褓，聞兄五歲父殁而哭之痛，幾欲以身就棺中，純孝天生也。余甫齔，就塾師，與兄同學。兄名萬里，余名萬程，父命也。後余游庠，始改今名。

彭而述《雪邸撥悶》題注云：乙未臘月初一。是月十三初度，客燕。

萬曆三十七年（一六〇九）　己酉　四歲

父殁。

彭而述《先節母暨長女殉難紀略》：母爲外祖耆賓王公女，聘吾父處士爲正室。年二十四，吾父下世，時述方四歲。

萬曆四十四年（一六一六）　丙辰　十一歲

先生娶王氏。

彭而述《王孺人紀略》：予三歲孤，孺人父即予母王夫人之兄也。念予孤，恐爲人所魚肉，遂許聘於予。歸時予年方十一，孺人長予二歲，年十三矣。

萬曆四十七年（一六一九）　己未　十四歲

祖南溪公卒。

彭而述《明發》：伊余昔伶俜，生四歲而孤。煢煢只我母，膝下撫兩雛。祖母與王父，年俱已桑榆。爲我延塾師，謂我血汗駒。小兒不解事，玩愒日枝梧。浸尋十四歲，祖父亦以徂。

萬曆四十八年、泰昌元年（一六二〇）　庚申　十五歲

先生好學古文辭及詩歌，母氏及塾師均戒之。

彭而述《南游文集自序》：余少孤，訓於母氏。十五即好學古文辭及詩歌，母氏戒之。繼所受塾師亦每以爲言，故不竟。

天啓五年（一六二五）　乙丑　二十歲

先生成秀才。

彭而述《王孺人紀略》：弱冠始游鄉校，友人過從者必竭蹶修潔餚核，不敢以寠故爲予薄長者。

崇禎三年（一六三〇）　庚午　二十五歲

先生大病，幾卒。

彭而述《王孺人紀略》：予庚午大病，死七日，胸間微有氣，孺人泣血誓天，願以身代，得不死。

崇禎九年（一六三六） 丙子 三十一歲

先生因戰亂遷居鄧州城内。長女死於戰亂。秋，中河南鄉試。

彭而述《王孺人紀略》：丙子寇變，予與孺人奉吾母居鄧。……是年秋薦，予中河南鄉試。

彭而述《先節母暨長女殉難紀略》：烈女年十四適里諸生李桂。丙子春，寇躪鄧郊，予携家入鄧，女曰：身既歸李氏，不可隨父行，乃奉厥姑井氏避亂家之高樓上。賊攻樓陷，人多苟全者，女大罵賊，碎身而死。

崇禎十年（一六三七） 丁丑 三十二歲

先生入京參加會試，未第，還鄉。兄萬里殁。

彭而述《王孺人紀略》：丁丑二月城陷，孺人於萬死中奉母携子得無恙。時予上公車，長安未歸。

彭而述《胞兄萬里傳》：以爲兄以某月日得病死矣。余魂魄皆失，歲在崇禎丁丑，享年三十有四。

彭而述《考隱君文宇公元配王太夫人合葬墓志銘》：丁丑，上公車不第。

崇禎十一年（一六三八）　戊寅　三十三歲

明兵部尚書熊文燦總理南畿軍務，負責圍剿河南、四川、兩廣、陝西農民起義軍，請先生探知張獻忠虚實。先生單騎前往，面見張獻忠。返回後，言張獻忠并非真心歸順，力勸熊文燦全軍出擊，未納。次年，張獻忠重舉義旗，熊文燦因招撫失敗被棄市。

王原《讀史亭詩文集序》：鄧州禹峯彭公，夙有奇負，好談兵事。舉子時曾爲督師熊文燦招賊獻忠，既説文燦以擒賊之計，文燦不能用，卒底於敗。

崇禎十三年（一六四〇）　庚辰　三十五歲

先生成進士。

彭而述《王孺人紀略》：又數年庚辰，予成進士，歸里葬吾父。

崇禎十四年（一六四一）　辛巳　三十六歲

先生入京謁選，授山西陽曲知縣。

彭而述《王孺人紀略》：辛巳秋，予入京謁選，筮仕陽曲。

崇禎十五年（一六四二）　壬午　三十七歲

春，先生迎母至太原。

彭而述《王孺人紀略》：予以壬午春迎母至太原。

崇禎十六年（一六四三） 癸未 三十八歲

九月九日，先生母卒於陽曲縣署，丁憂離職。戰亂路阻，乃瘞母柩於平陽。

彭而述《王孺人紀略》：母病，彌留囑後事，不及予，向孺人言曰：『婦必歸我合葬汝舅之壟爾。夫酒人恐忘遺婦志之，勿令長逝者魂魄羈太行不歸也。』事在癸未之九月。時李賊方自潼關渡河，濮州騷亂，鄉路阻，乃瘞母柩平陽，與予冒險出羊腸，歷青山厓，夜昏黑，從虎穴中過，入東南，走齊、魯、吴、越，夜泊鎮江，亂流而濟，與潞國刑人閂，幾死江中。

彭而述《考隱君文宇公元配王太夫人合葬墓志銘》：母生於萬曆乙酉八月初六，卒於崇禎癸未九月九日，享年五十有八。

清順治元年、崇禎十七年（一六四四） 甲申 三十九歲

春，李自成克北京，清兵南下。先生故里殘毁，遂東行至大伾，遇王鐸，聯鑣南下，避亂姑蘇、武林間。夏，王鐸薦先生於蘇州巡撫祁豸佳，辭謝。秋，先生居秦淮河，後僑居蕪湖。

彭而述《仕楚紀略》：甲申，北都搆變。予時丁先慈艱，在晋陽，故里爲賊所屢破殘毁，無居人，因之避亂姑蘇、武林間。是年夏，金陵擁戴福王，粗具文物，朝士鱗集。孟津王尚書鐸推轂予於蘇撫祁豸佳前，欲官之，予以讀禮謝去。秋間抵秦淮河，居兩月，遂僑蕪湖。時兵科給事中李永茂，鄧人，與予有兒女好，亦以原官起，并帑於蕪，爲予比鄰。冬月，故兵部

尚書張縉彦視師河南，疏予爲本省方面。予投銓部呈，復辭去。

彭而述《擬山園文集序》：述得從先生游，則在烈皇帝之甲申二月，維時述麻衣走大行，抵大伾。先生客寓劉通政之園，爾時述乃出驢背一帙質先生。先生展未終卷，大驚曰：『不圖今日復見鉅鹿之戰。』相得甚歡，略似僑札相遇。明日即携手作吴游，東望岱宗，南達淮、泗，或聯舫，或并轡，議論今昔上下成敗，如琥珀引芥。

順治二年（一六四五）　乙酉　四十歲

春，李永茂升江西巡撫，先生欲隨同赴南贛，後與李永茂别，居池州。九月，潛舟歸里，抵武昌，因戰亂避居二别山上。十月，故人姚應衡洩姓名於湖廣總督佟岱，在佟岱和英親王阿濟格舉薦下，先生仕清，督學三楚。第五子彭始摶出生。

彭而述《仕楚紀略》：越明年乙酉春，永茂升南贛巡撫，約予同往。行至池州，予因先慈寄葬平陽，永訣之言曰：『兒須以我骸歸葬汝父側。』言猶在耳，惻惻予心，倘自此渡彭蠡，入虔州，山河迢遞，歸來無期。我母窀穸何時，飲恨終天奈何？乃决意住池。……是年秋，聞郡城薙髮，令甚嚴，總督佟駐節武昌，榜文禁止之，不知其詐也。予乃潛舟中，逆流而上，以爲但得歸故鄉，取母靈而歸，雖薙髮猶甘之矣。以九月抵武昌，賊一隻虎尚跳梁，荆州、襄陽水程未通，雜漢口賈人中，避居二别山上。十月間，乃爲故人姚應衡洩姓名於佟，物色之亟乃出，謂佟公曰：『某筮仕晋陽，母骨瘞平陽，遭時多故，踉蹌南北。賴聖人舉義旗，爲中原雪耻除凶，救民水火之中。雖陷，胸决脰以報生成古人不辭顧。某所以艱難百折至此者，爲母氏合防計也。若遽與人家國，痗厥初心矣。』往返曉譬百端，繼以聲泣，終弗聽。期以葬母後，子情稍盡，即來楚受事未晚。而公請視楚學之疏已上矣，事在乙酉十月十六日也。

《清史稿》本傳：順治初，英親王徇湖廣，薦爲提學僉事，遷永州道參議。

順治三年（一六四六）丙戌 四十一歲

先生出任楚學使。十一月，歸里葬母。

彭而述《王孺人紀略》：丙戌，予爲楚學使者。

彭而述《仕楚紀略》：越明年丙戌，湖南按院宋一貞繕捕科疏禮部，移札催試，予乃校武、漢、德、承、襄、鄖六郡士，是以有鄉闈之役。……以冬月北行，計予南旋時取道山右，搬取先靈。

順治四年（一六四七）丁亥 四十二歲

六月，先生從平陽扶母喪歸里。秋，任湖南分守道。八月，孫荆殤。十二月，莅永州受事。

彭而述《王孺人紀略》：予丁亥六月乃得從平陽扶母喪歸里，孺人哭曰：『媳今日有以報母命矣。』乃啓吾父墓旁合防焉。親黨祖送者莫不泣下。是年秋，隨予過洞庭，官永州。

彭而述《永州聞荆孫殤於痘（八月十九）》：丁亥冬來楚，雇爾在南湖。

彭而述《仕楚紀略》：於四年丁亥，補上湖南分守道，遂從井陘平定州，次第抵平陽，作文告先靈墓，負柩南歸。由蒲坂渡河，歷潼關、殽函、弘農，達汝、襄、宛、葉而歸。暫厝先君壟之右，以七月襄陽登舟，八月抵鄂，十月過洞庭，十二月初一日莅永受事。

《世祖章皇帝實録》卷三十一『順治四年三月十一日』：以委署湖廣武漢兵備道李藻、爲本省按察使司僉事。管分守湖北道參議事。提學道僉事彭而述爲本省按察使司僉事。管分守上湖南道參議事。

順治五年（一六四八）　戊子　四十三歲

先生經恭順王孔有德舉薦，任貴州巡撫。二月，抵靖州。後抵沅州。四月，復歸靖州。時陳友龍圍攻靖，城陷，先生入長沙。十一月，一隻虎、王馬等圍攻長沙，先生數次瀕死。十二月，永州陷，先生以入貴稽遲被革職。

彭而述《王孺人紀略》：戊子二月，予奉定南王孔題黔撫，會孺人携諸子先歸，客居長沙。群盜圍予靖州，予血戰而出，士馬大衄。

彭而述《仕楚紀略》：時恭順王孔大兵恢粤，懷順王耿駐永，竈增數十萬，士馬糧糗供給諸物，力費不貲，拮据經營，兼日夜力用以勿匱，恭順王見予竭蹶王事，不懈於位，念黔之銅仁黎平新歸，撫綏不宜無人，乃不以予不才，承乏填撫其地，隨以副將賀進才兵二千名。予以五年戊子二月二十五日啓行，自祁入寶武而綏而靖。適沅撫線縉移檄請予過沅商摧時務，予又由會同黔陽抵沅。甫信宿，接恭王令，命且勿往銅仁，叛將陳友龍作梗，黎平未靖，終屬掣肘。予乃以前四月十四復至靖，將往黎平到任，乃友龍輒於十五日圍靖。先是友龍久蓄异志，予初來靖時，具啓王前，暫留令彼復任，彼心稍安。奈鷹眼未化，終不可羈縻，遂合苗猺諸山峒赤脚椎髻之徒蜂擁靖州城下。火炮如雹，戟列如霜，予甲冑跨馬，左弓矢右短刀，督副將閻芳譽出城血戰。蹂其賊壘，我三軍氣大壯，賊以却。不意守將楊文義作内應，城以陷，標下副將賀進才冒矢石死，念殘兵單弱，復請兵長沙，恢黎入貴，爲桑榆之舉。……予止隨家丁數十人，候命長沙，一隻虎與王、賀各家賊輻輳攻犯長沙，予與鎮道府登陴守禦兼六晝夜，賊箭如雨，銃子落城中如鷄鴨卵，中人物皆斃。予亦貫甲創敵，瀕死者數矣，總鎮入告之疏可按也。事在五年十一月初十至十六日，永州之陷乃在是月初一。……部覆獨以入貴稽遲，奉旨革職。

順治六年（一六四九） 己丑 四十四歲

三月初九日，先生罷官歸里。四月七日，抵鄧。家居課兒讀書，著《外史》。

彭而述《漢口曲》題注云：六年三月初九日，罷官歸里。

彭而述《仕楚紀略》：於六年己丑之二月，移文三院，并兵馬錢糧各有册，由武昌歸里，内鄉許君宸同年親誼也。適以宣赦使楚，聯舫入襄，四月七日抵鄧。

彭而述《外史自序》：予自戊子投劾歸里，居東陬小園，課三兒奮司馬《通鑑》，尋欲就中治亂賢奸，但爲前史所未發者。或已發不甚妥者，各以己意著爲論斷，不拘長短自成一書。

《世祖章皇帝實録》卷四十二『順治六年正月十八日』：偏沅巡撫線縉，坐聞警離汛，削職逮問。永州道彭而述坐逡巡規避，貽誤地方，革職爲民。

順治七年（一六五〇）　庚寅　四十五歲

先生寓桂林。

彭而述《桂林寓》題注云：順治七年仲冬。

順治八年（一六五一）　辛卯　四十六歲

先生投郢守李茂實。

彭而述《投郢守李茂實》題注云：辛卯秋。

順治九年（一六五二）　壬辰　四十七歲

先生家居，合葬父母。

彭而述《考隱君文宇公元配王太夫人合葬墓志銘》：今壬辰十一月二十四日，啓兆合葬焉，母之遺命也，夫古禮也。

順治十年（一六五三） 癸巳 四十八歲

先生家居。

順治十一年（一六五四） 甲午 四十九歲

先生家居。

順治十二年（一六五五） 乙未 五十歲

先生赴京。王永吉舉薦，入洪承疇幕府。

彭而述《乙未仲秋北上紆道晤曠庵弟鄗城時弟亦罷官》。

彭而述《太原張瑞儀孝廉文集序》：今年乙未，偶偕兒輩公車走長安，晤瑞儀蕭寺。

汪琬《廣西參政分守桂林道彭公而述傳》：自是浮沉里居者十年。尚書王文通公名知人，嘗讀公詩文，最後相見京師，嘆曰：『有才如此而不用，此宰相過也。』特疏於朝，言公可大用。是時洪文襄方開經略府於長沙，遂命公赴經略軍前。

《（乾隆）鄧州志·人物·彭而述》：尚書王鐸薦其可大用，時洪承疇開府長沙，命而述赴軍前，補衡州兵備副使，管雲南右布政事。

順治十三年（一六五六）　丙申　五十一歲

先生在洪承疇幕府。

彭而述《南游文集自序》：順治十三年，從軍長沙，補朱陵二年，是爲《楚》。

彭而述《劉杜三詩集序》：順治之十三年丙申，予銜命參軍樞相幕府，始得交所爲鸞傭孝廉云。

順治十四年（一六五七）　丁酉　五十二歲

洪承疇薦先生任湖南道副使。

《世祖章皇帝實録》卷一百十一『順治十四年九月九日』：原任湖廣布政使司參議分守上湖南道彭而述，以原銜管分巡上湖南道副使事。

順治十五年（一六五八）　戊戌　五十三歲

先生移滇藩。

彭而述《南游文集自序》：順治十三年，從軍長沙，補朱陵二年，是爲《楚》。移滇藩，過黔二年，是爲《滇黔》。

順治十六年（一六五九）　己亥　五十四歲

先生升雲南按察使司副使、管雲南布政使司右布政使事。《續讀外史》刻行。

《世祖章皇帝實録》卷一百二十七『順治十六年八月七日』：升湖廣上湖南道參議彭而述爲雲南按察使司副使、管雲南布政使司右布政使事。

彭而述《續讀外史序》：己亥六月朱陵書。

順治十七年（一六六〇） 庚子 五十五歲

三月，先生出長沙。四月，抵寶慶。五月，抵貴陽。六月二十七日，抵昆明赴任。十月，先生任廣西布政使司參政、桂林道。

彭而述《南游文集自序》：順治十三年，從軍長沙，補朱陵二年，是爲《楚》。移滇藩，過黔二年，是爲《滇黔》。再視兵桂林二年，是爲《粤》。

彭而述《長沙至寶慶日記》：庚子三月戊寅，别經略。……四月乙酉，……所親邵鎮王將軍定宇迎郊外，三爵入寶慶城。

彭而述《自沅抵貴日記》：時四月癸丑，新霽。發沅，……（五月）辛未，抵貴陽。

彭而述《一字孔至滇南日記》：庚戌，早陰。行未數里，雨復至。板橋離省尚四十餘里，行高阜，遥望昆明池，洸洸煜煜，如白虹一道束山腰。將抵省，一望如長湖，恍置身西南天外，見彭蠡洞庭矣。附郭戎菽黍麻皆如中州，誠一都會也。順治十七年六月二十七日也。

《世祖章皇帝實録》卷一百四十一『順治十七年十月十六日』：雲南按察使司副使管右

布政使彭而述爲廣西布政使司參政、桂林道。

順治十八年(一六六一)　辛丑　五十六歲

三月,先生離滇赴任。四月,抵沅州。十一月,先生長子始起中武舉。

彭而述《出滇日記》:予以庚子六月抵滇,以辛丑三月辛亥去滇。

彭而述《鎮遠州至沅日記》:(四月)癸酉,甫午,抵沅。

彭而述《聞長男始起武科捷》題注云:『辛丑仲冬廿日。』

康熙元年(一六六二)　壬寅　五十七歲

先生征剿莫夫豹,凡四戰。十一月,先生升貴州按察使司按察使。

彭而述《征賊詩序》云:獞賊莫扶豹,窠永寧山中,居華離之地,斗絶善走,屢頓王師連年。予巡桂之日,上其事,剿之,凡四戰。壬寅十月。

《聖祖仁皇帝實録》卷七『康熙元年十一月二十日』:升四川按察使金鋐爲山西布政使司右布政使。廣西桂林道彭而述爲貴州按察使司按察使。

康熙二年(一六六三)　癸卯　五十八歲

先生任貴州按察司。

康熙三年（一六六四） 甲辰 五十九歲

三月，先生升廣西布政使司右布政使。七月，升雲南布政使司右布政使、管左布政使事。

《聖祖仁皇帝實録》卷十一『康熙三年三月十五日』：升貴州按察使彭而述爲廣西布政使司右布政使。

《聖祖仁皇帝實録》卷十二『康熙三年七月一日』：以廣西右布政使彭而述爲雲南布政使司右布政使、管左布政使事。

康熙四年（一六六五） 乙巳 六十歲

先生内調改補，離雲南。七月二十八日（公元一六六五年九月七日），出都會三十里，至板橋驛，卒。

彭始搏《恭次先大夫昆明池原韵四首》題注云：孰知甫匝月於七月廿八日辭滇，三十里抵板橋，屬疾，猶爲同官及視友染油素無數，至半夜而逝。蓋升庵奉赦還至板橋，一夕卒。先公亦終於此，天也。

汪琬《廣西參政分守桂林道彭公而述傳》：子六人：始起、始騫、始奮、始超、始搏、始凱。始起舉武進士，始騫亦以公故任貴州黄平知州，始奮、始搏尤善詩文，有父風。

康熙六年（一六六七）丁未

誥授先生爲通大夫雲南布政司，貴州都察院右檢都御史。由河南布政司監理葬事，葬於故里鄧州彭橋。

附録二　傳記

汪琬《彭公子籛傳》

公諱而述，字子籛，河南鄧州人，世居禹山之卜，自號禹峯。卓犖有大志，讀書不事章句，爲詩文操筆立成，嘗語人曰：『丈夫幸而得志，當馳驅邊塞，取封侯之印，如前世威寧、靖遠兩王公之爲人。有如不遇，則閉户著數十卷書，亦足以豪矣。』

舉前明崇禎中進士。先是爲舉子時，直張獻忠據穀城，謀率其所部以降，督師熊文燦聞公名，道使賫金帛聘公詗獻忠。公策單騎，以馬棰叩賊壘門，大呼願見主帥言事。既得見，備述順逆以愯動之，賊爲奪氣，欲留公，公不可。歸而請閒説文燦曰：『執事亦知賊之情乎？』文燦問曰：『何如？』公曰：『賊非畏我而降也。某惴其意向不常，蓋將以款我師也。如急乘其懈，以大軍薄之，則獻忠直釜魚几肉爾，執事豈有意乎？』文燦愕不應。有閒公復説曰：『「需，事之賊也。」大軍久不出，必將爲獻忠所賣。』文燦色稍定，乃應曰：『廟堂方事招納，吾子奈何爲是言？』公曰：『不然。古者將軍得專閫外，今執事身秉節鉞，而顧狐疑不斷，一旦身敗名裂，貽憂天子，悔之將何及邪？幸審圖之。』文燦卒不聽，公謝去。而獻忠果叛，文燦亦竟不免矣。釋褐，受陽曲令，丁母憂。於是李自成破北京，中原大亂。公閑行渡江，遂終明之世不仕也。

順治初，英王率師抵湖廣，廉得公所在，疏薦公提學僉事，進參議，公守永州道。是時定南孔壯武王以湖南既定，方用師西征，復薦公巡撫貴州，予兵三千人，前行入靖州。甫至，而陳友龍叛。友龍故僞總兵降於我者也。至是悉其黨數萬叛，圍州城十餘匝。公夜閑西門，營於南山下，將旦，會天大霧，賊礮矢及公馬腹，公據鞍自若。徐顧麾下諸將曰：『賊多而不整，可乘霧出不意以破也，孰能爲吾往者？』乃拊裨將張自强背曰：『若健士，當往。』因呼酒命大觴，手觴之，使率百騎爲前鋒，横衝友龍陳。陳動，公自以衆繼之。賊且潰走，而副將賀進才遽戰死，城中守卒復大噪，閉城門，欲與友龍合。公偵知之，乃拔其衆，退入寶慶，告於定南王，請益師。王遣副將熊嘉夢兵三千人益公，公遂與賊相持紫陽河上歲餘。公故所屬永州陷於賊，巡按御史劾公不救，免官去。議者以爲非公之罪，咸惋惜之，而公顧杜口不自白也。

尚書王文通公名知人，嘗讀公詩文，最後相見京師，嘆曰：『有才如此而不用，此宰相過也。』特疏於朝，言公可大用。是時洪文襄方開經略府於長沙，遂命公赴經略軍前。公身長八尺餘，美鬚髯，儀觀甚偉，謦欬若洪鐘，善飲酒，酒酣爲人稱説古今成敗廢興之故，口舉手畫，議論風生，由是數爲諸王公所重。既受軍前之命，單舸詣文襄幕府，絝褶腰刀，用戎禮入見，且繪黔楚山川形勝，并陳戰守方略以獻，於是文襄甚稱許之。補衡州兵備道，進副使，管雲南右布政事，移廣西參政，分守桂林道。

獞賊莫扶豹聚衆劫永寧無虚日，兩江皆震。公謂以兵攻賊，不若以賊攻賊。以王師攻賊，不若以土兵攻賊，乃用始龍故土司覃法歐爲鄉導，而檄永寧知府史贊勛募土兵數百人將之，與參將馬甲、游擊陳乙分道以進。扶豹竄走，追敗之於西山，又敗之於武寧之麻岡。公乃撰論論事宜曰：『賊有難破者三，有可禽者四。山路險隘，徒步單行，魚貫而進，長驅不能得志，難破一也；賊赤足登山阪如飛，蒙首轉落縣崖如履平地，出没草間，即蜥蜴、猿猴讓其獧捷，難破二也；賊行不由正路，或披荆棘，或履巉岩，或由沙水石溝，不可蹤迹，難破三也。然自西山、麻岡二戰而後，脅從鳥散，死黨不越數十人，此即鋌而走險，其何能爲？可禽一也。我師既據賊巢，賊裹糧西竄，屈指食盡，草根木皮，何以持久？可禽二也。沿山五六百里，隘口三十餘處，處處設險，嚴兵控，即欲奪關而出，潰圍實難？可禽三也。計窮力敝，惟恃一走爲長策。我師因糧於敵，能以久困之，使此賊一日不得，則官軍一日不徹。可禽四也。操此四可禽之術，以致三難破之寇，滅此渠魁，特旦暮耳。』已而扶豹就執，以功進貴州按察使。

平西吴王將征水西，公奏記於王曰：『烏蒙、烏撒、鎮雄、東川四府，與水西爲唇齒，土司隴安藩又與安氏昏媾，今四府雖名内附，然狼子野心，勢必顧惜其種類。以水西之强，而令安藩復以四府附之，則安坤未易制也。計莫如度捲四府，先馘安藩，然後西南可無患矣。』聞者皆不之省。

其後平西王誅坤，竟如公策。

進廣西右布政使，王故禮重公。薦公雲南左使。公從軍二十年，所見行間諸貴人多出其後輩，而己獨俯首錢穀，頗鬱鬱自失，因喟然曰：『吾老矣，立功、立言二者訖無所就。與其逐逐戎馬中，曷若退而著書，以娱暮年乎？』乃作《歸田記》，且請於王曰：『某效力西南已久，願乞骸骨歸鄉里。』王知公意，猶慰勉留之。而會有詔召公改調，公遂行，逾省城三十里，一夕無疾卒，年僅六十。

公性落落難合，而顧好奬誘人善，以豪俠自命，不屑爲繁文曲謹。所學尤長於史，在軍中稍暇，輒喜讀諸史，故其發諸詩文，初未嘗摹擬，而辭氣雄渾壯麗，能令讀者想見其人。有《文集》六十九卷、《讀史諸篇》二十卷、《明史斷略》四卷、《滇黔游集》四卷、《續游集》二卷。

子六人：始起、始騫、始奮、始超、始搏、始凱。先是始起年十四五，即以驍勇知名。公之罷陽曲而歸也，始起騎從公道出太行之麓，數遇土賊，公與始起數擊敗之。賊無敢攖其鋒者，且忌其憤，共走山顛，雜投矢石俯擊公父子，欲殺之。公父子從容下牽騎，伏身峭壁間，徒步而前，矢石莫能傷，遂父子俱得免。其後始起舉武進士。始騫亦以公故，任貴州黄平知州。始奮、始搏尤善詩文，有父風。

汪琬曰：予嘗聞公舉進士時，明愍帝方急文武材，一日駕幸天壇，召諸進士試騎射，公貌故魁梧，觀者皆目屬之。及控弦躍馬，凡九發九命中，諸進士莫能逮者。愍帝大悦，欲不次用公。而公知明將亡，遂上章辭免。公蓋非獨以才略勝也，其知幾者蚤矣，故卒受遇本朝，得與開國名臣之列，豈不偉然丈夫哉！

（汪琬著，李聖華箋校《汪琬全集箋校》卷三十四，北京：人民文學出版社，二〇一〇年，第七一二—七一五頁）

王士俊《河南通志》

彭而述，字子籛，鄧州人，世居禹山之下，自號禹峯。卓犖有大志，讀書不事章句，爲詩文操筆立成，而一軌於法。舉前明崇禎庚辰進士，授陽曲令，丁母憂，遂終明之世不仕。順治初，以英王薦授提學僉事，進參議，分守永州道，旋巡撫貴州。時西南初定，餘焰尚熾，而述平靖州陳友龍之亂有功，歲餘，永州陷於賊，忌者劾而述落職。歸後有薦而述可大用者，時經略洪承疇開府長沙，遂命而述參其軍事。而述至軍前，用戎禮入見，繪黔楚山川形勝并戰守方略井井，承疇甚奇之。補衡州兵備道，進副使，管雲南右布政事，移廣西參政，分守桂林道。會獞賊莫扶豹聚衆劫永寧無虚日，勢狓猖，兩江皆震。而述建議謂以兵攻賊，不若以賊攻賊。以客兵攻賊，不若以土兵攻賊。乃用始龍故土司覃法歐爲鄉導，而檄永寧知府史贊中，勛募土兵數百人將之，與參將馬甲游擊陳乙分道以進，遂擒扶豹。功第一，進貴州按察使，又進廣西右布政使，轉雲南左布政使，後卒於官。而述具文武才，所學尤長於史，發諸詩文，根柢深厚，光芒焱發，學者稱之。子六人，始奮有詩名，始摶另有傳。康熙六年祀鄉賢。

（王士俊《（雍正）河南通志》卷五十九《人物三》，影印文淵閣《四庫全書》，上海：上海古籍出版社，一九八七年，第五三七册，第五五二—五五三頁）

趙爾巽《清史稿》

彭而述，字子籛，河南鄧州人。明崇禎進士，官陽曲知縣，母憂歸。順治初，英親王徇湖廣，薦爲提學僉事，遷永州道參議。孔有德定湖南，薦而述授貴州巡撫，予兵三千以行。次靖州，降將陳友龍叛，圍州城，而述夜開西門出，營山下，選勁騎乘霧衝陣，賊潰且走，副將賀進才戰死。城兵大噪，欲與友龍合，而述拔衆退守寶慶，告有德益師，與賊相持紫陽河上。永州陷，劾免官。

久之，以尚書王永吉薦，命赴經略洪承疇長沙軍前，陳黔、楚山川形勢，戰守方略，甚悉，承疇异之。補衡州兵備道副使，尋令管雲南右布政事，調廣西桂林道參政。僮酋莫扶豹聚衆劫永寧，而述用始龍故土司覃法歐爲鄉導，檄永寧知府史贊勛募士兵數百人，遣裨將分道進，敗扶豹於西山，又敗於麻岡，擒之。擢貴州按察使。

吴三桂征水西土司安坤，而述謀曰：『烏蒙、烏撒、鎮雄、東川四府與水西爲唇齒，土司隴安藩又與安氏婚媾。今四府雖名内附，狼子野心，勢必顧惜其種類。以水西之强，而安藩與四府附之，安坤未易制也。莫如先定四府，馘安藩，然後西南可無患。』三桂用其策，誅安坤。遷廣西右布政使。三桂薦爲雲南左布政使，而述乞歸，三桂留之，會有詔召，遂行，出會城三十里，一夕無疾卒。

（趙爾巽等撰《清史稿》卷二百四十七，北京：中華書局，一九七七年，第九六四九—九六五〇頁）

錢林《文獻徵存録》

彭而述，字子籛，號禹峯，鄧州人，崇禎庚辰進士，入國朝歷官廣西布政使。長身修髯，聲若洪鐘，一飲能盡數升，一食盡一彘肩。朱彝尊謂爲撥亂之异才，雄豪磊落，陳同甫一流人也。詩多軍中之作，《别滇中僚友之官粤西》云：『滇雲歷盡見巑岏，九郡還從嶺外看。此日西南成内地，大朝符璽本流官。千山畫角荒城暮，二月春風客路寒。薄海争傳文帝詔，尉佗早已繫長安。』《寄衡守胡君》云：『滇南氣候古來偏，靡莫山河僰爨田。戰壘荒城蒙段外，華風邊月漢唐年。虎關舊扼巴黔險，蛇徑纔通楚粤天。萬里懷人秋葉下，衡陽何處雁書傳。』《西粤送南鼎甫北上》云：『嶺南送客值初秋，萬里征鞍此壯游。白露蠻江凋木葉，黄沙羯鼓下營州。銅鐎未撤雲中戍，鐵券新頒海上侯。此去盧龍還吊古，英雄若個是田疇。』《鄂渚别趙侍御赴滇南》云：『春城烟雨酒盈卮，大别山前賦别離。黔郡猶傳秦歲月，昆明舊識漢旌旗。千盤路吐檳榔塢，一綫天開瑇瑁池。他日益州來驛使，武昌雲樹足相思。』《中秋前二日粵署桂花盛開同胡方伯黄觀察衡僧破門飲》云：『桂林恰值桂花開，難得相逢共酒杯。萬里蠻鄉同作客，一城黄葉此登臺。天邊宦迹僧能到，嶺外秋聲雁不來。明月况臨金粟夜，莫教漏鼓更相催。』此等詩，有磨盾横槊之風，錚錚然明七子之遺響也。

（錢林《文獻徵存録》卷十，周駿富輯《清代傳記叢刊·學林類（八）》，臺北：明文書局，一九八五年，第七六七—七六八頁）

李時燦《中州先賢傳》

彭而述，字子籛，號禹峯，鄧州人。少有大志，工屬文。嘗曰：『丈夫幸而得志，當馳驅邊塞，取封侯印，不遇，則閉户著數十卷書，亦足以豪矣。』

值張獻忠據穀城，謀率其所部以降。督師熊文燦聞而述名，聘使詗獻忠。而述策單騎，叩賊壘，大呼願見主帥言事。既見，備述順逆理，賊爲奪氣，欲留，不可。歸説文燦曰：『執事知賊情乎？』文燦曰：『何如？』公曰：『賊非真降，將以款我師也。急薄之，獻忠可禽也。』文燦愕不應。有閑復説曰：『需，事之賊也。大軍久不出，必將爲獻忠所賣。』文燦曰：『朝廷方事撫，吾子奈何爲是言？』曰：『不然，古者將軍得專閫外，今執事身秉節鉞，狐疑不斷，一旦身敗名裂，貽天子憂，悔何及？幸審圖之。』文燦卒不聽，而述謝去。而獻忠果叛，文燦以法死。

崇禎十三年成進士，授陽曲知縣，丁母憂。於時李自成破北京，中原大亂，閑行渡江，金陵亡歸里，抵武昌，值英王自關中驅賊至湖廣，疏薦督學三楚，分守永州道。順治五年，定南王孔有德以湖南既定，用師滇黔，薦而述巡撫貴州，予兵三千。至靖州，陳友龍叛。友龍故明總兵曾降清者也。悉其黨數萬，圍州城。而述夜開西門，營南山下，將旦，會大霧，敵礮矢及馬腹，而述據鞍自若。顧諸將曰：『賊多而不整，可乘霧出不意破之，孰能爲吾往者？』乃拊裨將張白强背曰：『若健士當往。』因呼酒，手觴之，使率百騎横衝友龍陣，陣動，自以衆繼之，敵且潰走。副將賀進才遽戰死，城中守將楊文義復閉門與友龍合。而述拔衆退入寶慶，告孔有德，請益師。有德遣副將熊嘉夢以二千人至，與敵相持紫陽河上歲餘。所屬永州陷於敵，巡按御史劾而述不救，免官去。議者咸惜非而述罪，而述不自白也。

自是里居者十年，尚書王永吉名知人，嘗讀而述詩文，最後相見京師，嘆曰：『有才如此不用，宰相過也。』特疏薦而述可大用。是時經略洪承疇治兵長沙，命赴經略軍。而述身長八尺，美鬚髯，儀觀甚偉，謦欬若洪鐘，善飲酒，酒酣爲人稱説古今成敗廢興之故，口舉手畫，議論風生，由是數爲諸王公所重。既受命，而述單舸詣承疇，綺褶腰刀，用戎禮見，繪黔楚山川形勢并陳戰守方略以獻。承疇奇之，表爲衡州兵備道，進副使，管雲南右布政事，移廣西參政，分守桂林道。

獞賊莫扶豹聚衆劫永寧，無虚日。而述謂以兵攻賊，不若以賊攻賊。以王師攻賊，不若以土兵攻賊，乃用始龍故土司覃法歐爲鄉導，檄永寧知州史贊勛募土兵五百將之，與他將分道并進。扶豹竄走，追，敗之於西山，再敗之於義寧，之麻岡。而述乃撰論，論永寧事宜曰：『賊有難破者四，可禽者四。山路險隘，徒步單行，魚貫而進，長驅不能得志，難破一也。賊行輒於高山設立瞭望，或留精兵數十斷後，追急發礮示警，賊即遠遁，難破二也。賊赤足登山，如飛蒙首，轉落骸崖，如履平地，出没草間，即蜥蜴、猿猴讓其猥捷，難破三也。賊行不由正路，或披荆棘，或履巉岩，或由沙水石溝，不可蹤迹，難破四也。然自西山、麻岡二戰而後，脅從鳥散，死黨不越三四百人，此即鋌而走險，其何能爲，可禽一也。我師既據賊巢，賊裏糧竄，屈指食盡，何能持久？可禽二也。沿山五六百里，隘口三十餘處，悉設險，嚴兵控扼，即欲奪關而出，潰圍實難？可禽三也。計窮力湫，惟恃一走爲長策。我師因糧於敵，以久困之，此賊一日不得，官軍一日不撤，可禽四也。操此四可禽之術，以治四難破之寇，滅此渠魁，特旦暮耳。』已而扶豹就執，以功進貴州按察使。

康熙三年，吴三桂將征水西，而述建議曰：『水西與烏蒙、烏撒、鎮雄、東川四土府，世爲脣齒，土司龍安藩又與安氏婚媾，四府雖名内附，實陰持兩端。以水西之强而令安藩復以四府附之，則安坤未易制也。計莫如席捲四府，先戡安藩，水西可傳檄而定。後三桂禽安坤，大定蠻方，竟如而述議。

進廣西右布政使，三桂故禮重而述，薦爲雲南右布政使，管左布政使事。而述從軍二十年，所見行間諸貴人多出己後輩，而獨俛首錢穀，頗鬱鬱自失，喟然曰：『吾老矣，立功、立言二者訖無所就，與其逐逐戎馬中，曷若退而著書，以娱暮年乎？』作《歸田記》，請於三桂曰：『某效力西南已久，願乞骸骨歸。』會有詔而述改調，遂行，逾省城三十里，無疾而卒，年僅六十。

而述性落落難合，顧好奬誘人善，以豪俠自命，不屑爲繁文曲謹。朱彜尊、王士禛咸贊爲撥亂异才，雄豪磊落，陳亮一流人也。其學邃於史，軍暇輒喜讀史。久歷邊徼，闢疆殺賊，才略飆發洩諸詩文，不受羈勒，雄渾壯麗，有磨盾横槊之概，能令讀者想見其人。楚人李以篤刻江北七子，首舉而述。

著《讀史外編》八卷，《讀史續編》八卷，《宋史斷略》四卷，《明史斷略》四卷，《讀史亭文集》二十二卷，《詩集》十六卷。最善王鐸，嘗謂鐸曰：『先生著書太多，後世安能舍廿一史不讀，而必先生一家言是好哉？』鐸亦謂而述曰：『君讀書不多，復不好臨池。』其交規如此。

子六人，皆能詩。始奮、始搏尤著，有父風。

（民國李時燦《中州先哲傳》卷二十三《文苑一》，涇川圖書館民國刻本）

附録三　序跋

毛奇齡序

天間世而生一人，則必其人爲可傳。而特其所傳之數，或以文章，或以事功，往往分見以立名。而苟求其備，則雖漢唐迄今，亦且頷頷乎難之。

開府彭禹峯先生，文章家也。而夙抱事功之志。嘗自言曰：『丈夫龍驤虎奮，應策功竹帛。當高帝時取封侯而乃碌碌，公等偕趙國十九人捧銅盤飲鷄狗馬之血，則其人必不傳。』以故丁申酉之季，由名進士授百里，去官非其志也。會遭喪亂，盡毁所爲文，嚙齒殺賊，思以殄米脂柳澗之蘖，因之受英王之聘，開府貴州，大拓西南疆。當是時，先生以孱然書生破賊狼江馬嶺間，何其壯也。然而屢進屢退，栖遲戎馬者越十年。值王文通公暨經略丞相，深知先生，以參知行省，開藩滇池，進西粵儀同，爲牂牁夜郎諸官長，而迄不能如漢樓船暨兩伏波故事，因又嘆曰：『生即逢高帝，而自知骨相不稱，不能割茅土，仍不若退爲文章，猶得比封君與萬户侯等。』而惜乎文章多散亡也。

先生少以時文名，既以詩名，又既以古文詞名，而時文蔑略即。嘗督學三楚，大顯經義於天下，而棄置勿道。若詩古文詞則在靖州殺賊時輜車喪失，凡從來文稿之在笥者，悉付之烏有。乃馳驅行間積其累年所撰著，如幕府移文，軍梱白事，或横槊而賦，或摩盾以起草，以至陸賈之爲書，司馬相如之爲諭告、封章、羽布，所在都有。然且鐵橋初開，關索再闢，舉凡版圖所入，例有記載，銅鼓石砫類，多刀筆銘勒之制。

予向歸田時，僅録其聲律，謂三唐以還，罕有世匹，因作《還町録》而冠之卷端。然終未嘗録其文也。康熙丙戌，先生之季子爲予同館官，督學兩浙，其文教之興，得人之盛，變庸俗而振闒闢，與先生等。乃於竣試之暇，輯先生詩文，彙若干卷，合而成之爲一書。予受而讀之，上之渾渾噩噩，幾於洳穆。次亦兀奡奇桀，截去郛郭。撇韉鞅而絶塵以奔，比之開疆辟土，廓然於名城大域之間，覺事功未竟，反得藉文章而事功以傳。

予嘗謂古文之衰，起於世之摹仿。八家者比之元創八，比描矑而畫類，生人意氣盡矣。而先生論文，適與余合。故曰：『嘉隆後論詩不必七子，唐宋後論文不必八家。』吾於先生見傳人焉。先生真文豪矣哉！

若夫以事功而兼文章，則惟杜當陽者，能以平吴功注《春秋》策書。近則王公新建，既已平賊平蠻平畔逆，樹不不世功，復能出所爲文，與信陽北地相頡頏。而究之文以功掩，稱其功無稱其文者。然則先生超然矣。時康熙戊子長至後蕭山後學毛奇齡敬題於書留草堂，年八十有六。

朱彝尊序

青與赤謂之文，赤與白謂之章。雜四時五色之位彰施之，一染謂之縓，再染謂之赬，三染謂之纁，五入爲緅，七入爲緇，而後顔采備具。觀乎人文，分陰分陽，剛柔迭用，其功用固有次序矣。以言乎天地大文則不然。雲之起于山川也，無定形也。秦之行人也，周之輪也，宋之車也，魯之馬也，衛之犬也，趙之牛也，魏之鼠也，韓之布也，齊之絳衣也，蜀之倉困也，無心而象焉者也。水之趨于壑也，無定勢也。正出而爲濫，縣出而爲沃，仄出而爲氿，尾出而爲瀵，小波淪，大波瀾，直波涇，無心而异焉者也。夫惟無心成文，辭必已出，屏〔一〕剿説雷同之弊，宣以天地自然之音，洵斯文之英絶者矣。

禹峯彭先生〔二〕，先世自臨江徙南陽之鄧州，州人目曰樓子彭家。公既成進士，釋褐知陽曲縣事。絀於不知已，貽友人書，輒引唐之李衛公、宋之張益州、明之王威寧、新建交相期許，卒自副其志。持節撫黔陽，率麾下殺賦過當，未幾輒罷去，栖遲萸水者十年。〔三〕易登陴擐甲之身，吟風嘯月。所撰樂府不盡模仿前人，而自暢其指趣。至於五七言近體，合乎興觀群怨之旨，所謂人所應有盡有，人所應無不必盡無者也。

公自序詩文，凡三鏤版，一失於澤潞九仙臺，再失於靖州。今年冬，公仲子始摶直上以右春坊右諭德兼翰林院修撰視學浙江，試事既畢，取笥中存稿合刻之。手澤存焉，不因卷帙之繁而輕議删定焉。彝尊第十三叔父兵部郎昔忝先生同榜，又與諭德君後先托身墨職，敦世好，拜乎作序，不敢辭。秀水後學朱彝尊撰。

【校記】

〔一〕屏，朱彝尊《曝書亭集》作『革』。

〔二〕禹峯彭先生，朱彝尊《曝書亭集》卷三十七作『彭公禹峯』。

〔三〕『率麾下』其下三句，朱彝尊《曝書亭集》作『功高不賞，投老東園』。

趙汝霖序

鄧州彭禹峯先生，星象降精，山川結粹。威容器觀，森梢烟雨之標；雄辨壯詞，舒卷風雲之氣。探羽陵而搜汲冢，腹富詩書；譏高密而薄扶風，眼空今古。以至穀城奇策，鬼谷兵謀。九攻九却之方，七縱七擒之術，莫不樞機在手，變化從心。吕文穆見而改容，許以台司之量；郭林宗出而延譽，重其王佐之才。爾其雁塔初題，牛刀始割。正值邊陲烽火，旋驚畿輔。滄桑終制，北堂避兵。南服未幾，拜雄藩之辟命；羔雁方來，提節度之孤軍。鸛鵝已整，梟裁一旅。寇乃重圍，玉鼓龔行。鞭笞痍叛，金戈直指。彗掃欃槍，請纓縛眗町之魁，破竹搗牂牁之穴。既而昆明持節，乃比王褒南粵擁旄，還如陸賈。遂使蘭滄葱嶺，歸我版圖。羅帶玉簪，服吾聲教。棄觚學劍，傳介子之功名；投筆登壇，班定遠之骨相。固可書之年表，裁以旂常。至若幕謀檄草，不藉陳琳；薦墨辟書，無煩阮瑀。事當火迫，磨楯以揮；變起倉皇，橫刀而去。文勇與孔聲并振，才鋒將劍氣俱來。河瀉昆侖，走滄溟於萬里；雲生泰岱，徧寰宇以崇朝。又若橫槊題詩，書鞭作賦。入曹劉之坐，意氣沉雄；登李杜之壇，冠裳綷縩。豈惟聒蟄爆聾，愈風已瘧。轥轢前古，沾丐後人而已哉！

顧乃風景不殊，江山無恙。采陶潛之菊，聊爾消憂；種邵平之瓜，且將忘世。洎乎蛾眉見妒，猿臂難封。驚心新息之讒，銷骨中山之謗。推枕則黄粱已熟，金帶安歸；攬鏡則白髮無多，唾壺欲缺。頭顱如許，未酬馬革之心；髀肉奈何，莫究龍文之用。又況山陽日暮，舊雨依稀；易水風寒，昔游零落。茫茫青冢，無非埋恨之場；浩浩黄塵，安得寄愁之所。於是臨河下泣，登岳長謡。托興於炎風瘴雨之間，感懷於楚水黔山之上。平原嘆逝之賦，大都怊悵居多；蘭成思舊之銘，唯以悲哀爲主。則又孤臣所不忍讀，秋士所不忍聞音也。其手筆也如此，其功業也如彼。

惟其生長南陽，抱武侯之方略；結鄰西鄂，占平子之才華。故得身作功臣，傳歸文苑。杜當陽何嘗跨馬，將帥并推；祭征虜不廢投壺，儒雅胥服。豈若殷家名士，未解韜鈐；曹氏武人，粗諧競病。則信乎應百年之運，鍾五行之秀者矣。

令嗣直上先生員半千之子弟，卓爾不群；何第五之德言，裒然無敵。哀父書於篋衍，壽家集於棗梨。不圖沆瀣之精，乃屬糠粃之導。汝霖望琳瑯而目眩，對珠玉而形慚。登薛、卞之門，何知論寶；入夔、牙之室，敢謂解音？謏謏難辭，揣摩略附云爾。

康熙五十年辛卯二月朔，海寧後學許汝霖拜撰。

王原序

夫戡定禍亂者，著旂常之績；鼓吹休明者，恢雅頌之聲。傑士建勛，才流成藝，事不兩能，人罕兼體，依古然已。緬懷近代，青田劉公發名元季，成業明初，决策揆幾，乘時翊運，而其才華穎竪，詞翰斐然，方宋諸公，莫或能尚。武宗之世，惟新建王公差堪頡頏，溯自蜀漢武侯、李唐衛公、有宋韓、范諸賢而下，踵武并稱，指未三屈，蓋其難哉。

鄧州禹峯彭公，夙有奇負，好談兵事。舉子時曾爲督師熊文燦招賊獻忠，既說文燦以擒賊之計，文燦不能用，卒底於敗。逮舉進士，令陽曲，無何，丁母艱。會京城失守，避亂渡江，堅辭却聘。終制，溯流抵武昌，將歸里。值王師南下，以英王疏薦督學三楚，補分守永州道北。定南王平荆湘，用師川貴，薦公爲貴撫。予兵三千，行至靖州，降帥適叛，公以一旅羈賊數萬，相持歲餘，賊不得逞。乃巡按御史以不救永州劾，公落職。居數年，尚書王文通公薦公於朝，得旨赴經略洪公長沙幕府。洪公表公爲衡州兵備道，旋移桂林。獞賊莫扶豹反，公檄土司募鄉勇進擊，扶豹竄走，追敗之西山，又敗之麻岡。公設爲三難破四可擒之論，卒縛扶豹，平獞亂，以功遷貴州按察使。時廟堂征水西，公建策謂烏蒙、烏撒、鎮雄、東川與水西唇齒，土司隴安藩於安氏昏媾也。四府名爲内附，實陰持兩端，以水西之悍，而安藩挾四府傅之，安坤誠未易制。計莫如先慼安藩，據有四府，水西乃可傳檄而定也。迨後誅坤，竟如公策。進廣西右布政，使移雲南左使。

公久歷西南荒徼，所經皆金戈鐵馬，瘴烟潦霧之鄉，闢疆展土，才略飆發，而横槊賦詩，譜鐃歌鼓吹之曲。昔人所謂上馬殺賊，下馬草露布者，公其是歟。顧以廿年從事疆埸，不無班生玉門之感，願乞骸骨歸，會有詔召公改調，遂行。出滇南一舍許，無疾而卒，年僅六十。公之才抱，蓋未盡展也。

公生武侯之鄉，懷衛公、韓、范之略，其出處似青田，其著績在新建立功之地，而其文武兼資，節概磊落，當今實鮮其匹。竊嘗論之，青田、新建鳳翥於前，公鸞鶱於後，三百年間，分光跂曜。世有孟堅子將月旦表目，鄙人斯言不虚河漢也。

公第五子直上諭德，戊辰與余同釋褐禮部，余官左掖，君居同巷，數相過從。乃余歸里後，君來視學兩浙。既竣事，奉其先人之集屬孫子思九詣余請序。余爲兒童時，讀滇黔二客吟卷，即知公名，心所慕。向今忝爲年家後進，得睹全集，厠名簡末，屬有厚幸。公之詩文雄奇峭拔，如其爲人。余顧不暇詳論，而特著其不愧古人者，以復吾友。爲世之讀書知人者告，亦見今世操觚之家無有如公者，而於公不能不爲之服膺而嘆息也。若公詩文之工，則有目者皆知愛重之矣，何煩贅論與。

康熙四十八年，歲在己丑，春二月既望，年家子青浦王原拜譔。

馮甦序

古文人游滇黔者，首推漢兩司馬。嘗怪太史公以元封南游，其著作無可考。長卿所傳亦惟《答盛覽論賦》一篇，豈蠻烟瘴雨，未足發文人之綺思綵筆哉！既而思之，以雕題漆齒之衆，語言侏離，或今或不知詩書爲何物。一使者至輒解及詞賦，其事甚异。腐遷雖南來，無所著，至傳西南夷夜郎嶲昆明以及勞深靡莫之屬，皆因是以登於史册。是兩司馬者，或人文藉以化導，或人事藉以表章，功皆堪尸祝百世者也。厥後游滇黔者雖多，多淹没無聞，不則托他人一二語以記其姓氏。諸葛君名士樹大功，其傳聞於世者，擒縱兩言耳。彼成不欲以文字自鳴，從行諸君又無能咏歌記載，其功績翻不如史萬歲武人，猶有一城山絶句，自寫雄心烈致焉，良可慨矣。唐之時，駱賓王、賈島游滇，李白游黔，頗有所著咏，至段蒙竊據阻聲教者五百年，以迄於明，王褘、何景明、吴國倫諸公前後持使節至，言論亦散見於當時，要不如楊太史慎其居滇久，撰著亦最富。白古通記譯僰字爲漢音，與李元陽、張含輩往復唱和，備表章化導之事焉。

又二百年，乃今見吾禹翁彭老夫子。夫子初授黔中開府，值寇亂罷歸，已而王師開六詔，起大參視右方伯事，旋復。自粵兵使者晋黔臬，移滇左司，蓋游滇黔者數，而詩文亦屢授梓矣。乙巳元夕，從諸同官後得讀公新作樂府選體上下漢魏歌行，字字少陵。近體方駕何李，更能以才用其法。記序書傳，搏挽出韓蘇而體裁本秦漢，洵開國文章第一大手筆也。顧尚秘篋笥不可不亟梓以公諸。

夫公之詩文多矣，不必此始傳。乃予亟亟爲公謀傳此者，誠以滇黔處萬里外，我國家不憚數百萬師執訊獲醜，西犁緬甸，東滅羅施，其間征討之勛，撫治之術與猛士謀臣循吏之勞苦，非公大手筆爲之揄揚，則無以彰升平而垂不朽。且不特此也，方今以古學造士，而此邦僻荒服，人鮮知書，得公集以縣國門，奉爲模式，吾知後之爲盛覽、李元陽、張含者，項背相望矣。所謂人事藉以表章，人文藉以化導，公殆兼兩司之功，而一身出之。彼楊升庵撰著雖富，然以身既放廢，故得恣意於楮墨，兹公游滇黔，所司者刑名錢穀，宜乎反會計之不暇，獨暇出餘力爲詩文，以表章化導於兹地，若此，是公之才固十倍古人，而功亦特盛焉。

予既爲之校閲授梓人，更僭附數語於左，使讀是集者知非以滇黔游稿傳彭公，實幸得公以傳滇黔也。雖然，公生長中州，負大名，少年往來吴楚間，於明之所以亡，與我朝之所以興，見之甚悉。集中如《憶昔行》《廣陵行》諸篇皆以立告誡，示法程，通於其旨，雖天下可也。又豈獨滇黔哉！

康熙乙巳花朝前五日屬吏馮甦盥沐書於五華僧舍。

趙進美序

余友禹峯，偉奇磊落人也。性豁達，多大略，頗豪於酒。目不可一世，曉暢戎事，貫甲鳴鏑，萬夫皆廢，人皆謂班定遠、馬伏波之儔。而造物者抑之，使以鉛槧顯。及其紆朱紫綰銀艾，崎嶇楚粵滇黔之間，所職則刑名錢穀簿書期會之事，雖一時赫然著聲績，然非其好也。顧獨發抒爲古文辭詩歌，汪洋鉅麗，不名一家言。朗如日星，變如霆雹，力大而識沉。勿論小篇短什，皆有吞吐江河之氣。噫！藝至此壯矣！即使君擁旄建節，麾百萬之衆，指揮如意，先登克敵之樂，亦未必逾此。

予昔待罪嶺西，君在桂林，遷黔臬，欲行矣。予貽君詩爲别，有云『岐路自生車畔草，炎荒惟有鏡中霜』，君得之，欷歔諷誦反覆不輟於口者累日。予蓋未常不以留滯遲莫太息，而悲君之志也。

今君往矣，遺編具存，計後之讀者氣奪心懾，亦當如諸侯軍壁上觀鉅鹿戰時，則君之生平雖千百世猶見也。其一時留滯遲暮之感，即定遠玉門伏波五溪，究亦如是耳。以之悲君，何其淺哉！

康熙丙午季夏北海年弟趙進美撰。

陳維崧跋

自古穰城，從來宛葉，嶄絶誇形，有千年諸卧龍岡，蕭蕭英魂霸氣。其西引武關、商於六百，昔人以戰爲兒戲。其南控襄樊，析酈房竹，常産畸人烈士。公也生值亂離時，好説劍談兵射且騎，鬚作蝟張，箭如鴟呌，言天下事。噫此世何爲？岩疆好、以公充餌。爇爨牂牁地，鬼磷生，鼓聲死。猶記靖州城，連營賊火，楚歌帳外凄然起。公左挈人頭，右提酒瓮，大嚼轅門殘胔。奈縛他烏獲矐漸離，則女子傭奴盡勝之，論通侯、羊頭羊胃。吾讀公也全集，有刀聲戛觸，人聲嘈嘖，舞聲綷縩更雜筑聲凄异。忽然牛飲酒池聲，又鬼聲啾然林際。

陳維崧《迦陵詞全集》卷三十《讀彭禹峯先生詩文全集竟跋詞卷尾兼示令子中郎上兩君》

金以成跋

右太夫子中丞公集如干卷，漁洋王公既竹垞西河兩太史既各爲論次，小子與校字之列，凡匝月竣事，迺作而嘆曰：『三百年來無此作矣。近代號名家，自詡講貫，略似吴閶市上所鬻骨董玩，糁金嵌碧，款識精良，直高手形橅耳。若迺古鼎蒼碣鬱嵂森沉，生螭盤而瘦蛟舞，睇視者至胸悸神竦而不敢逼，殆難以巧匠名矣。

公文章以膽力勝，意在獨闢，其視柔脆音不啻涕唾泥滓。序論傳記，奇氣學龍門氏，瑰麗雄碩與劉子政揚雲相亢敵。質奥處間似元道州，要不屑唐以下。詩則於杜韓兩公宎入，其阻而不拾其鱗爪。大氐魁梧豁達，狀其爲人也。

憶曩時客都下，吾師方由中秘轉南臺，間從問字，暇得讀所爲南陽家集，敬題一律，中有云『鐵馬金戈横絶塞，錦袍畫褶映江波』，吾師亟賞之。今迺得從觀前後集，如饑腹噉太倉。疾讀三晝夜，毛髮俱壯。蓋公自諸生時，毅然負王佐偉略。洎宦游萬里，筀竹昆彌間，猿鳥風雲，銷沉戰壘，想莊蹻之割據，吊伏波之雄師，據鞍横槊，慨當以慷，飛揚跋扈之氣，便欲推倒一世。不自知其墨華之噴怒也，抑有感者。

公昔視楚學，揚文教於戰鬥灰燼之餘，江漢間至今歌思之。今吾師以名父子用古學提唱東南，東南士履太平，久飫教化，益灑然知革其寡陋，蓋文章家法，端有所自。而兩世奉使持衡，俱以丙戌，尤非偶然云。

康熙戊子嘉平門下晚學生山陰金以成謹跋。

馮幾跋

南陽名士推卧龍，千秋相埒中丞公。公廬禹山淑氣鍾，作賦擲地聲摩空。三楚文衡披雄風，沅湘香草搴芎藭。是時西南劇戰攻，紫陽喪亂連天崇。猩猩晝嘯啼猿狨，公以文儒臨兵戎。驚弦雷激鳴雕弓，倚馬草露還從容。千言露布盾鼻鋒，又復建節靡莫東。牂牁南下水溶溶，竹祠椓杙浮艨艟。蒟醬桐綿輸巴賨，奇策未足誇唐蒙。公思不朽先德功，立言更欲垂無窮。醞釀經術淳彌縫，囊括史事工陶鎔。發爲文章光熊熊，槎牙兀奡摐戈鏦。筆力千丈鑱芙蓉，韃鞳鏗訇震凡聾。溟漲駭浪凌樊桐，魚龍吼讋黿鼉宮。飛濤白浪聯長虹，何似公之鏖戰霹靂紅。鈎車格援臨敵衝，萬馬騰藉鉦鐲逢。寂然部伍議所從，先登克馘擒元凶。凱樂告廟聲癰癰，文筆真欲摩蒼穹。德功藉此銘景鐘，何減分茅胙土五等封。我師繼起斯文宗，公明莫比聞九重。振衰式靡撞鼓鏞，紹明家學惟乃庸。捧誦琅編豁愚蠢，擷此菁華闢蠶叢，壽并清洛與碧嵩。當湖馮幾。

徐文駒《送彭宮諭督學浙江序》

天地之意，所最貴者莫如文章，而功名富貴直視爲蜉蝣聚散，無足重輕之數。故振華落藻之筆，每得名山不朽之傳，而其文之負荷綱常恢張名教，雖以潤鴻業而光史册者，天之貴之也愈甚，其愛護而培植之也愈深。往往使其離奇輪困鬱積而後發，而且淵源堂構，繼繼繩繩，父子纘承，世其家學。故司馬談之後而有史遷，班彪之後而有班固，蘇瑰之後而有蘇頲，蘇洵之後而有蘇軾、蘇轍。天以文章之重，寄之不得不以一庭濟美之盛歸之。

予嘗合本朝一代之文薈萃表章，都爲一集，闡揚潛德，采掇菁英，臺閣山林無所不有，顧自虞山錢牧齋而外，所心折者爲彭禹峯先生。蓋先生之文，以道勝爲主、氣盛爲輔，而本之太史以得見其疏宕，參之孟堅以法其整齊，會之退之以探其沉雄，取之柳州以師其雅健。其地則中州而外，於燕楚於滇黔西粵，無所不歷也。其山則少室之幽，衡岳之峻，以至牂牁夜郎之阻，碧鷄金馬之秀，無所不極目也。其水則伊洛之清，湘江之闊，以至洞庭、彭蠡之險，昆池、洱海之奇，無所不低徊憑吊，悉寓之於篇什也。要其孤懷耿耿，一往情深，所目擊而心傷者，尤在折戟沉沙之事，所掀髯抵掌，氣張神旺，爲之描摹刻劃，使千載而下，碧血如新。鬚眉長在者尤在忠臣孝子義夫貞婦之人，吾所謂負荷綱常、恢張名教必以先生集爲斗極矣。於是天以斯文之重付之，而即生宮諭彭先生繼之，是父是子，蔚然在一庭濟美之盛。

往戊辰之歲，宮諭公新入瀛洲，予嘗論次其制藝之文，傳諸海内，忽忽十有餘載。今予方丹黄甲乙上下千年，墨守故武，而宮諭公泰山喬岳之概，冰壺秋月之明，海涵地負之學，資深望重，上徹宸聰。去冬，遂有持衡浙水之命。夫吾浙固斯文之淵藪也。唐宋以前毋論，勝國初，金華之學上接考亭、宋景濂之深厚，王子充之典雅，胡仲申之淵博，蘇伯衡之雄奇，莫不黼黻國華，聿開有明三百年文章經術之氣。同時又有青田之經濟，寧海之氣節，落落應之，嗣後則楊文懿、張東沙、陳后岡、張文定顯於鄞，陶石簣、徐文長顯於越，浙産之盛，所從來久。今者山川稍寂寂矣，得無天地英華清淑之氣有待而發，必得遷、固、軾、轍其人者爲之操玉尺以稱量天下士，士乃雲蒸霞起，爲山川吐露其精光耶？夫錢塘之怒潮，金戈鐵馬可以資筆陣。西湖之明月，冰肌玉骨可以養文心，二者皆文章之窟宅也。

宫諭公行矣，奉天子命以往，焚膏繼晷，矻矻不少休，作忠之義於是乎在。然孝者忠之本也，孜孜然有表章先集之意，而即以先集之負荷綱常恢張名教者引而伸之，觸類而長之，士其有不刮磨砥礪争自奮以對揚聖天子之丕顯休命者乎？則公之往也，無多取約束，爲持先集以往，足稱量天下士矣。

康熙丙戌春季日甬江治年家晚生徐文駒頓首拜撰。

（彭刻本附）

附録四　評論

王士禛《漁洋詩話》

鄧州彭禹峯方伯（而述），雄豪磊落，陳同父一流人也，詩多軍中之作，如：『戰壘荒城蒙段外，華風邊月漢唐年』『白露蠻江凋木葉，黄沙羯鼓下營州』『千盤路吐檳榔隝，一綫天開璹瑁池』，此例數十句，皆有磨盾横槊之風。

（［清］王夫之等撰，丁福保輯《清詩話》，上海：上海古籍出版社，二〇一五年，第一八六頁）

沈德潛《清詩别裁集》

彭而述，字子籛，河南鄧州人。崇禎庚辰進士，國朝官廣西布政使。○禹峯初成進士時，思陵校武命射，九發九中，後参熊文燦軍。張獻忠勢窮僞降，禹峯力言其僞，乞即誅之，以杜後患。文燦意在苟安，受其降。獻忠旋降旋叛，卒成大禍，由不用禹峯謀也。禹峯詩雄豪魁壘，有摩盾横槊之風。

選詩《衛藩舊邸遇酒南將軍》《別滇中寮友之官粤西》《再登黄鶴樓》《庚寅八月六日憶母》《鄂渚别趙興寧柱史之官滇南》。

（沈德潛《清詩别裁集》卷二，上海：上海古籍出版社，一九八四年，第四七—四九頁）

永瑢等《四庫全書總目》

《讀史亭詩集》十六卷《文集》二十二卷，國朝彭而述撰。而述字禹峯，鄧州人，前明崇禎庚辰進士，授陽曲縣知縣。入國朝，官至貴州巡撫，終於雲南布政使。而述久歷邊陲，所爲詩文皆雄奇峭拔，不受前人羈勒，而不免才多之患。朱彝尊序，謂其人所應有盡有，人所應無不盡無，斯評當矣。浙江巡撫采進本。

（永瑢等《四庫全書總目》卷一百八十一，北京：中華書局，一九六五年，第一六三四頁）

吴仰賢《小匏庵詩話》

鄧州彭禹峯而述，崇禎庚辰進士，未受職，入本朝始以縣令起家，官至廣西布政使。故其《秋感》詩云：『豫讓何當稱國士，李陵原不墮家聲。』在禹峯自爲寫照，不嫌釋褐前朝。然此種解嘲，適資苟全，求達者藉口耳。禹峯具撥亂才，文武兼資，漁洋摘其七律數聯入詩話，饒有横槊氣概。若古體歌行，則洪流挾沙石并下矣。

（吴仰賢《小匏庵詩話》卷三，《續修四庫全書》影印光緒刻本，上海：上海古籍出版社，二〇〇二年，第一七〇七册，第二七頁）

楊際昌《國朝詩話》

鄧州彭禹峯（而述）長身修髯，聲若洪鐘，一飲能盡數升，一食能盡一彘肩。有戡亂功，龔芝麓寄詩所謂『軍中轉粟青天上，使者論功大夏西』也。其詩軒爽，亦推中州弁冕。七律如『白露蠻江凋木葉，黄沙羯鼓下營州』，『千盤路吐檳榔隝，一綫天開璶瑁池』，『隔岸春城來檻外，亂帆斜日到尊前』，『殘碑草没斜陽外，戰壘雲深斷岸間』，『萬里蠻鄉同作客，一城黄葉此登臺』，『天涯尊酒留書劍，海内風塵老弟兄』，紙上英氣勃勃。

（楊際昌《國朝詩話》卷二，《清詩話續編》下册，上海：上海古籍出版社，一九八三年，第一七一七頁）

楊鍾羲《雪橋詩話》

吴縣范檢討必英《諸將》詩云：『無諸臺上英風起，千載重來顧盼雄。父子河山兼兩越，弟兄花燭盛中宫。雕旗鐵陣參雲黑，龍馬珠江浴日紅。回首伏波銅柱遠，軍成更在挹婁東。』爲耿精忠未謀逆以前作也。鄧州彭布政而述《初到滇池》詩云：『劍南風物值初秋，萬里炎荒據上游。水下蘭滄通大夏，山連葱嶺接姚州。漢威遠播姑繒塞，王爵新分畇町侯。況是白狼新作頌，銅標應過海西頭。』亦三桂未反時作。

（楊鍾羲《雪橋詩話全編》卷二，北京：人民文學出版社，二〇一一年，第六八頁）

長垣郜焕元，字凌玉，以詩鳴河朔間，與彭禹峯、宋荔裳、申鳧盟諸人稱江北七子，學者稱雪嵐先生。知太原縣，行取改刑部主事，考選爲湖廣道提學僉事。熊文端出其門。

（楊鍾羲《雪橋詩話全編》卷二，北京：人民文學出版社，二〇一一年，第一一四頁）

三包、六寶，唐人以爲美譚。彭禹峯子六人：始起、始騫、始超、始奮、始摶、始凱，皆能詩。奮字中郎，摶字直上。漁洋《寄鄧州彭中郎直上兄弟》詩：『舊識中郎美，新高第五名。中原傳二妙，故國繼三甥。皂帽遼東客，青山宛葉情。羨君名父子，家本冠軍城。』直上，戊辰館選，官至閣學。禹峯女亦能詩，漁洋嘗序其《蝶龕集》。

（楊鍾羲《雪橋詩話全編》卷三，北京：人民文學出版社，二〇一一年，第一二八頁）

明桂恭王子永明王據滇，凡四大戰：一保寧爲劉文秀，被吴三桂大創而奔。一廣西爲李定國，定南王敗績死之。一草橋亦定國兵，我師復少挫。時孫可望主兵，肉俎所事，與李不睦，争爵争地，兩雄接戰交水，自相殘殺。孫敗來歸，我兵因入貴陽，入永昌，破磨盤嶺，入緬甸，而三桂之功成矣。彭禹峯嘗作《四戰歌》，其一云：『褒斜左擔蜀山路，杜鵑啼血鬼哭雨。錦江玉壘叢虱蟣，割據白帝藏金虎。平西十萬走成都，内江外江一時渡。是時孫渠據南中，拔劍斫案氣如虹，爲遣三軍穀甲胄，鑿出凶門劉文秀。晝夜兼行三百里，塹山堙谷築壁壘。窮追鏖戰保寧城，千山落日草木腥。南兵帶甲捲土來，黄金啞匝錦雲堆。北軍觱篥呼風雷，虎豹戰栗終南摧。元戎搦馬親接戰，朔方健兒好弓箭。西洋火礮武剛車，迅埽南兵如飛電。南軍象馬積如陵，夔門劍閣積尸平。君不見甲申大戰山海日，唾手堪擒李自成。嗚呼一戰兮戰正酣，應憑長劍掃雲南。』其二云：『獨秀參天天五尺，黄沙白晝走霹靂。玁玁跨象涌山來，一隻可當萬人敵。飛弩毒矢如風疾，銅騎金甲山銜日。名王劇戰鐵衣紅，宫人火烈星流空。孤城援絶城已摧，寶玉金章付劫灰。左嬪右嬙同時死，嶺南真見鐵漢子。嗚呼一戰兮戰數奇，千古英魂百粤陲。』其三云：『祝融南去雁峰回，蒸湘水對寺門開。月冷草枯霜華夜，白骨烏烏逼人來。使君問前路，乃是南北交鋒舊戰處。我馬躑躅掘地鳴，我僕膽悸不欲行。使君仔細聽，耳邊微聞刀槊劍戟百萬金鐵人馬踏籍之行聲。憶昔兩軍相當時，旌旗蔽天閃躨跜。南鬼煩冤北鬼哭，交趾母象大如屋。百粤烏鎗三韓箭，獅子吐火元黄戰。飛鏃蝗霧捲長沙，烏食人肉亂如麻。東珠璀璨嵌兜鍪，千金竟購大王頭。嗚呼三戰兮戰不利，南楚賴有長江蔽。』其四云：『郭李自相傾，陳張乃隙終。一物不并大，神位生巨憝。中原自失咸陽鹿，歷歷餘子相徵逐。西川割據彼何人，腰領灰滅空碌碌。孫李抱頭如竄鼠，穴此西南一塊土。不甘老死僰爨中，假借朱陵擁共主。牂牁江上竪壁壘，十年喝斷五溪水。人謂葛相將復生，豈知朱温特未死。因繫安龍空怨嗟，後世莫生帝王家。刎頸忽爾結深仇，二子治兵交水頭。大兒側目雲南府，手屠龍孫炰龍子。次兒揮刃板橋東，誓死不肯誤乃公。虎豹股栗天地黯，秦王、晋王來酣戰。一成一敗彼此分，十萬枯骸性命賤。遺矢斷戟沙場鐵，斑花土綉壯士血。停鞭下馬繫長亭，道傍遺老爲我説。是日東南風正急，秦軍大衄寶刀折。秦王帳下曹無傷，夜半曾將軍情洩。秦王塌翼望東行，晋亦跋馬回昆明。嗚呼四戰兮戰相戕，滇黔萬里歸職方。』四詩微涉粗獷，録之以見當時事實。『大王頭』句，謂敬謹親王尼堪以輕騎没於陣中，即莊親王。三桂爲黑太乙旗。

（楊鍾羲《雪橋詩話全編》續集卷一，北京：人民文學出版社，二〇一一年，第七九七—七九八頁）

陳廷焯《白雨齋詞話》

其年《讀彭禹峯集》一篇，後半云：『噫此世何爲，岩疆好以公充餌。㸑爨牂牁地，鬼燐生，鼓聲死。猶記靖州城，連營賊火，楚歌帳外凄然起。公左挈人頭，右提酒瓮，大嚼轅門殘胔。奈縛他烏獲矐漸離，則女子庸奴盡勝之。論通侯羊頭羊胃。』亦可謂直言不忌。

（陳廷焯著，杜維沫校點《白雨齋詞話》卷六，人民文學出版社，一九五九年，第一五六頁）

丁紹儀《聽秋聲館詞話》

國初鄧州彭禹峯方伯（而述），《都門感舊·金人捧露盤》云：『記燕臺，舊游地，百花紅。正西山、烟翠溟濛。承天門外，綉袍錦帶馬如龍。酒錢夜數，當鑪女醉倒新豐。幾何時，成霜鬢，離宫在，夕陽中。烏衣巷、非復江東。五侯七貴，霎時秋雨碎梧桐。海青嘹嚦，寒笳起、泪灑西風。』遺詞命意，悉仿曾海野詞。海野及見汴都之盛，逮南渡後，奉使過汴，感賦云：『記神京，繁華地，舊游踪。正御溝、流水溶溶。平康巷陌，綉鞍金勒躍青驄。解衣沽酒，醉弦管、柳緑花紅。到如今，餘霜鬢，嗟前事，夢魂中。但寒烟、滿目飛蓬。雕闌玉砌，空餘三十六離宫。塞笳驚起，暮天雁、寂寞東風。』汴都鐘鼎胥移，故曾詞後闋，尤覺悲凉。

（丁紹儀《聽秋聲館詞話》卷五，唐圭璋《詞話叢編》，北京：中華書局，一九八六年，第二六二八頁）

徐世昌《晚晴簃詩話》

彭而述，字子籛，號禹峯，鄧州人。明崇禎庚辰進士。入國朝，歷官廣西布政使。有《滇黔》《燕楚》諸集。

王漁洋曰：彭禹峯雄豪磊落，陳同甫一流人也。詩多軍中之作，如『戰壘荒城蒙段外，華風邊日漢唐年』，『白露蠻江彫木葉，黄沙羯鼓下營州』，『千盤路吐檳榔隝，一綫天開玳瑁池』，此例數十句，皆有磨盾横槊之風。

詩話：禹峯英姿颯爽，自負經世之略，詩亦稱其爲人。竹垞爲作集序，謂：『人所應有盡有，人所應無不必盡無。』蓋其縱筆所至，不可以常軌繩然。近體故多合作，漁洋所舉數聯外，披沙揀金，往往見寶。

選詩《鷄場别石昆圃》《資孔驛》《永寧州》《衡藩舊邸宴南將軍》《靖州别高將軍》《靖江廢邸同諸君秋集》《王似鶴按察之中州》《筇竹寺》。

（徐世昌撰，傅卜棠編校《晚晴簃詩話》卷二十二，上海：華東師範大學出版社，二〇〇

九年，第九九—一〇〇頁）

鄧之誠《清詩紀事初編》

彭而述，字子籛，號禹峯，鄧州人。崇禎十三年進士，陽曲知縣。入清補分守永州道，貴州巡撫，再分衡州兵備。移桂林，選廣西按察使，進右布政使。移雲南左布政使。康熙四年七月告歸，卒於板橋驛，年六十。而述少入復社有名，與吴應箕、劉城交善，爲人權奇自喜，王士禛稱其雄豪磊落，陳同甫一流人。汪琬稱其長身修髯，聲若洪鐘，一飲能盡數升，一食進一彘肩，真撥亂之异才。故詩文皆雄奇，而不免失之粗豪。湘粤滇黔諸作，目擊戰争，足爲詩史。文亦多有關係之作。而輕信流傳，下筆太易。如南都僞太子血書自署定王，田妃由自縊而死，李自成死於九江之類，皆不足署信。孫可望降清封義王，世祖親迎於彰義門外，乃目之爲孫渠。邵兵紀事邵謂征南將軍卓布泰也，譏其苛索，直言不諱，亦見倔强。而述與周亮工交好，詩亦約略相稱。

選詩《白米詞》《估客行》《戰城南》。

（鄧之誠《清詩紀事初編》卷八，上海：上海古籍出版社，一九八四年，第八八八—八八九頁）

李靈年、楊忠《清人別集總目》

一、《禹峯先生詩集》十五卷，順治十七年刻本（北大）。二、《讀史亭詩集》十六卷附一卷，康熙五年刻本（湘圖，華東師大）；康熙五十年刻本（中科院文研所）；康熙刻本（北圖，山西師大）。三、《彭禹峯詩選》一卷，康熙七年《序刻鄒漪選名家詩選本》（叢書綜録）。四、《滇黔游集》十卷，順治刻本（中科院）。五、《讀史亭文集》二十二卷，康熙刻本（南圖，復旦，中大）。六、《禹峯先生文集》二十四卷，順治十六年張芳刻本（北圖）。七、《彭禹峯先生文集》二十六卷，康熙二年石惟慎刻本（北圖）。八、《彭禹峯先生文集》十六卷，康熙刻本（北圖）。九、《讀史亭詩集》十六卷，《文集》二十二卷，康熙四十七年彭始摶刻本（北圖、上圖、晋圖、豫圖、中科院、山西大學）。［附］彭而述（一六〇六—一六六五），字子籛，號禹峯，鄧州人。明崇禎十三年進士，官陽曲知縣，入清官至貴州巡撫。《傳》，汪琬撰，《鈍翁類稿》三十五，《堯峰文鈔》三十四。《清史稿》二五三。《碑傳集》七七。《漁洋山人感舊集》五。《文獻征存録》十。《今世説》六。

（李靈年、楊忠《清人別集總目》下册，合肥：安徽教育出版社，二〇〇〇年，第二一五二頁）

袁行雲《清人詩集叙録》

《讀史亭詩集》十六卷（康熙刻本），彭而述撰。而述字子籛，號禹峯，河南鄧州人。明崇禎十三年進士，官陽曲知縣。入清分巡永州道，初貴州巡撫，移雲南左布政使。卒於康熙四年，年六十一。是集與《文集》二十二卷合刊，首趙進、朱彝尊、王原、毛奇齡、許汝霖序。《四庫》列入《存目》。歌詩分體，甲申前後詩，多寫亂離情景。從軍西南，清初用兵繁劇情景，屢可見之。《蕪湖行》《悲西延》《白米詞》《都狼嶺》《桂林行》《黎平行》《戰城南》《病狼行》《貴陽行》《湘潭紀事》《新厢驛》《水西行》《估客行》《潼關行》《陽朔舟行》，長篇之作，足可證史。詩格雄奇峭拔。王士禛舉其『戰壘荒城蒙段外，華風邊日漢唐年』『白露蠻江彫木葉，黄沙羯鼓下營州』『千盤路吐檳榔隝，一綫天開玳瑁池』等句，以爲皆有『磨盾横槊』之風。朱彝尊序謂『其人所應有盡有，人所應無不盡無』。明末清初，中州文人盛多，而述與王鐸、周亮工，皆降清官員，此外尚有宋犖、侯方域、湯斌、劉體仁，亦以詩文著。康熙中葉以後，無崛起者矣。

（袁行雲《清人詩集叙録》卷二，北京：文化藝術出版社，一九九四年，第四八—四九頁）

呂友仁、查洪德《中州文獻總録》

彭而述（一六〇六—一六六五），字子籛，號禹峯，鄧州人。崇禎十三年（一六四〇）進士，官陽曲知縣。入清疏薦督學三楚，分守永州道。順治五年巡撫貴州。以永州失陷落職。里居十年，赴洪承疇軍，表爲衡州兵備道，進副使，管雲南右布政事，移廣西參政，分守桂林道，進貴州按察使。遷廣西右布政使，終雲南右布政使管左布政使事。《清史稿》《碑傳集》《文獻征存録》《中州先哲傳》等皆有傳。

《讀史外編》八卷，《續修四庫全書總目提要稿》曰：而述『久歷邊陲，所爲詩文皆雄奇峭拔，有《讀史亭詩文集》。其《讀史外編》八卷，卷一自三家分晋至光武中興，共論二十九篇；卷二自光武平赤眉至諸葛寇淮南，共論二十八篇；卷三自魏滅蜀至魏伐燕，共論三十二篇；卷四自僞楚之亂至蕭鸞篡弑，共論三十三篇；卷五自元魏寇齊至煬帝亡隋，共論三十三篇；卷六自高祖興唐至隆基定韋氏亂，共論二十五篇；卷七自李林甫專政至王建據蜀，共論三十五篇；卷八自朱鎮相攻至世宗征淮南，共論二十五篇。考彭氏于史之紀傳編年、紀事本末二體最重本末而輕紀傳，故言：紀傳事屬散記不相連貫，温公《通鑑》折衷歷代，系接素王。所謂系接素王者，以《春秋》亦紀年史也。又言，《通鑑》止就歲月前後，於一人一事始末皆所不計。宋代本末之書出，則一人之本末見，一事之本末亦見云云。按，史籍中紀傳、編年、本末三體各有其用，未可缺一，任意軒輊，殊屬非是。且紀事本末書但有一事之本末，并無一人之本末；蓋一人本末，固具於紀傳體中，彭氏何言之妄哉！彭氏序其作書之旨云：「《外編》者，經本末所已載者不著也。又近經婁東所已言者不著也。蓋本末不過實臚其事，而理則或未明，天如亦不過論次其原委，而識則或未透。」此書實就本末一書加以評論，考其所評，亦多是處。然名爲《讀史外編》，實不若易爲《讀紀事本末外編》，名實相符也』。有清順治十六年（一六五九）刊本，《中州藝文録》、《河南通志藝文志稿》著録。

二八、《讀史續編》八卷，此編繼《外編》而作。以《外編》言有未盡，又爲此《續編》八卷。卷一自魯至《項羽本紀》，共論二十四篇；卷二自子房至匈奴傳，共論二十六篇；卷三自光武不立相至劉琨、祖逖，共論三十二篇；卷四自劉寄奴至南北朝忠義，共論二十四篇；卷五自唐漢正編至唐郭子儀，共論二十三篇；卷六自朱温妻至後五代忠義，共論十九篇；卷七自太祖平諸國至宋南遷，共論二十二篇；卷八自宋南渡至金，共論二十八篇。全書體例一如《外編》，所异者，《外編》專就本末作論。此則無是限制。又《外編》專論史事，此則偶及史法。如《史記》之有《項羽本紀》，或謂非是，此編卷一之《項羽本紀》，稱楚雖三户，亡秦者楚；漢得天下於楚，安不爲本紀云云，即其例也。至其不限於紀事本末之證，如卷二有《讀平津主父列傳》一篇，是已參用紀傳之至顯著者，況有時亦能采輯同一事實，歸於一篇，如趙翼之《廿二史札記》，尤爲《外編》之所無。且此例甚多，若卷二之《南北朝奸佞》《南北朝忠義》等篇，皆如采花釀蜜。此編以《讀史》命名，尚稱吻合，而内容亦勝於《外編》。有順治十六年（一六五九）刊本，據《續修四庫全書總目提要稿》《中州藝文録》二八等著録。《清史稿藝文志》亦著録。

《宋史外編》四卷，《中州藝文録》作《宋史斷略》。而述既撰《讀史外編》《續編》，就宋事復成此書。卷一自收兵權至貝州平亂，共論二十二篇；卷二自英宗之立至張邦昌僭逆，共論二十篇；卷三自高宗嗣統至吴曦之叛，共論二十二篇；卷四自蒙古侵金至二王之立，共論二十三篇。此書固重議論，亦間叙事。如卷二《方臘之亂》一篇，于叙論平方臘之亂後曰：『是年二月，淮南寇宋江，以三十六人横行河朔，至海州爲張叔夜所破，江降，二寇甫平，而金禍外來矣。』云云是即其例，編中多能補《宋史》所不及，故曰《外編》。但所采摭故事不標出典，殊不合著述體例。又有時文題不符，如卷二第十三篇，題爲《蔡京誤國》，題下注曰：『道教花石附。』然篇中惟蔡京誤國一事，無道教花石事。另，一些篇子實爲人習知之事，無多新義。有順治十七年（一六六〇）刊本，《續修四庫全書總目提要稿》著録。

《明史斷略》四卷，未見刊本，據《中州藝文録》二八著録。

《桂陽石洞記》一卷，《續修四庫全書總目提要稿》云：『而述當康熙初，且曾歷任湖南道、湖南提學諸職，斯游似在此兩任之間，惜記中不紀甲子爾。兹洞在桂陽邑四十五里官道之南，所謂遠望之層冰峨峨如雪，山石逗青靄中。由徑盤屈而上磬磬硌硌者，山外之勝也。然炬而入，暗泉淲淲，堞牖寛豁，天光隱透，上懸石乳，如蜂房下垂，大者如金剛杵，再大者如車輪。其下流水如促織鳴，如摇環佩。又三里外水齒石爲澤，距數丈，必假小艀而後得渡，厥深無際，此洞中之勝也。然是洞不以石奇，不以水异，其所足記者，厥爲外狹而中闊，能容數萬人。山澤通氣，可爲室家，有若天生以拯救斯民於危難者。兩崖狼戾之遺穗、陳倉、柴床、竹籬諸物，皆當時鼎革人亂，避兵逃匿餘生之所棄也。且去此不十步，廟門有石刻云：『元人避亂之所。』則武陵桃源，又何地無之耶？而述因廣其説，謂桂陽爲東南楚尾，扼江嶺之喉，爲閩粤右臂。中州山川，平易芊眠，殺伐之氣，至此且終。若值中原逐鹿時，中原爲血國。天苟不生此等洞壑於巑岏巇業中，爲孑遺寄生之鄉，則人類將遺種，是大造之不仁也。至哉，言乎！洵可稱斯記中扼要之論矣。』有小方壺齋輿地叢抄本，見第四帙。

《湘行記》一卷，是記專紀由長沙至衡州湘江之所見，故以《湘行》名。首湘與瀟并著，長沙而上，統於三湘，瀟不復名，小臣於大，不獨瀟矣。末又曰：抑酈道元曰：瀟者，清深也。如是則前云瀟湘二水或妄也。是辨瀟湘之流域至嚴且晰。獨惜一如《桂陽石洞記》不係甲子，僅述湘之游以七月十八日，又於廿五日抵衡云云。按之《游浯溪記》所稱，『己亥六月，余以校士事卒入祁』，洎斯記中所述『自四月抵長沙』『凡五閲月』諸語觀之，此行當爲而述提學湖南莅臨之始。綜其全作，於沿江之風景，兩岸之山勢，以及樹木花竹雜草鳥獸之屬，摹寫俱曲盡其致。復俯仰古今興亡之治亂之迹，湘江一水，足扼南北戰伐之喉，時值鼎革方新，大亂甫定，居民甚少，間見頹垣，感宋玉悲秋之語，於風雨扁舟中，無酒無肴，客況索甚，獨覺其山靈眷戀，雲物追隨，有恨負於湘流者久矣。而述之去國懷鄉、思君憂民之心志，油然見於字裏行間。據《續修四庫全書總目提要稿》著録。有小方壺齋輿地叢抄本，見第四帙。

《游浯溪記》一卷，是記作於順治己亥六月。時而述方膺湖南提學之任，以校士事卒入祁，會分藩關東胡養忠亦至，相與訂游浯溪，以邑令潯陽孫斌爲前導。溪之名肇於唐元結，經其品題，始顯於世。《中興》一頌，得魯公磨崖之書，與夫石鏡之奇，號稱三絶，其勝以此自永其傳。舊之紀載咏歌固已多，但人之處境及所遇之時不同，其懷抱感念發於文辭亦各异。而述來游，適鼎革方新，大亂甫戢，故獨愴然於古興亡之數。撫此磨崖，低徊遺迹，感嘆噓唏，不能自已。謂『憶古帝王盛德大業，必歌頌垂之金石以彰不朽』，若以靈武而言中興，則其變例。『道州詩中有頌而無規，是一恨也；毋亦哀定微詞，漫郎故宜云爾乎？』『靈武已矣，漁陽之羯鼓已息，馬嵬之香魂久散，晉陽舊業已付斷燼寒烟』，惟此楚南荒徼，山角水涯，尚有巋然片石，流傳於天下後世，是此頌又曷可已也云云。并讀其首述『出南門，邑新灾，瓦爍焦爛，人處煤炭間』之語，可知而述之心臆，豈能無感喟存乎其間？是大有异於人之游者。據《續修四庫全書總目提要稿》著録。有小方壺齋輿地叢抄本。亦收入《文集》卷九。

《郴東桂陽小記》一卷，是記亦不紀甲子，似爲而述任上湖南道，或提學時所作。楚南之山，以郴桂一帶爲最雄峻，而多詭譎，而述輶軒所至，靡不縈情，載筆摛辭，垂諸簡册，有由然也。此以《郴東桂陽小記》名，僅記其一隅之山。故謂『四方皆山，東尤劇，至羅漢嶺，鬥絶横亘，嶺半東望，烟霧蒼茫，俯察則柔蕪如掌，田界歷歷，如楸枰局。一溪瀠洄如練，紅樹渥丹，彌漫川谷，此種情景，似在融春之候，不然，何嫵媚之若是耶！』又謂『久山者忽見平壤，如游子歸故鄉，如行窮漠海外，忽見中國人』。洎赤石司之夕陽新月諸景，其曠望爽適之襟懷，從可知矣。他若文明司之山復怒作險狹軋出之狀，殊堪慓慓。山前後皆瑶居，昔悍今訓，材勇喜鬥。近桂水曲石頭伸出，如虎豹鼋鼉之异形。隔岸太保坊之遺迹，俱所足稱述者。而述復慨及桂居炎荒之徼，不若大江以北爲英雄王霸所必争之地，故山如蜀道、孟門、井陘之險，衡以南不著焉，更爲桂陽之山惜其不生於中原、齊、魯，止以仙佛見長，斯論亦允。據《續修四庫全書總目提要稿》著録。有小方壺齋輿地叢抄本。見《文集》卷八。

《飛雲洞記》一卷，亦有小方壺齋輿地叢抄本，在第四帙，爲官貴州時作。《中國叢書綜録》著録。見《文集》卷九。

《讀史亭詩集》十六卷《文集》二十二卷。是書爲其子始摶，在其父生前各種刻本的基礎上重新編寫而成，《詩集》前有毛奇齡、朱彝尊、王原《讀史亭全集序》，馮甦、趙進美原序及康熙丙戌春徐文駒《送彭宫諭督學浙江序》。《文集》前除乃列毛、朱、王三人《全集序》外，又列馮、趙二原序，後附康熙戊子門生山陰金以誠跋文并詩。《四庫全書存目提要》謂：『而述久歷邊陲，所爲詩文皆雄奇峭拔，不受前人羈勒，而不免才多之患。朱彝尊序謂其人所應有盡有，人所應無不盡無，斯評當矣。』汪琬《彭子籛傳》云：『所學尤長於史，在軍中稍暇輒喜讀史，故其發爲詩文，初未嘗摹擬，而辭氣雄渾莊麗，能令讀者想見其人。』鄧之誠《清詩紀事初編》謂：『而述少入復社有名，與吴應箕、劉城交善，爲人權奇自喜，王士禛稱其雄豪磊落，陳同甫一流人。汪琬稱其長身修髯，聲若洪鐘，一飲能盡數升，一食進一彘肩，真撥亂之异才。故詩文皆雄奇，而不免失之粗豪。湘粤滇黔諸作，目擊戰争，足爲詩史。文亦多有關係之作。而輕信流傳，下筆太易。如南都僞太子血書自署定王，田妃由自縊而死，李自成死於九江之類，皆不足署信。孫可望降清封義王，世祖親迎於彰義門外，乃目之爲孫渠。邵兵紀事，邵謂征南將軍卓布泰也，譏其苛索，直言不諱，亦見倔强。而述與周亮工交好，詩亦約略相稱。』鄧選其《白米詞》《戰城南》《估客樂》詩三首，皆戰争、官府給人民帶來的苦難。袁行雲《清人詩集叙録》云：『歌詩分體，甲申前後詩，多寫亂離情景。從軍西南，清初用兵繁劇情景，屢可見之。《蕪湖行》《悲西延》《白米詞》《都狼嶺》《桂林行》《黎平行》《戰城南》《病狼行》《貴陽行》《湘潭紀事》《新㕑驛》《水西行》《估客樂》《潼關行》《陽朔舟行》，長篇之作，是可證史。詩格雄奇峭拔。王士禛舉其「戰壘荒城蒙段外，華風邊日漢唐年」，「白露蠻江彫木葉，黄沙羯鼓下營州」，「千盤路吐檳榔隖，一綫天開玳瑁池」等句，以爲皆有「磨盾横槊」之風。』又云：『明末清初，中州文人盛多，而述與王鐸、周亮工，皆降清官員。此外尚有宋犖、侯方域、湯斌、劉體仁亦以詩文著。康熙中葉以後，無崛起者矣。』有康熙四十八年（一七〇九）其子彭始摶刻本，國家圖書館、北大圖書館、上海圖書館、河南省圖書館等皆有收藏。《清史稿藝文志》《中國古籍善本書目·集部》等皆有著録。

《禹峯先生詩集》十五卷，有王永吉等人評語，爲順治間刻本，北京大學圖書館藏。見《中國古籍善本書目·集部》著録。

《禹峯先生文集》二十四卷，有張縉彦、夏嘉瑞評語，爲順治十六年（一六五九）張芳刻本，國家圖書館藏，見《中國古籍善本書目·集部》著録。

《彭禹峯先生文集》二十六卷，康熙二年（一六六三）石惟慎刻本。國家圖書館存有殘本，中國科學院圖書館存有全帙，《中國古籍善本書目·集部》著録。

（吕友仁主編，查洪德副主編，《中州文獻總録》卷二十五，鄭州：中州古籍出版社，二〇〇二年，第九七二—九七六頁）

後記

河南是五千年中原文化孕育滋潤的文化大省，有着豐富璀璨的文化資源。河南所代表的中原文化與齊魯文化、三秦文化、三晋文化、江淮文化、巴蜀文化、吴越文化、荊楚文化、嶺南文化、湖湘文化等地域文化共同推動了中華文化的繁榮發展，共同豐富了中華文化的内涵。不過，與兄弟省份已經出版的《山東文獻集成》《陝西古代文獻集成》《關學文庫》《湖湘文庫》《巴蜀全書》《荊楚文庫》《浙江文獻集成》《三晋文庫》《桂學文庫》等大型叢書相比，河南省尚没有編印出全面反映中原文化的『中州叢書』或『中原文獻集成』這類著作。河南大學文學院古代文學教研室同仁共同編撰的『清代中州名家叢書』就是希望開啟這項偉大的文化工程，計劃先整理中原籍學者的詩文别集，然後拓展到他們的哲學、史學、科技等各類著作，彰顯其中的歷史業績與學術價值，發掘其中的思想情懷與文化内涵，從而爲中華傳統文化研究提供必要的文獻支撑。

彭而述詩文集多次刻行，版本存世較多，但整理難度依然很大。一是文集中的異體字較多，且有些文字辨識不易，有時只能依據某箇偏旁部首和上下文語義加以推測。二是有些版本因所藏圖書館不對外開放而無法借閱。

在整理過程中，當時在中央民族大學攻讀博士學位的孫佩老師幫助校對了《禹峯先生文集》二十四卷本和《彭禹峯先生文集》十六卷本。本書的責任編輯何慧婷老師付出了艱苦的勞動，在此對她們表示衷心的感謝。本書的出版，還得到了河南大學和中州古籍出版社的大力支持。尤其是時任中州古籍出版社副總編輯的馬達先生，曾親自出面爲我聯繫河南省圖書館，使我得以閱讀本館所藏的康熙四十八年（一七〇九）所刻《讀史亭詩文集》，從而爲本書的整理打下了較好的基礎。

當然，限於本人的學力，本書一定還存在很多問題，期待來自學界的批評。

王宏林

二〇二三年一月于河南大學仁和寓所